La Parabole du semeur

Les Poches du Diable

Octavia E. Butler

La Parabole du semeur

Roman traduit de l'anglais (États-Unis)
par Philippe Rouard

Du même auteur au Diable vauvert

La Parabole des talents, roman, 2001

Novice, roman, 2008

Liens de sang, roman, 2021

ISBN : 979-10-307-0331-3

Titre original : Parable of the Sower

Au diable vauvert
La Laune 30600 Vauvert

www.audiable.com
contact@audiable.com

2024

Le prodige est, dans son essence, faculté d'adaptation et obsession constructive. Sans persistance, ce qui en reste n'est qu'un enthousiasme passager. Sans faculté d'adaptation, ce qui en reste peut dévier vers un fanatisme destructeur. Sans obsession constructive, il n'y a rien.

Semence de la Terre : Le Livre des vivants
Lauren Oya Olamina

1

Tout ce que tu touches,
Tu le changes.
Tout ce que tu changes,
Te change.
La seule vérité permanente
Est le Changement.
Dieu
Est Changement.
Semence de la Terre : Le Livre des vivants

Samedi 20 juillet 2024

Ce rêve, toujours le même, est revenu la nuit dernière. J'aurais dû m'y attendre. Il me vient quand je me débats, suspendue à mon crochet personnel, et m'efforce de faire comme s'il ne se passait rien d'inhabituel. Il me vient quand je m'efforce d'être la fille de mon père.

C'est notre anniversaire, aujourd'hui – cinquante-cinq ans pour lui, quinze pour moi. Demain, j'essaierai de lui faire plaisir, à lui, à la communauté et à Dieu. La nuit dernière, donc, j'ai refait ce rêve qui n'est qu'un mensonge. Il me faut le raconter parce que ce mensonge-là me trouble trop profondément.

J'apprends à voler, à léviter. Personne ne m'apprend, j'apprends toute seule, petit à petit, leçon de rêve après leçon de rêve. Une image pas très subtile, mais persistante. Je n'en suis pas à ma première leçon et j'ai fait des progrès. J'ai davantage confiance en moi, mais j'ai encore peur. Je ne parviens pas à bien contrôler ma direction.

Je me penche en avant, vers la porte. Une porte comme celle qui sépare ma chambre du couloir. Elle me paraît très loin de moi, mais je me penche vers elle. Le corps raide et tendu, je lâche tout ce qui peut me retenir, tout ce qui peut m'empêcher de m'élever ou de tomber. Donc je me penche dans l'air, m'étire vers le haut, sans m'élever, mais sans tomber. Puis je commence à bouger, je glisse dans l'air à quelques centimètres du sol, prise entre la terreur et la joie.

Je dérive vers la porte. Une pâle et froide lumière en émane. Puis je dévie légèrement vers la droite. Je vois bien que je vais manquer la porte et me cogner au mur, mais je suis incapable de m'arrêter ou de tourner. Je continue de dévier, m'éloignant de la porte et de la lueur froide, pour me diriger vers une autre lumière.

Le mur devant moi brûle. Le feu a surgi de nulle part, a traversé le mur. Il vient vers moi. Il s'étend. Je dérive dans sa direction. Il gronde maintenant autour de moi. Je me débats, j'essaie de m'en dégager, saisissant des poignées d'air et de feu. Le noir se fait.

Peut-être que je me réveille. Ça m'arrive quand le feu m'avale. Ça fait mal. Quand je me réveille ainsi, je ne peux plus me rendormir. J'ai bien essayé, mais je n'ai jamais réussi.

Cette fois, je ne me réveille pas complètement. Je me fonds dans la seconde partie du rêve, celle qui est ordinaire et vraie, celle qui m'est arrivée il y a des années, quand j'étais petite, bien qu'à ce moment-là la chose ait paru sans importance.

Obscurité.

Obscurité s'éclairant.

Étoiles.

Étoiles jetant leur lointain scintillement.

« On ne pouvait pas voir autant d'étoiles quand j'étais petite », me dit ma belle-mère.

Elle parle en espagnol, sa langue maternelle. Elle est là, immobile et petite, les yeux levés vers le vaste champ de la Voie lactée. Nous sommes sorties, elle et moi, pour enlever le linge mis à sécher. La journée a été chaude, comme d'habitude, et nous apprécions la fraîche obscurité de la nuit qui vient de tomber. Il n'y a pas de lune, mais nous y voyons très bien. Le ciel est constellé d'étoiles.

Le mur du quartier dresse près de nous sa présence massive. Il est pour moi un animal ramassé, prêt à bondir, plus menaçant que protecteur. Mais ma belle-mère est à mes côtés et elle n'a pas peur. Je ne la quitte pas d'un pas. J'ai sept ans.

Je regarde les étoiles et le ciel sombre et profond.

« Pourquoi on pouvait pas voir les étoiles ? je lui demande. Tout le monde peut les voir. »

Je parle aussi en espagnol, comme elle me l'a appris. Cela crée une certaine intimité entre nous.

« Les lumières de la ville, dit-elle. Les lumières, le progrès, la richesse, toutes ces choses qui ne veulent plus rien dire à personne, aujourd'hui… Quand j'avais ton âge, ma mère me disait que les étoiles – les quelques étoiles que nous pouvions voir – étaient les fenêtres du ciel. Des fenêtres par lesquelles Dieu pouvait nous surveiller. Et pendant presque une année, je l'ai cru. »

Elle me tend le paquet de couches de mon plus jeune frère. Je les emporte vers la maison où elle a laissé le grand panier en osier et je les pose sur la pile de linge. Le panier est maintenant plein. Je jette un coup d'œil pour voir si ma belle-mère ne me regarde pas et je me laisse tomber en arrière sur le tas de vêtements propres. Le temps de la chute, j'ai l'impression de flotter.

Je reste là, les yeux vers les étoiles. Je choisis une constellation et en nomme les astres qui la composent. J'ai appris la carte du ciel dans un livre d'astronomie qui appartenait à ma grand-mère paternelle.

Je vois la soudaine traînée de lumière d'une météorite traçant vers l'ouest et je reste à contempler le ciel en espérant vivement en voir une autre. Mais j'entends ma belle-mère qui m'appelle et je la rejoins.

« Il y a toujours les lumières de la ville, maintenant, je lui dis. Elles ne cachent pas les étoiles.

Elle secoue la tête.

— Il y en a beaucoup moins qu'avant. Les enfants, aujourd'hui, ne s'imaginent pas les millions de lumières qui brillaient… il n'y a pas si longtemps encore.

— Je préfère les étoiles, je dis.

— On peut s'en contenter, mais moi je préférerais revoir les lumières de la ville, et le plus tôt serait le mieux. »

2

Un don de Dieu
Peut brûler la main
Qui n'est pas prête à le recevoir.
Semence de la Terre : Le Livre des vivants

Dimanche 21 juillet 2024

Cela fait plus de trois ans que le dieu de mon père a cessé d'être mon dieu. Son Église a cessé d'être mon Église. Pourtant, aujourd'hui, parce que je suis lâche, je me laisse initier à ce culte. Je laisse mon père me baptiser au nom de ce dieu qui porte trois noms et qui n'est plus le mien.

Mon dieu a un autre nom.

Nous nous sommes levés tôt ce matin parce qu'il fallait traverser la ville pour aller à l'église. La plupart des dimanches, p'pa célèbre la messe à la maison. Il est pasteur baptiste et, bien que les gens de notre quartier ne soient pas tous baptistes, ceux qui ressentent le besoin de se rendre à l'église sont contents de venir chez nous. De cette façon, ils n'ont pas à se risquer dehors où tout est tellement dangereux et fou. C'est déjà assez moche que certains – comme mon père – soient obligés de sortir travailler au moins une fois par semaine. Aucun d'entre nous ne va plus à l'école. Les adultes ont peur sitôt que les enfants sortent du périmètre protégé.

Mais aujourd'hui, c'est spécial. Mon père s'est arrangé avec un autre pasteur – un ami qui dispose encore d'une véritable église avec un vrai baptistère.

P'pa avait une église à quelques blocs d'ici seulement, à l'extérieur du mur. C'était avant que chaque quartier s'entoure d'un mur de protection. L'église a été envahie par des sans-abri et vandalisée plusieurs fois, puis quelqu'un a déversé de l'essence et l'a brûlée. Sept sans-abri ont péri dans l'incendie.

En tout cas, l'ami de p'pa, le révérend Robinson, avait réussi à empêcher que son église ne soit détruite. Nous sommes partis à bicyclette, ce matin – moi, deux de mes frères, quatre autres gosses du voisinage en âge d'être baptisés, plus mon père et d'autres hommes armés de fusils à pompe. Tous les adultes étaient armés. C'est la règle. Toujours se déplacer en groupe armé.

Évidemment, j'aurais pu recevoir le baptême dans la baignoire, à la maison. Ça m'aurait parfaitement convenu et ça aurait été moins cher et sans danger. Je le leur ai dit, mais personne n'a prêté attention à moi. Pour les adultes, se rendre dans une véritable église leur rappelait le bon vieux temps où il y avait des églises partout, où les rues étaient brillamment éclairées et où l'essence était pour les voitures et les camions, pas pour brûler les gens et les choses. Ils ne rataient jamais une occasion de se rappeler le passé et de dire aux enfants combien ce serait merveilleux quand le pays se redresserait de nouveau et que le bon vieux temps reviendrait.

Ouais.

Pour nous, les gosses, la sortie était juste une aventure, un prétexte pour franchir le mur. Nous serions baptisés au nom du devoir religieux ou par acquit de conscience. Dans l'ensemble, on n'était pas très intéressés par la religion. Moi, si, bien que j'appartienne à une autre croyance.

« Pourquoi prendre des risques ? m'a dit Silvia Dunn, il y a quelques jours. Il y a peut-être quelque chose de bien dans tout ce truc de religion. »

C'est du moins ce que pensent ses parents, ce qui lui valait d'être avec nous.

Mon frère Keith aussi était là, mais lui ne partageait aucune de mes idées. Il s'en foutait. P'pa voulait le baptiser, alors pourquoi pas ? Tout ce qui l'intéresse, c'est traîner avec ses copains, se faire passer pour un grand, sécher le travail et disparaître dès qu'on a besoin de lui. Il a douze ans et il est l'aîné de mes trois autres frères. Je ne l'aime pas beaucoup, mais il est le préféré de ma belle-mère. Trois garçons intelligents et un idiot, et c'est l'idiot qu'elle aime le plus.

Keith n'avait pas assez d'yeux pour regarder autour de lui, tandis qu'on traversait la ville. Son ambition, si on peut dire, est de nous quitter et d'aller à Los Angeles. Il n'est jamais très clair quant à ce qu'il fera là-bas. Il veut seulement aller à la grande ville et se faire un paquet de fric. D'après mon père, la grande ville n'est qu'une carcasse rongée par de trop nombreux vers. Je pense qu'il a raison, sauf que tous les vers ne sont pas à L.A. Il y en a ici aussi.

Heureusement, les asticots ne sont pas matinaux. Ils dormaient encore, à même le sol sur le trottoir. Certains étaient réveillés, mais ne nous prêtaient aucune attention. J'en ai vu au moins trois qui ne reverraient plus jamais le jour. L'un d'eux n'avait plus de tête. Je me suis surprise à la chercher du regard. Après ça, je me suis efforcée de regarder droit devant moi.

Nous avons croisé une jeune femme. Sale, entièrement nue, le regard hébété, elle avançait comme un zombie. Peut-être qu'elle était ivre ou droguée. Peut-être qu'elle avait été tellement violée qu'elle avait perdu la tête. J'ai déjà entendu des histoires comme ça. Les garçons ont manqué tomber de vélo en la voyant. Ils en ont sûrement gardé une vision que le baptême n'était pas près de leur faire oublier.

La femme nue ne nous a même pas vus. J'ai jeté un coup d'œil en arrière, après qu'on l'eut dépassée, juste à temps pour l'apercevoir qui s'accroupissait dans l'herbe au pied d'un mur de voisinage.

Des murs, il y en avait partout. Certains faisaient la longueur d'un bloc, d'autres deux et plus. Sur les collines, il y en avait autour des propriétés privées – une en particulier, une grande maison avec de petites dépendances pour les domestiques. Mais notre route ne passait pas par là. On traversait des quartiers si pauvres que leurs murs étaient faits de pierres montées sans mortier et de toutes sortes de débris. Puis on est entrés dans la zone, là où il n'y a pas de mur du tout. La plupart des maisons avaient été brûlées ou saccagées et elles étaient infestées d'ivrognes ou de junkies, squattées par des familles sans abri avec leurs enfants maigres et sales, à moitié nus. Ils étaient réveillés, ceux-là, et nous regardaient passer. J'ai de la peine pour les petits, mais les grands, ceux de mon âge, m'inquiètent. On roulait au milieu de la chaussée et ils sortaient des taudis et nous observaient. Je crois que si on n'avait pas été en nombre et s'ils n'avaient pas vu nos fusils, ils auraient essayé de nous voler nos bicyclettes, nos habits et nos chaussures. Et ensuite ? Nous violer ? Nous tuer ? Nous aurions pu nous retrouver comme cette femme nue, à tituber dans la rue, certaine d'attirer tôt ou tard de nouveaux carnassiers, à moins qu'elle ne puisse trouver de quoi se vêtir. Je regrette de n'avoir rien pu faire pour elle.

Ma belle-mère raconte que mon père et elle se sont arrêtés un jour pour aider une femme blessée, et les types qui l'avaient battue ont bondi de derrière un mur et ont bien failli les tuer.

Et nous sommes à Robledo, à trente kilomètres de Los Angeles. D'après p'pa, Robledo a été autrefois une verdoyante et prospère petite ville, qu'il était impatient de quitter quand il avait vingt ans. Comme Keith, il voulait échapper à l'ennui. L.A. était mieux alors, moins dangereuse. Il y a passé vingt et un ans. Puis, en 2010, ses parents ont été assassinés et il a hérité de leur maison. Ceux qui les avaient tués avaient cassé ce qu'ils n'avaient pu emporter, mais ils n'avaient pas mis le feu. Il n'y avait pas encore de mur, en ce temps-là.

Folie que de vivre sans un mur pour se protéger. Même à Robledo, la plupart des pauvres – squatters, ivrognes, junkies, sans-abri – sont dangereux. Ils sont désespérés, ou fous, ou les deux. Ça suffit pour rendre quiconque dangereux.

Ils se mutilent entre eux, se coupent les oreilles, se tranchent les bras, les jambes. Ils ont des maladies qu'évidemment ils ne soignent pas. Leurs plaies s'infectent. Ils n'ont pas les moyens d'acheter de l'eau pour se laver et sont couverts de vermine. Ils n'ont pas assez à manger et souffrent de malnutrition, quand ils ne s'empoisonnent pas en mangeant des produits avariés. Difficile de pédaler sans remarquer toute cette misère.

Je suis capable de supporter la douleur sans m'effondrer. J'ai dû apprendre à le faire. Mais j'avais du mal, aujourd'hui, à suivre les autres, alors que tous ces gens qu'on croisait me rendaient littéralement malade.

Mon père me jetait un regard de temps à autre. Il me dit toujours : « Tu peux dominer ton handicap. Tu n'es pas obligée de t'y abandonner. » Il prétend, ou peut-être qu'il le pense sincèrement, que mon syndrome d'hyperempathie est quelque chose dont je peux me débarrasser à volonté. Après tout, la sensa-tion de

« partage » que je ressens n'est pas réelle. Ce n'est pas de la magie ou une perception extra-sensorielle qui me permet de partager la douleur ou le plaisir d'autres personnes. C'est purement psychique. Mon frère Keith faisait souvent semblant d'être blessé, juste pour voir si je pouvais partager sa prétendue douleur. Une fois, il a même utilisé de l'encre rouge pour faire croire que c'était du sang et me faire saigner. J'avais onze ans alors, et il est vrai que je pouvais saigner quand je voyais quelqu'un d'autre saigner. Je ne pouvais pas m'en empêcher et j'avais toujours peur que cela m'arrive devant des étrangers à la famille.

Je n'ai plus saigné avec personne depuis que j'ai eu douze ans et mes premières règles. Quel soulagement ç'a été ! J'aurais bien aimé que le reste s'en aille aussi. Keith n'a réussi à me faire saigner qu'une seule fois, et je le lui ai fait chèrement payer. Je ne me battais pas beaucoup quand j'étais petite, parce que ça me faisait trop mal. Je ressentais les coups que je donnais comme si c'était moi qui les encaissais. Aussi quand il fallait vraiment que je me batte, je cognais comme rarement des enfants le font. C'est comme ça que j'ai cassé le bras de Michael Talcott et le nez de Rubin Quintanilla, sans parler des quatre dents de Silvia Dunn. Oh, ils méritaient dix fois ce que je leur ai fait, mais j'ai quand même été punie. C'était injuste. Quoi, mon père et ma belle-mère savaient bien que la punition était double ! Mais ça ne les a pas arrêtés, de le savoir. Ils l'ont fait pour contenter les parents des autres enfants. Mais quand j'ai décidé de flanquer une volée à Keith, je savais que Cory ou p'pa ou les deux me puniraient, c'était mon petit frère, tout de même. Aussi je l'ai frappé de façon qu'il paie ce qu'il m'avait fait, mais aussi ce que mes parents me feraient.

Il s'en souvient encore.

D'autant plus que lui aussi a eu droit à une correction pour avoir risqué de rendre publique une « affaire de famille ».

L'intimité et les « affaires de famille », ça compte terriblement pour p'pa. Il y a tout un tas de choses qu'on n'a pas intérêt à déballer en dehors du cercle familial. En premier lieu, il y a ma mère, mon hyperempathie, et comment les deux sont liées. Aux yeux de mon père, c'est la honte. Il est prêtre, professeur et directeur d'école. Une première épouse qui était une junkie et une fille qui en a souffert dans ses gènes, c'est une chose qu'il n'avait pas envie de rendre publique. Une chance pour moi. Je ne tiens pas non plus à ce qu'on sache que je suis quelqu'un d'aussi vulnérable, surtout dans le monde où on vit.

Je ne peux rien faire au sujet de mon hyperempathie, quoi qu'en pense ou souhaite p'pa. Je ressens ce que les autres ressentent ou que je pense qu'ils ressentent. L'hyperempathie est ce que les médecins appellent un syndrome organique d'illusion. La belle affaire. Tout ce que je sais, c'est que ça fait mal. Grâce au Paracetco, la pilule géniale, la poudre miracle, cette drogue que ma droguée de mère avait élue, jusqu'à ce que ma naissance la tue, me voilà anormale. J'ai des tas de douleurs qui ne sont pas les miennes et qui ne sont pas réelles, mais qui font aussi mal que si elles l'étaient.

Je suis censée partager le plaisir comme la douleur, mais pour ce qui est du premier, on ne peut pas dire qu'il court les rues, aujourd'hui. En tout cas, s'il y a un plaisir que j'aime partager, c'est bien celui du sexe. Je prends doublement mon pied, puisque j'éprouve les deux plaisirs : celui de mon partenaire et le mien. À la vérité, je le regrette presque, parce que coucher avec un garçon, ce n'est pas vraiment facile quand on habite dans une minuscule communauté où tout se sait et que, par-dessus le marché, on est la fille du pasteur.

Enfin, j'ai les neurones plus brouillés qu'une omelette et ma météo personnelle n'annonce aucune amélioration à venir. Mais je peux m'en accommoder, tant que les gens ignorent ma condition. D'ailleurs, tout se passe très bien à l'intérieur de nos murs. À l'extérieur, comme en ce moment, pédalant vers le baptême, c'est une tout autre histoire. Une sale histoire. Tous ces malheurs autour de nous, c'est autant de coups d'épingle dans ma tête, mon cœur et mon ventre.

Images de chair mutilée jalonnant notre route comme des enseignes vivantes de détresse. Un petit garçon dont la tête n'est qu'une constellation de plaies purulentes noires de mouches ; un homme au poignet tranché encore sanglant ; une petite fille nue qui ne doit pas avoir plus de sept ans et dont les cuisses sont couvertes de sang ; une femme au visage tuméfié par les coups…

Je dois avoir l'air nerveuse, à regarder comme ça autour de moi comme un oiseau craintif. Et p'pa a dû le remarquer parce qu'il m'épie sans cesse du regard. Bien sûr, je m'efforce de ne rien laisser paraître, mais le bonhomme me connaît, et il sait lire derrière mon masque. Les gens me trouvent une expression dure, voire méchante. Tant mieux, je préfère qu'ils pensent ça plutôt que de connaître la vérité. Je n'en aurais plus pour longtemps si jamais ils se doutaient comme il est facile de me faire du mal.

P'pa tenait à ce qu'on dispose d'eau potable pour le baptême. Bien entendu, il n'avait pas les moyens d'en acheter. Qui les avait ? C'est pourquoi il y avait, en plus de mes frères Keith et Marcus, quatre autres enfants : Silvia Dunn, Hector Quintanilla, Curtis Talcott et Drew Balter.

Leurs parents participaient donc aux frais. Eux aussi pensaient qu'un baptême avait assez d'importance pour qu'on dépense de l'argent et qu'on prenne quelques risques. J'étais la plus âgée du lot, deux mois de plus que Curtis. Ça ne me disait rien d'aller me faire baptiser et ça ne m'arrangeait pas que Curtis soit de la partie. Il me plaisait plus que je n'aurais voulu.

Je savais aussi que c'était réciproque. J'avais peur de me trahir un de ces quatre en public et qu'il découvre ma tare. Mais ce n'était pas aujourd'hui que ça m'arriverait.

Le temps qu'on arrive à l'église transformée en forteresse, j'avais les muscles des mâchoires tétanisés à force de les serrer, et j'étais épuisée.

Il n'y avait pas plus d'une cinquantaine de fidèles. S'ils avaient été réunis à la maison, on aurait eu l'impression d'une foule. Mais ici, dans la grande salle, avec ses barreaux à toutes les ouvertures, ses rouleaux de barbelés coupants comme des rasoirs, le haut mur d'enceinte, ses gardes armés de fusils, ça faisait bien peu de monde. Tant mieux. Si jamais j'étais prise de douleur, je préférais que ce soit devant le moins de témoins possible.

Le baptême s'était déroulé comme prévu. Les enfants se sont déshabillés dans les toilettes et ont revêtu des robes blanches. Quand nous avons été prêts, le père de Curtis nous a emmenés dans une antichambre, d'où on a pu entendre le prêche – la première épître de saint Jean et le deuxième chapitre des Actes des Apôtres – et où nous avons attendu notre tour.

Je suis passée la dernière. Une idée de mon père, sans doute. D'abord les enfants des voisins, puis mes frères, enfin moi. Pour des raisons que je ne m'explique pas très bien, p'pa est persuadé que j'ai besoin d'apprendre l'humilité. Comme si mon hyperempathie – avec l'humilité biologique qu'elle implique et l'humiliation qu'elle m'inflige – ce n'était pas assez…

Mais qu'est-ce que ça pouvait faire ? Il fallait bien que quelqu'un passe en dernier. Je regrette seulement de ne pas avoir eu le courage de refuser toute cette mascarade.

Au nom du Père, du Fils et du Saint-Esprit…

Les catholiques subissent ça quand ils sont bébés. Dommage que les baptistes ne fassent pas de même. J'aimerais presque éprouver ce que mon père, et tant d'autres avec lui, ressent face au baptême. Cela dit, je préférerais m'en foutre royalement.

Ce n'est, hélas, pas le cas. Je pense beaucoup à Dieu

— ou, disons, à l'idée de Dieu – ces temps-ci. Ça m'intéresse de savoir si les gens ont ce qu'ils appellent la « foi », et la foi en quel genre de dieu. Keith dit que Dieu est juste le moyen que les adultes ont trouvé pour vous foutre la trouille et vous faire faire ce qu'ils veulent. Évidemment, il se garde bien de dire des choses pareilles devant p'pa. Il croit ce qu'il voit, il dit. Le problème, c'est qu'il ne voit pas grand-chose. P'pa m'en dirait autant s'il savait ce à quoi je crois. Peut-être qu'il aurait raison. Mais ça ne m'empêcherait pas de continuer à penser ce que je pense.

Un tas de gens voient Dieu comme un père, ou comme un flic, ou comme un roi. Il y a du Superman dans leur dieu. Superman en moins rigolo. D'autres pensent que Dieu, c'est un autre mot pour nature. Bizarre, quand on pense que l'homme n'a de cesse qu'il ne détruise la nature et que la nature ne se défend pas trop mal de son côté pour nous rendre la vie misérable.

Il y en a aussi qui pensent que Dieu est un esprit, une force, une réalité ultime. Demandez-leur ce qu'ils entendent par là et vous aurez autant de réponses que d'individus. Alors, qui est Dieu ? Juste un nom désignant ce qui peut vous donner le sentiment d'être protégé ?

Il y a en ce moment dans le golfe du Mexique un ouragan qui fait des ravages. Déjà sept cents morts sur les côtes de Floride et du Texas. Combien d'autres gens a-t-il tués ? Combien mourront de faim, à cause des récoltes perdues ? C'est la nature. C'est ça, Dieu ? Ceux qui sont morts sont des pauvres, des sans-abri, inévitablement exposés à la fureur des éléments. Est-ce un péché contre Dieu, d'être pauvre ? Nous sommes presque pauvres nous-mêmes. Il y a de moins en moins de travail, de plus en plus d'enfants qui grandissent sans avenir devant eux. Nous serons tous pauvres, un jour. Les adultes ont beau dire que ça s'arrangera, ils ne trompent qu'eux-mêmes : ça ne pourra jamais qu'empirer. Comment le dieu de mon père se comportera-t-il quand nous serons dans la misère ?

Y a-t-il un dieu ? S'il y en a un, est-ce qu'il se soucie de nous ? Les déistes comme Benjamin Franklin ou Thomas Jefferson disent que Dieu nous a créés puis nous a abandonnés à notre propre sort.

Je me demande si les gens des côtes du golfe du Mexique ont encore la foi. Il y en a qui continuent de croire, même après les pires catastrophes. J'ai lu pas mal de trucs là-dessus. Mais je lis beaucoup, de toute façon. Ce que je préfère dans la Bible, c'est le Livre de Job. Ça en dit plus sur le Dieu de mon père et sur les dieux en général que tout ce que j'ai pu lire à ce sujet.

Dans Job, Dieu dit qu'il a tout fait et qu'il sait tout et que personne n'a le droit de lui reprocher quoi que ce soit. D'accord. Ça marche. Ce Dieu de l'Ancien Testament est intouchable, qu'il y ait la guerre ou la paix, la misère ou le bien-être. Mais ce Dieu ressemble beaucoup à Zeus, un type drôlement fortiche qui joue avec ses jouets comme mes jeunes frères jouent avec leurs petits soldats. Pan ! Pan ! Il y en a sept qui tombent ! C'est vous qui faites les lois quand les jouets vous appartiennent. Qui se soucie de ce que les jouets pensent ? On peut détruire une famille de jouets et en acheter une autre. Les jouets des enfants, comme les enfants de Job, sont remplaçables.

Peut-être que Dieu est une espèce de grand gosse qui joue avec ses jouets. Si c'est le cas, qu'est-ce que ça fait sept cents morts dans un ouragan ou si sept gosses vont dans une église se faire plonger dans une baignoire remplie d'eau chère ?

Et si tout ça était faux ? Si Dieu était autre chose ?

3

Nous n'adorons pas Dieu.
Nous le percevons, nous apprenons de lui.
Prévoyants, travailleurs,
Nous façonnons Dieu.
À la fin, nous nous rendons à Dieu.
Nous nous adaptons, nous persévérons,
Car nous sommes la Semence de la Terre,
Et Dieu est Changement.
Semence de la Terre : Le Livre des vivants

Mardi 30 juillet 2024

L'une des astronautes de la dernière mission sur Mars a trouvé la mort à la suite d'une déchirure de sa combinaison de protection. Le reste de l'équipage n'a pu la ramener à temps à leur base pour la sauver. Dans le quartier, tout le monde dit qu'elle n'avait rien à faire sur Mars, de toute façon. Tout cet argent gaspillé dans une autre de ces expéditions spatiales, alors qu'ici, sur la Terre, tant de gens n'ont ni eau, ni nourriture, ni toit.

Le prix de l'eau a encore grimpé. Et j'ai entendu dire à la radio aujourd'hui que de plus en plus de colporteurs d'eau sont assassinés. Ils vendent aux squatters et aux pauvres dans la rue, ainsi qu'à ceux qui ont réussi à garder un logement mais, faute de payer les factures, n'ont plus d'eau ni d'électricité. On retrouve les colporteurs égorgés, leur argent et leurs charrettes à bras volés. P'pa dit que l'eau coûte maintenant quatre fois plus cher que l'essence. Mais, hormis les incendiaires et les riches, plus personne n'achète de l'essence. Plus personne, en tout cas parmi les gens que je connais, n'a de véhicule à moteur. Camions, voitures, motos, tout ça rouille depuis longtemps dans les rues et les parkings.

C'est beaucoup plus difficile de renoncer à l'eau.

La mode est à la crasse. Vaut mieux être sale, aujourd'hui. Vous êtes propre, vous vous faites remarquer. Les gens vont penser que vous le faites exprès, que vous voulez leur montrer que vous êtes mieux qu'eux. Chez les plus jeunes, être propre est la meilleure façon de se faire casser la figure. Cory exige de nous qu'on soit propres quand on est à la maison ou dans le quartier, mais, pour sortir des murs, on met toujours des vêtements sales. Mes frères, dès qu'ils sortent de la maison, se roulent dans la poussière. Ils préfèrent ça aux coups.

Ce soir, le dernier grand poste mural de télé à fonctionner dans le quartier a rendu l'âme. On a eu le temps de voir l'astronaute morte sur le sol rouge et rocailleux de Mars. On a vu un réservoir d'eau à sec et trois colporteurs avec leurs brassards bleu sale, gisant la gorge tranchée dans la poussière. On a vu plusieurs blocs de maisons brûler à Los Angeles. Naturellement, personne n'a gaspillé d'eau pour éteindre l'incendie.

Puis l'écran est brusquement devenu noir. Ça faisait des mois que le son marchait mal, mais l'image était encore passable.

Les grands écrans muraux sont apparus, m'a dit p'pa, quand le cinéma a cessé de produire des films pour les salles. La famille Yannis faisait commerce de son poste. P'pa dit que c'est illégal, mais il nous laissait y aller, parce qu'il ne voyait pas de mal à ça, et puis ça aidait les Yannis. Il y a plein de petits commerces comme ça. Ils ne nuisent à personne et permettent souvent à quelques familles de survivre. Le poste de télé des Yannis était aussi vieux que moi. Il couvrait le long mur ouest de leur salon. Ils devaient avoir pas mal d'argent quand ils l'ont acheté. Ces deux dernières années, ils ont fait payer l'entrée – n'acceptant que les voisins – et vendu des fruits, du pain à la farine de glands ou des noisettes. Ils ont un verger et vendent l'excédent de leurs fruits. Ils passent aussi des cassettes vidéo. Ils n'ont pas les moyens de s'abonner aux chaînes distribuées par satellite, n'ont pas d'écouteurs individuels ni de ces capteurs multisensoriels qui, de toute façon, n'auraient pas fonctionné sur ce modèle ancien.

Dans le quartier, il ne reste que trois vieux téléviseurs, deux ordinateurs utilisés pour le travail et des radios. Chaque maison possède au moins un poste de radio. C'est le principal canal d'informations.

Je me demande ce que va faire Mme Yannis, maintenant. Ses deux sœurs ont emménagé chez elle et, comme elles travaillent toutes les deux, je pense que ça ira. L'une est pharmacienne, l'autre infirmière. Elles ne gagnent pas beaucoup, mais Mme Yannis n'a pas de loyer à payer : elle a hérité la maison de ses parents.

Les sœurs Yannis sont veuves et ont douze enfants à elles trois, tous plus jeunes que moi. Il y a deux ans,

M. Yannis, un dentiste, a été tué par balles alors qu'il rentrait sur sa moto électrique de la clinique gardée où il travaillait. Mme Yannis dit qu'il a été pris sous le feu croisé de deux bandes rivales. Bien entendu, on lui a volé sa moto. La police a mené une enquête, sans oublier de se faire payer, mais n'a pas trouvé le moindre indice. C'est tous les jours que des gens se font tuer comme ça. À moins que cela ne se passe devant un poste de police, il n'y a jamais de témoins.

Samedi 3 août 2024

Le corps de l'astronaute va être ramené sur Terre. Elle voulait être enterrée sur Mars. Elle a dit ça quand elle a compris qu'elle allait mourir. Toute sa vie, elle avait rêvé d'aller sur Mars, et c'était là qu'elle voulait reposer.

Mais le directeur de l'Aéro-Spatiale ne veut pas. Il prétend que le cadavre pourrait être polluant. Crétin.

Pense-t-il sincèrement qu'un micro-organisme quelconque du corps de l'astronaute pourrait avoir une chance de survie dans l'atmosphère irrespirable et glacée de la planète rouge? Peut-être le pense-t-il. On ne demande pas à un directeur de l'Aéro-Spatiale de s'y connaître en sciences. On lui demande d'être un politique. L'Aéro-Spatiale est le ministère le plus récent du gouvernement et il est déjà menacé de disparition. Christopher Morpeth Donner, l'un des candidats aux prochaines élections présidentielles, a promis de le supprimer s'il était élu. Mon père est d'accord avec Donner.

« Du pain et des jeux, dit-il chaque fois que la radio donne des nouvelles des stations spatiales. Le pain aux politiciens et aux grandes firmes, et à nous les jeux.

— L'espace pourrait être notre avenir. »

Je lui réponds ça parce que je le crois. L'exploration de l'espace et sa colonisation sont peut-être le seul héritage constructif du siècle passé. Mais il est difficile de le faire comprendre aux gens, quand il y a tant de souffrances et de misère hors des murs de nos petites communautés.

P'pa me regarde et secoue la tête d'un air navré.

« Tu ne comprends pas. Leur prétendu programme spatial n'est qu'une perte de temps et d'argent, un gâchis criminel. »

Il votera pour Donner. Et, autant que je le sache, il sera bien le seul à voter. Plus personne ici ne croit aux politiciens et à leurs discours. Ils n'ont jamais cessé de nous promettre le bien-être et la sécurité. Pour les dirigeants de ce pays, le programme spatial est une vitrine. Ohé, nous, les Américains, on est capables d'aller sur Mars, on peut créer des colonies spatiales, on est toujours une grande et belle et entreprenante nation.

Ouais.

On n'est plus une nation ni rien depuis belle lurette, mais je suis heureuse qu'on soit encore dans l'espace. Quand on vit dans une fosse septique, on peut rêver d'habiter le ciel, non ?

Je regrette qu'on ne laisse pas cette astronaute reposer sur sa planète préférée. Elle s'appelait Alicia Catalina Godinez Leal. Elle était chimiste. Je veux me souvenir d'elle. Je pense qu'elle peut être une espèce de modèle pour moi. Elle a passé sa vie à bâtir son rêve : devenir astronaute, aller sur Mars, étudier cette planète, concevoir les abris qui permettront aux colons d'y vivre…

Mars est un désert de roche, glacé, presque sans atmosphère, mortel. Pourtant, c'est un paradis, dans un sens. On peut le voir dans le ciel nocturne, un autre monde, trop proche de ceux qui ont fait de la Terre un enfer.

Lundi 12 août 2024

Mme Sims s'est tiré une balle dans la tête il y a quelques jours, mais c'est seulement aujourd'hui que Cory et p'pa l'ont découverte. Cory en a fait une crise de nerfs.

Pauvre Mme Sims, la reine du prêchi-prêcha, une vraie grenouille de bénitier. Le dimanche, à la maison, quand p'pa disait la messe, on n'entendait quelle, avec sa grande bible illustrée sur les genoux, à gueuler des « Oui, Seigneur ! » et des « Alléluia ! » et autres « Merci, Jésus ! ». Le reste de la semaine, elle faisait de la couture, prenait soin de son jardin, vendait quelques légumes, apprenait à lire et à écrire aux plus petits et donnait des leçons de morale à qui voulait l'entendre.

Elle vivait seule, et c'est bien l'unique personne que j'aie jamais connue dans ce cas-là. Elle avait une grande maison pour elle toute seule, parce qu'elle détestait tant la femme que son fils unique avait épousée que le couple avait préféré déménager. Triste.

Les gens différents l'effrayaient. Elle n'aimait pas les Hsu, parce qu'ils étaient moitié chinois, moitié hispaniques et que les grands-parents Hsu étaient bouddhistes. Ils habitaient la maison d'à côté, mais, pour Mme Sims, c'était comme s'ils étaient descendus de Saturne.

« Idolâtres », elle disait d'eux.

Dans leur dos, notez. C'était la seule concession qu'elle faisait aux relations de voisinage : ne pas dire du mal ouvertement.

Le mois dernier, après qu'elle a été cambriolée, les Hsu lui ont apporté des pêches et des figues et une pièce de coton de qualité.

Ce vol, ç'a été la première grande tragédie de Mme Sims. Trois hommes ont réussi à franchir le mur malgré le rouleau de barbelés Lazor qui le couronne. Le Lazor est un truc terrible. Il est tellement fin et tranchant qu'il coupe les ailes et les pattes des oiseaux qui ne le voient pas à temps ou se posent dessus. Mais les voleurs et les pillards, eux, trouvent toujours le moyen de passer.

Tout le monde a donné quelque chose à Mme Sims, malgré son sale caractère. De la nourriture, des vêtements, de l'argent… Nous avons organisé une quête pour elle à l'église. Les voleurs l'ont attachée, et l'un d'eux l'a même violée. Une vieille femme comme elle ! Ils ont tout pris, ses bijoux qu'elle tenait de sa mère, ses vêtements et, le plus grave, son argent. Faut dire que cette folle le gardait dans un bol en plastique bleu au-dessus du placard de sa cuisine. Elle est venue voir mon père en pleurant, parce qu'elle ne pourrait plus rien acheter en supplément de ce que son jardin lui rapportait, qu'elle ne pourrait plus payer sa taxe foncière et qu'elle serait jetée à la rue ! Elle mourrait de faim !

P'pa lui a juré que jamais l'Église ne permettrait une chose pareille, mais elle ne l'a pas cru. Elle a continué de se lamenter sur son sort, et p'pa et Cory ont fait de leur mieux pour la rassurer. Le plus drôle, c'est qu'elle ne nous a jamais aimés, parce que p'pa a épousé une Mexicaine, cette « Coriassonne », comme elle disait méchamment. C'est Corazon, le prénom de ma belle-mère, mais ici, tout le monde l'appelle Cory ou Mme Olamina.

Cory n'a jamais montré qu'elle était offensée. Elle et Mme Sims se sont toujours parlé avec du miel dans la bouche. L'hypocrisie est le ciment du bon voisinage.

La semaine dernière, le fils de Mme Sims, ses cinq enfants, sa femme, le frère de sa femme et ses trois enfants sont tous morts dans l'incendie de leur maison.

Un incendie criminel. La maison était située dans une zone non murée, au nord, près des collines. Un endroit pas plus dangereux qu'un autre, mais très pauvre. Une nuit, quelqu'un a mis le feu à la baraque. Qui a fait ça, personne ne le saura jamais. Peut-être un ennemi d'un membre de la famille, peut-être un dingue qui a voulu s'amuser à sa façon. Je sais qu'il circule une nouvelle drogue, qui fait de ceux qui en prennent des pyromanes frénétiques.

Non, personne ne saura jamais qui a fait ça aux familles Sims/Boyer. Bien entendu, comme toujours, personne n'a rien vu ni entendu.

Et il n'y a pas eu un seul survivant. Bizarre. Onze personnes, et personne n'a pu s'en sortir.

Alors, il y a trois jours, Mme Sims s'est tiré une balle dans la tête. P'pa a appris par les flics que ça faisait trois jours qu'elle était morte, soit deux jours après quelle a appris la nouvelle de l'incendie et la mort de son fils et de sa famille.

P'pa est allé chez elle ce matin parce qu'il ne l'avait pas vue hier, à la messe. Cory a tenu à l'accompagner, mais elle aurait mieux fait de s'abstenir. Moi, les morts me dégoûtent. Ils puent et, des fois, ils grouillent de vers. Mais quoi, ils sont morts, non ? Ils ne souffrent plus et, s'ils ne vous plaisaient pas de leur vivant, alors pourquoi s'en faire quand ils sont morts ? N'empêche, Cory en fait tout un cirque. Elle me tombe dessus quand je partage la douleur avec les vivants et, elle, c'est avec les morts qu'elle fait ça !

Si je parle de Mme Sims, c'est parce qu'elle s'est suicidée. Ça me travaille. Elle croyait, comme p'pa, que si on se donnait la mort, on n'échappait pas à l'enfer et à ses flammes éternelles. Elle croyait tout ce qui était écrit dans la Bible. Et puis, quand c'est devenu trop dur, elle a préféré à la douleur présente celle à perpétuité dans l'au-delà.

Comment a-t-elle pu faire une chose pareille ?

C'était du pipeau, sa croyance ? De l'hypocrisie ?

Ou peut-être qu'elle a perdu la raison parce que Dieu exigeait trop d'elle. Elle ne s'appelait pas Job. Lui, c'est un personnage de la Bible, un héros de roman, pas un homme ordinaire.

Samedi 17 août 2024

Impossible de chasser Mme Sims de mon esprit. Elle et son suicide s'ajoutent à la mort de l'astronaute. J'ai besoin d'écrire ce que je crois. J'ai besoin de rassembler les poèmes épars que Dieu m'a inspirés depuis l'âge de douze ans. Ils ne sont pas très bons dans l'ensemble. Ils disent ce que j'ai à dire, mais ils ne le disent pas très bien. Il y en a quelques-uns, quand même, qui correspondent bien à ce que je pensais au moment où je les ai écrits. Comme les deux morts, ils m'oppressent et je dois chercher refuge dans le travail. J'aide p'pa à l'église, j'aide Cory à la maison et à l'école où elle instruit les petits voisins. Pour être franche, je me fous pas mal de tout ça, mais ça m'occupe et le soir, je suis tellement fatiguée que je m'endors comme un plomb et dors d'un sommeil sans rêves. Et p'pa qui est tout fier de dire partout combien je suis intelligente et travailleuse.

Je l'aime. C'est la meilleure personne que je connaisse, et ce qu'il pense compte pour moi. Peut-être trop.

Je ne sais pas trop ce que ça vaut, mais voici ce que je pense. Il m'a fallu du temps pour le comprendre et puis encore plus de temps pour vérifier les mots dans le dictionnaire, pour que leur sens soit bien le reflet de ma pensée. L'an passé, j'ai dû refaire une bonne trentaine de fois les lignes qui suivent. Elles sont maintenant achevées. Enfin, à mes yeux.

Dieu est pouvoir,
Il est infini,
Irrésistible,
Inexorable,
Indifférent.
Et pourtant,
Dieu est insaisissable,
Truqueur comme un illusionniste,
Il est chaos,
Il est argile.
Dieu est fait pour être façonné.
Dieu est Changement.

C'est la vérité vraie.

On ne peut pas résister à Dieu. On ne peut pas l'arrêter. Mais on peut le façonner ; on peut accommoder la vision qu'on a de lui. Cela veut dire qu'on ne peut pas lui adresser de prières. Prier est bon pour celui qui prie, et seulement pour renforcer sa résolution. Il n'y a pas d'autre façon de faire. Les prières nous aident à façonner Dieu, mais aussi à accepter les formes qu'il nous impose. Parce qu'il est pouvoir et qu'au bout du compte, c'est Lui qui l'emporte.

Mais nous pouvons infléchir le jeu en notre faveur si nous comprenons que Dieu existe pour être façonné, qu'il le sera, qu'on le veuille ou non.

C'est ce que je pense. En gros, disons. Je ne suis pas comme Mme Sims. Je ne suis pas une espèce de Job en puissance, destiné à la souffrance au long cours, sans autre choix final que l'humilité ou la mort. Mon Dieu n'a ni haine ni amour pour moi ; Il ne me surveille pas, Il ne me connaît pas, et, de mon côté, je n'éprouve ni amour ni loyauté pour Lui. Mon Dieu est, point final.

Peut-être que je serai davantage comme Alicia Leal, l'astronaute. Comme elle, je crois en une chose que je crois utile aux miens, qui souffrent, regardent toujours en arrière et meurent. Je ne sais pas comment je ferai pour transmettre ce que je possède. Je devrai apprendre à apprendre aux autres. Ça me fait peur, des fois, tout ce qu'il me faudra savoir et que je ne sais pas encore. Réussirai-je ?

Et puis, est-ce que tout ça est réel ?

Question dangereuse. Il m'arrive d'oublier la réponse. Il m'arrive de douter de moi. De douter de ce que je crois savoir. Je m'efforce d'oublier mes doutes. Ce n'est pas facile. Après tout, si tout cela est réel, pourquoi les autres ne s'en aperçoivent-ils pas ? Tout le monde sait que le changement est inévitable. Depuis Darwin, on sait que tout est évolution. Depuis Bouddha, on sait que rien n'est permanent, que la réalité est *maya,* illusion. Et le troisième chapitre de l'Ecclésiaste dit : *Il y a un moment pour tout et un temps pour toute chose sous le ciel.* Le changement fait partie de la vie, de l'existence, de la sagesse commune. Mais je ne crois pas qu'on en mesure vraiment le sens. Nous n'avons même pas commencé à nous pencher sur la question.

Quand nous parlons d'acceptation, c'est pour la forme. Comme si accepter était suffisant. Puis nous créons des idoles – des superstars de n'importe quoi : de la politique, du cinéma, de la chanson, du sport – pour qu'elles s'interposent entre Dieu et nous. Et pourtant Dieu n'a pas cessé d'être là pendant tout ce temps, nous façonnant et étant façonné par nous de cent manières à la fois, comme une amibe… ou un cancer.

Il n'empêche, je n'arrive pas à faire comme tout le monde : ignorer l'évidence. Vivre une vie normale. C'est déjà assez fortiche de réussir ça dans le monde où nous vivons.

Mais cette chose (Idée ? Philosophie ? Nouvelle Religion ?) ne cesse de m'habiter, de me hanter. Impossible de m'en défaire. C'est comme mon empathie. Une bizarrerie de plus. Une illusion de plus à traîner comme un boulet. Mais le moment viendra où je devrai faire quelque chose à ce sujet. Et ce, en dépit de ce que pourra dire ou faire mon père, en dépit de la pourriture s'étendant de l'autre côté du mur, une pourriture dont personne n'est à l'abri. Oui, il faudra bien que j'agisse.

Cette perspective me fiche une trouille du diable.

Mercredi 6 novembre 2024

Hier, le président William Turner Smith a perdu les élections. Christopher Charles Morpeth Donner est notre nouveau président. Que nous réserve-t-il ? Donner a déjà déclaré qu'il démantèlera dès que possible les projets de colonisation de la

Lune et de Mars. Quant aux autres entreprises spatiales visant les communications et la recherche, elles seront privatisées.

Donner a également un plan pour l'emploi. Il espère changer les lois, suspendre les mesures de protection sociale, jugées « trop coûteuses », et alléger les charges des employeurs prêts à embaucher des sans-abri et à les pourvoir d'une formation et d'un logement décent.

Je me demande quelle est sa notion du « décent » : une maison, un appartement ? Une chambre ? Un lit dans une chambre à deux ? Un lit dans un dortoir ? Un coin par terre ? Et ceux qui ont beaucoup d'enfants ? Est-ce qu'on les considérera comme un investissement trop coûteux ? Les employeurs ne seront-ils pas tentés d'embaucher des célibataires, des couples sans enfants ?

Suspendre les protections dont bénéficient les travailleurs et l'environnement ? Est-ce que ça veut dire qu'on pourra légalement polluer l'atmosphère, empoisonner les gens, dès lors qu'on leur fournira un travail, de l'eau et un endroit pour mourir ?

Finalement, p'pa n'a pas voté pour Donner. Il n'a voté pour personne. Il dit que les politiciens lui donnent la nausée.

2025

L'intelligence est la faculté individuelle de s'adapter. Là où une espèce intelligente mettra une génération à s'adapter, d'autres espèces en mettront plusieurs. L'intelligence est exigeante. Détournée, accidentellement ou sciemment, elle pourrait bien déboucher sur le chaos et les pires errements de l'espèce.

Semence de la Terre : Le Livre des vivants

4

Une victime de Dieu pourra, en apprenant à s'adapter, devenir un partenaire de Dieu. Une victime de Dieu parviendra, à force de prévoyance et de préparation, à façonner Dieu. Une victime de Dieu, si elle cède à la peur, restera la victime de Dieu, le jouet de Dieu, la proie de Dieu.

Semence de la Terre : Le Livre des vivants

Samedi 1er février 2025

Il y a eu un incendie, aujourd'hui. Les gens ont très peur du feu, mais les petits enfants jouent avec quand on ne les surveille pas. Nous avons eu de la chance, cette fois. Amy Dunn, âgée de trois ans, a déclenché un début d'incendie dans le garage de sa famille.

Après que les flammes eurent commencé de lécher le mur du fond, Amy a pris peur et elle a couru se réfugier chez elle. Elle savait qu'elle avait fait quelque chose de mal et n'a rien dit à personne. Elle s'est cachée sous le lit de sa grand-mère.

Les parois du garage, en bois, ont pris feu rapidement. Robin Balter a été la première à voir la fumée et elle a donné l'alerte (il y a une sirène d'incendie sur le refuge pour piétons dans notre rue). Robin n'a que dix ans, mais c'est une gosse intelligente, qui compte parmi les meilleurs élèves de ma belle-mère. Si elle n'avait pas eu cette présence d'esprit, le feu se serait étendu.

J'ai entendu la sirène et je suis accourue dehors comme tout le monde pour voir ce qui se passait. Les Dunn habitent en face de chez nous. Une fumée épaisse montait de leur garage.

Chacun a fait ce qu'il avait à faire en pareille circonstance. Les hommes et les femmes ont entrepris d'éteindre le feu à l'aide des tuyaux d'arrosage des jardins, à coups de pelle et avec des couvertures mouillées. Ceux qui n'avaient pas de tuyaux étouffaient les flammes à la périphérie sous des pelletées de poussière. Les enfants de mon âge écrasaient sous leurs semelles les braises retombant de-ci de-là, couraient rapporter les seaux vides et faisaient tout ce que les adultes leur demandaient, tandis que les plus grands gardaient les plus petits à l'écart du tumulte.

La disparition d'Amy n'a inquiété personne. C'est sa grand-mère qui l'a retrouvée plus tard et lui a arraché la vérité.

À présent, le garage n'est plus qu'une carcasse calcinée. Edwin Dunn n'a pu sauver qu'une petite partie de ses outils de jardinage et de charpentier. Le pamplemoussier et les deux pêchers situés à proximité du garage ont en partie brûlé, mais il se pourrait bien qu'ils survivent. Quant aux plantations de carottes, de pommes de terre, de courges et de choux, elles ne sont plus qu'un champ de bataille.

Naturellement, personne n'a appelé les pompiers. Personne ne s'engagerait dans une telle dépense pour sauver un simple garage. La plupart des familles du quartier ne pourraient se le permettre, et puis l'eau utilisée pour éteindre le plus gros des flammes allait déjà coûter assez cher.

Je me demande ce que va devenir cette pauvre petite Amy. Elle n'est pas aimée dans la famille Dunn. Oh, on la nourrit, on lui donne un bain de temps en temps, mais ça s'arrête là. Sa mère, Tracy, a tout juste un an de plus que moi. Elle avait treize ans quand Amy est née, et douze quand Derek, son oncle, un gaillard âgé de vingt-sept ans, qui la violait depuis longtemps déjà, a réussi à l'engrosser.

L'oncle Derek n'habite plus ici. Je me souviens de lui : blond, beau, intelligent, drôle. Tout le monde l'aimait bien. Tracy, elle, a un caractère de cochon. Et elle est laide et sale. D'une crasse qui semble rebelle au lavage. Je veux dire que, même quand elle s'est lavée, elle a l'air poussiéreuse. Bien sûr, quand on s'est fait violer par son oncle depuis l'âge de sept ou huit ans, il y a de quoi être déprimée pour le restant de ses jours. Derek était le plus jeune frère de la mère de Tracy, son frère préféré, mais quand les hommes du quartier ont appris ce qu'il avait fait, ils sont venus le voir et lui ont suggéré d'aller exercer ses talents ailleurs. Ils n'avaient pas envie de le voir tourner autour de leurs filles. La mère de Tracy, qui est une méchante femme, a tenu sa fille pour responsable de l'exil de son frère, sans parler de sa propre honte, car je dois dire qu'il n'y a pas beaucoup de filles dans le quartier qui ont un bébé avant d'être mariées. Mais voilà, il n'y avait pas un seul gars pour épouser Tracy et pas d'argent pour un avortement ou des soins prénatals. Cette pauvre Amy ressemble de plus en plus à sa mère en grandissant : elle est maigre, sale, avec des cheveux filasse. Le moins qu'on puisse dire, c'est qu'elle ne promet pas d'être une beauté.

Tracy et l'instinct maternel ne font pas bon ménage. La mère de Tracy a beau s'appeler Christmas, elle n'a pas reçu non plus l'amour des enfants en cadeau de Noël. D'ailleurs, la famille Dunn a la réputation d'être une bande de cinglés. Ils sont seize en tout dans cette maison et il y en a au moins cinq de tarés. Mais Amy n'est pas comme ça. Pas encore. C'est seulement une gosse négligée et comme toute enfant abandonnée à elle-même, elle s'amuse comme elle peut.

Je n'ai jamais vu personne la frapper ou lui crier après. Les Dunn font gaffe à ce que les gens pourraient penser d'eux. Mais comme je l'ai dit, ils ne s'occupent pas de la petite. Alors elle passe son temps à jouer toute seule dehors. Elle mange de la terre, des insectes, fait n'importe quoi. Il y a quelque temps, je l'ai emmenée à la maison, un peu par curiosité, pour voir ce qu'elle valait. Je l'ai débarbouillée et je lui ai appris l'alphabet et comment écrire son nom. Ça lui a plu. Elle est loin d'être sotte et, dès qu'on fait attention à elle, son visage s'illumine.

Ce soir, j'ai demandé à Cory si Amy ne pouvait pas commencer dès maintenant l'école. Cory n'aime pas prendre des enfants en dessous de cinq ans, mais elle m'a dit qu'elle était d'accord, à condition que je me charge de ma protégée. Évidemment, ça ne me plaît pas trop, mais je m'y attendais. Je me suis toujours occupée des plus petits, dès que j'ai eu l'âge de le faire, c'est-à-dire très tôt. Mais je pense que si personne ne fait rien pour Amy, la gosse fera un jour une bêtise bien plus grave que mettre le feu à un garage.

Mercredi 19 février 2025

Des cousins de Mme Sims ont hérité de la maison. Ils ont bien de la chance que la baraque soit restée libre après la mort de la vieille. Sans notre mur, elle aurait été pillée, occupée par des squatters, si ce n'est incendiée. Tout ce que les gens ont fait, c'est de récupérer ce qu'ils avaient donné à Mme Sims, après le cambriolage. Ils ont repris les vivres, surtout, car il n'y avait aucune raison de les laisser pourrir. On aurait pu en faire autant, mais on s'est abstenus. Nous ne sommes pas des voleurs.

Wardell Parrish et Rosalee Payne pensent autrement. Ils sont petits, le cheveu brun-roux, l'air revêche comme Mme Sims. Ce sont les enfants d'un cousin germain avec lequel elle avait gardé de bonnes relations. Lui est deux fois veuf, sans enfants, et elle aussi est veuve, d'un seul mariage, mais flanquée de sept enfants. Wardell et Rosalee ne sont pas seulement frère et sœur mais jumeaux. Peut-être que ça les aide à bien s'entendre. Mais je doute qu'ils s'accordent avec quiconque dans le voisinage.

Ils emménagent aujourd'hui. Ils étaient venus une ou deux fois en visite du vivant de Mme Sims et c'est sûr qu'ils devaient trouver la maison plus confortable que celle de leurs propres parents. Pensez, ils étaient dix-huit là-bas, à vivre sous le même toit. J'étais occupée à faire la classe aux plus petits, dans le bureau de p'pa, quand ils sont venus frapper chez nous. Je ne les ai pas vus, mais je les ai entendus. Ils ont eu le culot d'insinuer que nous avions dévalisé la maison de Mme Sims, avant qu'ils arrivent.

P'pa a gardé son calme.

« Vous savez qu'elle a été cambriolée il y a un peu plus d'un mois, il leur a dit. Vous n'avez qu'à aller vérifier à la police… si vous ne l'avez pas déjà fait. Depuis, la communauté a protégé la maison. Personne ne s'y est installé, personne n'a rien pris. Si vous voulez vivre parmi nous, apprenez que nous nous aidons les uns les autres et qu'il n'y a pas de voleur parmi nous.

— Je ne m'attendais pas à ce que vous me disiez le contraire, a marmonné Wardell Parrish. »

Sa sœur est intervenue avant qu'il ne sorte une autre saleté.

« Nous n'accusons personne, s'est empressée de dire cette menteuse. Mais nous nous posons des questions. Nous savions que notre cousine Marjorie avait quelques beaux bijoux, qu'elle tenait de sa mère…

— Allez voir la police. Ils vous le diront.

— Oui, bien sûr, mais…

— C'est une petite communauté, ici, a dit mon père. Nous nous connaissons tous. Nous dépendons les uns des autres. »

Il y a eu un silence. Les jumeaux avaient peut-être compris le message.

« Vous savez, nous n'avons pas pour habitude de nous mêler des affaires des autres. »

De nouveau, sa sœur est intervenue avant qu'il ne poursuive :

« Je suis sûre que tout se passera bien et que nous nous entendrons bien. »

Je ne les ai pas aimés en les entendant, et encore moins en les voyant. Ils nous regardent comme si on puait et eux pas. Mais ça n'a pas d'importance qu'ils me soient antipathiques. Ils ne sont pas les seuls dans ce cas dans le quartier. Le problème, c'est que je n'ai pas confiance en eux. Les enfants de Rosalee Payne, passe encore, mais elle et son frère… Je ne leur prêterais même pas mon mouchoir.

Samedi 22 février 2025

Nous sommes tombés sur des chiens sauvages ce matin. Nous étions partis nous entraîner au tir dans les collines, moi, mon père, Joanne Garfield, sa cousine et son petit ami Harold – Harry – Baker, mon amoureux Curtis Talcott, son frère Michael, Aura Moss et son frère Peter. Avec p'pa, il y avait Jay, le père de Joanne. C'est un type bien et un bon tireur. P'pa aime bien travailler avec lui, même s'il y a parfois des problèmes. Les Garfield et les Baker sont blancs, et nous autres noirs. Ça peut être dangereux, de nos jours. Dans la rue, les gens ont peur et haïssent tous ceux qui ne sont pas comme eux. Mais en bande et armés comme nous l'étions, les gens se contentent de nous regarder passer.

Au début, tout s'est passé normalement. Les Talcott se sont disputés entre eux, puis avec les Moss. Les Moss sont toujours en train de critiquer ce que les autres font. Peter Moss est le pire; il essaie d'imiter son père, et son père est une vraie merde. Il a trois épouses. Toutes sous le même toit. Karen, Nathalie et Zahra. Elles ont toutes des enfants de lui, bien que la plus jeune – la belle Zahra – n'en ait qu'un. Pour le moment, Karen est la plus ancienne, celle avec laquelle il s'est officiellement marié. Elle a laissé ce macho amener deux autres femmes chez elle et les appeler ses épouses. À mon avis, elle a dû penser que, si elle partait, elle ne s'en sortirait pas avec les enfants – elle en avait trois quand il a ramené Nathalie et cinq quand Zahra est arrivée.

Les Moss ne vont pas à l'église. Richard Moss a sa propre religion: un mélange de l'Ancien Testament et de pratiques africaines. Il prétend que Dieu attend des hommes qu'ils soient des patriarches, qu'ils commandent aux femmes, les protègent et leur fassent le maximum de gosses. Il est ingénieur dans une grosse compagnie de distribution d'eau, aussi il peut s'offrir de jeunes beautés sans domicile et vivre en polygamie. S'il en avait les moyens, je suis sûre qu'il aurait un véritable harem. Il n'est pas le seul à jouer les sultans. Il y en a d'autres comme lui dans d'autres quartiers. Des types de la classe moyenne qui veulent prouver qu'ils sont des hommes en ayant un tas de femmes à la fois. Quant aux gens de la haute, eux, ils ont le plus souvent une seule épouse, mais entretiennent sous le même toit de jeunes domestiques dont ils usent et abusent. Malheur à la première qui tombe enceinte, parce que l'épouse officielle n'hésitera pas à la jeter à la rue. Sauf si le mari s'y oppose. Ce qui n'arrive pas souvent.

Je me demande si ce ne sera pas ça, l'avenir: de plus en plus de malheureux promis à l'esclavage selon notre nouveau président Donner ou selon Richard Moss.

On a remonté à vélo River Street et, passé le mur du dernier quartier, on a traversé la zone de maisons et de cahutes sans protection sous les regards désespérément vides des plus miséreux, et puis nous avons pris la piste qui serpente à travers les collines. C'est un chemin étroit et criblé d'ornières et on a tous mis pied à terre pour poursuivre en direction d'un des canyons où on s'entraîne au tir. Les gens utilisent ces canyons pour toutes sortes de choses, y compris se débarrasser des cadavres. Si d'aventure il nous arrive de tomber sur un charnier, on s'en va chercher un autre coin. P'pa voudrait bien nous épargner le spectacle de toutes ces horreurs. Mais c'est impossible, alors il fait de son mieux pour nous apprendre à nous protéger.

La plupart d'entre nous pratiquent le tir à la carabine à la maison. On tire sur les écureuils et les oiseaux. Je n'aime pas ça, tirer sur des bêtes, mais p'pa insiste pour que nous nous entraînions sur des cibles mouvantes. Il dit que si on doit se défendre un jour, on ne pourra pas dire à celui ou à ceux qui nous attaquent d'arrêter de bouger pour qu'on puisse les viser. Et puis, dans mon cas, il a voulu savoir ce que ça me ferait de tirer sur un être vivant, pour voir si cela déclencherait une crise d'empathie.

J'ai donc tué des petites bêtes. Je tire bien. Mais ça n'a pas été trop douloureux. Impression de recevoir le coup de poing d'un fantôme ou d'une énorme bulle d'air. Le coup a toujours été plus dur avec les petits mammifères, écureuils et rats. Ma seule consolation, c'est de me dire qu'ils sont aussi nuisibles que les oiseaux. Nous comptons beaucoup sur nos jardins potagers et ces bestioles les ravageraient si on ne les tuait pas. Les vergers surtout en souffrent : les écureuils pillent les noisetiers et les noyers, les oiseaux massacrent figuiers, pruniers et mûriers et bouffent nos graines avant même qu'elles aient donné la moindre pousse. Mais je les aime bien, les oiseaux. Je les envie de voler. Des fois, je me lève à l'aube et vais les observer par la fenêtre, avant que quelqu'un vienne les effrayer ou leur tirer dessus. Maintenant que je suis assez grande pour aller tirer le samedi dans les collines, je ne m'entraîne plus sur les petites bêtes à la maison, même si ça ne plaît pas à p'pa. Et puis, ce n'est pas parce que je peux tirer sur un oiseau ou un rat sans m'évanouir que je vais pouvoir descendre de sang-froid des pilleurs comme ceux qui ont surgi chez Mme Sims. Je me demande si je pourrais seulement presser la détente. Et si je le pouvais, que se passerait-il ? Est-ce que je mourrais, moi aussi ?

C'est à cause de mon père qu'on s'intéresse autant aux armes. Il ne sort jamais sans son pistolet automatique neuf millimètres, qu'il porte à la hanche, pour que tout le monde puisse le voir. Il appelle ça sa « force de dissuasion ». Notez, ce n'est pas parce que vous êtes armé que vous ne vous ferez pas tuer, mais c'est vrai que les gens sans armes se font plus souvent descendre.

P'pa a aussi un pistolet-mitrailleur de calibre neuf millimètres. Ce dernier reste à la maison avec Cory, au cas où il arriverait quelque chose pendant qu'il est dehors. Les deux armes sont de fabrication allemande – Heckler & Koch. P'pa ne nous a jamais dit où il avait eu le PM. Il a dû le payer drôlement cher. Il l'a emporté deux ou trois fois dans les collines, pour que Cory et moi on tire avec. Il en fera de même avec les garçons, dès qu'ils auront l'âge.

Cory a un vieux revolver Smith & Wesson de calibre 38, avec lequel elle est très bonne. Elle l'avait déjà avant d'épouser p'pa. C'est lui qu'elle m'a prêté aujourd'hui. On n'a pas les armes les plus efficaces ni les plus récentes du quartier, mais elles sont sûres. Cory et p'pa veillent à leur entretien.

Pendant longtemps, à chaque réunion associative, p'pa n'a jamais manqué d'exhorter les gens à s'armer, à apprendre à se servir de leurs armes et à les entretenir.

« Faut que vous appreniez à vous en servir dans toutes les situations et que vous soyez capables de vous défendre, qu'on vous attaque en pleine nuit ou en plein jour. »

Au début, ça n'a pas plu à tout le monde. Les plus vieux disaient que c'était à la police de les protéger, les autres craignaient que leurs enfants ne mettent la main sur une arme et les religieux pensaient que ce genre d'appel aux armes était déplacé dans la bouche d'un pasteur.

« La police, leur disait mon père, vous vengera peut-être, mais elle ne pourra pas vous protéger. La situation empire de jour en jour. Quant à vos enfants… c'est vrai qu'il y a des risques, mais c'est à vous de cacher vos armes, là où les plus petits ne risquent pas de tomber dessus ; quant aux grands, il faudra leur apprendre à s'en servir. C'est ce que j'ai moi-même l'intention de faire. J'ai une femme et cinq enfants. Je prierai tout le temps pour eux. Mais je veillerai aussi à ce qu'ils soient capables de se défendre. Tant que je le pourrai, je m'interposerai entre ma famille et tout intrus. Voilà ce que mon devoir de chef de famille m'impose. À vous de voir quel est le vôtre. »

À présent, il n'y a pas une seule famille qui ne possède pas au moins deux pistolets. P'pa dit qu'il soupçonne que certaines armes sont si bien cachées – comme le revolver de Mme Sims – qu'ils n'auraient jamais le temps de s'en saisir en cas d'urgence.

Tous les enfants qui viennent à l'école dans notre maison apprennent à démonter et à remonter une arme à feu. Après cela, quand ils ont quinze ans, les adultes commencent à les emmener dans les collines pour tirer. C'est une espèce de rite d'initiation. Mon frère Keith n'arrête pas de geindre chaque fois que quelqu'un organise une séance de tir, mais la règle est la même pour tous : à partir de quinze ans, et pas avant.

Cette impatience de Keith à poser la main sur une arme m'inquiète. P'pa, lui, n'a pas l'air de s'alarmer. Moi, si.

Dans les collines, passé les dernières cahutes à flanc de coteau, on trouve des groupes de sans-abri et des bandes de chiens sauvages. Hommes et bêtes chassent les lapins, les opossums et les écureuils, mais se chassent aussi les uns les autres. Les chiens – leurs ancêtres, du moins – appartenaient à des gens. Mais les chiens mangent de la viande, et la viande est devenue une denrée rare de nos jours, un véritable luxe que bien peu de gens peuvent s'offrir. Seuls quelques riches ont encore des chiens, par goût, mais surtout pour garder leurs maisons. Les riches ont des tas de systèmes de sécurité pour défendre leurs biens, mais les chiens *sont* un plus : ils font peur.

Après ma séance de tir, aujourd'hui, je suis allée m'asseoir sur un rocher pour regarder les autres tirer. À un moment, j'ai surpris un mouvement et j'ai vu qu'un chien s'était approché et qu'il m'observait. Il était seul. Un mâle, d'un brun jaune, les oreilles en pointes, le poil court. Il n'était pas assez gros pour s'attaquer à moi et puis j'avais le Smith & Wesson, alors j'en ai profité pour l'étudier. Il était maigre, mais ne semblait pas affamé. Il avait l'air vif et curieux. Il humait l'air, et je me suis souvenue que les chiens s'orientaient plus à l'odorat qu'à la vue.

« Regarde », j'ai dit à Joanne Garfield, qui se tenait à quelques pas de moi. Elle s'est retournée, est restée un instant bouche bée puis a levé son arme pour viser le chien. La bête, alertée par le mouvement, a détalé parmi les broussailles et les rochers. Joanne a regardé tout autour d'elle, comme si elle s'attendait à voir une meute lui débouler dessus. Elle tremblait.

« Je suis désolée, j'ai dit. Je ne savais pas que tu avais peur d'eux. »

Elle a respiré un grand coup et a regardé dans la direction qu'avait prise le chien.

« Moi non plus, je savais pas. C'est la première fois que j'en vois un de si près… Je regrette, si j'avais pas bougé… »

Le cri qu'a alors poussé Aura Moss nous a fait sursauter et on s'est retournées vers elle, juste à temps pour la voir tirer avec l'automatique Llama de son père.

« Elle était là ! criait-elle en désignant les rochers. Une grosse bête... jaune... avec des crocs terribles ! Elle ouvrait la gueule !

— Espèce de conne, tu as failli me toucher ! » a hurlé Michael Talcott en se relevant de derrière un rocher.

Le pauvre s'était trouvé dans la ligne de tir d'Aura et il avait dû avoir une sacrée frousse. Heureusement que cette idiote ne l'avait pas touché.

« Rengaine ton arme, Aura », lui a dit mon père. Il n'avait pas élevé la voix, mais il était en colère. C'était visible, mais Aura devait être la seule à ne pas s'en apercevoir, parce qu'elle a continué de crier :

« C'était une bête terrible ! Elle est peut-être encore tout près.

— Aura ! »

Cette fois p'pa avait durci le ton. Aura l'a regardé et elle a compris que mon père pourrait être plus dangereux que la bête en question. Elle s'est empressée de mettre le cran de sûreté et de ranger l'automatique dans son holster.

« Mike ?

— Ça va bien, m'sieur ! a répondu Michael Talcott. Mais c'est pas grâce à elle !

— C'était rien qu'un chien, j'ai dit. Il était là, il nous observait et il s'est sauvé quand Joanne a bougé.

— Z'auriez dû le tuer, a dit Peter Moss. Vous voulez quoi ? Attendre qu'il saute sur quelqu'un ?

— Qu'est-ce qu'il faisait ? a demandé Jay Garfield. Il vous observait, c'est tout ? »

Je lui ai répondu que oui et qu'il n'avait pas l'air malade ni affamé. Qu'il n'était pas très grand. Enfin, que je ne pensais pas qu'il était un danger. On était nombreux, et pas des enfants. Mais Aura a remis ça.

« L'animal que j'ai vu était énorme. Et il avait la gueule ouverte ! »

Soudain il m'est venu une idée et je me suis approchée d'elle.

« Il haletait, je lui ai dit. Les chiens halètent quand ils ont chaud. Ça ne signifie pas qu'ils sont en colère ou qu'ils ont faim. (J'ai hésité un instant puis je lui ai demandé :) Tu n'avais encore jamais vu de chien ? »

Elle a secoué la tête d'un air penaud.

« Certains sont audacieux, mais pas au point d'attaquer un groupe. Tu n'as pas à t'inquiéter. »

Elle ne m'a pas paru convaincue, mais elle s'est un peu détendue. Tout leur est interdit, aux filles Moss, en particulier de mettre le nez dehors. Elles ne sont presque jamais autorisées à sortir des murs du quartier. Ce sont leurs mères qui les éduquent à la maison selon les préceptes imaginés par leur père. Elles sont en quarantaine perpétuelle, et je suis surprise qu'Aura soit venue au tir avec nous. J'espère que cela lui fera du bien, tout comme j'espère que nous parviendrons tous à survivre dans ce monde devenu fou.

« Vous tous, attendez ici », a dit p'pa.

Il a jeté un coup d'œil à Jay Garfield et tous deux sont allés voir dans les broussailles et les rochers si Aura avait touché le chien. P'pa avait son revolver à la main, cran de sûreté ôté. Il a disparu de notre vue pendant plus d'une minute.

Il est revenu avec une expression que je ne pouvais pas lire.

« Allez, rangez vos armes, a-t-il lancé à la ronde. On rentre.

— Je l'ai tué ? a demandé Aura.

— Non. Prenez vos vélos. »

P'pa et Jay se sont entretenus pendant un moment à voix basse, et j'ai vu Jay secouer la tête avec tristesse, mais je sais qu'ils ne nous diront rien s'ils ne le jugent pas nécessaire.

« Il s'agit pas d'un chien mort, j'vous le garantis », a dit Harold Balter derrière nous.

Joanne l'a attendu pour marcher à côté de lui.

« Non, plutôt une bande de chiens ou une bande de types, j'ai dit, ou peut-être un cadavre. »

J'ai appris plus tard qu'il s'agissait de plusieurs cadavres : une femme, un petit garçon de quatre ans, un autre de quelques mois, tous en partie dévorés par les chiens. Mais p'pa ne me l'a pas dit avant que nous arrivions à la maison.

« S'il y avait un cadavre, nous aurions senti l'odeur, a dit Harry.

— Pas si la personne est morte il y a moins de vingt-quatre heures. »

Joanne m'a regardée et elle a secoué la tête d'un air triste comme son père.

« Si c'est ça, je me demande où est-ce qu'on ira tirer la prochaine fois. D'ailleurs, je me demande même s'il y aura une prochaine fois. »

Une dispute avait éclaté entre Peter Moss et les frères Talcott à cause du coup de feu imprudent tiré par Aura, et p'pa est intervenu pour les faire taire. Il a aussi parlé à Aura ; je n'ai pas pu entendre ce qu'il lui disait, mais elle s'est mise à pleurer doucement. Elle pleure facilement. Depuis toujours.

P'pa s'est éloigné d'elle, l'air contrarié. Il a pris la tête de notre petite colonne et nous avons commencé de descendre le canyon. On était sur nos gardes, car une bande de chiens était apparue parmi les rochers, et ils nous regardaient avec une attention inquiétante. Comme je jetais un regard derrière moi pour voir Jay Garfield fermer la marche, Joanne me dit :

« Ton père veut qu'on reste ensemble.

— Toi et moi ?

— Ouais, et Harry. Pour mieux se protéger.

— Je ne crois pas que ces chiens soient assez stupides ou affamés pour nous attaquer en plein jour. Ils chercheront un solitaire, ce soir.

— Tais-toi, pour l'amour du ciel ! »

Le sentier longeant le canyon était étroit. Un sale endroit pour affronter une meute de chiens. On risquait de glisser ou d'être projeté par un chien dans le ravin. Une chute d'une bonne centaine de mètres sur une pente mortelle.

Dans le fond du canyon, je pouvais entendre d'autres chiens se battre entre eux. On devait être près de l'endroit où ils avaient établi leur repaire, à moins que ce ne fût une charogne qu'ils se disputaient.

« S'ils viennent, dit mon père d'une voix calme, mettez-vous en position de tir, visez et tirez. Ça vous sauvera la vie. Position, visée, tir. Gardez les yeux ouverts et restez calmes. »

Je me répétais ces paroles en avançant sur le sentier qui montait et descendait. C'était probablement l'intention de p'pa, qu'on se les répète. Aura pleurnichait encore et je me suis dit qu'elle ne nous serait pas très utile en cas d'attaque.

On était presque arrivés à l'endroit où le canyon s'élargit et descend plus lentement et on n'avait plus vu de chien depuis un bon moment, quand trois coups de feu ont éclaté. Ils venaient de devant. On s'est tous arrêtés, se demandant ce qui se passait.

« Continuez, nous a crié p'pa. C'est rien. Juste un chien qui s'est approché trop près.

— Tu n'as rien ? je lui ai demandé.

— Ça va bien. Mais restez vigilants. »

Et puis on est arrivés en vue du chien que p'pa avait tiré. Une grande bête au poil gris. Il ressemblait aux photos de loups que j'avais vues. Il était couché contre un rocher qui surplombait le canyon.

Mais il n'était pas mort.

Quand j'ai vu ses blessures, le sang qui rougissait son pelage et les contorsions de son corps, je me suis mordu la langue, parce que la douleur du chien devenait la mienne. Que faire? Continuer de marcher? J'en étais soudain incapable. Un pas de plus et je m'étalais dans la poussière, impuissante contre ma souffrance. Encore heureux si je ne tombais pas dans le ravin.

« Il bouge encore! » s'est écriée Joanne.

Le chien raclait la terre de ses pattes de devant.

J'ai bien cru que j'allais vomir. J'avais terriblement mal au ventre. Je me suis appuyée du bras gauche à mon vélo et, de ma main droite, j'ai sorti le Smith & Wesson, j'ai visé et tiré la bête en pleine tête.

J'ai senti l'impact de la balle comme si je recevais un coup sur la tête – une sensation qui était étrangement au-delà de la douleur. Puis j'ai senti le chien mourir. Je l'ai vu se convulser, se raidir de tout son long et puis mourir. Je l'ai senti mourir, comme une allumette qui s'éteint dans une soudaine disparition de douleur. Et je me suis sentie tout engourdie. Sans le vélo, je serais tombée.

Les autres s'étaient rassemblés derrière moi. Pendant un instant, je les ai entendus sans les voir.

« Il est mort, disait Joanne. Le pauvre.

— Quoi? demandait mon père. Un autre? »

Puis ma vision s'est éclaircie de nouveau. Mon père était essoufflé. Il avait dû courir pour nous rejoindre.

« Non, c'est le même, je lui ai répondu. Il n'était pas mort. Je lui ai tiré trois balles.

— Il bougeait, révérend Olamina, a dit Joanne. Il souffrait. Si Lauren ne lui avait pas donné le coup de grâce, quelqu'un d'autre aurait dû le faire. »

P'pa a soupiré.

« Eh bien, il ne souffre plus, maintenant. Allez, ne traînons pas. »

Puis il a paru comprendre ce que venait de dire Joanne et il m'a regardée.

« Tu vas bien ? »

J'ai hoché la tête. Je ne sais pas quelle tête je devais avoir. Mais comme personne ne me regardait avec des yeux ronds, j'en ai conclu que l'épreuve que je venais d'endurer était passée inaperçue. Seuls Harry Balter, Curtis Talcott et Joanne m'avaient vue abattre le chien. Je les ai regardés et Curtis m'a souri. Il s'est appuyé à son vélo comme il m'avait vue le faire, a sorti de son ceinturon un pistolet imaginaire, a visé soigneusement le chien mort et a tiré une balle imaginaire.

« Pan ! Comme si elle faisait ça tous les jours. Pan !

— Allons-y, a dit mon père. »

On s'est remis en route. On a enfin quitté le canyon et pris le chemin de notre quartier, laissant les chiens derrière nous.

J'ai marché comme un robot, la tête lourde de l'image de la bête. Je l'avais sentie mourir et je n'étais pas morte.

J'avais éprouvé sa douleur comme pour un être humain. J'avais senti sa vie la quitter comme une flamme qui s'éteint et j'étais encore en vie.

Pan !

5

La croyance
Doit engendrer et guider l'action
Sinon elle ne sert à rien.
Semence de la Terre : Le Livre des vivants

Dimanche 2 mars 2025

Il pleut.

Nous avons appris hier soir à la radio qu'un ouragan arrivait du Pacifique, mais ici il n'y a pas eu grand monde pour y croire.

« Nous aurons du vent, a dit Cory. Du vent et, peut-être, quelques gouttes de pluie ou un peu d'air frais. C'est tout ce que nous aurons, mais ce sera toujours ça. »

Nous n'avons jamais rien de plus. Il faut que je remonte six ans en arrière pour me souvenir de la pluie, une pluie diluvienne ; l'eau tourbillonnait devant la porte de derrière, pas assez haute pour pénétrer dans la maison, mais assez tout de même pour que mes frères aient envie d'aller y patauger. Cory, qui a la phobie des microbes, les en a empêchés. Elle disait qu'ils baigneraient dans un véritable bouillon de culture, avec tous ces germes qu'avait accumulés notre jardin potager pendant des années. Elle avait peut-être raison, mais les gosses des voisins ruisselaient de boue et de vers de terre ce jour-là, et il ne leur est rien arrivé.

Cette tornade-là avait été tropicale – brève, violente et tiède, une pluie de septembre, la frange d'un ouragan qui avait frappé la côte pacifique du Mexique. Mais on est en hiver, maintenant, et la tempête d'aujourd'hui est plus fraîche. Il a commencé de pleuvoir ce matin, alors que les gens arrivaient chez nous pour la messe dominicale.

On a chanté de vieux hymnes, accompagnés au piano par Cory, pendant que le tonnerre grondait dehors et que les éclairs zébraient le ciel. C'était formidable. Certains ne sont pas restés longtemps, impatients qu'ils étaient de sortir tous les récipients possibles pour recueillir l'eau, dans leur jardin, mais aussi à l'intérieur des maisons, car il y a peu de toits dans le coin qui ne soient pas des passoires.

Je ne me souviens pas qu'on ait jamais fait réparer notre toit par un professionnel. Nous avons tous des toits de tuile espagnole. La tuile est plus résistante que le bois ou les bardeaux d'asphalte. Mais le temps, le vent, les tremblements de terre et les branches d'arbres les détériorent, à la longue. Personne, ici, n'a les moyens de les réparer. Au mieux, les hommes colmatent les trous avec les matériaux qu'ils peuvent trouver, mais le fait est rare. À quoi bon s'inquiéter d'avoir une toiture en bon état, quand il ne pleut que tous les six ans ?

Notre toit, toutefois, a tenu bon jusqu'ici. Les tonneaux et les bassines que nous avons sortis sont déjà pleins ou en voie de se remplir d'une belle et bonne et fraîche eau venue du ciel. Si seulement il pouvait pleuvoir plus souvent.

Lundi 3 mars 2025

Il pleut toujours.

Dans la nuit, le tonnerre a encore grondé. Il continue de pleuvoir, une pluie qui, par moments, se transforme en averses. Et ç'a duré toute la journée. Je n'ai jamais rien ressenti de pareil. C'est merveilleux, toute cette eau qui tombe. Je suis sortie sous la pluie jusqu'à ce que je sois trempée comme une soupe. Évidemment, Cory ne voulait pas, mais je ne l'ai pas écoutée. Comment peut-elle être insensible au plaisir miraculeux de marcher à travers ce rideau de perles douces et fraîches qui s'écrasent sur vous en myriades de brillants !

Mardi 4 mars 2025

Amy Dunn est morte.

Trois ans, mal aimée, morte. C'est tellement injuste que je n'arrive pas à y croire. Elle était capable de lire des mots simples et de compter jusqu'à trente. Je lui avais appris. Elle était tellement heureuse qu'on s'occupe enfin d'elle qu'elle me suivait partout. Un vrai pot de colle. Impossible de m'en débarrasser, même quand je devais aller aux toilettes.

Morte.

J'avais fini par me prendre d'affection pour cette petite peste.

Je l'ai raccompagnée chez elle après la classe. J'avais pris l'habitude de le faire parce que les Dunn n'envoyaient jamais personne la chercher.

« Elle connaît le chemin, disait Christmas. T'inquiète pas, elle sait traverser. »

Je la savais parfaitement capable de rentrer chez elle sans mon aide. Elle voyait très bien sa maison, qui est en face de la nôtre, de l'autre côté de la rue. Mais je connaissais aussi le goût d'Amy pour le vagabondage. Laissée seule, il lui arrivait d'aller dans le jardin des Montoya ou de visiter le clapier des Moss et d'essayer d'ouvrir les cages à lapins. Aussi avais-je pris pour habitude de la raccompagner. Je l'ai fait d'autant plus volontiers aujourd'hui qu'il pleuvait toujours. Amy aimait la pluie et on a traîné sous le grand avocatier qui se trouve sur le refuge au milieu de la rue. Il y a aussi à l'autre bout un oranger et j'ai cueilli deux oranges mûres, une pour moi, une pour elle. Je les ai pelées et nous les avons mangées tandis que la pluie collait les cheveux filasse d'Amy sur son petit crâne.

Ensuite je l'ai emmenée chez elle et sa mère m'a dit que ce n'était pas la peine de me mouiller comme ça.

« Vaut mieux profiter de la pluie pendant qu'elle dure », je lui ai répondu.

Tracy a fait rentrer Amy; elle a refermé la porte, et je suis repartie. Mais Amy a réussi à ressortir et elle est allée traîner près de la grande porte dans le mur, juste en face des maisons Garfield-Balter-Dory. C'est Jay Garfield qui l'a découverte en allant voir ce qu'il pensait être un autre de ces déchets que les gens de l'extérieur jettent par-dessus la porte, par jalousie ou par haine: une charogne de bête, un paquet de merde, parfois le cadavre d'un enfant ou un membre sectionné. Les corps d'adultes, eux, sont généralement déposés de l'autre côté du mur. La « chose », aujourd'hui, c'était Amy.

Quelqu'un lui avait tiré dessus à travers la porte de métal. Un accident, parce qu'on ne peut pas voir à travers. Le tireur a peut-être tiré sur quelqu'un qui se trouvait dehors devant notre porte ou bien sur la porte elle-même, et sur ce qu'elle représente pour tous ceux qui n'ont pas la chance d'avoir un toit et un mur pour les protéger. La porte est censée être à l'épreuve des balles, mais elle a tout de même été perforée une dizaine de fois.

On ne compte plus les coups de feu qu'on entend jour et nuit, des rafales d'armes automatiques et même des explosions de grenades et d'obus de mortiers. Ces derniers sont les plus redoutables, mais, heureusement, ils sont rares. C'est plus difficile de voler des armes lourdes, dit p'pa, et il n'y a pas beaucoup de gens qui ont les moyens de les acheter au marché noir. Le fait est qu'on entend tellement de fusillades qu'on n'y prête plus attention. Les enfants Balter disent qu'il y a eu des détonations, mais ni plus ni moins que d'habitude. En ce moment, le seul bruit que les gens remarquent, c'est celui de la pluie.

Amy aurait eu quatre ans dans deux semaines. J'avais prévu une petite fête avec ses petits camarades.

Dieu, que je hais ce quartier !

Je le hais et je l'aime. C'est comme une île entourée de requins, sauf que les requins ne vous attaquent que si vous allez dans l'eau. Nos requins de terre, eux, viennent vous happer sur la plage.

Le jour où la faim les poussera, c'est par centaines qu'ils viendront.

Mercredi 5 mars 2025

J'ai encore marché sous la pluie ce matin. Elle était froide, mais je ne m'en lasserai jamais. Amy a déjà été incinérée. Je me suis demandé si sa mère serait soulagée.

Mais non, ce n'est pas le cas. Elle n'a jamais aimé Amy, mais, maintenant, elle pleure. Et je ne pense pas qu'elle fasse semblant. La famille a chargé (moyennant un sacrifice d'argent bien trop lourd pour elle) la police de découvrir l'assassin, mais les flics ne feront rien d'autre que chasser tous ceux qui vivent dans les rues proches de notre mur. Et cela ne servira pas à grand-chose. Car les gens reviendront et ils nous aimeront encore moins pour avoir lâché les flics après eux. C'est illégal de dormir dans la rue, mais comment faire autrement quand on n'a rien ? La police s'en fout pas mal et saisit le moindre prétexte pour les matraquer en toute impunité, leur voler le peu qu'ils ont, et emprisonner ceux qui ne décampent pas assez vite à ses yeux. Après le passage de la flicaille, les miséreux le seront un peu plus. Et le meurtrier d'Amy, lui, courra toujours. Mais si cela peut soulager la culpabilité des Dunn…

Samedi, p'pa célébrera une messe à la mémoire d'Amy, une cérémonie dont je me passerais volontiers.

« Tu aimais bien Amy ? » m'a demandé Joanne Garfield quand je lui en ai parlé.

Nous avons déjeuné ensemble à midi. Dans ma chambre, parce qu'il continue de pleuvoir et que la maison est envahie par tous les enfants qui ne sont pas rentrés manger chez eux. Ma chambre reste mon domaine privé. C'est le seul endroit au monde où je peux me réfugier sans être suivie par quelqu'un que je n'ai pas invité. Je ne connais personne d'autre qui ait une chambre à soi. Et maintenant, même p'pa et Cory n'y entrent jamais sans frapper à la porte. C'est le gros avantage à être la seule fille de la maison. Bien sûr, je suis sans cesse obligée de jeter dehors mes petits frères, mais au moins j'en ai le droit. Joanne est fille unique, mais elle doit partager une pièce avec trois de ses cousines – Lisa la pleurnicheuse, toujours à se plaindre ; la turbulente Robin, qui a un Q.I. de génie ; et la falote Jessica, qui marmonne et contemple ses pieds et pleure quand on lui fait les gros yeux. Toutes les trois sont des Baker – les sœurs de Harry et les enfants de la tante maternelle de Joanne. Leurs sœurs adultes, leurs maris, leurs huit enfants et leurs parents, M. et Mme Dory, s'entassent comme ils peuvent dans la maison de cinq pièces. Ce n'est pas la famille la plus nombreuse du voisinage, mais je suis bien contente de ne pas avoir à vivre dans une telle promiscuité.

« Presque personne ne s'occupait d'Amy, m'a dit Joanne. Personne, sauf toi.

— C'est après qu'elle a mis le feu que j'ai eu peur pour elle. Avant ça, j'étais comme tout le monde, je ne faisais pas attention à elle.

— Et à présent, tu te sens coupable ?

— Non.

— C'est ce que tu dis. »

Je l'ai regardée avec étonnement.

« Mais non, pourquoi me sentirais-je coupable ? J'ai de la peine qu'elle soit morte et elle me manquera, mais je ne suis pas responsable de ce qui lui est arrivé. Mais je ne peux m'empêcher de réfléchir à ce que cela signifie pour nous tous.

— Comment ça ? »

J'avais envie de lui parler de choses que je n'avais jamais dites à personne. Je les avais écrites. Des fois, j'écris pour ne pas devenir folle. Il tourne dans ma tête tout un tas de pensées que je ne me sens pas libre d'exprimer, même à mes proches. Mais Joanne est ma meilleure amie et elle est intelligente. Elle me connaît bien. Alors, pourquoi ne pas lui parler ?

« Qu'y a-t-il ? » elle m'a demandé.

Elle avait apporté dans une boîte en plastique une salade de haricots. Elle a ouvert la boîte et l'a posée sur ma table de nuit.

« Tu ne t'es jamais dit qu'Amy et Mme Sims étaient peut-être les plus heureuses ? je lui ai demandé. Tu ne t'es jamais posé la question de savoir ce que nous allions devenir ? »

Il y a eu un grondement de tonnerre et la pluie a redoublé de vigueur. La météo à la radio prévoit le retour du soleil pour demain. J'espère que non.

« Bien sûr que j'y pense, a répliqué Joanne. Difficile d'y échapper quand autour de soi on tue des petits enfants.

— Les gens tuent des enfants depuis toujours.

— Pas ici. Ça n'était jamais arrivé qu'on tue une petite fille de trois ans.

— C'est vrai et je prends ça pour un avertissement.

— De quoi parles-tu ?

— Amy a été la première à être tuée, et elle ne sera pas la dernière. »

Joanne a réprimé un frisson.

« Moi aussi, je le pense. Les viols, les vols, et maintenant les meurtres. Tout le monde y pense. Tout le monde a peur. Si seulement je pouvais partir d'ici !

— Et où irais-tu ?

— C'est ça, le problème. Il n'y a nulle part où aller.

— C'est pas si sûr.

— Quand on a pas d'argent et qu'on sait rien faire d'autre que s'occuper des bébés et faire la cuisine ? Allons donc !

— Il n'y a pas que ça que tu saches faire.

— Peut-être, mais ce que je sais ne me servirait à rien. J'ai pas les moyens d'entrer au collège et je pourrais jamais trouver un travail ou quitter ma famille, parce qu'aucun travail ne me permettrait de subvenir à mes besoins et parce qu'il n'y a plus aucun endroit où on soit en sécurité. Merde, mes parents vivent encore avec leurs parents.

— Je sais, mais le pire est à venir.

— Comment ça pourrait être pire ? »

Elle a commencé de manger sa salade, qui avait l'air bonne, mais ce que j'avais à dire risquait de lui couper l'appétit.

« Il y a une épidémie de choléra dans le sud du Mississippi et en Lousiane, j'ai dit. Je l'ai entendu hier à la radio. Il y a trop de gens illettrés, sans emploi, sans domicile, sans eau potable, sans rien. Ici, nous avons de l'eau, mais elle est polluée à plus de cinquante pour cent. Et tu connais cette drogue qui pousse les gens à allumer des feux ? »

Elle a hoché la tête en mastiquant.

« Elle se répand, j'ai poursuivi. Elle a commencé sur la côte Est et, maintenant, elle circule à Chicago. Les journalistes disent que contempler un feu, pour ceux qui en prennent, c'est plus jouissif que la baise. Je ne sais pas s'ils la condamnent ou s'ils font de la pub pour. Il y a eu des tornades en Alabama, dans le Kentucky, dans le Tennessee et dans deux ou trois autres États. Il y a trois cents morts de dénombrés… pour le moment. Et le blizzard souffle du nord, tuant encore plus de gens. À New York et dans le New Jersey, il y a une épidémie de rougeole, qui tue des gens. La rougeole !

— J'en ai entendu parler, a dit Joanne. Bizarre, hein, que la rougeole puisse tuer, même si les gens ne sont pas vaccinés.

— Mais ces gens sont déjà à moitié morts, je lui ai dit. Ils ont passé l'hiver dans le froid, avec la faim au ventre, et ils souffrent déjà d'autres maladies. Bien sûr, ils n'ont pas les moyens de se faire vacciner. Si on avait des enfants, je ne vois même pas comment on pourrait les prémunir contre les maladies bénignes.

— Je sais, je sais, elle m'a dit, légèrement agacée. Ça va mal de tous les côtés. Ma mère espère que notre nouveau président, Donner, va nous sortir de là.

— Ouais, et tu y crois, toi ?

— Non. Donner n'a pas une seule chance. Peut-être qu'il veut bien faire, mais Harry dit que le type est dingue, que tout ce qu'il risque de faire, c'est de ramener le pays cent ans en arrière.

— Mon père dit à peu près la même chose. Mais ça m'étonne de Harry, ça.

— Oh, il y a rien d'étonnant à ça, son père prend Donner pour un dieu. »

J'ai ri en pensant à l'éternelle querelle entre Harry et son paternel. Les disputes du voisinage… beaucoup de bruit pour rien.

« Pourquoi tu me parles de tout ça ? a demandé Joanne. Qu'est-ce qu'on peut y faire, dis-moi ?

— On peut se préparer et c'est ce qu'on devrait faire. Se préparer à ce qui va arriver, se préparer à survivre, concentrer toutes nos forces pour ne pas se faire éliminer par des fous, des désespérés, des bandits et des présidents qui ne savent pas ce qu'ils font ! »

Elle m'a regardée avec de grands yeux.

« Je sais pas de quoi tu parles. »

J'allais peut-être trop vite ; je me laissais emporter.

« Je parle de ce quartier, Jo, je parle de ce cul-de-sac avec un mur autour. Je parle du jour où toute une horde de ces affamés, de ces désespérés et de ces fous qui sont de l'autre côté du mur décidera d'entrer ici. Je parle de ce que nous devons faire avant que ça arrive, pour qu'on puisse survivre et reconstruire, ou tout au moins survivre et nous échapper et ne pas devenir autre chose que des mendiants.

— Abattre notre mur et entrer ici ?

— Ils le feront sauter à la dynamite. Ça arrivera un jour. Et tu le sais aussi bien que moi.

— Non, non, j'ai jamais pensé une chose pareille. »

Elle s'est redressée sur sa chaise et en a oublié sa salade

pendant un moment. J'ai mordu dans un morceau de pain aux noix et aux fruits secs. J'adore ça, mais, cette fois, je ne lui ai trouvé aucune saveur.

« Jo, on est en danger. Tu le sais bien.

— Je sais. Il y a de plus en plus de crimes, d'incendies.

— Et ça continuera comme ça pendant un moment encore. Des coups, on va en recevoir, mais, un jour, ils vont en frapper un grand. Et si on n'est pas prêts, ce sera comme Jéricho.

— Allons, qu'est-ce que tu en sais ? Personne ne peut lire l'avenir. Personne.

— Tu le peux, j'ai dit. Si tu le veux. Ça fait peur, mais, la peur passée, c'est facile. À Los Angeles, des communautés qui avaient des murs plus grands et plus solides que le nôtre ont été balayées. Il n'en reste que des ruines, des rats et des squatters. Ce qui leur est arrivé peut nous arriver. Et nous mourrons aussi sûrement que deux et deux font quatre si nous ne nous préparons pas dès maintenant.

— Pourquoi tu n'en parles pas à tes parents ? Ils te diront ce qu'ils en pensent.

— C'est bien mon intention, mais, quand je le ferai, je veux être sûre qu'ils m'écouteront. Et puis, ils savent tout ça. Mon père le sait, en tout cas. Et tous les adultes aussi. Ils ne sont pas idiots à ce point.

— Ma mère a peut-être raison au sujet de Donner. Il pourrait faire quelque chose.

— Non. Non, Donner n'est rien d'autre qu'un garde-fou.

— Un quoi ?

— Il symbolise un passé auquel on est censés se raccrocher, alors que nous sommes poussés vers le futur. Donner n'est rien. Il n'a pas de substance. Mais le fait de l'avoir là, comme président succédant à toute une lignée de présidents des États-Unis d'Amérique, fait croire aux gens que le pays, que la culture dans laquelle ils ont grandi sont encore là et que nous sortirons vainqueurs de l'épreuve présente et retrouverons l'équilibre.

— Ça se pourrait bien. »

Non, elle ne le pensait pas. Elle était trop intelligente pour croire à une illusion quand la réalité lui démontrait si cruellement le contraire.

« Tu as entendu parler de la Grande Peste en Europe au Moyen Âge ? » je lui ai demandé.

Elle a hoché la tête. Comme moi, elle lit beaucoup, et toutes sortes de choses.

« Oui, elle a tué plus de vingt-cinq millions de gens en Europe. Les survivants pensaient que la fin du monde était arrivée.

— Oui, mais quand ils ont compris que ce n'était pas le cas, ils ont compris aussi beaucoup d'autres choses : qu'il y avait des terres libres que rien ne les empêchait de cultiver, qu'ils pouvaient exiger d'être mieux payés pour leur travail. La peste avait changé ceux qui y avaient survécu.

— Que veux-tu dire ?

— Que les choses changent, qu'elles changent lentement, mais que, parfois, une catastrophe accélère le changement.

— Et alors ?

— Alors, les choses sont en train de changer. Les grands attendent que leur cher passé revienne et ils ne voient pas que tout change autour d'eux. Ils sont responsables du changement de climat de la planète, mais ça ne les empêche pas d'attendre le retour du bon vieux temps.

— Ton père dit qu'il ne croit pas que l'industrie et la pollution soient la cause des changements climatiques, comme le prétendent les scientifiques. Il dit que seul Dieu peut changer le monde de façon importante.

— Et tu le crois ? »

Elle me regarda, l'air embarrassé, et me répondit d'une voix hésitante :

« Je ne sais pas.

— Mon père est la meilleure personne que je connaisse, mais il y a des choses qu'il ne peut ou, plutôt, ne veut pas voir.

— De toute façon, on ne peut plus rien pour le climat et pour la couche d'ozone, quelle que soit la cause du changement. Quant à la situation, aux crimes et tout ça, nous n'y pouvons rien non plus. »

Je commençais à perdre patience.

« Alors, laissons-nous tuer tout de suite, qu'on en finisse ! »

Elle s'est arrêtée de peler son orange pour me regarder et j'ai lu dans ses yeux de la gravité, mais aussi de la colère.

« Qu'est-ce qu'on peut faire, d'après toi ? » elle m'a demandé d'une voix tendue.

J'ai avalé ma dernière bouchée de pain et j'ai pris plusieurs livres sur l'étagère de ma table de nuit. Je les lui ai montrés.

« Tous ces derniers mois, j'ai lu et étudié. Ce sont de vieux bouquins et j'ai aussi utilisé l'ordinateur de p'pa pour avoir des informations plus récentes. »

Je les ai posés à côté d'elle et elle les a examinés en fronçant les sourcils. Il y avait là trois livres sur la survie en terre sauvage, trois autres sur les armes et la chasse, un guide pratique de secourisme et un ouvrage sur les plantes de Californie, leur usage, la construction d'une cabane en rondins, l'élevage, la culture fourragère, le tissage, ce genre de choses. Joanne a compris tout de suite où je voulais en venir.

« Qu'est-ce que tu veux ? Apprendre à vivre de la terre ?

— Je veux apprendre tout ce qui m'aidera à survivre. On devrait tous lire ce genre de bouquins. On devrait enterrer notre argent et ce dont nous avons le plus besoin, afin que les voleurs ne puissent pas mettre la main dessus. On devrait tous avoir préparé un paquetage de survie, au cas où on devrait fuir en quatrième vitesse. Un sac avec de l'argent, de la nourriture, quelques vêtements, des allumettes, une arme, ne serait-ce qu'un couteau, une couverture. On devrait prévoir des endroits où se regrouper au cas où on se trouverait séparés. Merde, il y a tant de choses à faire. Et je sais – je le sais ! – que, malgré tous nos efforts, on n'en fera jamais assez. Chaque fois que je sors du quartier, j'essaie de m'imaginer ce que ce doit être de vivre sans protection, et je m'aperçois que je ne sais rien.

— Alors pourquoi…

— J'ai envie de survivre. Pas toi ? »

Elle s'est contentée de me regarder.

« Comme ça, j'ai dit encore, si je dois fuir la maison, si je dois abandonner le quartier, ce que j'aurai appris m'aidera peut-être à vivre assez longtemps pour en apprendre plus et continuer à vivre. »

Elle a eu un petit sourire nerveux.

« Tu as trop lu de romans d'aventures. »

Décidément, c'était difficile de convaincre quelqu'un de l'évidence.

« C'est pas des blagues, Jo.

— C'est quoi, alors ? Qu'est-ce que tu veux que je te dise ?

— Je veux que tu prennes ça au sérieux. J'ai mesuré mon ignorance, vois-tu. Et on est tous dans ce cas. Mais on peut apprendre et on peut échanger nos connaissances. Il faut qu'on arrête de nier la réalité et d'espérer que toute cette merde s'en ira comme par magie.

— Ce n'est pas ce que je fais. »

J'ai regardé la pluie tomber pendant un moment. C'était apaisant.

« D'accord, et qu'est-ce que tu fais ? »

Ma question l'a mise mal à l'aise.

« Je ne suis pas aussi sûre que toi que nous puissions faire quelque chose.

— Jo !

— Dis-moi ce que je peux faire sans que les gens pensent que je suis devenue folle. Dis-le-moi.

— Tu as lu tous les livres qui sont chez toi ?

— Pas tous. Et puis ils ne sont pas très intéressants. De toute façon, c'est pas les livres qui vont nous sauver.

— Rien ne nous sauvera que nous-mêmes. Maintenant, sers-toi de ton imagination. Est-ce qu'il y a chez toi des bouquins qui pourraient t'aider si tu te trouvais hors des murs ?

— Non.

— Tu réponds trop vite. En arrivant chez toi, regarde bien. Tu peux puiser des informations utiles à la survie dans les encyclopédies, les biographies, tout ce qui pourra te servir à te défendre. Même les fictions peuvent être riches d'enseignements. »

Elle m'a jeté un regard en biais.

« J'en doute pas.

— Jo, même si tu n'en tires rien de concret, ça ne te fera pas de mal d'en savoir plus, non ? À propos, est-ce que tu prends des notes quand tu lis ?

— Des fois.

— Alors, lis ça. »

Je lui ai donné un livre qui traite des Indiens de Californie, des plantes qu'ils cultivaient, un petit livre vraiment intéressant. Elle serait étonnée. Il n'y avait rien dans ces pages qui puisse l'effrayer. Je lui avais assez fait peur comme ça avec mes discours.

« Prends des notes, je lui ai recommandé. Tu t'en souviendras mieux.

— Tu sais, je ne pense pas que la situation puisse encore s'aggraver à ce point. »

Je lui ai mis le bouquin dans les mains.

« Note bien les plantes qui poussent entre ici et la côte et entre ici et l'Oregon. Je les ai soulignées.

— Je te le répète, je ne suis pas d'accord avec toi.

— Ça m'est égal. »

Elle a regardé le livre, a passé sa main sur la reliure de toile et de carton.

« Alors, on va apprendre à manger de l'herbe et à vivre dans la pampa ?

— On va apprendre à survivre. C'est un bon livre. Prends-en soin. Tu sais combien mon père tient à ses bouquins. »

Jeudi 6 mars 2025

Il ne pleut plus. La fenêtre de ma chambre est orientée au nord et je vois les nuages se dissiper dans le ciel sous l'effet d'un vent qui souffle de la mer. Le vent souffle en tempête et les nuages défilent très vite. La température a drôlement baissé. Je me demande si nous reverrons jamais la pluie.

6

On a vu parfois des naufragés
Se débattre à mort
Dans les bras de leurs sauveteurs.
Semence de la Terre : Le Livre des vivants

Samedi 8 mars 2025

Joanne a parlé.

Elle a parlé à sa mère qui en a parlé à son mari qui en a parlé à mon père, qui est venu me voir.

Qu'elle aille au diable ! Au diable !

Je l'ai vue aujourd'hui à la messe donnée pour Amy et hier, à l'école. Elle n'a pas pipé mot de ce qu'elle avait fait. C'est jeudi qu'elle a rapporté à sa mère notre conversation. Peut-être lui a-t-elle demandé que cela reste un secret entre elles. Mais Phillida Garfield était, paraît-il, très inquiète à mon sujet. Et elle n'a pas apprécié que je fasse peur à sa fille. Quoi ? J'ai fait peur à Joanne ? En tout cas, pas assez pour que cette idiote se serve de sa tête. Joanne, l'hypersensible. Qu'est-ce qu'elle croit ?

Que c'est en m'attirant des ennuis qu'elle écartera le danger ? Non, quand même pas. C'est encore plus bête que ça : « Il ne faut pas parler du loup, si on ne veut pas qu'il surgisse. » Quelle imbécile ! Je ne pourrai plus jamais rien lui confier.

Heureusement que je ne me suis pas épanchée davantage. Heureusement que je ne lui ai pas parlé de religion. J'aurais bien aimé. Je me demande si je pourrai jamais en parler à quelqu'un.

Ce que j'ai dit à Joanne m'est revenu comme un boomerang. M. Garfield a parlé à p'pa après la messe pour le repos d'Amy. On aurait dit deux gosses échangeant des secrets à voix basse. Je sais ce que Garfield a dit : « Nous sommes en danger et il va falloir faire quelque chose si on veut s'en tirer. Lauren projette de s'enfuir d'ici parce qu'elle a peur que des bandes n'abattent le mur et ne nous massacrent tous. »

Je ne prétends pas avoir dit le contraire, mais je ne me suis pas arrêtée à jouer les mauvais augures. J'ai aussi parlé d'espoir et de lutte, il me semble. Hélas, seul le négatif a été retenu et, maintenant, mon père m'en fait le reproche. L'interrogatoire commence.

« Lauren, qu'as-tu dit à Joanne ? »

Il vient d'arriver dans ma chambre, alors qu'il devrait être en train de répéter son prêche de demain. Il est assis tout raide sur une chaise et me regarde d'un air de dire : « Qu'est-ce qui se passe dans ta tête, fille ? » Ce regard plus la mention de Joanne me font comprendre de quoi il retourne. Ma chère amie Joanne. La peste soit avec elle !

Je me suis redressée dans mon lit ; je lui rends son regard.

« Je lui ai dit qu'on va vers des temps dangereux. Je lui ai dit qu'on doit acquérir le plus de connaissances possible, si on veut survivre. »

Il me raconte alors que la mère de Joanne est toute remuée, que Joanne l'est encore plus, et qu'elles pensent que j'ai besoin d’être rassurée, parce que je suis persuadée que nous allons tous périr.

« Dis-moi, tu ne penses pas vraiment que notre fin approche ? » il me demande.

Je fais un gros effort pour ne pas pleurer, parce que rien n’est plus triste que de se heurter à l’incompréhension, surtout celle des êtres les plus chers. J’ai envie de lui répondre : « La fin de ton monde à toi, sûrement, et peut-être toi avec. » C’est terrible. Je n’avais jamais pensé à ça avant, je veux dire, au risque de voir mon père disparaître. Je détourne la tête et regarde par la fenêtre jusqu’à ce que je retrouve un peu de calme. Quand je lui fais face de nouveau, je lui dis :

« Oui, pas toi ? »

Il fronce les sourcils. Il ne s’attendait pas à cette réponse.

« Pourquoi as-tu dit ces choses à Joanne ? »

Je décide de lui dire la vérité. Je déteste lui mentir, de toute façon.

« Parce que je le pense.

— Tu n’es pas obligée de dire tout ce que tu penses.

— Joanne et moi, nous sommes amies. J’ai pensé que je pouvais lui parler de certaines choses. »

Il secoue la tête.

« Ces choses-là effraient les gens. Il vaut mieux ne pas leur en parler.

— Mais, p’pa, ne rien dire, c’est comme ignorer le feu qui gronde dans le salon, parce que nous sommes encore à l’abri dans la cuisine.

— N’empêche, inutile d’alarmer Joanne ou tes autres amies. Tu es peut-être persuadée d’avoir raison, mais tu ne leur fais pas du bien. Tu leur fiches la trouille, c’est tout. »

Je fais un gros effort pour maîtriser la colère que je sens monter en moi et je change de sujet.

« Est-ce que Garfield t'a rendu ton livre ? je demande.

— Quel livre ?

— J'ai prêté à Joanne ce bouquin sur les plantes de Californie et leur utilisation par les Indiens. Il est à toi. Je regrette de le lui avoir prêté. Je ne pensais pas qu'elle ferait toute cette histoire. C'est jamais rien qu'un guide pratique sur les plantes, non ? »

Il a paru surpris et a esquissé malgré lui un sourire.

« Je lui demanderai de me le rendre. Tu n'aurais jamais mangé du pain de glands de chêne que tu aimes tant, sans ce livre, et je ne parle pas d'autres préparations qui font désormais partie de notre alimentation.

— Du pain de glands ?

— Oui. La plupart ici ne consommaient pas de glands, tu sais. Cela ne faisait pas partie de leur culture ; ils ne savaient pas comment les préparer et étaient même écœurés à l'idée de les manger. Il y en a plusieurs dans le quartier qui voulaient abattre leurs chênes pour planter autre chose et tu ne peux pas savoir le mal que j'ai eu à les en empêcher.

— Qu'est-ce qu'ils mangeaient avant ?

— Du pain fait avec de la farine de blé ou de maïs.

— Ça coûte un prix fou !

— Aujourd'hui, oui, mais dans le temps, on ne savait pas quoi faire du blé tellement il y en avait. Écoute, tu demanderas à Joanne de te rapporter le livre. (Il marque une pause.) Et maintenant, si tu le veux bien, j'aimerais qu'on revienne à notre conversation. Quels sont tes projets et as-tu essayé d'entraîner Joanne à fuir avec toi ? »

Je pousse un grand soupir.

« Bien sûr que non.

— Son père prétend le contraire.

— Eh bien, il se trompe. Décidément, Joanne raconte n'importe quoi. Je lui ai seulement dit qu'on devait apprendre à survivre, apprendre à nous débrouiller si jamais on devait se sauver d'ici. »

Il m'a regardée comme s'il était capable de lire dans mes pensées. Il le croyait quand j'étais petite.

« D'accord, tu as peut-être voulu bien faire, mais arrête de raconter des choses pareilles aux gens, elles font trop peur.

— Je ne veux faire peur à personne. Nous devons seulement nous préparer au pire pendant qu'il est encore temps.

— Ce n'est pas à toi d'en décider, Lauren. Tu n'as pas le pouvoir de prendre des décisions pour ta communauté. Personne ne l'a, d'ailleurs.

— Très bien, mon père. »

Il s'est adossé à la chaise et m'a encore regardée attentivement.

« Dis-moi exactement ce que tu as raconté à Joanne. Dis-moi tout. »

Je lui ai dit, sans rien omettre et en m'efforçant de garder un ton calme et serein. Je voulais qu'il sache et comprenne ce que je pensais. Je me suis gardée, bien sûr, de lui parler religion. Quand j'ai eu fini, j'ai attendu sa réaction. On aurait dit qu'il s'attendait à ce que je continue. Il est resté sur sa chaise, à me regarder fixement sans rien dire. J'avais du mal à deviner ce qu'il ressentait. Il arbore toujours un visage impassible que personne ne peut déchiffrer, sauf moi. Mais cette fois, j'en étais incapable.

Puis il a soufflé comme s'il avait retenu sa respiration et m'a dit d'un ton sec :

« Je veux que tu gardes tout ça pour toi, désormais. N'en parle plus à personne. »

Je l'ai regardé, peu désireuse de lui faire une promesse qui serait un mensonge.

« Lauren.

— P'pa.

— Je veux que tu me promettes de ne pas en parler. »

Que pouvais-je répondre ? Jamais je ne ferais une promesse que je ne pourrais pas tenir.

« Nous pourrions faire des paquetages d'urgence… pour les tremblements de terre, j'ai dit très vite. Des sacs contenant l'essentiel, au cas où on serait obligés de se sauver. Si on dit que c'est pour les tremblements de terre, les gens seront moins inquiets. Ils savent bien qu'on n'est jamais à l'abri d'une secousse.

— Je veux que tu me promettes, fille.

— Pourquoi ? Tu sais que j'ai raison. Même Mme Garfield doit le savoir. Pourquoi je devrais me taire ? »

Je m'attendais à ce qu'il s'emporte et me punisse. Sa voix avait ce tremblement que mes frères appellent la sonnette, comme celle des crotales quand ils sont sur la défensive. Si on ne prenait pas garde à cet avertissement, on risquait de le regretter. Et quand il vous appelait « fils » ou « fille », on n'était pas non plus très loin des ennuis.

« Pourquoi ? je lui ai encore demandé.

— Parce que tu n'as pas idée de ce que tu fais. »

Il a marqué une pause, s'est massé le front et, quand il a repris, sa voix n'était plus menaçante.

« Il vaut mieux éduquer les gens que leur faire peur, Lauren. Si tu les mets en garde contre un danger, et qu'il n'arrive rien, ils oublient leur peur et toi, tu perds l'autorité que tu pouvais avoir sur eux. C'est plus difficile après de les mettre de nouveau en garde, plus difficile de les préparer, plus difficile de regagner leur confiance. Le mieux, c'est de s'en tenir à l'éducation. (Il eut un léger sourire.) C'est intéressant que tu aies commencé par ce livre que tu as prêté à Joanne. As-tu jamais pensé à t'en inspirer pour tes cours ?

— Mes cours pour les petits ?

— Pourquoi pas ? Vaut mieux qu'ils commencent tôt à apprendre ce qui leur sera vraiment utile. Tu pourrais faire une classe pour les plus grands et les adultes. Quelque chose comme le cours de gravure sur bois de M. Ibarra ou celui de couture de Mme Balter ou encore les leçons d'astronomie du jeune Robert Hsu. Les gens s'ennuient. Ça ne leur déplairait pas d'avoir une occupation, maintenant que la télé des Yannis ne marche plus. Si tu peux trouver le moyen de les informer tout en les distrayant, tu feras passer ton message. Et sans que personne regarde en bas.

— Regarde en bas ?

— Dans le gouffre, Lauren. Toi, tu viens juste de le voir, ce gouffre, mais les adultes, ici, ça fait des années qu'ils se promènent au bord. »

Je me suis levée pour m'approcher de lui et je lui ai pris la main.

« P'pa, ça empire.

— Je sais.

— Peut-être qu'il est temps de regarder dans le gouffre. Temps de s'assurer avec une corde, avant qu'on soit poussés dedans.

— C'est pour ça qu'on s'entraîne au tir chaque semaine et qu'on a du fil Lazor au-dessus du mur et une sirène d'alarme. Ton idée des sacs d'urgence est bonne. J'en connais qui ont déjà préparé les leurs. En cas de tremblement de terre, justement. D'autres en feront autant, si je le leur conseille. Bien sûr, il y en aura toujours qui ne feront rien. Mais ça, on n'y peut pas grand-chose.

— Tu le proposeras ?

— Oui. À notre prochaine réunion de quartier.

— Qu'est-ce qu'on peut faire d'autre ? Tout ça prendra tellement de temps.

— Il n'y a pas moyen de faire autrement. »

Il s'est levé, il était grand, grand comme un mur.

« Essaie de voir s'il y a quelqu'un qui s'y connaît en arts martiaux. Il te faudra plus qu'un livre pour apprendre le combat à mains nues.

— D'accord.

— Vois ça avec le vieux Hsu et M. et Mme Montoya.

— Mme Montoya ?

— Oui. Parle-leur des cours, pas d'Armageddon. »

Je l'ai regardé et il avait l'air plus que jamais grand et fort. Il venait de me donner beaucoup, tout ce qu'il pouvait, en tout cas.

« D'accord, p'pa, je te promets de ne plus faire peur à personne. J'espère seulement que la situation ne s'aggravera pas trop vite pour qu'on puisse faire comme tu le penses.

— Très bien. Maintenant, viens dans le jardin avec moi. J'ai enterré des choses importantes dans des boîtes étanches et je veux que tu saches où elles sont… au cas où. »

Dimanche 9 mars 2025

Aujourd'hui, p'pa a pris pour thème de son prêche le chapitre 6 de la Genèse : *La corruption du genre humain.* Yahvé vit que la méchanceté de l'homme était grande sur la terre et que son cœur ne formait que de mauvais desseins à longueur de journée. Yahvé se repentit d'avoir fait l'homme sur la terre et il s'affligea dans son cœur. Et Yahvé dit : *Je vais effacer de la surface du sol les hommes que J'ai créés – et avec les hommes, les bestiaux, les bestioles et les oiseaux du ciel –, car je me repens de les avoir faits.* Mais Noé avait trouvé grâce aux yeux de Yahvé.

Plus loin, Yahvé dit à Noé : *Fais-toi une arche en bois de gopher et tu l'enduiras de poix au-dedans et au-dehors.*

P'pa a commenté les deux aspects de cette situation. Dieu décide de détruire tous les hommes et toutes les bêtes, à l'exception de Noé, sa famille, et des couples d'animaux. Mais si Noé doit être sauvé, il a un énorme travail à accomplir.

Joanne est venue me voir après la messe. Elle m'a dit qu'elle était désolée.

« C'est rien, j'ai répondu.

— Toujours amies ?

— Pas ennemies, en tout cas. J'aimerais que tu me rendes le livre que je t'ai prêté. Mon père le réclame.

— C'est ma mère qui l'a.

— Il n'est pas à elle. Rends-le-moi ou confie-le à ton père. Je m'en fous. Tout ce que je sais, c'est que mon père veut son bouquin.

— D'accord. »

Je l'ai regardée s'en aller. Elle inspire la confiance, elle est sérieuse, intelligente, mais je ne suis pas près de me confier de nouveau à elle. Non. Heureusement que je ne lui ai pas parlé de ma religion, car quel mal elle aurait pu me faire en rapportant mes propos. Je le regrette, mais elle n'est plus ma meilleure amie.

Mercredi 12 mars 2025

Des voleurs se sont introduits dans le quartier, cette nuit. Ils ont pillé les citronniers dans les jardins des Hsu et des Talcott. Ce faisant, ils ont piétiné ce qui restait des plantations d'hiver et une bonne partie des jeunes plants de printemps.

P'pa dit que nous devons établir un tour de garde. Il a essayé de convoquer une réunion nocturne du quartier, mais ils sont plusieurs, dont Gary Hsu, à travailler à l'extérieur cette nuit. Aussi la réunion a été reportée à samedi. En attendant, p'pa a demandé à Jay Garfield, Wyatt et Kayla Talcott, Alex Montoya et Edwin Dunn de patrouiller par deux dans le quartier. En dehors des Talcott, qui sont déjà deux (et qui sont tellement en colère à cause de leur jardin que je plains le voleur qui tombera sur eux), les autres devront trouver des partenaires parmi les hommes du quartier.

« Prenez avec vous quelqu'un en qui vous avez confiance et couvrez-vous l'un l'autre », j'ai entendu p'pa dire au petit groupe.

Chaque équipe doit patrouiller pendant deux heures, de la tombée de la nuit au lever du jour.

« Que ceux qui prennent la première patrouille passent par tous les jardins et avertissent les gens qu'il y aura des patrouilles toute la nuit. Il ne manquerait plus qu'on les prenne pour des voleurs », a précisé p'pa.

Normal. Les gens se couchent tôt, afin d'économiser l'électricité, mais après dîner ils passent la soirée sous leurs porches ou dans leurs jardins où il fait moins chaud. Certains écoutent la radio. De temps à autre, ils se réunissent pour faire de la musique, chanter, jouer à des jeux de société ou simplement bavarder. D'autres lisent tranquillement dans un coin jusqu'à ce qu'il n'y ait plus assez de lumière.

« Que feras-tu si tu attrapes un voleur ? »

C'est Cory qui demande ça à mon père avant qu'il ne parte. Il fait partie de la deuxième patrouille, et Cory et lui prennent une tasse de café dans la cuisine. Le café est réservé aux grandes occasions. Je sens sa bonne odeur depuis ma chambre.

J'aime bien écouter aux portes. Je ne me sers pas d'un verre contre le mur ni ne colle mon oreille au battant, mais je ne m'endors toujours que très tard et, une fois que les autres enfants dorment, j'entends parfaitement les bruits de la maison. La cuisine est de l'autre côté du couloir, la salle à manger est au fond et la chambre de mes parents est voisine de la mienne. La nuit, quand les lumières sont éteintes, j'entrouvre ma porte et j'entends tout. J'en apprends, des choses.

« Nous le chasserons, répond mon père. Nous nous sommes entendus là-dessus, on lui fiche une trouille du diable, qu'il colporte au-dehors que le quartier est désormais surveillé et apprenne qu'il y a des moyens plus faciles de se faire quelques dollars.

— Comment ça, quelques dollars ?

— Oui. Les voleurs de la nuit dernière n'ont pas volé parce qu'ils avaient faim. Ils ont pillé les arbres, pris tout ce qu'ils pouvaient.

— Je sais, dit Cory. J'ai apporté quelques citrons et des pamplemousses aux Hsu et aux Talcott aujourd'hui et je leur ai dit qu'ils pouvaient se servir sur nos arbres, s'ils en avaient besoin. Je leur ai donné des graines aussi. La plupart de leurs jeunes plants sont morts, mais il est encore tôt dans la saison et ils peuvent replanter.

— Oui, mais tu comprends ce que je veux dire, reprend mon père. Ils revendent ce qu'ils volent. Ils sont voraces et dangereux. Quand ils sauront qu'on patrouille, ils iront chercher ailleurs. Enfin, je l'espère.

— Et si ça ne marche pas, demande Cory en baissant tellement la voix que j'ai peur de ne plus l'entendre, est-ce que vous leur tirerez dessus ?

— Oui.

— Oui ? répète-t-elle de la même petite voix. Oui, c'est tout ce que tu trouves à répondre ? »

Elle est comme Joanne. Elle porte des œillères. Sur quelle planète les gens comme elles vivent-ils ?

« Oui.

— Mais pourquoi ? »

Il y a un long silence. Puis mon père dit doucement :

« Chérie, si ces voleurs récidivent, les gens auront faim. Ils vivent déjà avec un minimum et, s'ils ont des jardins, c'est parce qu'ils n'ont plus les moyens d'acheter des légumes et des fruits. Tu le sais bien.

— Mais… vous ne pourriez pas appeler la police ?

— Pour quoi faire ? Ils se font chèrement payer et, de toute façon, ils interviennent seulement après qu'un délit a été commis. Et encore, si tu les appelles, ils n'arrivent que des heures après, quand ce n'est pas des jours.

— Je sais.

— Alors, pourquoi tu me le demandes ? Tu veux que tes enfants aient faim ? Tu veux que les voleurs pénètrent dans les maisons, une fois qu'ils auront raflé tout ce que nous cultivons ?

— Ils n'ont encore jamais osé faire une chose pareille.

— Comment ça ? Et Mme Sims ?

— Elle vivait seule. Nous lui avons toujours dit que c'était dangereux.

— Tu crois qu'ils hésiteraient une seconde à entrer et à tuer le premier qui bouge, sous prétexte que nous vivons à sept ici ? Chérie, ce n'est plus comme il y a vingt ou trente ans.

— Mais tu pourrais aller en prison ! »

Je l'entends pleurer, maintenant. Ça lui arrive assez souvent.

« Non, dit p'pa. Si jamais on en tue un, on le transportera dans la maison la plus proche. C'est encore légal de se défendre contre les intrus. Nous briserons une fenêtre ou une porte et puis on accordera nos violons, avant d'appeler les flics. »

Long silence.

« Tu risques des ennuis.

— C'est un risque à prendre. »

Nouveau silence, puis :

« "Tu ne tueras point."

— *Néhémie,* chapitre 4, répliqua p'pa. Verset 14. »

La discussion s'est arrêtée là. Quelques minutes plus tard, j'ai entendu p'pa qui partait. J'ai attendu que Cory aille dans sa chambre et ferme la porte, pour me lever, refermer ma propre porte, allumer la lumière et ouvrir la bible que je tiens de ma grand-mère.

Néhémie, chapitre 4, verset 14 : *Voyant leur peur, je me levai et fis aux grands, aux magistrats et au reste du peuple cette déclaration : « Ne craignez pas ces gens ! Pensez au Seigneur, grand et redoutable, et combattez pour vos frères, vos fils, vos filles, vos femmes et vos maisons ! »*

Intéressant. Intéressant que p'pa ait répliqué par un verset que Cory devait connaître, car elle n'a pas fait de commentaires. Apparemment, ils ont déjà eu cette conversation.

Samedi 15 mars 2025

C'est officiel.

Nous avons maintenant une surveillance régulière du quartier, à laquelle participent tous les membres de chaque famille au-dessus de dix-huit ans, bons tireurs, et jugés responsables par mon père et les autres hommes qui ont été les premiers à patrouiller.

Ils iront par deux, par souci de se protéger l'un l'autre et auront des sifflets pour appeler à l'aide en cas de besoin. Ils se rencontreront une fois par semaine pour discuter et pratiquer les arts martiaux ainsi que les techniques de tir. Comme nous l'avions espéré avec p'pa, les Montoya donneront des cours de kung-fu. Le vieux Hsu a des problèmes de dos et il ne pourra enseigner pendant quelque temps, mais les Montoya feront très bien l'affaire. Je prévois d'assister à tous les cours aussi longtemps que je pourrai endurer les douleurs occasionnées par l'entraînement.

P'pa a récupéré tous les livres que je lui avais empruntés. Il ne me reste que mes notes. Ça m'est égal. Grâce aux voleurs de fruits, les gens se préparent au pire. J'en remercierais presque les voleurs.

Ils ne sont pas revenus. S'ils remettent les pieds ici, ils auront une bien mauvaise surprise.

Samedi 29 mars 2025

Il ne faut jamais parler du loup…

Nos voleurs nous ont rendu visite la nuit dernière. Peut-être que ce ne sont pas les mêmes, mais leurs intentions sont identiques : prendre ce que les gens ont sué pour avoir et dont ils ont grand besoin.

Cette fois, c'est aux lapins de Richard Moss qu'ils s'en sont pris. Ces lapins sont le seul élevage du quartier, après les poulets que les familles Cruz et Montoya ont essayé d'élever il y a quelques années. Ces derniers ont été volés dès qu'ils ont été assez grands pour faire du bruit et indiquer aux intrus le chemin du poulailler. Les lapins Moss sont restés un secret pour l'extérieur jusqu'à cette année, quand Richard Moss a décidé de vendre en dehors de la communauté la viande et les peaux traitées par ses femmes. Jusqu'alors, c'était uniquement aux gens du quartier que les Moss vendaient viande, peaux et engrais, jamais de bête vivante, déterminé qu'était Richard à rester le seul éleveur. Mais maintenant, stupide, indifférent aux autres et cupide comme il l'est, il s'est dit qu'il gagnerait davantage en vendant à l'extérieur de la communauté. Ça n'a pas traîné : le mot s'est répandu dans les rues qu'il y avait tout un élevage derrière notre mur. Et la nuit dernière, ils sont venus.

Moss a installé son élevage dans un ancien garage pour trois voitures, construit dans les années 80, d'après p'pa. On a du mal à penser qu'à l'époque une famille pouvait avoir trois voitures et toute l'essence qu'il fallait pour rouler. Mais je me souviens de ce garage avant que Richard Moss le transforme. Il était très grand, avec trois taches d'huile sur le sol, là où il y avait eu les voitures. Moss a réparé les murs et le toit, monté des fenêtres pour l'aération, et en a fait un lieu parfaitement habitable. Certains dans la communauté ne sont pas aussi bien logés que les lapins Moss. Il a ensuite construit des rangées de clapiers, installé un puissant éclairage et des ventilateurs. Ceux-ci, toutefois, ne fonctionnent pas à l'électricité, mais à la sueur des gamins Moss. Ils sont reliés à une vieille bicyclette, montée sur des cales et sur laquelle se juche chaque enfant en âge de pédaler et d'activer les pales du ventilo. Les petits Moss détestent ça, mais ils savent ce qui les attend si jamais ils ne le font pas.

Je ne sais pas combien de lapins ont les Moss, maintenant, mais ils en tuent tous les jours, et on ne compte plus les peaux tendues à sécher. Une véritable petite industrie, leur lapinière.

Les deux voleurs avaient réussi à fourrer treize bestioles dans des sacs de toile quand les vigiles les ont repérés. Les vigiles étaient Alejandro Montoya et Julia

Lincoln, une des sœurs de Shani Yannis. Mme Montoya a deux enfants avec la grippe et elle ne peut prendre son tour de garde avec son mari pour le moment.

Mme Lincoln et M. Montoya ont agi comme il avait été décidé en réunion. Sans sommation ni rien, ils ont tiré en l'air deux ou trois coups de feu et donné du sifflet. Puis ils se sont mis à couvert. Bien leur en a pris, car quelqu'un de chez les Moss s'est réveillé et a allumé la lumière dans le garage aux lapins. Ça aurait pu coûter très cher aux vigiles, s'ils n'avaient été dissimulés derrière des grenadiers.

Les deux voleurs se sont enfuis comme des lapins.

Abandonnant sacs, bêtes, pied-de-biche, une longue corde, une paire de tenailles et même la solide échelle d'aluminium, par laquelle ils ont regrimpé pour passer le mur en moins de quelques secondes. Notre mur est haut de trois mètres et couronné de tessons de bouteille, sans parler du rouleau de barbelés et du Lazor invisible. Quel dommage qu'on ne puisse pas électrifier les barbelés et poser d'autres pièges. Mais au moins le verre, la plus simple de nos défenses, a peut-être coûté une main à l'un d'eux, car il y avait une large tache de sang séché au sommet du mur, ce matin.

Nous avons aussi trouvé un pistolet Glock 19, là où l'un des deux hommes l'a laissé tomber. Mme Lincoln et M. Montoya auraient pu se faire tirer dessus. Les voleurs auraient pu ne pas paniquer et faire feu. Quelqu'un chez les Moss ou dans le voisinage aurait pu prendre une balle perdue.

Cory s'en est prise à p'pa, dès qu'ils ont été seuls dans la cuisine ce soir.

« Je sais, a dit p'pa, d'une voix lasse. Ne crois pas qu'on n'ait pas pensé à ça. C'est pourquoi tout ce que nous voulons, c'est dissuader les voleurs de revenir. Même tirer en l'air est dangereux. Tout est dangereux.

— Ce coup-ci, ils se sont enfuis, mais la prochaine fois…

— Je sais.

— Alors, pourquoi le fais-tu ? Tu protèges des lapins et des oranges, et un enfant risque d'être tué.

Silence.

— On peut pas continuer comme ça ! »

J'ai sursauté. Jamais je n'ai entendu Cory crier comme ça.

« Nous n'avons pas le choix. Si on ne se défend pas, on meurt. »

Il n'y avait pas de colère dans sa voix, mais de la fatigue et de la tristesse. C'était la première fois que je le sentais abattu. Et pourtant nous avions gagné. Son idée avait fait fuir deux voleurs armés, sans que personne dans le quartier ait eu à payer le prix du sang.

Bien sûr, les voleurs reviendraient, les mêmes ou d'autres. Il n'y avait pas de doute quant à ça. Et Cory avait raison. Les prochains ne s'enfuiraient peut-être pas au premier coup de feu. Et après ? Est-ce qu'on allait rester bouclés chez soi et les laisser piller nos jardins sans rien faire, en espérant qu'ils ne reviendraient pas ? Et quand il n'y aurait plus rien à voler dans les jardins, on leur ouvrirait les portes de nos maisons ?

« Qu'est-ce qu'on deviendrait si tu n'étais plus là ? disait Cory d'une voix plus calme. Tu aurais pu te trouver face à ces deux hommes. La prochaine fois, ce sera peut-être toi. Tu pourrais te faire tuer en protégeant les lapins du voisin.

— Tu n'as pas vu que tous les hommes ont accouru quand ils ont entendu les sifflets et les coups de feu ? a dit p'pa. Ils venaient défendre leur communauté.

— Mais je me fiche pas mal d'eux ! C'est à ton sujet que je m'inquiète !

— Non, on ne peut plus raisonner de cette façon. Cory, il n'y a plus personne pour nous protéger, en dehors de Dieu et de nous-mêmes. Je veille sur les biens de Moss, en dépit de ce que je pense de lui, et il veille sur ma maison, malgré ce qu'il pense de moi. Nous veillons les uns sur les autres. (Il marqua une pause.) J'ai une bonne assurance sur la vie. Vous devriez vous en sortir, les enfants et toi…

— Non ! Qu'est-ce que tu crois ? Que c'est une question d'argent ?

— Non, ma chérie, non. Je sais ce que c'est, de se retrouver seul. Et dans le monde d'aujourd'hui, malheur aux solitaires. »

Il y a eu un long silence, et j'ai pensé qu'ils ne diraient plus rien. Je suis restée allongée sur mon lit, hésitant à refermer ma porte, à allumer ma lampe et à écrire. Et puis j'ai entendu Cory qui demandait d'une voix brisée (elle pleurait) :

« Qu'est-ce qu'on fera si tu meurs ? Qu'est-ce qu'on fera si tu es tué en défendant ces putains de lapins ?

— Vous vivrez ! a répondu p'pa. C'est tout ce qu'on peut faire. Vivre. Tenir bon. Survivre. Je ne sais pas si le calme reviendra jamais. Ce que je sais, c'est que pour le moment, il n'y a qu'un seul mot d'ordre : survivre. »

Sur ce, leur conversation s'est arrêtée. J'ai longuement réfléchi à ce que p'pa avait dit. Cory avait raison : p'pa pouvait se faire tuer. Mon père mort, ça, c'est une chose que je n'arrive pas à concevoir. Je n'y crois pas, en deux mots. Je suppose que je suis comme les autres, quand il s'agit de fuir la réalité. J'enfonce ma tête dans le sable, comme l'autruche.

P'pa aussi a raison, mais il ne va pas assez loin. Dieu est changement et, à la longue, Dieu l'emporte. Mais

Dieu exige qu'on le façonne. Il ne suffit pas de survivre et de défendre un mode de vie de toute façon condamné. Notre communauté est en voie de disparition, comme ces espèces qui peuplaient la Terre il n'y a pas si longtemps encore. Nous sommes appelés à être de plus en plus pauvres, de plus en plus menacés, de plus en plus faibles. Et un jour, nous serons balayés.

Nous pouvons faire mieux que ça. Nous pouvons imaginer une meilleure destinée et nous battre pour qu'elle devienne réalité. Mais pas ici. Ailleurs. Différemment.

7

Nous sommes la semence de Dieu, mais ni plus ni
moins que tout autre aspect de l'univers.
La finalité de toute semence est son changement.
Semence de la Terre est tout ce qui donne la vie sur Terre.
L'univers est la semence de Dieu.
Nous sommes la semence de la planète Terre.
Et la destinée de la Terre est de prendre racine
parmi les étoiles.
Semence de la Terre : Le Livre des vivants

Samedi 26 avril 2025

Le fait de nommer une chose – lui donner un nom ou le découvrir – aide à sa compréhension. Le fait de connaître le nom d'une chose et de savoir à quoi cette chose est destinée me donne plus qu'une simple emprise sur elle.

Ainsi, cette croyance mienne que Dieu est Changement s'appellera *Semence de la Terre*. Ça fait un moment que je lui cherche un nom, mais, jusque ce jour, je n'y étais pas parvenue. Jamais aucun effort ne m'a paru plus gratifiant. D'avoir nommé mon projet renforce incroyablement ma conviction.

Aujourd'hui, donc, j'ai trouvé le nom, je l'ai trouvé tandis que je semais des graines dans le jardin et que je pensais à la manière qu'ont les plantes de s'ensemencer elles-mêmes sur de vastes territoires, pollen et graines emportés par le vent, véhiculés par les insectes et les animaux, charriés par l'eau des rivières. Elles n'ont aucune capacité de déplacement et, pourtant, elles voyagent, parcourent des distances considérables. Des milliers d'îles et d'atolls, surgis de la mer, sont aujourd'hui couverts de végétation, sans que l'homme y ait jamais planté une seule graine.

Semence de la Terre.

Je suis *Semence de la Terre.* Tout le monde peut l'être. Un jour, je crois profondément que nous serons nombreux. Et nous disperserons notre propre semence bien au-delà du lieu où nous reposerons éternellement.

Je n'ai jamais eu l'impression que j'inventais tout cela : ma croyance, son nom, tout ce qui s'y rapporte. En vérité, j'ai toujours eu le sentiment que ce n'était rien d'autre que la réalité : une découverte plutôt que de l'invention, une exploration plutôt qu'une création. J'aimerais croire que tout ça est surnaturel et que ce sont des messages que Dieu m'adresse. Mais je ne crois pas en cette sorte de Dieu. Je ne fais rien d'autre que d'observer et prendre des notes et d'essayer de coucher sur le papier toutes ces choses d'une manière aussi forte, aussi simple et aussi directe que je les ressens. Hélas, je n'y parviens jamais. Je ne suis pas assez bon écrivain ou poète pour ça. Je ne sais que faire à ce sujet. Des fois, ça me rend folle. Il n'empêche, je persévère et peut-être que je m'améliore, mais si lentement.

Le fait est que, malgré mes problèmes d'écriture, je me demande, chaque fois que je découvre quelque chose, pourquoi cela m'a pris tant de temps, pourquoi je n'ai pas compris plus tôt une chose aussi évidente et juste.

Il y a toutefois un paradoxe auquel je me heurte sans cesse, un illogisme ou bien un raisonnement en abyme, je ne sais comment l'appeler :

Pourquoi l'univers existe-t-il?
Pour façonner Dieu.
Pourquoi Dieu existe-t-il?
Pour façonner l'univers.

Je ne m'en sors pas, de ce dualisme. J'ai bien essayé de le modifier ou de passer à autre chose, mais en vain. J'ai la conviction que je n'ai jamais rien écrit de plus vrai. Voilà un mystère et une évidence qui me rappellent les explications de l'existence de Dieu et de l'univers que j'ai pu lire çà et là, sauf qu'elles ne m'ont jamais convaincue.

Tout le reste de *Semence de la Terre* est explication : ce que Dieu est, ce que Dieu fait, ce que nous sommes, ce que nous devrions faire, ce que nous ne pouvons nous empêcher de faire.

Ainsi, que vous soyez un être humain, un insecte, un microbe ou une pierre, ces vers expriment une vérité profonde :

Tout ce que tu touches.
Tu le changes.
Tout ce que tu changes,
Te change.
La seule vérité permanente
Est le Changement.
Dieu
Est Changement.

Je vais relire mes vieux carnets et rassembler mes poèmes en un seul volume. Je les recopierai dans un des cahiers d'exercices que Cory donne aux plus grands, maintenant qu'il reste si peu d'ordinateurs dans la communauté. J'ai écrit un tas de trucs sans valeur dans ces carnets et, une fois que j'aurai séparé le bon grain de l'ivraie, j'aurai quelque chose de valable à faire lire à ceux qui sauront prêter plus d'attention à mon écriture qu'à mon âge. Je me servirai de ces écrits pour les arracher à un passé en décomposition et peut-être les encourager à se sauver eux-mêmes et à bâtir un avenir qui aura un sens.

Tout ce que je peux souhaiter, c'est que nos fragiles fondations tiennent encore le coup quelque temps.

Samedi 7 juin 2025

J'ai fini par le faire, mon paquetage de survie. J'ai dû fouiller dans le garage et le grenier pour récupérer du matériel dont personne n'a l'usage. J'ai ainsi trouvé une hachette et deux petites casseroles en aluminium. Le grenier regorge d'objets, car on ne jette jamais rien qui puisse un jour resservir ou être vendu.

J'ai rangé dans mon sac les quelques centaines de dollars (presque mille) que j'ai économisés. Je peux tenir deux semaines avec ça en faisant bien attention à ce que j'achète et où je l'achète. Je me suis toujours renseignée sur les prix auprès de p'pa, chaque fois qu'il part à l'extérieur faire les courses avec les autres hommes du quartier. Le prix des denrées de première nécessité augmente sans cesse. Tout le monde s'en plaint, mais on n'y peut rien.

J'ai trouvé une vieille gourde et une bouteille en plastique pour l'eau. Je les ai bien nettoyées et j'ai décidé de les garder remplies. Outre ce que je viens de dire, mon paquetage comprend :

des allumettes, des vêtements et une paire de chaussures (au cas où je devrais fuir en pleine nuit sans avoir le temps de m'habiller et de me chausser), un peigne, du savon, une brosse à dents et un tube de dentifrice, des tampons et du papier hygiénique, une boîte de pansements, des épingles de nourrice, des aiguilles et du fil à coudre, de l'alcool à 90°, de l'aspirine, deux cuillers et deux fourchettes, un ouvre-boîtes, mon couteau, quelques paquets de farine de glands, des fruits secs, du lait en poudre, un peu de sucre et de sel, des graines à planter, mon journal, mon cahier *Semence de la Terre*, et une bonne longueur de corde à linge. J'ai rangé tout cela dans une taie d'oreiller, que j'ai doublée d'une autre pour la solidité. J'ai enroulé le tout dans une couverture que j'ai nouée avec une partie de la corde. Facile à saisir en cas de fuite précipitée. Toutefois, j'ai veillé à ce que je puisse l'ouvrir facilement pour en sortir à mon gré mon journal, changer l'eau des gourdes tous les jours et, de temps en temps, les fruits secs et la farine. Je n'ai pas envie de me retrouver en pleine jungle avec un paquet de charançons ou de vers pour toute nourriture.

Évidemment, il me manque l'essentiel : une arme. Je n'en ai pas et p'pa ne me laissera jamais en garder une dans ma chambre. Je compte m'en emparer d'une si l'on est attaqués, mais rien ne me dit que j'en aurai le temps. Ce serait de la folie de se retrouver dehors avec rien d'autre pour se défendre qu'un couteau, mais c'est ce qui risque de m'arriver. P'pa et Wyatt Talcott nous ont emmenés au tir aujourd'hui et, en rentrant, j'ai essayé en vain de persuader p'pa de me confier l'un des pistolets.

« Non, m'a-t-il répondu en s'asseyant, le visage las couvert de la poussière du canyon, derrière sa table de travail dans son petit bureau. Les garçons sont toujours à traîner dans ta chambre et tu n'as pas un seul endroit où le cacher. »

J'ai hésité un moment et puis je lui ai dit que j'avais préparé un paquetage.

« Ça m'a paru être une bonne idée la fois où tu m'en as parlé, m'a-t-il dit, mais à la réflexion, j'en suis moins sûr. Quelle aubaine pour un cambrioleur, Lauren. De l'argent, de la nourriture, de l'eau, une arme… Le tout bien empaqueté ; plus qu'à le prendre et à partir. On ne va tout de même pas leur faciliter la besogne à ce point. Pas question qu'un intrus s'empare d'une arme.

— Mais mon sac est enveloppé dans une vieille couverture et fourré au fond du placard sous d'autres vieilles affaires. Personne ne pensera jamais à regarder là-dedans.

— Pourquoi ? Les voleurs ne sont pas des idiots. Et puis, je ne veux prendre aucun risque. Laisse ton sac comme il est, mais, à ta place, je mettrais mon argent en sûreté. Quant aux armes, elles resteront où elles sont. »

Voilà. À mon avis, il a davantage peur de mes petits frères que des cambrioleurs. Greg a huit ans et Ben, neuf. À onze ans, Marcus est plus sérieux que bien des adultes, mais Keith, qui en a treize, est un grand point d'interrogation. À mon père, il n'oserait jamais rien voler. Mais il ne s'est jamais gêné avec moi. Des bricoles, jusqu'à présent, mais il a envie d'une arme comme un assoiffé rêve d'eau. Tout ce qu'il veut, c'est être grand et il se désespère de ne pas pouvoir sauter les années. Aussi p'pa a probablement raison. Je n'apprécie pas sa décision, mais je la comprends.

« Où irais-tu ? je lui ai demandé pour changer de sujet. Si on devait partir d'ici en catastrophe, où nous emmènerais-tu ? »

Il a soufflé lentement, les joues gonflées.

« Chez les voisins ou bien au collège. Le collège peut héberger temporairement des familles qui ont eu leur maison incendiée ou qui ont dû fuir de chez elles.

— Et puis ?

— Reconstruire, renforcer les défenses, faire ce que nous pouvons pour vivre en sécurité.

— Tu n'as jamais pensé à partir d'ici et à aller vers le nord, où l'eau pose moins de problèmes et où la nourriture est moins chère ?

— Non, m'a-t-il répondu, le regard lointain. Ici, j'ai un travail. Là-haut, il n'y en a pas pour les nouveaux arrivants. Ils sont submergés par les immigrants de l'intérieur et peu leur importe qu'on ait de l'expérience et de l'instruction. La plupart de ceux qui débarquent là-haut travaillent comme des esclaves pour un sac de haricots et dorment sur le trottoir.

— J'ai entendu dire que c'était plus facile dans l'Oregon, l'État de Washington et au Canada.

— Oui, mais les frontières sont bouclées. Des gens se font tuer tous les jours en essayant de passer là-haut. Personne ne veut de la racaille de Californie.

— N'empêche, ils sont drôlement nombreux à monter vers le nord.

— Ils essaient. Ils sont désespérés et n'ont rien à perdre. Moi, si. J'ai un toit qui m'appartient. Je ne dois pas un sou à qui que ce soit. Tes frères et toi, vous n'avez jamais connu la faim et, si Dieu le veut, ça ne vous arrivera jamais. »

Dans mon cahier *Semence de la Terre*, j'avais écrit :

Un arbre
Ne peut pousser
À l'ombre de ses parents.

Est-ce bien nécessaire d'écrire ces choses ? Tout le monde sait ça. Qu'est-ce qu'elles signifient, de toute façon ? Quel sens peuvent-elles avoir quand on vit dans une impasse avec un mur autour ? Quel sens en effet quand on considère que vivre dans une impasse avec un mur autour, c'est une sacrée chance !

Lundi 16 juin 2025

Il a été longuement question à la radio des découvertes faites par la station spatiale anglo-japonaise sur la Lune. La station, qui est équipée des télescopes les plus sophistiqués et les plus performants jamais conçus, a détecté un grand nombre de nouvelles planètes gravitant autour des étoiles. Ça fait maintenant une douzaine d'années que sont découverts de nouveaux mondes et des preuves de vie dans quelques-uns d'entre eux. J'ai beaucoup écouté et lu à ce sujet et j'ai constaté qu'après de vives polémiques tout le monde tend à reconnaître l'existence d'une vie sur quelques-unes de ces planètes. Bien sûr, personne ne sait si cette vie extrasolaire n'est rien d'autre que quelques trillions de microbes. Les spéculations vont bon train, mais personne n'a encore établi de communication avec les êtres censés habiter ces mondes lointains. Mais qu'importe. Savoir qu'il y a de la vie devrait nous satisfaire. Pour ma part, je trouve cela plus encourageant et plus passionnant que je ne saurais l'expliquer. IL Y A DE LA VIE LÀ-HAUT ! Des mondes vivants à quelques années-lumière de notre planète, et les États-Unis d'Amérique font de leur mieux (ou de leur pire) pour se retirer des mondes morts comme la Lune et Mars, ces premières marches de l'espace. J'ai beau comprendre pourquoi, je n'en suis pas moins écœurée.

Je suppose qu'il nous serait plus facile de nous adapter à un monde vivant que de vivre sur un mort avec un coûteux cordon ombilical nous reliant à la Terre. C'est tout de même un avantage, parce que, de toute façon, j'imagine mal un cordon qui fasse la longueur de plusieurs années-lumière. Ceux qui voyageront vers les planètes situées hors du système solaire seront livrés à eux-mêmes, enfin coupés des politiciens et des affairistes, des économies déclinantes et des écologies agonisantes, mais loin aussi de tout secours. Ma foi, loin de l'ombre de leur monde parental.

Samedi 19 juillet 2025

Demain, j'aurai seize ans. Seulement seize. Je me sens plus âgée que ça. Je voudrais l'être. J'ai besoin de l'être. Ce n'est pas une époque pour une enfant. Le temps va moins vite que la mort.

Tracy Dunn a disparu. Elle était déprimée depuis la mort d'Amy. Elle ne parlait plus, si ce n'est pour dire qu'elle voulait mourir, qu'elle méritait de mourir. Tout le monde espérait qu'elle finirait par surmonter son chagrin – ou sa culpabilité – et reprendrait goût à la vie. Peut-être qu'elle en était incapable. P'pa lui a parlé à plusieurs reprises et je sais qu'il était inquiet pour elle. Sa famille de dingues ne lui était pas d'un grand secours. Ils la traitaient comme ils avaient traité Amy : en l'ignorant.

La rumeur dit qu'elle est sortie hier. Les enfants Moss et Payne disent qu'ils l'ont vue franchir le portail juste après qu'ils revenaient de l'école. Personne ne l'a revue depuis.

Dimanche 20 juillet 2025

Voici le cadeau d'anniversaire qui m'est venu à l'esprit ce matin au réveil – juste ces deux vers :

La destinée de Semence de la Terre
Est de prendre racine parmi les étoiles.

Ces deux vers ont germé depuis que j'ai appris à la radio les découvertes astronomiques faites par la station anglo-japonaise. Ils expriment la vérité, l'évidence.

Pour le moment, bien sûr, c'est impossible. Le monde est en trop grand tourment. Les pays riches ont terriblement décliné. Le président Donner n'est pas le seul gouvernant d'une grande nation à abandonner la recherche scientifique et spatiale. Plus personne ne veut investir dans une entreprise qui ne puisse rapporter des profits immédiats ou, tout au moins, n'en garantisse dans un proche avenir. Tout ce qui est considéré comme inutile ou trop coûteux n'a aucune chance d'être réalisé. Et pourtant,

La destinée de Semence de la Terre
Est de prendre racine parmi les étoiles.

Je ne sais pas ce qui arrivera ni quand cela arrivera. Il y a tant à faire avant que ça commence seulement. Il y a toujours tant à faire avant que vous soyez prêt à aller au paradis.

8

Pour t'entendre avec Dieu
Considère les conséquences de ton comportement.
Semence de la Terre : Le Livre des vivants

Samedi 26 juillet 2025

Tracy Dunn n'est pas rentrée et n'a pas été retrouvée par la police. Je ne pense pas qu'elle le soit jamais. Elle n'est partie que depuis une semaine, mais une semaine dehors doit être comme une semaine en enfer. Les gens disparaissent au-dehors. Ils franchissent le portail comme l'a fait M. Yannis et tout le monde attend leur retour, mais ils ne reviennent jamais – ou alors dans une urne. Je pense que Tracy Dunn est morte.

Bianca Montoya est enceinte. Ce n'est pas une rumeur, c'est la vérité, et je me sens d'une certaine façon concernée. Bianca a dix-sept ans, elle n'est pas mariée, et folle amoureuse de Jorge Iturbe, le frère de Yolanda Ibarra.

Jorge a reconnu être le père. Je ne sais pas pourquoi ils ne se sont pas mariés avant que leur liaison ne devienne publique. Jorge a vingt-trois ans et il devrait avoir un peu plus de jugeote que ça. Enfin, ils vont maintenant se marier. Les Ibarra et les Iturbe se sont querellés avec les Montoya pendant toute la semaine à ce sujet. C'est tellement bête. On dirait qu'ils n'ont rien de mieux à faire. Au moins sont-ils tous d'origine hispanique. Pas de querelle raciale, cette fois. L'an passé, quand Craig Dunn, qui est blanc et l'un des membres les plus sains de la famille Dunn, a été surpris en train de faire l'amour avec Siti Moss, qui est noire et la plus âgée des filles Moss, j'ai bien cru que le sang allait couler. Dingue.

Peu m'importe qui couche avec qui, mais je me demande comment des jeunes peuvent se marier et faire un enfant quand la foudre risque à tout moment de les frapper.

Je sais bien que les gens se sont toujours mariés et qu'ils ont fait des enfants, mais maintenant… Maintenant, il n'y a nulle part où aller, plus rien à entreprendre. Un couple se marie et, s'il a de la chance, il trouvera une pièce ou un garage où se loger, sans le moindre espoir que leur situation s'améliore et avec toutes les raisons du monde que ça aille de mal en pis.

Le choix de Bianca n'est certainement pas le mien, mais c'est quand même ce que la communauté attend d'une jeune fille de mon âge. Grandir encore un peu et puis épouser un brave garçon et avoir de beaux enfants. Curtis Talcott dit que la nouvelle famille Iturbe aura la moitié d'un garage, l'autre moitié étant occupée par la sœur de Jorge, Celia Iturbe Cruz, et son mari et leur bébé. Deux couples là où il y avait deux voitures et aucun n'ayant un emploi. Le mieux qu'ils puissent espérer, c'est de trouver une place de domestique chez des riches, où ils ne recevront même pas de salaire, mais seront nourris et logés et bénéficieront d'une relative sécurité.

Et s'ils voulaient tenter leur chance au Nord, gagner l'Oregon ou l'État de Washington ou encore le Canada? Avec un bébé, peut-être deux, ils auraient toutes les peines du monde à voyager, et ne parlons pas des difficultés à franchir des frontières surveillées par des gardes sans pitié pour les clandestins.

Je ne sais pas si Bianca est courageuse ou idiote. Elle et sa sœur sont très occupées en ce moment à retoucher la robe de mariée de leur mère et tout le monde cuisine et prépare la fête comme au bon vieux temps. À mon avis, ils ne savent pas ce qu'ils font.

Curtis Talcott me plaît beaucoup. Peut-être que je l'aime. Il m'arrive de le penser. Il dit qu'il m'aime. Mais si je n'avais d'autre perspective que le mariage, des enfants et une pauvreté de plus en plus grande, je crois que je me tuerais.

Samedi 2 août 2025

Nous avons eu une séance de tir, aujourd'hui, et pour la première fois depuis que j'ai tué le chien, nous avons découvert un autre cadavre. Nous l'avons tous vu, cette fois : le corps d'une vieille femme, nue, dans un état de décomposition avancée, en partie dévorée. À vomir.

C'était plus qu'Aura Moss n'en pouvait supporter. Elle a dit qu'elle n'irait plus jamais tirer. J'ai essayé de lui parler, mais elle a prétendu que c'était aux hommes qu'il appartenait de nous protéger et que les femmes n'avaient que faire des armes à feu.

« Et si tu dois défendre tes jeunes frères et sœurs? je lui ai demandé, car il lui arrive souvent de garder les petits.

— Je sais me servir d'un pistolet.

— Ce n'est pas suffisant, il faut s'entraîner au tir.

— J'irai plus. Et puis ça te regarde pas. Je suis pas obligée d'y aller! »

Impossible de la convaincre. Elle avait peur et elle était sur la défensive. P'pa m'a dit que j'aurais dû attendre que le souvenir du cadavre s'estompe pour lui parler. Il a raison, je suppose. C'est l'attitude des Moss qui me tape sur les nerfs. Richard Moss laisse ses femmes et ses filles se comporter de la sorte. Il les fait travailler comme des esclaves dans son jardin et son élevage de lapins, mais il les laisse se prendre pour des « dames », dès qu'il y a un effort à faire pour la communauté. Quand elles ne veulent pas faire leur part de travail collectif, il les soutient toujours. C'est dangereux et stupide. Rien de tel pour provoquer du ressentiment chez les gens. Aucune des femmes Moss n'a jamais participé à une seule patrouille. Et je ne suis pas la seule à l'avoir remarqué.

Les deux plus grands des enfants Payne, Doyle et Margaret, sont venus avec nous pour la première fois. Pas de chance pour eux. Mais ils n'ont pas eu peur. Il y a de la rudesse chez eux. Ils sont bien. Leur oncle ne voulait pas qu'ils viennent. Il n'a pas pu s'empêcher de faire de sales remarques sur l'égoïsme de p'pa et son armée de vigiles, déclarant à qui voulait l'entendre qu'il avait payé assez d'impôts dans sa vie pour avoir le droit de compter sur la police pour le défendre. Blablabla. C'est un solitaire, geignard et misanthrope. J'ai entendu dire qu'il avait jadis été riche. P'pa est d'accord avec moi : on ne peut absolument pas lui faire confiance. Mais il n'est pas le père de Doyle et de Margaret, et leur mère Rosalee Payne n'aime pas qu'on lui dise comment élever ses cinq enfants. Le seul pouvoir qui lui reste, c'est son autorité sur ses gosses et son argent, qu'elle a hérité de ses parents. Son frère, lui, en a peut-être eu, mais il n'en a plus. C'est donc elle qui tient les cordons de la bourse, et il aurait mieux fait de la fermer à propos de la séance de tir, car c'est Rosalee qui décide de ce que ses enfants doivent faire ou ne pas faire. Heureusement pour eux.

Mon frère Keith a comme d'habitude supplié qu'on le laisse venir. Il aura treize ans dans quelques jours – le 14 août – et il ne supporte pas d'avoir à attendre deux ans de plus pour aller avec les grands. Je le comprends. Attendre est terrible. Attendre d'être plus âgé est pire que toutes les autres attentes, parce qu'on ne peut rien y faire. Pauvre Keith. Pauvre de moi.

Et encore p'pa laisse Keith tirer les écureuils et les oiseaux avec la carabine à air comprimé de la famille, mais Keith continue de se plaindre. « C'est pas juste, dit-il aujourd'hui pour la centième fois. Lauren est une fille et tu la laisses aller. Tu lui laisses toujours tout faire. Moi aussi, je pourrais apprendre à monter la garde et faire peur aux voleurs… » Il a fait une fois l'erreur de proposer son aide pour « tirer sur les voleurs », et p'pa l'a vivement sermonné. P'pa ne lève jamais la main sur nous, mais il n'a pas besoin de ça pour nous foutre une trouille du diable quand il le veut.

Bien sûr, Keith n'est pas venu avec nous. Et la séance de tir s'est bien passée jusqu'à ce qu'on tombe sur ce cadavre. Nous n'avons pas vu de chiens aujourd'hui. Par contre, on a remarqué qu'il y avait de nouvelles cabanes faites de branches, de cartons et de chiffons le long de River Street. Il en pousse tous les jours, de ces misérables abris, et les gens mendient quand nous passons. Ils nous maudissent aussi et nous regardent avec leurs yeux vides. Certains sont maigres comme des squelettes. Ils n'ont que la peau et les os. Ils mangent ce qu'ils trouvent.

Leurs regards hantent parfois mes rêves.

Pendant qu'on était dans les collines, Keith est parti. Il a pris la clé de Cory, celle qui ouvre le portail, et il est sorti du quartier. P'pa et moi, on a appris ça en arrivant. Keith n'était toujours pas rentré. Cory savait maintenant qu'il avait franchi le mur. Deux des enfants Dunn, les jumelles Allison et Marie, l'avaient vu ouvrir le portail et s'en aller. Cory avait regagné la maison et constaté la disparition de sa clé.

P'pa, fatigué, en colère et inquiet, allait partir à sa recherche quand Keith est revenu. Cory, Marcus et moi on était dehors, sous le porche, nous demandant dans quelle direction Keith avait bien pu partir. Marcus et moi nous avons proposé à p'pa de l'accompagner. La nuit n'allait pas tarder à tomber.

« Non, vous ne bougez pas d'ici, a dit p'pa. Vous trouvez que ça ne suffit pas, que l'un de vous soit dehors ? »

Il a vérifié sa mitraillette, s'assurant qu'il avait un chargeur plein.

C'est alors que j'ai remarqué une silhouette qui se déplaçait furtivement le long de la maison des Garfield. Je ne savais pas que c'était Keith.

« Regarde, p'pa. »

P'pa a juste eu le temps d'apercevoir la silhouette, juste avant qu'elle ne disparaisse au coin de la maison. Il nous a fait signe de ne pas bouger et il y est allé.

Un moment plus tard, Cory nous a dit qu'elle avait entendu un bruit bizarre dans la maison. Marcus et moi, on était trop attentifs à suivre p'pa des yeux pour prêter attention à Cory qui avait disparu à l'intérieur. Et puis on l'a entendue crier.

Marcus et moi, on s'est regardés. Marcus a été le premier à foncer à l'intérieur. J'ai appelé p'pa. Je ne le voyais plus, mais je l'ai entendu qui me répondait.

« Viens vite », je lui ai hurlé, avant de me précipiter à mon tour dans la maison.

Dans la cuisine, Cory, Marcus, Bennett et Gregory entouraient Keith, par terre, pantelant, son slip pour tout vêtement. Il était couvert d'égratignures et de sang. Cory s'est agenouillée à côté de lui, l'a examiné, l'a questionné. Elle pleurait.

« Qu'est-ce qui t'est arrivé ? Qui t'a fait ça ? Pourquoi es-tu sorti ? Où sont tes vêtements ? Qu… »

La voix de p'pa l'a interrompue :

« Où est la clé que tu as volée ? Ils te l'ont prise ? »

On a tous sursauté, tous regardé p'pa, puis Keith.

« J'ai pas pu les en empêcher, a dit Keith d'une voix plaintive. Ils étaient cinq.

— Alors, ils ont la clé. »

Keith a hoché la tête en prenant garde à ne pas lever les yeux vers p'pa.

P'pa s'est détourné de lui et il est sorti presque en courant de la maison. Il était trop tard pour charger George ou Brian Hsu de changer la serrure du portail. Il faudrait attendre demain pour en poser une nouvelle, fabriquer des clés et les distribuer aux familles. J'ai pensé que p'pa sortait pour prévenir les gens et doubler les patrouilles. Je l'aurais volontiers accompagné, mais il était trop furieux pour accepter de l'aide d'un seul de ses enfants. Keith ! Plus de pantalon, plus de chemise, plus de chaussures. Cory n'avait jamais voulu nous laisser courir pieds nus comme tous les enfants du voisinage. Sa définition du civilisé excluait la crasse, les cals aux pieds, les boutons sur la peau. Les souliers étaient chers et nous grandissions sans cesse, mais Cory avait toujours tenu à ce que nous en ayons au moins une paire convenable, malgré le prix. À présent, il faudrait encore dépenser de l'argent pour remplacer ceux que Keith s'était fait rafler.

Maintenant que p'pa était parti, il se traînait par terre, pissant le sang par le nez et la bouche. Il a fallu deux bonnes minutes à Cory pour le relever et l'emmener dans la salle de bains. J'ai essayé de l'aider, mais elle m'a regardée comme si c'était moi qui avais battu son fils, aussi je les ai laissés entre eux. J'avais cru de mon devoir de l'aider. Keith souffrait et c'était dur pour moi de partager sa souffrance.

J'ai nettoyé le sang sur le carrelage de la cuisine, pour que personne ne glisse dessus ou en mette partout. Puis j'ai préparé le dîner, j'ai mangé avec les trois plus jeunes et laissé le reste pour p'pa, Cory et Keith.

Dimanche 3 août 2025

Ce matin, à l'occasion de la messe, Keith a dû faire une confession publique de ce qu'il avait fait. Il a dû se lever devant tout le monde et tout raconter, y compris ce que les cinq brutes lui avaient fait. Puis il a dû présenter ses excuses à Dieu, à ses parents et à la communauté qu'il avait mise en danger. P'pa l'a obligé à faire tout ça, malgré les protestations de Cory.

P'pa ne l'a jamais frappé, bien qu'hier au soir ça ait dû le démanger.

« Pourquoi tu as fait ça ? il arrêtait pas de lui crier. Comment mon fils peut-il être aussi bête ? Tu n'as donc rien dans le crâne ! Qu'est-ce que tu as voulu prouver ? Réponds-moi, quand je te parle ! »

Les réponses que bredouillait Keith ne semblaient avoir aucun sens pour p'pa.

« J'suis plus un bébé, pleurnichait-il. Je voulais te montrer… que j'étais capable ! Tu laisses toujours Lauren faire des tas de choses… J'suis un homme ! J'devrais pas rester caché à la maison… J'suis un homme, maintenant ! »

Il répétait toujours la même chose et refusait de reconnaître qu'il avait commis une faute grave. Il avait voulu prouver qu'il était un grand garçon, pas une fillette. Ce n'était pas sa faute si une bande de types lui avaient sauté dessus, l'avaient battu, lui avaient arraché ses vêtements. Il n'avait rien fait. Ce n'était pas sa faute.

P'pa le regardait avec dégoût.

« Tu as désobéi. Tu as volé. Tu as gravement compromis la sécurité de tout le monde ici, à commencer par ta mère, ta sœur et tes petits frères. Si tu étais l'homme que tu prétends être, je te foutrais la tannée de ta vie ! »

Mais Keith était une vraie tête de mule.

« Les voleurs ont pas de clé, mais ça les empêche pas de venir ici, persistait-il. Ils passent le mur, prennent ce qu'ils veulent et s'en vont. C'est pas ma faute ! »

Il a fallu deux heures à p'pa pour que Keith reconnaisse qu'il n'avait aucune excuse. Qu'il avait fait quelque chose de grave et qu'il promette de ne plus recommencer.

Mon frère n'est pas très intelligent, mais il compense ça par un entêtement forcené. Mon père est très intelligent et très têtu. Keith n'avait pas une seule chance, mais il a quand même donné du mal à p'pa. Je ne pense pas que p'pa ait voulu prendre sa revanche en obligeant Keith à se confesser en public, mais Keith l'a certainement pris comme ça ; il suffisait de voir sa tête.

« Comment j'vais faire pour me tirer de cette famille ? » m'a soufflé Marcus à l'oreille.

Je le comprends et le plains : il doit partager sa chambre avec Keith. Ils n'ont qu'un an de différence et ils se chamaillent tout le temps. Et maintenant, ça ne risque pas de s'arranger entre eux.

Keith est le préféré de Cory. Si on le lui demandait, elle se récrierait d'avoir un préféré. Mais c'est un fait ;

elle le materne comme un bébé et le laisse faire ce qu'il veut, y compris échapper aux corvées, mentir, chaparder… C'est peut-être pour ça que Keith croit qu'il peut faire n'importe quelle connerie et s'en tirer.

P'pa a pris pour thème de son prêche les Dix Commandements, avec une emphase particulière dans la voix pour *Tu honoreras ton père et ta mère* et *Tu ne voleras point.* Ce sermon a été l'occasion pour p'pa de se débarrasser un peu de sa colère et de sa honte. Keith, visage de marbre, paraissant plus vieux que ses treize ans, contenait la sienne. Je sais qu'un jour elle explosera.

9

Toutes les luttes sont
Des luttes de pouvoir.
Qui gouvernera,
Qui régentera,
Qui définira,
Qui désignera,
Qui dominera.
Toutes les luttes sont
Des luttes de pouvoir,
Et la plupart
Ne sont pas plus intellectuelles
Que deux béliers
Se jetant l'un contre l'autre.
Semence de la Terre : Le Livre des vivants

Dimanche 17 août 2025

Mes parents ont perdu leur bon sens habituel à l'occasion de l'anniversaire de mon frère Keith. Ils lui ont offert une carabine à air comprimé. Pas neuve, mais en parfait état de marche et, heureusement, l'air plus dangereuse qu'elle ne l'est vraiment. C'est la sienne et il a le droit de ne pas la partager. Un cadeau pour compenser les deux ans qu'il devra attendre encore avant de mettre la main sur le Smith & Wesson ou, mieux, sur le Heckler & Koch. Un cadeau aussi pour le distraire de son envie de fuguer et lui faire oublier l'humiliation de sa confession publique.

Keith a tiré quelques pigeons et quelques corbeaux, menacé de plomber Marcus – Marcus me l'a dit ce soir – puis, hier, il a disparu. Bien sûr, il a emporté la carabine avec lui. Ça fait dix-huit heures qu'on ne l'a vu et il n'y a pas de doute : il est parti à l'extérieur.

Lundi 18 août 2025

P'pa est parti à la recherche de Keith. Il a même été voir la police. Nous n'avons peut-être pas les moyens de payer leurs services, mais p'pa a peur. Plus Keith restera longtemps dehors, plus il courra de risques de se faire blesser ou tuer. Marcus pense que Keith est allé trouver les types qui l'ont détroussé et battu. Je n'y crois pas. Vouloir se venger de cinq types en étant armé d'une carabine à air comprimé serait pure folie.

Évidemment, Cory est aux quatre cents coups. Elle sursaute au moindre bruit, a mal au ventre et n'arrête pas de pleurer. Je lui ai suggéré de se recoucher et que je ferais la classe à sa place. Ça m'est déjà arrivé de le faire quand elle était malade et les élèves ne s'étonneront pas de me voir. Elle a accepté et j'ai rassemblé ma classe de petits avec celle des grands. Parmi ceux-ci, certains ont mon âge ou sont plus âgés et deux d'entre eux – Aura Moss et Michael Talcott – se sont levés et sont partis quand ils ont compris ce qui se passait. Ils savaient pourtant que je connaissais mon affaire : ça fait deux ans déjà que j'ai terminé le programme de dernière année et, depuis, j'ai travaillé avec p'pa les matières enseignées en faculté. Michael et Aura savent tout ça, mais ils estiment qu'ils n'ont rien à apprendre de quelqu'un comme moi. Qu'ils aillent au diable. Dommage que mon Curtis ait pour frère Michael, mais je suis bien placée pour savoir qu'on ne choisit pas ses frères.

Mardi 19 août 2025

Pas de signe de Keith. Cory le pleure comme s'il était mort. J'ai de nouveau fait la classe, aujourd'hui, et p'pa est reparti à sa recherche. Il est revenu épuisé ce soir, et Cory s'en est prise à lui.

« Tu n'as pas vraiment essayé! elle lui a crié devant mes petits frères et moi. Tu l'aurais retrouvé si tu t'en étais donné vraiment la peine. »

P'pa a essayé de lui parler, mais elle n'a rien voulu entendre.

« Si c'était ta précieuse Lauren qui soit dehors, elle a encore crié, tu l'aurais retrouvée, elle! Mais tu te fous de Keith! »

Jamais encore elle n'avait dit une chose pareille.

Elle ne m'a jamais demandé de l'appeler « maman », et je n'ai jamais pensé à le faire. J'ai toujours eu conscience qu'elle était ma belle-mère. Il n'empêche, je l'ai toujours aimée. Ça m'a toujours paru bizarre que Keith soit son préféré, mais, bien qu'elle ne m'ait pas mise au monde, j'étais son enfant, au même titre que les autres. Et j'avais toujours pensé qu'elle m'aimait.

P'pa nous a demandé d'aller nous coucher. Je l'ai entendu parler à Cory et s'efforcer de la calmer, puis il

l'a emmenée dans leur chambre. Quelque temps plus tard, il est venu me voir.

« Elle ne pensait pas ce qu'elle a dit. Elle t'aime autant que si tu étais sa propre fille, Lauren. »

Je l'ai regardé. Sans rien dire.

« Elle m'a chargé de te dire qu'elle regrettait ce qu'elle a dit. »

J'ai hoché la tête et, après m'avoir répété que Cory nous aimait tous, il s'en est allé.

Elle regrette ? J'en doute un peu.

Elle ne pensait pas ce quelle a dit ? Oh, si, elle le pensait.

Merde.

Jeudi 28 août 2025

Keith est revenu hier soir.

Il est arrivé pendant que nous dînions, comme s'il était allé jouer dans le jardin et non pas avait disparu depuis samedi. Il avait bonne mine. Pas une marque. Et il portait des vêtements neufs et même une nouvelle paire de chaussures, le tout de meilleure qualité que ce qu'il avait en partant et certainement beaucoup plus cher que ce que nous pouvions nous permettre.

Il avait toujours la carabine jusqu'à ce que p'pa la lui arrache des mains et la brise en deux.

Keith n'a pas voulu dire où il était allé ni comment il s'était procuré ses vêtements, alors p'pa l'a battu.

Je n'avais vu qu'une seule fois p'pa dans cet état-là : j'avais douze ans, et c'était moi qui en avais fait les frais. Cory a essayé en vain de l'arrêter, de s'interposer entre lui et Keith, lui criant après en anglais, puis en espagnol, enfin en silence.

Gregory a vomi, et Bennett s'est mis à pleurer. Marcus a quitté la pièce et il est allé dehors.

Et puis ç'a été fini.

Keith pleurait comme un bébé et Cory faisait ce qu'elle pouvait pour le réconforter. P'pa s'est tenu un instant au-dessus d'eux, le regard vide, l'air ivre.

J'ai rejoint Marcus dehors. Je n'avais plus de jambes et j'ai failli m'étaler sur les marches du perron. Je ne savais plus ce que je faisais. Marcus n'était pas là. Je me suis assise sur les marches et j'ai laissé mon corps trembler et souffrir et vomir dans une empathie impuissante avec Keith. Et puis j'ai dû m'évanouir.

Je suis revenue à moi, alors que Marcus me secouait et m'appelait à voix basse.

Je me suis relevée avec son aide et j'ai gagné ma chambre.

« Laisse-moi dormir ici, il m'a demandé après que je me suis assise sur mon lit, le corps endolori et l'esprit brumeux. Je peux dormir par terre, ça m'est égal.

— D'accord », j'ai répondu, indifférente.

Je me suis allongée sans même enlever mes chaussures et, me pelotonnant en position fœtale, je me suis endormie comme une masse, à moins que je ne me sois évanouie de nouveau.

Samedi 25 octobre 2025

Keith a encore disparu. Hier après-midi. Cory a attendu ce soir pour nous annoncer qu'il n'avait pas emporté seulement sa clé, cette fois, mais son pistolet. Il a pris le Smith & Wesson.

P'pa a refusé d'aller à sa recherche. Il a dormi dans son bureau la nuit dernière. Idem, cette nuit.

Je n'ai jamais beaucoup aimé mon frère. Mais, à présent, je le hais de faire ce qu'il fait à la famille, de ce qu'il fait à mon père. Putain, je le hais.

Lundi 3 novembre 2025

Keith est passé ce soir à la maison, pendant que p'pa était chez les Talcott. Je soupçonne Keith d'avoir guetté le départ de p'pa pour entrer. Il venait voir Cory. Il lui a apporté un paquet d'argent.

Elle a pris l'épaisse liasse de dollars qu'il lui tendait et a murmuré :

« Mais il y en a tellement, Keith. Où as-tu eu tout cet argent ?

— C'est pour toi, il a dit. Tout pour toi, rien pour lui. »

Il lui a pris la main et l'a refermée sur les billets. Elle l'a laissé faire ; elle devait pourtant se douter que c'était de l'argent volé ou l'argent de la drogue ou pire.

Keith a donné à Bennett et à Gregory deux grosses tablettes de chocolat avec des noisettes, une denrée coûteuse et rare de nos jours. Puis il a souri à Marcus et à moi – un sourire qui disait : « Allez vous faire mettre. » Puis, avant que p'pa ne revienne et ne le trouve là, il est parti. Cory n'avait pas compris qu'il ne faisait que passer et elle s'est accrochée à lui.

« Non ! Tu vas te faire tuer là-bas ! elle lui a crié. Qu'est-ce qui te prend ? Reste ici, je t'en prie !

— M'man, j'lui laisserai pas lever la main sur moi. J'ai pas besoin de lui pour savoir c'que j'dois faire, d'accord ? D'ici peu, j'me ferai plus d'argent en une journée qu'il s'en fait en un mois.

— Tu seras tué !

— Non, j'sais ce que j'fais. »

Il l'a embrassée puis, avec une étonnante facilité, il s'est dégagé d'elle.

« Je reviendrai te voir, lui a-t-il dit. Je t'apporterai des cadeaux. »

Il est parti par la porte de derrière et a disparu dans la nuit.

2026

La civilisation est aux groupes humains
ce que l'intelligence est aux individus. Elle est un moyen
d'unir les intelligences individuelles
pour réaliser l'adaptation des groupes à leurs milieux.
La civilisation, comme l'intelligence, peut remplir
efficacement, adéquatement, sa fonction adaptatrice,
ou échouer. Quand la civilisation échoue
et ne peut servir l'homme, elle est appelée à disparaître,
à moins que des forces internes ou externes
ne prennent le relais de l'union.

Semence de la Terre : Le Livre des vivants

10

Quand une apparente stabilité se désintègre. Comme il se doit
Car Dieu est Changement
Les gens ont tendance
À s'abandonner à la peur et au désespoir,
À l'agressivité et à la cupidité.
Quand il n'y a pas d'influence assez forte
Pour unir les gens,
Ceux-ci se divisent,
Ils luttent les uns contre les autres
Groupe contre groupe
Pour survivre, dominer.
Ils exhument les anciennes haines et en créent de nouvelles.
Ils créent le chaos et l'entretiennent.
Ils tuent et tuent et tuent,
Jusqu'à ce qu'ils se lassent ou périssent eux-mêmes,
Jusqu'à ce que des forces extérieures viennent les asservir,
Ou jusqu'à ce que l'un d'eux devienne un leader, que le peuple suivra.
Ou un tyran que le peuple craindra.

Semence de la Terre : Le Livre des vivants

Jeudi 25 juin 2026

Keith est passé hier à la maison. Il a beaucoup grandi. Il est maigre et presque aussi grand que p'pa. Il n'a pas encore quatorze ans, mais il ressemble déjà à l'homme qu'il veut tant être. On est comme ça dans la famille Olamina, on est grands, robustes et on pousse vite. À part Gregory, qui n'a que neuf ans, on domine tous Cory d'une bonne tête. Je suis la plus grande et, si ma taille semble irriter Cory, celle de Keith la ravit. Comme elle aime son grand fils ! Et ça la fout en rogne, qu'il ne vive plus parmi nous.

« J'ai une chambre à moi », il m'a dit hier.

Nous parlions, lui et moi. Cory était avec Dorotea Cruz, qui est une de ses meilleures amies et qui vient d'avoir un bébé. Mes autres frères jouaient dans la rue. P'pa était au collège et ne rentrerait que le lendemain matin. Il vaut mieux, plus que jamais, se déplacer aux premières heures du jour quand on part travailler dehors, comme le fait p'pa une fois par semaine. Les gens les plus dangereux maraudent la nuit et se couchent à l'aube. Pourtant, Keith vit là-bas, dans la jungle.

« J'ai une chambre dans un immeuble avec d'autres gens », m'a-t-il dit.

Traduction : Ses amis et lui squattent un immeuble abandonné. Qui sont ses amis ? Un gang ? Des prostituées ? Une bande *d'astronautes,* pratiquant la défonce de haut vol ? Un repaire de voleurs ? De tueurs ? Chaque fois qu'il vient, il rapporte de l'argent à Cory et de petits cadeaux à Bennett et à Gregory.

D'où vient l'argent ? Il n'existe pas de moyen honnête d'en gagner.

« Est-ce que tes amis savent l'âge que tu as ? »

Il a souri.

« Bien sûr que non. Pourquoi je leur dirais ?

— Ça aide, des fois, de paraître plus âgé, j'ai dit. Tu veux manger quelque chose ?

— Tu cuisinerais pour moi ?

— Je l'ai fait des centaines de fois. Des milliers.

— Je sais. Mais tu étais obligée de le faire.

— Ne sois pas idiot. Tu crois que je ne pourrais pas faire comme toi : fuir mes responsabilités, si l'envie m'en prenait ? Alors, tu veux manger ou pas ?

— Sûr que je veux manger. »

J'ai fait un civet de lapin et du pain de glands – assez pour Cory et les enfants, quand ils rentreraient. Il m'a regardée m'activer pendant un moment puis il s'est mis à me parler. Il ne l'avait jamais fait avant. Nous ne nous sommes jamais aimés, lui et moi. Mais il avait des informations dont j'avais besoin, et il se sentait d'humeur à parler. De toute façon, j'étais peut-être la seule à qui il pouvait parler de ces choses. Il n'avait pas peur de me choquer. Il se foutait de ce que je pouvais penser. Et il n'avait pas peur non plus que je raconte tout à p'pa et à Cory. Bien entendu, je n'en dirais rien. Pourquoi leur causer de la peine ? Et puis, je n'avais jamais aimé ça, le cafardage.

« C'est rien qu'un immeuble minable vu de l'extérieur, mais tu peux pas savoir comme c'est chouette à l'intérieur.

— Un bordel ou un vaisseau spatial ? j'ai demandé.

— C'est plein de matos comme t'en as jamais vu. Des écrans télésphériques à l'intérieur desquels tu peux te balader, avec des écouteurs et des capteurs sensoriels avec lesquels tu sens tout. Tu peux faire tout ce que tu veux avec un équipement pareil ! T'as même plus besoin de sortir, sauf pour aller chercher de quoi bouffer.

— Et ceux qui possèdent tout ça t'ont fait une place parmi eux ?

— Ouais.

— Pourquoi ? »

Il m'a regardée longuement et puis il s'est mis à rire.

« Parce que je sais lire et écrire, il a dit enfin. Et dans toute la bande, y en a pas un capable de lire et encore moins d'écrire. Ils ont volé le matos, mais comme aucun ne pouvait lire les notices de fonctionnement, ils ont jamais pu s'en servir. De rage, ils auraient tout cassé si j'étais pas arrivé pour leur montrer comment ça marche. »

Je l'écoutais tout en pensant au mal qu'on avait eu, Cory et moi, pour lui apprendre à lire et à écrire.

« Alors tu gagnes ta vie en apprenant à tes nouveaux amis à se servir du matériel qu'ils volent.

— C'est à peu près ça.

— Et quoi d'autre ?

— Rien d'autre. »

Quel pauvre menteur il faisait ! Il n'avait jamais su dissimuler. Il n'est pas assez intelligent pour fabriquer des mensonges convaincants.

« Drogue, Keith ? j'ai demandé. Prostitution ? Vol ?

— Je te l'ai dit ! Rien d'autre. Tu crois toujours tout savoir. »

J'ai soupiré.

« J'espère en tout cas que tu ne fais rien qui puisse faire de la peine à p'pa et à Cory. »

Il m'a regardée comme s'il allait me hurler après ou me frapper. Il l'aurait peut-être fait si je n'avais mentionné Cory.

« J'en ai rien à foutre, de ce mec. »

Il parlait d'une voix sourde, méchante. Il avait déjà une voix d'homme. Il avait tout d'un homme, sauf le cerveau.

« J'en fais plus que lui pour elle. Je lui apporte de l'argent et de jolies choses. Et mes amis… mes amis, ils savent qu'elle habite ici, et ils vous laissent tranquilles. Lui, il est rien ! »

J'étais au fourneau quand il a dit ça et je me suis retournée pour le regarder. C'est fou ce qu'il ressemble à p'pa. Il a le teint moins foncé, il est plus maigre, mais c'est bien le visage de mon père.

« Il est toi, j'ai murmuré. Chaque fois que je te vois, je le vois. Chaque fois que tu le regardes, c'est toi que tu vois.

— De la merde ! »

J'ai haussé les épaules.

Il est resté silencieux pendant un long moment puis il m'a demandé :

« Il t'a jamais battue ?

— Une fois, il y a cinq ans.

— Pourquoi ? »

J'ai hésité un instant avant de lui raconter. Il était assez âgé, maintenant, pour comprendre.

« Il m'avait surprise avec Rubin Quintanilla dans les buissons. »

Keith a éclaté de rire.

« Rubin et toi ? C'est vrai ? Tu baisais avec lui ? Tu plaisantes.

— Et alors ? On avait douze ans.

— Tu as de la chance qu'il t'ait pas engrossée.

— Je sais. On n'est pas très futé à douze ans. »

Il a détourné les yeux.

« Ouais, mais il a pas dû te battre comme il m'a battu !

— Il vous a envoyés jouer avec les Talcott. »

Je lui ai donné un verre de jus d'orange et je m'en suis versé un.

« Je m'en souviens pas.

— Tu avais neuf ans. Personne n'allait te dire pourquoi j'avais droit à une raclée. Après, tu dois t'en souvenir, je t'ai dit que j'étais tombée dans l'escalier. »

Il a froncé les sourcils, la mémoire lui revenait peut-être. Je n'étais pas belle à voir. J'avais le visage tuméfié. P'pa ne m'avait peut-être pas frappée aussi fort qu'il avait frappé Keith, mais j'étais plus marquée que lui. Il ne pouvait pas ne pas se rappeler.

« Et m'man, il l'a battue ?

— Jamais. En tout cas, pas que je sache. Et ça se serait vu s'il l'avait fait. Il l'aime, tu sais. Il l'aime vraiment.

— Le salaud !

— C'est notre père et c'est le meilleur homme que je connaisse.

— Tu pensais ça aussi quand il t'a battue ?

— Non, mais, plus tard, quand j'ai compris combien j'avais été stupide de coucher et risquer de tomber enceinte, je me suis dit qu'il avait raison d'être sévère. Bien sûr, sur le coup, j'ai été contente qu'il ne m'ait pas tuée. »

Il a encore ri. C'était la deuxième fois en quelques minutes qu'il riait de ce que je disais et j'ai pensé que c'était le moment de lui poser les questions qui me brûlaient la langue. J'étais tellement curieuse de ce qui se passait de l'autre côté du mur.

« Raconte-moi comment c'est, dehors, je lui ai demandé. Comment est-ce que tu vis, là-bas, tout ça ? »

Il a vidé un autre verre de jus d'orange.

« J'te l'ai dit, c'est le pied.

— Mais comment ça s'est passé au début, quand tu étais dehors ? Tu connaissais personne ni rien. »

Il m'a regardée et m'a souri. Il me souriait comme ça, avant, quand il essayait de me piéger en se badigeonnant d'encre rouge pour provoquer mon empathie. Non, je n'étais pas près d'oublier ce sale sourire.

« Tu veux te tirer d'ici, toi aussi ? il m'a demandé.

— Un jour, oui.

— Quoi, tu veux pas te marier avec Curtis et avoir une chiée de gosses ?

— Non, je préfère aller voir ailleurs.

— Ah, voilà pourquoi t'es si gentille avec moi ! J'me disais aussi… »

Une appétissante odeur de civet emplissait la cuisine. Je me suis levée pour sortir le pain du four et prendre deux assiettes dans le buffet. J'ai été tentée de lui dire de se servir, mais je savais qu'il prendrait toute la viande et ne laisserait aux autres que les pommes de terre et les légumes. Je l'ai donc servi et me suis servie moi-même, puis j'ai couvert la marmite, ai laissé le feu en veilleuse et enveloppé le reste du pain dans un linge.

Je l'ai laissé manger tranquillement pendant un moment, malgré ma crainte de voir arriver mes petits frères affamés, et puis, n'y tenant plus, je lui ai demandé :

« Parle-moi, Keith. J'ai besoin de savoir. Comment as-tu fait, au début, pour tenir le coup ? »

Il a de nouveau souri, mais son sourire m'a paru moins pervers. La nourriture l'avait attendri.

« J'ai dormi dans une boîte en carton pendant trois jours et, pour manger, j'ai volé. J'sais pas pourquoi je dormais dans cette boîte. J'aurais pu dormir n'importe où dans un coin. Y a des gosses qui se trimballent toujours avec un carton pour dormir dessus, c'est mieux que de se coucher à même le sol. Et puis j'ai eu un sac de couchage, un tout neuf, on aurait dit qu'il avait jamais servi. Il appartenait à un vieux…

— Tu le lui as volé ? »

Il m'a jeté un regard qui semblait dire : Pourquoi tu poses des questions connes ?

« Qu'est-ce que tu crois ? Que j'allais lui demander : M'sieur, j'ai pas de sac, vous me donnez le vôtre ? J'avais pas un rond en poche, mais j'avais le 38 de m'man. »

Oui. Il avait rapporté le revolver et deux boîtes de cartouches, il y avait trois visites de cela. Bien sûr, il n'avait pas dit comment ni où il s'était procuré les munitions ni comment il avait remplacé le Smith & Wesson par un Heckler & Koch de calibre neuf millimètres, comme celui de p'pa. Il montrait ce qu'il avait en clamant qu'on pouvait tout avoir dehors, quand on avait de l'argent. Bien entendu, il ne précisait pas comment il gagnait le sien.

« D'accord, je lui ai dit. Tu as volé un sac de couchage et tu as continué de voler de la nourriture. C'est incroyable que tu ne te sois pas fait prendre.

— Le vieux avait de l'argent. Alors, pour manger, j'avais de quoi. Et puis je me suis mis en route. Direction L.A. ! »

Son vieux rêve. Pour des raisons qui n'avaient de sens que pour lui-même, il avait toujours voulu aller à Los Angeles, alors que tout le monde ici se félicite d'en être séparé par des dizaines de kilomètres.

« Il y en a qui arrivent de San Diego, il a continué. Ils savent pas très bien où ils vont. J'ai parlé à ce vieux, il m'a dit qu'il allait en Alaska. Putain, l'Alaska !

— Je lui souhaite bonne chance, j'ai dit. Parce que le malheureux n'a pas fini de se faire braquer, le temps d'arriver là-haut.

— Il risque pas d'y arriver. L'Alaska doit être à mille cinq cents kilomètres d'ici.

— Plus que ça, sans compter les gardes-frontières. Mais bonne chance à lui quand même. Ce n'est pas idiot de vouloir aller là-bas.

— Il avait vingt-trois mille dollars sur lui. »

Je n'ai rien dit, mais j'ai suspendu ma respiration et je l'ai regardé avec une répugnance renouvelée. Bien sûr. Comment n'avais-je pas compris plus tôt ?

« Tu voulais savoir, il m'a dit, comprenant ma soudaine réticence. C'est comme ça que ça se danse, dehors. T'as un flingue, alors t'es quelqu'un. T'en as pas, t'es une merde. Pourtant, y a des tas de gens qu'en ont pas.

— Je pensais le contraire, que tout le monde était armé, sauf les plus pauvres.

— Moi aussi, je le pensais, mais les armes coûtent très cher. Mais si on en a déjà une, c'est facile d'en avoir deux…

— Et si cet homme qui partait en Alaska avait été armé ? Tu serais mort.

— Je l'ai suivi jusqu'au moment où il a cherché un coin pour dormir. Y me restait plus qu'à attendre qu'il ronfle pour lui piquer son blé.

— Tu l'as tué ? »

Ce sale petit sourire de crapule.

« Il t'a parlé, il a été amical avec toi et tu l'as tué.

— Qu'est-ce que je pouvais faire d'autre ? Attendre que Dieu descende sur terre et me donne de l'argent ? Hein, qu'est-ce que je devais faire ?

— Rentrer à la maison.

— Ouais, c'est ça.

— Ça ne te tracasse pas plus que ça d'avoir tué un homme ? »

Il a paru réfléchir un instant. Puis il a secoué la tête.

« Non, ça me tracasse pas. Au début, j'ai eu peur, mais après… je veux dire, après l'avoir fait, j'ai rien ressenti. Personne m'avait vu. Je lui ai pris son argent et j'me suis tiré. Peut-être qu'il était pas mort, d'ailleurs. C'est pas parce qu'on leur tire dessus que les gens meurent forcément.

— Tu n'as pas vérifié ?

— J'voulais son blé, un point c'est tout. Il était dingue, ce mec, de toute façon. L'Alaska ! Pourquoi pas la Lune ? »

J'étais trop écœurée pour lui poser une seule autre question. Il m'a alors parlé de sa rencontre avec cette bande de voleurs, qui étaient plus vieux que lui, mais qui ne savaient ni lire ni écrire. Il les avait aidés, avait rendu leurs vies plus agréables. C'était peut-être pour ça qu'ils ne l'avaient pas tué pendant qu'il dormait pour lui piquer son fric.

Puis, comme il remarquait que je ne disais plus rien, il a ri.

« Tu ferais mieux de te marier avec Curtis et de faire des bébés. Là-bas, dehors, tu tiendrais pas une journée. Ton hyperempathie te clouerait au sol même si personne te touchait.

— Tu crois ça ?

— Hé, j'ai vu un type se faire arracher les yeux. Après ça, ils l'ont arrosé d'essence, ont craqué une allumette et l'ont regardé courir dans tous les sens en hurlant comme un fou. Tu crois que tu pourrais supporter de voir un truc pareil ?

— Ce sont tes nouveaux amis qui ont fait ça ?

— Putain non ! C'est les dingues qui font ça. Ils se rasent le crâne et les sourcils et se peignent la tête de toutes les couleurs. Ils mangent le feu et tuent les riches.

— Ils font quoi ?

— Ils prennent des drogues qui leur donnent envie de feu. Ils aiment ça, les flammes. Des fois, ils allument un feu avec des planches ou des poubelles, des fois, c'est une maison. Mais des fois, c'est un type riche.

— Pourquoi ?

— J'en sais rien. Ils sont dingues. J'ai entendu dire que certains sont des gosses de riches, alors peut-être qu'ils ont la haine pour leurs parents et ceux qui ont de l'argent. Les peints aiment tellement le feu qu'ils se brûlent eux-mêmes. Et leurs potes font rien pour les sauver. Ils les regardent brûler. On dirait qu'ils baisent les flammes et qu'ils prennent plus leur pied que s'ils baisaient une super nana.

— Tu n'as jamais été tenté d'essayer ?

— Merde non ! J'te le dis, ces mecs ont vraiment pété les plombs. Tu sais, même les gonzesses se rasent la tête. Putain, qu'est-ce qu'elles sont moches !

— Ils sont jeunes ?

— Ouais, plutôt. Entre dix-sept et vingt. Y en a qui ont vingt-cinq, trente. Mais pas plus, ils vivent jamais assez vieux pour ça. »

Cory et les garçons sont arrivés à ce moment-là. Gregory et Bennett étaient contents parce que leur équipe avait gagné au foot. Cory était manifestement heureuse d'avoir rendu visite à Dorotea Cruz et d'avoir vu son dernier-né. Mais l'atmosphère a changé quand ils ont vu Keith. La soirée s'est quand même bien passée. Keith avait des cadeaux pour ses frères, de l'argent pour Cory et rien pour Marcus et moi. Cette fois, cependant, il a été un peu gêné.

« La prochaine fois, j't'apporterai peut-être quelque chose, il m'a dit.

— Non, je ne veux rien, je me suis empressée de lui dire au souvenir de ce malheureux qui voulait aller en Alaska. Je ne veux rien. »

Il a haussé les épaules et m'a tourné le dos pour parler à Cory.

Lundi 20 juillet 2026

Keith est venu me voir aujourd'hui, juste avant que la nuit tombe. Je revenais de chez les Talcott, où Curtis m'avait souhaité un très agréable anniversaire. Nous avons toujours été très prudents, Curtis et moi, mais il a trouvé je ne sais où une boîte de préservatifs. Des vieux modèles, mais ils font l'affaire. Et il y a un coin tranquille dans le garage des Talcott.

J'avais la tête et le ventre encore dans ce garage quand Keith est arrivé derrière moi sans un bruit. Il allait me toucher l'épaule quand j'ai enfin senti une présence et je me suis retournée d'un bond.

Il a levé les mains en souriant.

« Je t'ai apporté un cadeau, il m'a dit en me mettant quelque chose dans la main. »

Un rouleau de dollars.

« Non, Keith, donne-le à Cory.

— Non, c'est pour toi. Si t'en veux pas, t'auras qu'à le donner à Cory, mais moi, c'est à toi que je le donne. »

Je l'ai raccompagné jusqu'au portail, parce que je craignais qu'il tombe sur une de nos patrouilles et qu'il se fasse tirer dessus. Il est beaucoup plus grand que lorsqu'il vivait parmi nous. P'pa était à la maison et il ne pouvait donc pas entrer. Je l'ai remercié pour l'argent et lui ai dit que je le donnerais à Cory. Je voulais qu'il le sache parce que je ne voulais pas qu'il me rapporte quoi que ce soit.

Il ne m'a pas paru prêter attention à ce que je lui disais. Il m'a embrassée sur la joue et m'a dit :

« Joyeux anniversaire. »

Et il est parti. Il avait toujours la clé de Cory. P'pa le savait bien, mais il n'avait pas encore fait changer la serrure.

Mercredi 26 août 2026

Aujourd'hui, mes parents sont allés en ville pour identifier le corps de mon frère Keith.

Samedi 29 août 2026

Je n'ai pas pu écrire un mot depuis mercredi. Qu'est-ce que je pourrais bien écrire ? Le corps était bien celui de Keith. Mais je ne l'ai pas vu. P'pa a dit qu'il avait essayé d'empêcher Cory de le voir. Les horreurs que quelqu'un a fait subir à Keith avant qu'il meure… Je ne veux rien en dire, mais il le faut. Il y a des choses qu'on supporte mieux une fois qu'on les a écrites.

Quelqu'un a dépecé et brûlé mon frère par petits morceaux. Tout le corps sauf le visage. Ils lui ont brûlé les yeux, mais n'ont pas touché au reste du visage, comme s'ils avaient voulu qu'on le reconnaisse. Ils ont coupé, brûlé, coupé, brûlé. Quelques-unes des blessures étaient plus anciennes que d'autres. Le martyre de mon frère aura donc duré longtemps, très longtemps.

P'pa nous a tous réunis et nous a décrit ce que Keith avait subi. Il l'a fait d'un ton neutre, glacé. Il voulait nous faire peur, surtout à Marcus, à Bennett et à Gregory. Il voulait qu'on comprenne à quel point il était dangereux de s'aventurer dehors.

La police a dit que les dealers de drogue torturaient les gens comme Keith l'a été. Ils torturent ceux qui les ont volés ou ceux qui sont en concurrence avec eux. On ne sait pas si Keith trempait dans le trafic. On sait seulement qu'il est mort. Son corps a été abandonné en ville devant un vieux bâtiment incendié qui était autrefois un dispensaire médical. Il a été déposé là, sur le trottoir, quelques heures après sa mort. Il aurait pu être jeté dans l'un des canyons où il aurait servi de pâture aux chiens et disparu sans laisser de trace. Mais quelqu'un voulait qu'il soit découvert, voulait qu'il soit reconnu. Les parents ou les amis d'une des victimes de Keith avaient-ils réussi à se venger ?

La police semblait penser que nous aurions dû connaître les coupables. J'ai même eu l'impression qu'ils auraient été contents d'arrêter mon père ou Cory ou les deux. Mais tous deux pouvaient justifier de leur emploi du temps et des douzaines de personnes pouvaient étayer leur alibi. Bien entendu, je n'ai rien dit de ce que m'avait confié Keith. Ça n'aurait rien apporté de plus, sinon du chagrin à p'pa et à Cory. Keith était mort, et de façon horrible. Hasard ou intention, toutes ses victimes étaient vengées.

Wardell Parrish s'est fait un devoir de raconter à la police la dispute que p'pa et Keith avaient eue l'année dernière. Il avait entendu les cris de Keith. Tout le voisinage les avait entendus. Les querelles de famille étaient, dans cette communauté aussi close, un spectacle que seuls les sourds et les aveugles pouvaient manquer.

Je sais que c'est Wardell Parrish qui a parlé aux flics. Sa jeune nièce Tanya me l'a dit. « Oncle Ward a dit que c'était pas de gaieté de cœur qu'il l'avait fait, mais que… »

Pas de gaieté de cœur, tu parles ! Foutu salopard ! Mais personne n'a confirmé ses propos. Les flics ont fait le tour du voisinage et il n'y en a pas eu un seul pour reconnaître avoir entendu p'pa battre son fils. Après tout, ils savaient que p'pa n'avait pas tué Keith. Et ils savaient aussi que la police, toujours impatiente de classer une affaire criminelle, se fichait pas mal d'arrêter un innocent dès l'instant où elle tenait un semblant de preuve contre lui. Il valait donc mieux ne rien leur donner qu'ils puissent utiliser contre p'pa. Et puis les flics n'étaient jamais là quand on avait besoin d'eux. Ils arrivaient plus tard et, le plus souvent, pour faire plus de mal que de bien.

On a eu une messe aujourd'hui. P'pa a demandé à son ami le révérend Robinson de célébrer à sa place et il s'est assis à côté de Cory et de nous. Il m'a paru soudain vieilli de vingt ans.

Cory a pleuré toute la journée, en silence. Elle pleure ainsi depuis mercredi. Marcus et p'pa font de leur mieux pour la réconforter. Moi aussi, j'essaie, mais elle me regarde comme si j'étais responsable de la mort de Keith. Peut-être qu'avec le temps elle finira par me pardonner de ne pas être sa fille et d'être vivante, alors que son fils est mort, enfin d'être la fille de p'pa et d'une autre femme. Mais, à vrai dire, je n'en suis pas trop sûre.

P'pa n'a pas versé une larme. Je ne l'ai jamais vu pleurer de sa vie. Mais aujourd'hui, j'aimerais qu'il pleure. J'aimerais qu'il puisse.

Curtis Talcott m'a tenu compagnie toute la journée. Nous avons parlé et parlé. J'en avais besoin et Curtis a bien voulu m'écouter.

Il m'a dit que je ferais mieux de pleurer. Que ce n'était pas parce que je n'avais jamais pu m'entendre avec Keith que je devais retenir mon chagrin. C'est bizarre. Jusqu'à ce qu'il me dise ça, je n'avais même pas remarqué que je n'avais pas versé une larme. Ça n'avait pas dû échapper à Cory. Peut-être que mes yeux secs étaient une raison de plus pour elle de ne pas m'aimer.

Mais je ne retenais pas mes larmes, je ne cherchais pas à jouer les stoïques. C'était seulement que je détestais mon frère autant que je l'aimais. C'était mon frère – mon demi-frère –, mais c'était aussi le seul sociopathe que j'aie jamais connu. Il serait devenu un monstre en grandissant. Il en était peut-être déjà un. Il se fichait totalement de ce qu'il faisait subir aux autres. Quand il voulait faire quelque chose, quelque chose qui ne lui coûte pas physiquement, il le faisait, peu importe la casse autour de lui.

Il avait semé la discorde et la peine dans notre famille. Bien sûr, jamais je ne lui ai souhaité la mort, et encore moins de mourir aussi atrocement. Ceux qui l'ont torturé comme ça sont des monstres pires que lui-même. Ça me dépasse que des hommes puissent faire ça à d'autres hommes. Qu'ils tuent, s'ils y sont obligés, mais pourquoi la torture ? N'ont-ils donc pas conscience de ce qu'ils font ? Pourraient-ils infliger de telles souffrances, s'ils pouvaient se mettre à la place de leurs victimes ? S'ils pouvaient ressentir eux-mêmes ce qu'elles endurent ? Je n'avais jamais pensé que mon problème d'empathie pût avoir un aspect aussi positif. Je doute de pouvoir partager ma douloureuse capacité avec d'autres, mais j'espère rencontrer des gens possédant ce don ou cette tare et vivre parmi eux. Une conscience biologique est mieux que pas de conscience du tout.

Quant à pleurer, j'aurais dû le faire le jour où p'pa a battu Keith, quand p'pa s'est arrêté de le frapper et qu'il a vu ce qu'il avait fait et que nous avons tous vu comment Keith et Cory regardaient p'pa. J'ai su à ce moment-là que ni Cory ni Keith ne pardonneraient jamais à p'pa. J'ai su que l'amour qui avait lié ensemble les membres de cette famille venait d'encaisser un coup mortel.

J'aimerais que p'pa puisse pleurer son fils, mais personnellement je n'éprouve pas le besoin de m'affliger pour Keith. Qu'il repose en paix – dans son urne, au paradis, où que ce soit.

11

Tout Changement peut porter une semence bénéfique.
Cherchez-la.
Tout Changement peut porter une semence vénéneuse.
Méfiez-vous.
Dieu est infiniment malléable.
Dieu est Changement.
Semence de la Terre : Le Livre des vivants

Samedi 17 octobre 2026

Nous tombons en ruine.

La communauté, les familles, les individus. Nous sommes une corde qui se rompt brin après brin.

Il y a eu un autre vol la nuit dernière. Une tentative de vol, plus précisément. Avec une issue tragique. Pas de rapine dans les jardins, cette fois. Les types ont passé le mur et forcé au pied-de-biche la porte des Cruz. La famille Cruz, bien sûr, a équipé sa maison d'alarmes, a mis des barreaux aux fenêtres, des portes blindées devant et derrière, tout comme l'a fait chacun d'entre nous chez lui. Ça n'a servi à rien. Quand des gens veulent entrer chez vous, ils entrent. Aucune forteresse n'a jamais résisté à la peste. Les voleurs ont utilisé de simples outils qu'on peut se procurer n'importe où : pieds-de-biche, crics à manivelle, pinces coupantes. Je ne sais pas comment ils ont réussi à neutraliser l'alarme. Ils ont coupé les lignes électriques et téléphoniques. Ça n'aurait pas dû avoir d'importance, car le système d'alarme est automatiquement relié à une batterie en cas de coupure de courant. Quoi qu'ils aient fait et quelle qu'ait été la panne, l'alarme n'a pas sonné. Et après avoir forcé la porte au pied-de-biche et au cric, ils ont fait irruption dans la cuisine et fracassé le crâne de la grand-mère de Dorotea Cruz, une vieille dame âgée de soixante-quinze ans. Dormant peu comme beaucoup de gens âgés, elle avait l'habitude de se lever la nuit et de se faire du thé au citron. Sa famille dit que c'est juste au moment où elle arrivait dans la cuisine que les voleurs ont surgi.

Et puis les frères de Dorotea, Hector et Rubin Quintanilla, sont accourus, pistolets à la main. Ils occupent la chambre la plus proche de la cuisine et c'est le bruit qui les a réveillés : le craquement quand la porte a cédé et les cris qu'a eu le temps de pousser Mme Quintanilla. Ils ont tué deux des voleurs et blessé le troisième, qui a pris la fuite, laissant pas mal de sang derrière lui. Mais la vieille dame était morte.

C'est le septième incident depuis que Keith a été tué. De plus en plus souvent les gens franchissent notre mur pour nous prendre ce que nous avons ou ce qu'ils nous soupçonnent d'avoir. Sept intrusions dans les maisons et les jardins en moins de deux mois – dans une petite communauté qui ne compte que onze familles. S'il nous arrive tout ça, à quoi les gens riches doivent-ils faire face, bien qu'avec leurs armes puissantes, leurs armées de vigiles et des systèmes d'alarme sophistiqués ils aient de meilleures chances que nous de se défendre. C'est peut-être la raison pour laquelle nous attirons autant l'attention. Nous possédons assez pour susciter des désirs de pillage et nous ne sommes pas assez protégés. Sur les sept intrusions, trois ont été payantes pour les voleurs. Ils ont pris deux radios, un sac de noix, de la farine, du maïs, des bijoux, une vieille télé, un ordinateur… Bref, ils sont partis avec le maximum qu'ils pouvaient emporter, sans être trop ralentis dans leur fuite et se faire descendre par nos patrouilles. Si ce que Keith m'a dit est vrai, nous attirons les petits casseurs. Les autres, lourdement armés et organisés, attaquent les dépôts de vivres et les commerces. Il n'empêche, nos tire-laine nous tuent lentement.

L'an prochain, j'aurai dix-huit ans et je serai en âge, me dit p'pa, de participer aux patrouilles. J'aimerais pouvoir le faire dès maintenant. Mais qu'est-ce que ça changerait ?

C'est drôle. Cory et p'pa ont pris dans l'argent que Keith nous a apporté pour aider les familles victimes de vols. De l'argent volé pour les volés. La moitié de notre argent est caché dans le jardin en cas de désastre. Nous l'avons toujours fait, mais, cette fois, nous en avons enterré davantage, car aucune maison n'est désormais sûre. Le reste ; nous l'avons déposé dans la caisse noire de l'église pour aider ceux qui sont en difficulté et parer aux urgences. Il n'y en aura jamais assez. Autant faire un pansement sur une jambe gangrenée.

Mardi 20 octobre 2026

Il se passe quelque chose de nouveau, à moins que ce ne soit quelque chose d'ancien et de mauvais qui ne renaisse. Une compagnie du nom de Kagimoto, Stamm & Frampton – K.S.F – a pris le contrôle d'Olivar, petite cité côtière du comté de Los

Angeles. Olivar, créée dans les années 80, a peu d'industries, beaucoup de terrains libres et vallonnés, et une côte que rogne lentement mais inexorablement le Pacifique. Sa population dispose de salaires qui, il y a quelques années encore, la plaçaient parmi les plus favorisées. Olivar est donc beaucoup plus riche que nous ne le sommes – ou plutôt que nous ne l'étions – ici, à Robledo, mais au titre de station balnéaire, elle a des impôts plus lourds et de sérieux problèmes dus à l'instabilité du terrain. Le rivage est terriblement exposé au gros temps et des pans entiers de grève s'effondrent régulièrement dans la mer dont le niveau grimpe sans cesse, en raison du réchauffement général de la planète. Il faut ajouter à ces inconvénients majeurs ceux des tremblements de terre, toujours aussi fréquents. La grande plage plate et sableuse d'Olivar n'est plus qu'un souvenir, de même que toutes les constructions qui se dressaient jadis sur le front de mer. Comme toutes les agglomérations côtières dans le monde, Olivar a donc besoin d'un secours particulier. La communauté y est blanche, cultivée, et a fait partie de cette classe moyenne qui a eu longtemps un énorme poids politique. Aujourd'hui, pas même les politiciens qu'elle aura contribué à faire élire ne prendront son parti. C'est tout l'État de Californie, c'est le pays, c'est le monde entier qui a besoin d'aide. Alors, au diable Olivar et ses problèmes.

Certaines communautés, plus riches et non situées dans des zones à risques, reçoivent de l'aide : digues, fossés, moyens d'évacuation. Olivar, coincée entre la mer et Los Angeles, est attaquée d'un côté par l'océan et, de l'autre, par l'afflux de sans-abri.

La ville possède une station de dessalement de l'eau de mer qui fonctionne à l'énergie solaire et répond aux besoins en eau potable de sa population. Mais elle est impuissante contre les assauts du Pacifique et contre les désespérés qui, chaque jour, fuient les zones devenues trop dangereuses. Aussi Olivar devient-elle à son tour aussi dangereuse que notre sinistre Robledo.

Sur ces entrefaites, K.S.F. est arrivée. Après bien des hésitations et d'âpres discussions, les électeurs et les dirigeants de la petite communauté sont tombés d'accord pour vendre la ville à la compagnie, qui a pour premier projet de développer plusieurs stations de dessalement. K.S.F entend être le premier producteur de produits agricoles, d'eau et d'énergie solaire et éolienne de tout le Sud-Ouest où elle a déjà acheté pour trois fois rien d'immenses terrains fertiles, mais non irrigués. Avec Olivar, K.S.F détient peut-être une des plus petites agglomérations côtières, mais qui présente une forte densité d'ouvriers qualifiés. Les ambitions de la compagnie sont grandes et la population d'origine a décidé d'y collaborer activement et d'accepter des salaires inférieurs à ceux qu'elle percevait, en échange de la sécurité physique des personnes, d'une garantie alimentaire et d'une aide matérielle dans sa lutte contre le Pacifique.

Il y en a cependant que ce changement n'enchante pas. Ils savent très bien que chaque fois que se sont produites dans le passé de semblables privatisations, une nouvelle forme d'esclavage s'est peu à peu instaurée.

Il semblerait pourtant que le cas d'Olivar se présente sous de bons auspices. Les habitants d'Olivar ne sont pas des miséreux. Ils sont parfaitement capables de défendre leurs droits et leur dignité. Ils possèdent dans leur grande majorité des savoir-faire divers et ne veulent pas voir le chaos s'installer dans leurs murs, comme c'est le cas dans le reste du comté de Los Angeles. C'est du moins ce que disaient ceux qui étaient interviewés hier au soir à la radio.

« Je leur souhaite bonne chance, a dit p'pa. Parce qu'ils ne tarderont pas à déchanter.

— Qu'est-ce que tu veux dire ? a demandé Cory. Je trouve que c'est une idée formidable. C'est ça qu'il nous faudrait. Imagine qu'une grosse compagnie veuille en faire autant à Robledo.

— Ça m'étonnerait beaucoup, a répliqué p'pa.

— Qu'est-ce que tu en sais ? Pourquoi ça ne pourrait pas se faire ?

— Robledo est trop grande, trop pauvre, trop noire et trop hispanique pour intéresser des investisseurs. En plus nous n'avons pas de côte. Tout ce qu'on a, c'est des sans-abri, des décharges où il y a autant de cadavres que d'ordures et le souvenir d'avoir été autrefois un joli coin de terre avec des arbres, de grandes maisons, des collines et des canyons. On a toujours les collines et les canyons, mais ils appartiennent aux chiens sauvages et jamais aucune compagnie ne voudra de nous. »

À la fin de l'émission consacrée à la future colonie, il a été annoncé que K.S.F cherchait des infirmières diplômées, des enseignants et autres professionnels qualifiés, disposés à s'installer à Olivar et à y travailler en échange d'avantages en nature. Évidemment, l'offre n'était pas présentée de cette façon, mais ça revenait au même. Cory a noté le numéro de téléphone et elle a appelé aussitôt. Elle et p'pa étaient professeurs, tous deux titulaires d'un doctorat d'État. Elle tenait à être l'une des premières à appeler. P'pa a haussé les épaules et l'a laissée téléphoner.

Avantages en nature ! Autrement dit, le gîte et le couvert. Je ne m'étais pas trompée. Les salaires qu'ils proposaient étaient si bas qu'en travaillant tous les deux p'pa et Cory auraient gagné moins que p'pa n'avait gagné jusqu'ici au collège. Et encore devraient-ils soustraire de leurs salaires le loyer et les dépenses courantes. En fait, quand on faisait le total, il était évident qu'ils n'auraient jamais de quoi couvrir tous leurs frais. À moins que je ne trouve moi-même un emploi, ce qui était plus qu'improbable : ils n'avaient pas besoin de moi à Olivar. Ils en avaient des centaines, des milliers, de jeunes sans formation.

Quiconque travaillerait pour K.S.F aurait le plus grand mal à joindre les deux bouts. J'étais sûre qu'en peu de temps les nouveaux employés seraient endettés auprès de la compagnie. Les grands propriétaires de canne à sucre ou de café en Amérique du Sud ne s'y étaient jamais pris autrement : faire en sorte que leur personnel s'endette, afin de mieux le tenir et de le faire travailler plus dur. Une nouvelle forme d'esclavage qui avait toutes les chances de renaître dans l'Amérique de Donner, qui professe le mépris de toute législation du travail.

« Mais on pourrait quand même essayer, insistait Cory. On serait en sûreté à Olivar. Les enfants pourraient suivre une scolarité normale et trouver plus tard du travail dans la compagnie. En restant ici, ils n'ont aucun espoir. »

P'pa a secoué énergiquement la tête.

« N'y compte pas, Cory. À Olivar, c'est l'esclavage qui les guette. »

Mes deux jeunes frères étaient au lit, mais nous étions restés avec nos parents, Marcus et moi, tous les quatre groupés autour de la radio.

« Les gens riches d'Olivar ne se laisseront pas mener comme des esclaves », a dit Marcus.

P'pa lui a souri tristement.

« Oh, pas tout de suite, pas au début. Kagimoto, Stamm, Frampton : Japonais, Allemand, Canadien. Quand j'étais jeune, les gens disaient qu'on en arriverait là un jour. Ma foi, rien n'empêche des compagnies étrangères d'acheter ce que nous mettons en vente. Je me demande seulement si les gens d'Olivar réalisent ce qui les attend.

— Je ne le crois pas, j'ai dit. Je pense qu'ils n'osent même pas se poser la question. »

Il m'a regardée et je lui ai rendu son regard. Nous savons tous deux quelle capacité ont les gens de nier le danger, même quand leur propre liberté est en jeu. Je me demande seulement comment cela ne révolte pas plus mon père.

« Lauren, m'a dit Marcus, je comprends pas pourquoi Olivar t'intéresse pas. Tu as mal chaque fois que tu vois un blessé. Au moins, là-bas, il y aura moins de souffrances ; tu vivras mieux.

— Mais il y aura des milliers de gardes, j'ai dit, et j'ai remarqué que les gens qui avaient un peu de pouvoir avaient tendance à en abuser. Tous ces vigiles qu'engage K.S.F, ils ne s'en prendront peut-être pas aux gens riches, du moins pas au début, mais les autres ? Les nouveaux, les pauvres qui se précipiteront pour avoir un toit et de quoi manger… ceux-là paieront pour tous les autres.

— Il n'y a aucune raison de soupçonner la compagnie de laisser faire ce genre de choses, si jamais elles se produisaient, est intervenue Cory. Pourquoi faut-il que tu envisages toujours le pire ?

— Avec des gardes armés, il vaut mieux être méfiant que confiant, si on tient à sa peau. »

Elle m'a signifié d'un haussement d'épaules tout le mépris que lui inspiraient mes dires.

« Tu crois toujours avoir les réponses à tout, mais tu ne sais rien de la vie, tu ne connais rien de rien. »

Je n'ai pas relevé. Je n'avais pas envie de me laisser entraîner dans ce genre de discussion avec elle.

« De toute façon, je doute qu'ils cherchent des familles noires ou hispaniques, a dit p'pa. Les Baker ou les Garfield et même les Dunn ont peut-être une chance, mais je ne pense pas qu'ils veuillent la courir. Même si j'avais toute confiance dans K.S.F, je ne pense pas qu'ils nous accepteraient.

— Nous pourrions essayer, a repris Cory. Nous devrions ! Ça ne changera rien pour nous s'ils nous répondent non. Et s'ils nous prenaient et que ça ne nous plaise pas, nous pourrions toujours revenir ici. On pourrait louer la maison à l'une des familles nombreuses du quartier, un petit loyer, et…

— Et revenir sans un sou et sans travail ? a dit p'pa. Non. Toute cette histoire d'Olivar pue le retour à la case de l'oncle Tom, si ce n'est de la mauvaise science-fiction. La liberté est dangereuse, Cory, mais elle est notre bien le plus précieux. On ne peut ni l'abandonner ni la vendre pour du pain et un bol de soupe. »

Cory l'a regardé fixement. Il a soutenu son regard. Jusqu'à ce qu'elle se lève et aille se coucher. En passant dans le couloir, quelques minutes plus tard, je l'ai vue par la porte entrebâillée de leur chambre, assise sur le lit, serrant contre elle l'urne contenant les cendres de Keith, la tête baissée et le buste secoué de sanglots silencieux.

Samedi 24 octobre 2026

Marcus me dit que les Garfield vont essayer d'aller à Olivar. C'est Robin Balter qui le lui a dit. Elle déteste l'idée de les voir partir parce qu'elle aime plus sa cousine Joanne Garfield que ses propres sœurs et elle a peur de ne plus revoir Joanne, une fois qu'elle sera à Olivar. Je ne peux pas dire qu'elle ait tort de le penser.

Je n'arrive pas à imaginer le quartier sans les Garfield, Joanne, Jay, Phillida… Il nous est arrivé de perdre Untel ou Unetelle, mais jamais une famille entière. Bien sûr, ils ne seront pas morts – mais ce sera tout comme, car Olivar deviendra vite une espèce de cité interdite.

J'espère qu'ils seront refusés. Je sais que c'est égoïste, mais je m'en fous. De toute façon, rien ne sert d'espérer… Et puis, merde, tant mieux s'ils sont bien là-bas. Tout ce que je leur souhaite, c'est de ne pas souffrir.

À treize ans, Marcus est le plus beau garçon de tout le quartier. Les filles de son âge n'arrêtent pas de le mater dès qu'il tourne la tête. Elles sont là à glousser autour de lui et ne le lâchent pas d'une semelle. Mais lui reste fidèle à Robin. Pas jolie et maigre comme un clou, Robin, mais intelligente, drôle et sensible. Dans un an ou deux, toutefois, elle commencera à se remplir et alors elle sera belle, car elle possède une remarquable ossature. Si ces deux-là sont encore ensemble à ce moment, je ne doute pas qu'ils soient heureux.

J'ai changé d'avis. J'attendais l'explosion, la foudre s'abattant sur nos maisons. Au lieu de cela, les choses se délitent, se désagrègent morceau par morceau. Susan Talcott et son mari se sont portés volontaires pour Olivar.

D'autres gens parlent d'en faire autant ; en tout cas, ils y pensent. Il y a un petit collège là-bas, paraît-il. Il y a surtout un cordon de sécurité capable de décourager les plus désespérés des pauvres et les plus fous des bandits. Il y a des emplois…

Peut-être qu'Olivar, c'est l'avenir – du moins, l'une de ses facettes. Ma grand-mère m'a laissé tout un tas de romans de science-fiction qui ont pour cadre la cité-compagnie, dont les esclaves travaillent dans les profondeurs de la terre pour le bien-être des privilégiés résidant à la surface. Une bien vieille métaphore pour représenter notre monde actuel. Il y a toujours un héros qui essaie de fomenter la révolte des esclaves ou bien qui parvient à échapper à la compagnie. Aujourd'hui, les héros se battent pour y entrer et se faire exploiter ! C'est ainsi que la bêtise est grande !

Et moi, que vais-je faire ? Que puis-je faire ? Dans quelques mois, j'aurai dix-huit ans. Je serai une adulte sans autre avenir qu'un quartier en voie de décomposition, en attendant sa destruction soudaine. Il me restera *Semence de la Terre.*

Pour entreprendre de semer, je devrai partir. Je le sais depuis longtemps, mais l'idée ne m'en effraie pas moins pour autant.

L'an prochain, quand j'aurai dix-huit ans, je partirai. J'ai intérêt à m'y préparer dès maintenant.

Samedi 31 octobre 2026

J'irai vers le nord. Mes grands-parents ont autrefois beaucoup voyagé en voiture. Ils nous ont laissé des cartes routières de presque tous les comtés de l'État et des États voisins. La plus récente de ces cartes a quarante ans, mais les routes sont toujours là, même si la plupart des chaussées doivent être défoncées. J'ai rangé dans mon paquetage de survie les cartes des comtés nord, ainsi que celles des États de Washington et d'Oregon.

Je me demande si les gens, dehors, me paieront pour que je leur apprenne à écrire ou à lire ou pour le faire à leur place, comme Keith l'a fait. Je pourrais même en profiter pour enseigner quelques versets de *Semence de la Terre*. Avec un peu de chance, enseigner est la seule chose que je puisse faire – la seule que je sache faire. Si j'en ai la possibilité, et si je le fais bien, j'arriverai peut-être à prêcher *Semence de la Terre*. J'imagine une petite troupe de fidèles…

Toute vie réussie
Est une vie adaptée,
Opportuniste,
Tenace,
Ouverte et féconde.
Comprenez cela.
Utilisez-le.
Façonnez Dieu.

J'ai écrit ces vers il y a quelques mois. Ils me semblent exprimer la vérité. Ils me sont très utiles quand le doute et la peur me prennent.

J'ai enfin trouvé un titre pour mes versets de *Semence de la Terre : Le Livre des vivants.* Il y a les *Livres des morts* tibétain et égyptien. P'pa les a dans sa bibliothèque. Je n'ai jamais entendu parler d'un livre des vivants, mais je ne serais pas surprise qu'il en existe déjà un. Peu m'importe. J'essaie seulement d'écrire la vérité. Je ne tiens pas à être originale ou créative. La clarté et la vérité me suffisent amplement, si toutefois je parviens à les exprimer.

S'il y a dehors des gens prêchant une vérité parente de la mienne, je me joindrai à eux. Sinon, je me débrouillerai pour diffuser ma croyance auprès de ceux qui voudront m'écouter. Je sèmerai.

12

Nous sommes la Semence de la Terre
La vie en perpétuel devenir.
Semence de la Terre : Le Livre des vivants

Samedi 14 novembre 2026

Les Garfield ont été acceptés à Olivar.

Ils partiront le mois prochain. Si tôt ! Je les ai connus toute ma vie, et ils ne seront plus là. Joanne et moi nous étions différentes, mais nous avons grandi ensemble. Je pensais qu'à mon départ elle serait encore ici. Ils seraient tous là, figés dans le temps tels que je les laisserais. Mais non. Il faut croire que Dieu est Changement.

« Tu as envie d'y aller ? » je lui ai demandé ce matin.

Nous étions sorties cueillir les premiers citrons et des oranges et des plaquemines presque mûres. Nous avons commencé la cueillette dans mon jardin puis continué dans le sien. L'air était frais. C'était bon d'être dehors.

« Envie ou pas, je suis obligée d'y aller. Qu'est-ce qu'il y a ici pour moi ? Pour les autres ? Tout s'écroule. Tu le sais bien. »

Je l'ai regardée. Je suppose qu'on pouvait enfin discuter de ces choses, maintenant qu'elle avait trouvé une issue.

« Tu ne feras que changer de forteresse.

— Peut-être, mais il fera meilleur vivre là-bas. Il n'y aura pas de voleurs pour franchir les murs et tuer des vieilles dames.

— Ta mère dit que vous n'aurez qu'un appartement. Pas de jardin. Pas de cour. Vous aurez moins d'argent et vous devrez dépenser plus pour la nourriture.

— On se débrouillera ! » elle m'a répondu d'un ton où perçait la colère.

J'ai posé le vieux râteau qui me sert à cueillir les fruits et qui est très pratique pour les oranges et les citrons.

« Tu as peur ? » je lui ai demandé.

Elle a posé sa propre perche à primeurs, un outil spécial avec son extension télescopique et son petit panier au bout. C'est parfait pour les plaquemines, qui sont fragiles.

« J'ai toujours vécu ici, avec les vergers et les jardins. Je… je ne sais pas si je supporterai d'être enfermée dans un appartement, mais il faudra bien que je m'y fasse. On n'a pas le choix.

— Tu pourras toujours revenir ici si ça ne va pas là-bas. Tes grands-parents et la famille de ta tante seront là.

— Harry sera là », elle a murmuré en tournant la tête vers sa maison.

Il faudra que j'arrête de penser à la maison comme étant celle des Garfield. Harry et Joanne étaient aussi proches l'un de l'autre que je le suis de Curtis. Je n'avais pas encore pensé à sa séparation d'avec Harry. J'aime beaucoup Harry Balter. Je me souviens de ma surprise quand j'ai appris que Joanne et lui étaient amants. Ils avaient habité sous le même toit depuis leur naissance et j'avais toujours considéré Harry un peu comme son frère. Ils étaient cousins germains et, contre toute attente, ils étaient tombés amoureux. Je ne les avais jamais vus avec personne d'autre. Tout le monde pensait qu'ils se marieraient dès qu'ils en auraient l'âge.

« Pourquoi ne pas l'épouser et l'emmener avec toi ?

— Il ne viendra pas, elle m'a répondu, baissant la voix. C'est pas faute d'en avoir parlé, tu sais. Il veut que je reste avec lui ici, qu'on se marie et qu'on parte vers le nord. Qu'on parte, c'est tout. Sans but ni projet précis. Rien. C'est de la folie.

— Pourquoi ne veut-il pas aller à Olivar ?

— Il pense comme ton père. Qu'Olivar est un piège. Il a lu l'histoire de ces villes minières du début du siècle et il dit que tout ce qui nous attend à Olivar, c'est l'endettement et l'esclavage. »

Je savais que Harry avait du bon sens.

« Jo, tu auras dix-huit ans l'an prochain. Tu pourrais rester ici en attendant que tu te maries. Ou tu pourrais demander à ton père de te laisser épouser Harry maintenant.

— Et puis quoi ? Rejoindre les pauvres dans la rue ? Rester ici et faire des enfants dans une maison où on est les uns sur les autres ? Harry n'a pas de métier et il n'a aucune chance de trouver un travail qui paie. Vivre de l'argent de ses parents ? C'est pas un avenir, ça ! Non, c'est impossible. »

Joanne est une fille sensée. Conservatrice, intelligente, mûre, mais elle se trompe. C'est bien d'elle, ça.

À moins que ce ne soit moi qui me goure. Peut-être qu'il n'y a plus d'autre sécurité pour les humbles comme les Garfield que celle offerte par Olivar. Mais pour moi, la sécurité d'Olivar est aussi séduisante que celle que Keith a trouvée dans son urne.

J'ai cueilli encore quelques citrons et quelques oranges tout en me demandant ce qu'elle penserait de mon projet de partir l'an prochain. Est-ce qu'elle courrait de nouveau tout raconter à sa mère, pour que quelqu'un me protège de moi-même ? Ça se pourrait bien. Elle désire un avenir qu'elle puisse comprendre, dont elle puisse être sûre – un avenir qui ressemblerait à ce qu'ont connu ses propres parents il y a trente ans de ça. C'est un pari impossible. On ne peut revenir en arrière. Les choses changent, et trop vite. La vie n'est qu'un changement permanent. Les espèces sont en constante évolution. Il y va de leur survie.

Nous avons porté nos paniers dans ma cuisine et puis je l'ai raccompagnée chez elle.

« Et toi, qu'est-ce que tu vas faire ? m'a-t-elle demandé en chemin. Tu ne vas pas bouger d'ici ? Je veux dire, épouser Curtis et rester ? »

J'ai haussé les épaules et choisi de mentir.

« J'en sais rien. Si je dois me marier, ce sera bien sûr avec Curtis. Mais je ne sais pas. Je n'ai pas plus envie que toi d'avoir des enfants. Je sais que nous allons rester ici pendant quelque temps encore. P'pa ne veut pas faire de demande pour Olivar. Ce dont je suis bien contente, parce que je ne veux pas y aller. Mais il y aura d'autres Olivar. Qui sait ce qui se passera ?

— Tu penses qu'il y aura d'autres villes privatisées ?

— Il y a des chances, si Olivar est un succès. Le prix de la terre a incroyablement baissé et le travail est payé une misère. Quand une population comme celle d'Olivar se vend au plus offrant, on peut parier que les autres villes deviendront à leur tour les colonies de quiconque aura les moyens de les acheter.

— Ah ! je te reconnais bien là ! Tu as toujours un désastre dans ta manche.

— J'ai des yeux pour voir, et je vois bien ce qui se passe. Toi aussi, tu le vois. La seule différence entre toi et moi, c'est que tu nieras toujours ce qui te pend au nez.

— Tu te souviens quand tu croyais que des hordes affamées nous envahiraient un jour et qu'on devrait se réfugier dans les collines et manger de l'herbe ? »

Si je m'en souvenais ? Je me suis tournée vers elle avec colère, mais, à ma grande surprise, je lui ai seulement dit :

« Tu me manqueras. »

Elle a compris ce que je ressentais.

« Je suis désolée », elle a murmuré.

On s'est serrées dans les bras l'une de l'autre. Je ne lui ai pas demandé de quoi elle était désolée, et elle n'a rien dit de plus.

Mardi 17 novembre 2026

Aujourd'hui, p'pa n'est pas encore rentré du travail. Il devrait être là depuis des heures.

Je ne sais que penser. J'ai terriblement peur.

Cory a appelé le collège, ses collègues, la police, les hôpitaux…

Rien. Il n'est pas retenu par les flics, ni malade, ni blessé, ni mort, du moins à ce qu'on sache. Aucun de ses amis ou de ses collègues ne l'a vu depuis qu'il a quitté le collège à la première heure du jour. Son vélo marchait bien. Il ne souffrait d'aucun malaise. Il était armé.

Tout ce qu'on sait, c'est qu'il est parti comme d'habitude au petit matin, à bicyclette, en compagnie de trois collègues, qui habitent des quartiers proches du nôtre. Chacun d'eux a dit la même chose : qu'ils se sont séparés comme ils font toujours au croisement de River

Street et de Durant Road. C'est à cinq blocs d'ici. Nous sommes tout au bout de Durant Road.

Alors, où est-il ?

Dans l'après-midi, nous sommes partis en groupe, à vélo et armés, jusqu'au collège en passant par River Street, soit une distance de huit kilomètres. Nous avons fouillé toutes les rues adjacentes et les ruelles, les constructions vides, bref, tous les endroits possibles. J'ai emmené Marcus, parce que si je ne l'avais pas fait, il y serait allé tout seul. J'avais le Smith & Wesson, mais lui n'avait que son couteau. Il est rapide et adroit avec et il est fort pour son âge, mais il ne s'en est jamais servi contre personne. Si jamais il lui était arrivé quelque chose, je n'aurais jamais osé revenir à la maison. Cory est folle d'inquiétude. Et juste alors qu'elle vient de perdre Keith. Tout le monde nous a aidés. Jay Garfield doit partir bientôt, mais ça ne l'a pas empêché de participer aux recherches. C'est un brave homme. Il a fait tout ce qu'il pouvait pour retrouver p'pa.

Demain, nous irons dans les collines et les canyons. Il le faut. Personne n'est très chaud pour y aller, mais que peut-on faire d'autre ?

Mercredi 18 novembre 2026

Je n'ai jamais vu plus de misère noire, plus de restes humains, plus de chiens sauvages qu'aujourd'hui. Il faut que je l'écrive, que je le couche sur le papier. Je ne peux garder ça en moi. Voir des cadavres ne m'a jamais choquée à ce point, mais ce que nous avons découvert…

Bien entendu, c'est le corps de p'pa que nous cherchions, bien que personne n'en ait dit mot. Je ne pouvais en nier la réalité ni éviter d'y penser. Cory avait de nouveau appelé la police et tous ceux que p'pa connaissait.

En vain.

Il ne restait plus que les collines. Quand nous y allons pour nous entraîner au tir, nous nous gardons bien de fouiner dans les fourrés et les combes, sachant bien quelles horreurs ils peuvent cacher. Aujourd'hui, par groupes de trois ou quatre, nous avons ratissé la zone située au-dessus de River Street. Marcus était avec moi et j'ai eu du mal à lui faire respecter les règles de sécurité. Ils ont trois poils au menton et ils se prennent pour des hommes.

« Marcus, reste derrière moi et ne t'éloigne pas. »

Il m'a regardée en souriant, l'air de dire : « Ne t'inquiète pas, je sais ce que je fais. »

Je me suis mise en colère et je l'ai pris par les épaules.

« Bon Dieu, Marcus, combien tu as de sœurs ? Combien tu as de pères ? »

Jamais je ne lui avais parlé avec une telle violence et j'ai réussi à attirer son attention.

« D'accord, je reste derrière toi et je ne m'éloigne pas. »

Et puis nous avons découvert le bras. C'est Marcus qui l'a aperçu le premier… Quelque chose de noir accroché aux branches basses d'un buisson en bordure du sentier que nous suivions.

Le bras était entier, d'une couleur semblable à celle de mon père, du moins là où il restait de la peau, car le membre était tailladé de coups de couteau. Malgré son état, il émanait une étrange force de ses muscles, de sa forte ossature, de la main puissante… Familier ?

Il avait été sectionné à hauteur de l'épaule et l'os saillait, blanc et lisse. Un travail au couteau. Oui, ça aurait pu être celui de mon père.

Marcus a vomi quand il a vu ça. Je me suis forcée à l'examiner et à chercher un détail familier, pour être sûre. Jay Garfield a voulu m'en empêcher, mais je l'ai repoussé en l'envoyant au diable. Je le regrette et, plus tard, je me suis excusée. Mais il fallait que je sache. Hélas, je ne sais toujours rien. Trop de sang séché et trop d'entailles pour se faire une idée. Jay Garfield a prélevé les empreintes des doigts dans son calepin, mais nous avons laissé le bras. Comment pouvions-nous rapporter une telle horreur à Cory ?

Et nous avons continué de chercher. Que faire d'autre ? George Hsu est tombé sur un crotale. Comme le serpent n'a mordu personne, nous l'avons laissé en vie. Personne n'avait envie de tuer, ne serait-ce qu'un reptile.

Nous avons aperçu des chiens, mais ils sont restés à bonne distance. J'ai même vu un chat qui nous épiait de sous un buisson. Les chats s'enfuient ou bien se figent comme des pierres. En d'autres circonstances, j'aurais été curieuse d'observer celui-ci.

Soudain quelqu'un s'est mis à hurler. Je n'ai jamais entendu de cris plus horribles. Un homme. Entre deux hurlements de douleur, il suppliait : « Non ! Assez ! Je vous en supplie, non ! » Par moments, les cris étaient si aigus qu'on aurait dit un rire de dément.

Cette voix aurait pu être celle de mon père. Nous n'arrivions pas à en localiser la source. Le canyon produisait un effet d'écho qui nous confondait, nous attirant d'un côté, puis d'un autre. Impossible aussi de franchir les épais buissons d'épineux qui flanquaient le sentier.

Les cris ont cessé, mais pour faire place à un râle qui n'en finissait pas. J'avais involontairement ralenti le pas. Les cris de souffrance n'ont jamais déclenché mon empathie. Il faut que je voie quelqu'un souffrir pour éprouver sa douleur. Et j'aurais fait n'importe quoi pour ne pas voir ce que cet homme subissait.

Marcus m'a rejointe et m'a demandé à voix basse si ça allait.

« Oui, mais je ne veux pas savoir ce qui arrive à ce type.

— Ça me rappelle Keith.

— Oui, moi aussi. »

Nous avons continué de marcher ensemble et Kayla Talcott nous a attendus pour voir si nous tenions le coup. Elle n'avait pas voulu qu'on vienne, mais, comme il n'avait pas été question pour moi de rester, elle avait tenu à nous accompagner et à veiller sur nous. Elle est comme ça, Kayla.

« Je ne pense pas que ce soit ton papa, m'a-t-elle dit. Ce n'est pas sa voix. »

Kayla est du Texas, comme ma mère. Elle en a gardé l'accent, mais il lui arrive aussi de parler comme si elle était née en Californie et non dans le Sud. Elle joue de son accent selon qu'elle réconforte ou qu'elle menace. Curtis a hérité de son front haut et de sa bouche. Quand je le vois, je la vois et je me demande quelle espèce de belle-mère elle ferait, si jamais j'épousais Curtis. Je dois dire que Marcus et moi, nous étions bien contents qu'elle soit là aujourd'hui. Nous avions besoin de sa force.

L'homme a fini par se taire. Peut-être était-il mort. Je l'espère pour lui.

Nous ne l'avons pas trouvé. Nous avons découvert des restes humains et animaux, les cadavres en décomposition avancée de cinq personnes et les traces d'un feu dans les cendres duquel il y avait un fémur et deux crânes humains.

Et puis nous sommes rentrés, pour retrouver la protection illusoire du mur et de nos maisons.

Dimanche 22 novembre 2026

On n'a pas retrouvé mon père. Presque tous les hommes du quartier ont cherché. Pas Richard Moss, mais son fils aîné et sa fille, oui. Pas Wardell Parrish, mais sa sœur et l'aîné de ses neveux. Je ne vois pas ce que les gens auraient pu faire de plus. Si je le savais, je serais dehors à continuer de chercher.

Mais rien, rien, rien ! La police a été incapable de dégotter le moindre indice. Mon père a disparu. Les empreintes relevées par Jay Garfield ont été analysées : ce ne sont pas les siennes.

Chaque nuit, depuis mercredi, j'ai rêvé de ces cris affreux. Je suis retournée deux fois en groupe dans les canyons. Nous n'avons rien trouvé d'autre que davantage de cadavres, davantage de miséreux, squelettiques, nous fixant de leurs yeux enfiévrés. J'en avais mal pour eux. Quand je ne rêve pas des hurlements que poussait cet invisible supplicié, je rêve de ces morts-vivants.

Un groupe, avec lequel, fort heureusement, je n'étais pas allée a vu un enfant dévoré vif par des chiens. Ils ont tué les chiens et ont regardé, impuissants, l'enfant mourir.

J'ai pris la parole ce matin à la messe. Peut-être que ce n'était pas mon devoir. Je ne sais pas. Les gens sont venus, hésitants et bouleversés à la fois, ne sachant que faire. Ça fait des années qu'ils viennent chez nous tous les dimanches matin et, cette fois plus que jamais, ils éprouvaient le besoin de se rassembler.

Wyatt Talcott et Jay Garfield ont demandé à parler. Tous les deux ont dit quelques mots pour faire l'éloge de mon père, un éloge funèbre qui n'en avait pas le nom. J'ai eu peur que tous ceux qui avaient aimé mon père ne veuillent en faire autant et ne transforment cette messe en obsèques improvisées. Aussi, quand je me suis levée, ce n'était pas pour dire quelques mots. Je voulais leur donner quelque chose qu'ils puissent emporter chez eux, quelque chose qui les fasse méditer.

Je les ai tous remerciés de leurs efforts présents – en insistant sur « présents » – pour rechercher mon père. Et puis je leur ai parlé de la persévérance. J'ai véritablement prêché sur la persévérance, si tant est qu'une jeune fille non ordonnée puisse délivrer un sermon. Mais personne n'allait m'arrêter. Cory était la seule qui aurait pu essayer, mais Cory était dans une espèce de coma éveillé et accomplissait les gestes quotidiens comme un automate.

J'ai choisi dans *L'Évangile selon saint Luc* le chapitre 18 : *Le juge inique et la veuve importune,* versets 1 à 8. J'ai toujours aimé cette parabole sur la prière, la persévérance et l'humilité. Une veuve demande justice contre son adversaire et persévère tant et si bien dans sa demande que le juge, un homme qui ne craint pas Dieu et n'a de considération pour personne, finit par lui accorder ce qu'elle réclame pour avoir la paix.

Morale de l'histoire : Le faible peut toujours vaincre le fort s'il persiste. Persister est quelquefois dangereux, mais toujours nécessaire.

Mon père et les adultes présents avaient créé et fait vivre cette communauté en dépit de leurs faibles ressources et de la violence régnant au-dehors. À présent, avec mon père ou sans lui, la communauté devait poursuivre, se serrer les coudes, survivre. J'ai parlé de mes cauchemars et de leur source. Certains auraient peut-être préféré que je ne parle pas de ça devant leurs enfants, mais peu m'importait. Si Keith avait été averti de tous les dangers, il serait peut-être encore en vie. Mais je n'ai pas parlé de Keith. On aurait pu me répliquer que Keith l'avait cherché. Personne ne pouvait le dire de p'pa.

Mon discours ne pouvait souffrir une seule contradiction si je voulais qu'il porte.

« Mes cauchemars seront notre avenir si nous renonçons à persévérer, j'ai dit. La famine, l'agonie entre les griffes de ceux qui ont perdu tout sens de l'humain. La torture et la mort.

« Nous avons Dieu, nous avons notre communauté, fragile peut-être, mais cependant solide comme une forteresse. Parfois elle nous paraît trop petite et trop faible pour survivre. Et, comme la veuve dans la parabole de saint Luc, ses ennemis ne craignent pas Dieu et n'ont de considération pour personne. Mais comme elle, nous persévérons et défendons notre terre, quoi qu'il arrive. »

C'était là mon message. Je me suis arrêtée, laissant mes paroles comme suspendues dans l'air. Je les ai sentis un instant dans l'attente d'autres mots. Puis ils ont compris que je n'en dirais pas plus et le silence qui a suivi avait la qualité d'une communion. Ils m'avaient écoutée.

Et soudain Kayla Talcott a entonné un vieux chant. D'autres voix se sont mêlées à la sienne, doucement, mais avec ferveur. « Non, personne ne nous chassera, personne… »

Le chant n'aurait pas été si beau et si fort si une autre que Kayla l'avait conduit. Personnellement, je n'aurais pas su donner l'impulsion. Mais Kayla a une voix magnifique, riche, puissante.

Plus tard, alors qu'elle s'en allait, je l'ai remerciée.

Elle m'a regardée. J'étais plus grande qu'elle, maintenant, et elle a dû lever la tête.

« Bravo, Lauren », elle m'a dit.

Je l'ai regardée s'éloigner en direction de sa maison. J'aime cette femme.

J'ai reçu d'autres compliments et je ne doute pas de leur sincérité. Tous m'ont dit d'une manière ou d'une autre : « Tu as raison » et « Je ne savais pas que tu pouvais prêcher comme ça » et « Ton père serait fier de toi ».

Ouais. Je l'espère. Je l'ai fait pour lui. Il a fait de ce quartier une communauté. Et maintenant, il est plus que probable qu'il soit mort. Je ne les laisserai pas l'enterrer, mais je sais qu'il n'y a plus aucun espoir de le revoir vivant. C'est son enterrement, mais aussi celui de cette communauté que j'ai prêché. Car ce que j'ai dit n'est pas vrai, malgré un terrible désir que ça le soit. Nous serons chassés. Reste à savoir quand, par qui et en combien de morceaux.

13

Il n'y a pas de fin
À ce qu'un monde vivant
Exigera de vous.
Semence de la Terre : Le Livre des vivants

Samedi 19 décembre 2026

Aujourd'hui, le révérend Matthew Robinson, qui m'a baptisée, est venu célébrer les obsèques de mon père à la demande de Cory. Ni corps ni urne. On ne sait toujours pas ce qui est arrivé à mon père. Ni nous ni la police n'avons été capables de le retrouver. Nous sommes certains qu'il est mort. S'il était en vie, il serait revenu.

Bien sûr, nous ne pouvons totalement exclure le fait qu'il soit malade ou blessé ou retenu quelque part contre sa volonté.

C'est pire que lors de la mort de Keith. Bien plus douloureux. Keith avait eu une mort horrible, mais, au moins, nous savions qu'il était mort. Nous savions qu'il avait cessé de souffrir. Dans ce monde, en tout cas. Nous savions, et c'était toute la différence. Avec p'pa, nous en sommes réduits à supposer qu'il est mort, mais nous n'en avons pas la preuve.

C'est ce que les Dunn ont dû éprouver quand Tracy a disparu. Elle n'est jamais réapparue. Si elle n'est pas morte, qu'a-t-il pu lui arriver dehors ? Franchi le mur de protection, une femme seule ne peut être qu'une proie pour les chiens et pour ceux qui sont pires que des chiens. Quand je m'en irai d'ici, je me déguiserai en homme.

Comment réagiront-ils quand je partirai ? Pour Cory, mes frères, les voisins, je serai une disparue de plus, une morte de plus. Ils souhaiteront même que je le sois, car une mort brutale est préférable à celle, lente, de ceux qui sont sans défense. Grâce à Dieu et à mon père, je suis grande et forte.

Je n'aurai plus à quitter mon père, maintenant. Il est parti le premier. Il avait cinquante-sept ans. Quelle raison auraient des étrangers de garder en otage un homme de son âge ? Après l'avoir dépouillé de ce qu'il avait sur lui, que pouvaient-ils faire d'autre sinon le laisser repartir ou le tuer ? Dans le premier cas, il serait revenu, à pied, en boitant, en rampant.

Donc il est mort.

C'est ça.

Ça ne peut être que ça.

Mardi 22 décembre 2026

Les Garfield sont partis ce jour pour Olivar. Phillida, Jay et Joanne. Un camion blindé de la K.S.F est venu les chercher. Les adultes avaient le plus grand mal à empêcher les enfants de grimper sur le camion et d'importuner les chauffeurs. La plupart des gosses de l'âge de mes frères n'ont jamais approché un véhicule en état de marche. Les jeunes Moss, eux, n'en avaient jamais vu du tout ; au temps où le poste de télé des Yannis fonctionnait, ils n'étaient pas autorisés à y aller.

Les deux types de la K.S.F se sont montrés patients quand ils ont compris que les enfants n'étaient ni des voleurs ni des vandales. Avec leurs uniformes, leurs colts à la hanche, leurs matraques, ils ressemblaient plus à des flics qu'à des déménageurs. Ils disposaient d'armes lourdes à l'intérieur du camion. Mon frère Bennett m'a dit qu'il avait vu des fusils automatiques quand il est monté sur le capot. Mais quand on considère ce que vaut un camion de cette taille et le nombre de gens qui rêvent de s'en emparer, cet armement n'a rien de surprenant.

L'un des deux hommes était blanc et l'autre, noir. Cory y a vu un espoir. Peut-être Olivar ne serait pas l'enclave blanche que redoutait p'pa.

Cory a pris à part le Noir et lui a parlé aussi longtemps qu'il a daigné l'écouter. Essaiera-t-elle de nous emmener à Olivar ? Je pense que oui. Après tout, sans la paie de p'pa, il lui faudra bien trouver une activité salariée. La compagnie auprès de laquelle p'pa avait souscrit une assurance n'est pas près de nous payer. Pour cette bande de voleurs patentés, p'pa n'est pas mort. Sans preuve – sans corps –, il ne peut être déclaré mort légalement avant sept ans. Pouvons-nous tenir aussi longtemps ? Je n'en sais rien, mais ça m'étonnerait. On risque de mourir de faim plusieurs fois avant que sept années ne se soient écoulées. Et Cory doit savoir qu'elle ne pourra jamais gagner assez à Olivar pour nous nourrir et nous loger. Est-ce qu'elle espère que je travaillerai aussi ? Je ne sais vraiment pas ce que nous allons faire.

Joanne et moi nous avons beaucoup pleuré. Nous nous sommes promis de nous téléphoner, de rester en contact. Je ne pense pas que nous puissions le faire. Ça coûte très cher d'appeler Olivar. Nous ne pourrons nous permettre la dépense. Je ne pense pas qu'elle en soit capable, de son côté. Il est vraisemblable qu'on ne se reverra jamais plus. Les gens avec lesquels j'ai grandi désertent ma vie, les uns après les autres.

Après le départ du camion, je suis allée trouver Curtis et je l'ai emmené dans le coin du garage pour faire l'amour. Ça ne nous était pas arrivé depuis longtemps et j'en avais besoin. J'aimerais bien pouvoir penser que Curtis et moi nous allons nous marier, rester ici et avoir une vie heureuse.

Ce n'est pas possible. Même s'il n'y avait pas *Semence de la Terre,* ce ne serait pas possible. Je rendrais presque service à la famille si je partais maintenant. Une bouche de moins à nourrir. À moins que je puisse trouver un travail…

« Il faudra bien qu'on parte d'ici nous aussi », a dit Curtis.

On traînait, allongés sur notre lit de fortune, après l'amour, peu désireux de nous séparer tout de suite. On était si peu souvent ensemble. J'ai tourné la tête vers lui.

« Tu n'as pas envie de te tirer d'ici ? il m'a demandé. S'arracher de ce cul-de-sac, de Robledo et de toute cette merde ?

— J'y pense, bien sûr. Mais…

— Je voudrais qu'on se marie et qu'on s'en aille. C'est la mort, ici. »

Je me suis soulevée sur un coude et je l'ai regardé. La seule lumière provenait de la vitre brisée d'une petite fenêtre du plafond. Le visage de Curtis était en partie dans l'ombre.

« Où irais-tu ? j'ai demandé.

— Pas à Olivar, en tout cas. Il y a toutes les chances que ça soit rien qu'une autre impasse. Peut-être pire que la nôtre.

— Où, alors ?

— J'en sais trop rien. Peut-être l'Oregon ou l'État de Washington. Peut-être le Canada ou l'Alaska. »

Je ne pense pas avoir bronché. Les gens me disent souvent que mon visage ne trahit jamais ce que je ressens. Mon empathie a été une rude école d'impassibilité. Mais il a dû remarquer ou sentir quelque chose.

« Tu as déjà pensé à partir, hein ? C'est pour ça que tu ne parles jamais de mariage. »

J'ai posé ma main sur sa poitrine. Il a la peau douce.

« Tu comptais partir seule, c'est ça ? il m'a demandé en me prenant le poignet. Tu allais te tirer en douce et me laisser ? »

J'ai détourné la tête pour qu'il ne voie pas mon visage parce que j'avais du mal à cacher mon émotion, un mélange de confusion, de peur et d'espoir. Bien sûr que j'avais eu l'intention de partir seule et il n'était pas question que j'en parle à quiconque. Mais la disparition de mon père avait soulevé pas mal de questions. Quel était mon devoir ? Qu'adviendrait-il de mes frères si je les laissais à Cory ? C'étaient ses fils et elle ne s'épargnerait aucun effort pour prendre soin d'eux, pour qu'ils ne connaissent pas la faim, qu'ils soient vêtus décemment et qu'ils aient un toit. Mais le pouvait-elle toute seule ? Comment ferait-elle ?

« Je projette de m'en aller, j'ai dit à Curtis, mais je te demande de n'en rien dire à personne.

— Comment pourrais-je le dire si je viens avec toi ? »

Je lui ai souri. J'aime ce garçon. Mais…

« Cory et mes frères vont avoir besoin d'aide. Avant que mon père disparaisse, je prévoyais de partir dès que j'aurais mes dix-huit ans, c'est-à-dire l'an prochain. Mais maintenant… je ne sais plus.

— Et où comptais-tu aller ?

— Vers le nord. Peut-être jusqu'au Canada. Peut-être pas si loin.

— Seule ?

— Ouais.

— Pourquoi seule ? »

J'ai haussé les épaules.

« J'aurais pas fait trois pas dehors que je pourrais me faire tuer. Je pourrais crever de faim. Me faire embarquer par les flics. Être attaquée par des chiens. Tomber malade. N'importe quoi pourrait m'arriver. J'y ai pensé, crois-moi. Et il peut m'arriver un tas d'autres choses encore plus terribles.

— C'est bien pour ça que tu as besoin d'aide !

— Au contraire, c'est pour ça que je ne peux demander à personne de s'en aller avec moi et de perdre les chances de survie qu'il a encore ici. Comment pourrais-je te demander une chose pareille ?

— Tu peux. On doit pouvoir trouver du travail là-haut…

— Peut-être. Mais ça fait des années que des gens prennent la route du Nord ; les emplois s'y font rares. Et puis les frontières entre États sont fermées.

— Qu'est-ce qu'on a à perdre ? Il n'y a plus rien au Sud, à part la misère et la mort.

— Je sais.

— Alors, comment pourrais-tu aider Cory et tes frères ?

— Je ne sais pas. C'est pas faute d'y avoir réfléchi, mais je ne vois rien qui puisse nous sauver.

— Cory aura une charge de moins si tu t'en vas.

— Peut-être. Mais, Curtis, comment pourrais-je les abandonner ? Tu pourrais quitter ta famille sans savoir comment ils feraient pour survivre ?

— Ouais, des fois, j'me dis que je pourrais. »

Je n'ai pas relevé. Il ne s'est jamais entendu avec son frère Michael, mais sa famille est probablement la plus unie du quartier. Qu'on se querelle avec un seul d'entre eux, et c'est tout le clan Talcott qu'on a sur le dos. Jamais Curtis ne partirait si ça devait mettre les siens en difficulté.

« Marions-nous maintenant, il a repris. Nous resterons ici et aiderons ta famille à se remettre sur pied. Et puis nous partirons.

— Pas maintenant. Je ne vois pas comment on pourrait s'en sortir, alors que la situation empire de jour en jour.

— Elle n'a jamais cessé d'empirer et on est encore en vie. Il suffit de continuer et de vivre. »

Ne sachant quoi dire, je l'ai embrassé.

« Je déteste ce garage, il a ajouté. Je déteste me cacher comme ça pour faire l'amour avec toi. Mais je t'aime. Ça, c'est sûr, et des fois, je le regrette presque.

— Ne dis pas ça. »

Il me connaissait si peu et, pourtant, il pensait tout savoir de moi. Je ne lui ai jamais rien dit, par exemple, de mon empathie. Il le faudra, avant que je l'épouse. Si je ne le fais pas, il pensera, quand il le découvrira, que je ne lui ai pas assez fait confiance pour lui en parler. Et puis, on ne sait pas grand-chose de l'hyperempathie. Est-ce que je ne risque pas de la transmettre à mes enfants ?

Enfin, il y a *Semence de la Terre*. De ça aussi, il faudrait que je lui parle. Qu'en pensera-t-il ? En tout cas, il est trop tôt pour lui confier mon secret.

« On pourrait habiter chez toi, m'a-t-il proposé. Mes parents t'aideraient pour la nourriture. Peut-être que je pourrais trouver un travail…

— Je veux qu'on se marie, Curtis… »

Je me suis tue un bref instant, parce que j'étais stupéfaite d'avoir dit ça. Peut-être suis-je désespérée sans oser me l'avouer. Keith, mon père, les Garfield, Mme Quintanilla… les gens disparaissaient si facilement. Je voudrais avoir un compagnon qui veille sur moi, un qui ne disparaîtrait pas. Mais mon bon sens a vite repris le dessus.

« … quand ma famille sera de nouveau sur pied, j'ai donc ajouté. Alors, nous pourrons partir d'ici et tenter notre chance dans le Nord.

— Si on doit se marier, pourquoi ne pas le faire maintenant ? »

Parce que j'ai certaines choses à te dire, j'ai pensé. Et ces choses, je dois te les dire avant qu'on se marie, pour voir ta réaction. Mais je me suis contentée de lui répondre :

« Pas maintenant, Curtis. Attends-moi. »

Il a secoué la tête d'un air dépité.

« Qu'est-ce que j'fais d'autre depuis tout ce temps ? »

Jeudi 24 décembre 2026

C'est le réveillon de Noël.

La nuit dernière, quelqu'un a mis le feu chez les Payne-Parrish. Pendant que nous étions tous à lutter contre le feu et à l'empêcher de s'étendre, trois autres maisons, dont la nôtre, ont été cambriolées.

Les voleurs ont emporté nos réserves d'épicerie : farine de blé, sucre, conserves et autres. Ils ont pris notre radio, la dernière qui nous restait. Ironie du sort, juste avant de nous coucher, nous avions entendu dire sur cette même radio que les cambriolages et les pillages étaient de plus en plus nombreux et que les gens allumaient de plus en plus d'incendies pour masquer leurs crimes. Je me demande pourquoi ils font ça, car la police n'est plus une menace pour aucun criminel. Les gens mettent le feu comme ils l'ont fait chez nous : pour mobiliser les voisins et en profiter pour entrer dans les maisons. Ils mettent le feu pour se débarrasser de leurs ennemis personnels ou de ceux qui ne sont pas de leur race ou de leur clan. Ils mettent le feu parce qu'ils sont frustrés, en colère, désespérés. Ils n'ont pas le pouvoir de se sortir de la misère, mais il leur reste celui de faire du mal aux autres.

Et puis il y a cette drogue que certains appellent Brasier ou Fuego ou Foudre ou Soleil de Feu, mais dont le nom le plus courant est « pyro », abrégé de pyromanie. C'est la même drogue et elle circule dans le Sud depuis quelque temps déjà. D'après ce que j'ai pu apprendre par Keith, elle est très populaire. Elle vous procure un plaisir intense à voir le feu. Comme le Paracetco, la drogue préférée de ma mère, la pyro bousille la neurochimie de votre cerveau. Mais le Para avait commencé sa funeste carrière comme un médicament destiné à soulager les victimes de la maladie d'Alzheimer. La pyro est un accident, une drogue faite maison dans un labo clandestin fabriquant d'autres drogues hallucinogènes. Une petite erreur de manip et le chimiste a hérité de la pyro. Ça s'est passé sur la côte Est et, à peine mise en circulation, la drogue a mis littéralement le feu sur son passage, le nombre des incendies – petits et grands – allant croissant avec celui des drogués.

Puis la pyro s'est taillé une route vers l'ouest et elle a maintenant de plus en plus d'adeptes. Dans le Sud, où tout est sec et inflammable comme de l'étoupe, elle a devant elle toutes les orgies de flammes dont un pyromane peut rêver.

« Mon Dieu ! » a dit Cory à l'annonce de ces nouvelles.

Puis d'une petite voix, elle a cité, du chapitre 18 de l'Apocalypse :

Elle est tombée, elle est tombée, Babylone la Grande ; elle s'est changée en demeure de démons…

Et les démons mirent le feu à la maison des Payne-Parrish.

Il était 2 heures du matin, quand je me suis réveillée au son de la cloche qui sonnait l'alarme. Tremblement de terre ? Incendie ? Incursion ?

Le sol ne tremblait pas, il n'y avait pas de bruit, pas de fumée. Ce n'était pas chez nous que ça se passait. Je me suis levée, me suis habillée, me suis demandé pendant deux ou trois secondes si je prenais mon paquetage. Non. La maison ne semblait pas en danger immédiat et mon sac de survie était en sûreté dans le placard, sous un tas de vieilles hardes. En cas d'urgence, je pourrais revenir le prendre.

J'avais à peine ouvert la porte que j'ai vu ce qui se passait. La maison des Payne-Parrish était environnée de flammes. L'un de nos vigiles continuait de sonner la cloche. De toutes les maisons alentour, les gens accouraient. Il n'y avait plus rien à faire pour les Payne-Parrish. La bâtisse entière flambait. Il n'y avait plus qu'à éviter que le feu ne se répande et déjà on arrosait les façades des maisons les plus proches. Un grand chêne flambait. Il y avait une légère brise et les braises voletaient dans l'air. Je me joignis à ceux qui les écrasaient sous leurs talons ou jetaient des pelletées de terre sur les brindilles les plus sèches, promptes à s'enflammer.

Où étaient les Payne ? Où était Wardell Parrish ? Est-ce que quelqu'un avait appelé les pompiers ? Une maison habitée, après tout, ce n'était pas un simple garage.

J'ai posé la question autour de moi. Kayla Talcott m'a dit qu'elle l'avait fait. Je lui en étais reconnaissante et, en même temps, je ne pouvais m'empêcher d'avoir honte. Je ne lui aurais jamais demandé ça si p'pa avait été encore en vie. L'un de nous aurait appelé. À présent, nous ne pouvions pas nous permettre cette dépense.

Personne n'avait aperçu les Payne. Wardell Parrish, lui, se trouvait dans le jardin des Yannis, où Cory et mon frère Bennett l'enveloppaient dans une couverture. Il toussait tellement qu'il ne pouvait parler. Il était en pyjama.

« Il n'est pas blessé ? j'ai demandé.

— Non, mais il a avalé pas mal de fumée, m'a répondu Cory. Est-ce que quelqu'un a appelé…

— Kayla Talcott.

— Bien. Mais il n'y a personne au portail pour les faire entrer.

— J'y vais. »

Elle m'a retenue par le bras avant que je m'élance.

« Et les autres ? »

Elle parlait des Payne.

« Je ne sais pas. »

Elle a hoché la tête et m'a laissée partir.

Je suis allée au portail, empruntant au passage la clé d'Alex Montoya. Il avait toujours la sienne sur lui. C'est la raison pour laquelle je ne suis pas retournée à la maison et que je ne suis pas tombée sur les voleurs qui devaient s'y trouver à ce moment-là.

Les pompiers sont arrivés sans se presser. J'ai refermé derrière eux et les ai observés éteindre le feu.

Personne n'avait vu les Payne et le pire était à redouter. Il était probable qu'ils étaient restés prisonniers des flammes. Cory a bien essayé d'emmener Wardell Parrish à la maison, mais il refusait de bouger tant qu'il ne saurait pas ce qui était arrivé à sa sœur et à ses neveux et nièces.

Les pompiers achevaient de circonscrire le sinistre quand la cloche a sonné de nouveau. C'était Caroline Baker, la mère de Harry, qui donnait l'alerte.

« Ils sont entrés dans les maisons ! »

Nous avons compris ce qui se passait et nous avons couru sans réfléchir dans nos maisons. Wardell Parrish nous a suivis. Comme nous, il était sans arme. On aurait pu se faire tuer, à se précipiter comme ça. Mais nous avons eu de la chance. Les voleurs ont pris peur et se sont enfuis.

En plus des vivres et de la radio, ils ont emporté quelques-uns des outils de p'pa. Notre arrivée les a empêchés de visiter le bureau de p'pa et de mettre la main sur le téléphone et l'ordinateur.

Dans la chambre de Cory, quelques vêtements et des chaussures avaient disparu, ainsi que de l'argent que Cory avait caché au fond d'un paquet de lessive dans la cuisine, pensant que personne n'aurait l'idée de fouiller dans la poudre. Mais il est possible qu'ils aient tout simplement emporté la lessive pour la revendre, sans savoir ce qu'elle dissimulait. Ça aurait pu être pire. Ils n'avaient pas eu le temps de fouiller dans ma chambre ni dans celle des garçons. Et l'argent volé ne dépassait pas les mille dollars.

Les voleurs n'ont pas trouvé le reste de notre argent, qui est pour partie caché sous notre citronnier et, pour l'autre, avec les deux pistolets sous le plancher dans le placard de Cory. P'pa s'est donné du mal pour confectionner cette planque. Pour y accéder, il suffit de tirer le tiroir du bas qui est rempli de bouts de tissu, de boutons et de tout un nécessaire à coudre. L'argent et les armes sont cachés en dessous, il suffit de soulever deux des lattes du plancher.

C'est une cachette facile d'accès ; on peut s'emparer des armes en quelques secondes. Elle ne leurrerait pas celui qui aurait le temps de chercher, mais les voleurs opèrent toujours dans l'urgence. Les nôtres s'étaient contentés d'ouvrir le tiroir et de fourrager dedans.

Il y a une autre chose qu'ils ont prise, cependant, c'est la machine à coudre de Cory. Une vieille et lourde machine dans un coffret. C'est un sale coup. Cory et moi on en avions grand usage ; elle nous servait à confectionner des vêtements ou à les recoudre. J'avais même pensé à gagner un peu d'argent avec en faisant des travaux de couture pour la communauté. Désormais, il nous faudra tout faire à la main, ce qui prendra du temps et ne sera pas aussi bien fait. Cory en a pleuré. Ce n'est pas une perte irréparable, mais elle s'ajoute aux épreuves précédentes et pèse lourd sur les épaules.

Nous devrons nous adapter. Dieu est Changement.

Je puise ma force dans cette pensée.

Curtis Talcott est venu à ma fenêtre pour m'annoncer qu'on a retrouvé les corps des Payne. Ils ont tous péri dans l'incendie. Les flics sont ici, récoltant les témoignages. J'ai rapporté la nouvelle à Cory. Je ne sais pas si elle l'annoncera à son tour à Wardell ou bien si elle laissera la police s'en charger. Il gît prostré sur le canapé du salon. Je suis désolée pour lui. Il a perdu sa maison et sa famille. Il est le seul survivant. Ce doit être terrible.

Mardi 29 décembre 2026

Je ne sais pas combien de temps cela pourra durer, car il y a une irrégularité sur le plan légal, mais Cory a obtenu qu'on lui confie une partie du travail de p'pa, à savoir les cours qu'il donnait. Via notre ordinateur qui est branché sur un réseau informatique, elle pourra donner et corriger les devoirs et répondre à toutes les questions des élèves. La part administrative que p'pa effectuait au collège sera confiée à quelqu'un d'autre à qui cela fera un supplément de salaire. Ce sera donc comme si p'pa enseignait toujours, mais qu'il avait décidé de remettre à quelqu'un d'autre ses responsabilités.

Cory y est parvenue en plaidant sa cause auprès des supérieurs et de tous les collègues de p'pa. Tous ces gens la connaissent. D'ailleurs, elle enseignait au collège avant que Bennett vienne au monde et avant qu'elle comprenne que son devoir était de diriger une classe ici, à l'intérieur de la communauté, pour les enfants du quartier. Cette seule activité, rémunérée par les parents, n'aurait jamais suffi aux besoins du ménage.

À présent, Cory devra quand même se rendre à l'extérieur et elle a déjà engagé quelques hommes pour l'escorter, moyennant une petite somme d'argent.

La rentrée a lieu dans quelques jours et Cory fera donc le travail de p'pa, pendant que moi, je dirigerai la classe ici, avec l'aide de Russell Dory, le grand-père de Joanne et de Harry. Il a été professeur de mathématiques. Il est à la retraite depuis longtemps, mais il a gardé toute sa tête. Je n'ai pas vraiment besoin de son aide, mais Cory insiste pour que je le prenne avec moi, et puis lui-même est désireux de se rendre utile.

Alex Montoya et Kayla Talcott remplaceront p'pa à l'église. Aucun d'eux n'est ordonné, mais ils ont toujours assisté p'pa par le passé. Et tous deux ont de l'autorité dans la communauté. Bien entendu, la Bible n'a pas de secret pour eux.

C'est ainsi que nous survivrons et continuerons de nous entraider. Ça marchera. Je ne sais pas pendant combien de temps, mais ça marchera.

Mercredi 30 décembre 2026

Wardell Parrish s'est finalement résolu à retourner dans cette partie de sa famille où il vivait avant que sa sœur et lui n'héritent de la maison de Mme Sims. Il est resté chez nous depuis la mort de sa sœur et de ses enfants. Cory lui a donné des vêtements de p'pa, bien trop grands pour lui.

Il traînait dans la maison, silencieux, indifférent à tout, mangeant peu. Et puis hier, il a dit comme un petit garçon :

« Je veux rentrer chez moi. Je ne peux rester ici. Tout le monde est mort. Je veux rentrer chez moi. »

Wyatt Talcott, Michael et Curtis l'ont escorté aujourd'hui jusque chez lui. Il a vieilli de plusieurs années en une semaine. Je ne pense pas qu'il fasse de vieux os.

2027

Nous sommes la Semence de la Terre. Nous sommes cet aspect de la Terre capable de façonner Dieu en toute connaissance. Nous sommes la vie qui grandit, la vie qui se prépare à se séparer du monde parental.Nous sommes la vie qui se prépare à prendre racine dans un nouveau terreau, la vie qui accomplit son but, sa promesse, sa destinée.

Semence de la Terre : Le Livre des vivants

14

S'il veut renaître de ses cendres,
Le Phénix doit d'abord brûler.
Semence de la Terre : Le Livre des vivants

Samedi 31 juillet 2027. Le matin.

La nuit dernière, quand je me suis enfuie, le quartier brûlait. Les maisons, les arbres, les gens : tout brûlait.

C'est la fumée qui m'a réveillée. « Le feu ! » j'ai crié à Cory et aux garçons. J'ai empoigné mes vêtements et mon paquetage et j'ai suivi Cory, qui poussait les enfants dehors.

La cloche n'a jamais sonné. Nos vigiles ont probablement été tués avant de pouvoir donner l'alerte.

Tout était chaos. Ça courait, hurlait, tirait de partout. Nos attaquants avaient enfoncé le portail avec un vieux camion.

Des drogués à la pyro, le crâne rasé et le visage et les mains peints. Visages rouges, visages bleus, visages verts, bouches hurlantes, avides, yeux fous brillant à la lueur des flammes.

Ils tiraient sur nous. Ils tiraient sur tout ce qui bougeait. J'ai vu Nathalie Moss courir en criant et s'abattre, une partie du visage arrachée par une balle de gros calibre.

Je suis tombée avec elle, prise dans sa propre mort. Je suis restée à terre, étourdie, luttant désespérément pour me relever. Cory et les enfants ont continué de courir, sans remarquer ce qui m'arrivait.

J'ai fini par me remettre debout, saisir mon sac et repartir en m'efforçant de ne pas voir ce qui se passait autour de moi. La fusillade et les cris ne pouvaient m'arrêter. Le cadavre d'Edwin Dunn, baignant dans une mare de sang, ne m'a pas arrêtée, sauf le temps de lui prendre son pistolet qu'il serrait encore dans sa main.

Un hurlement de rage a éclaté derrière moi, des mains m'ont saisie et jetée à terre. Je me suis retournée et j'ai tiré dans un réflexe, encaissant l'impact dans mon ventre. Un visage vert penché au-dessus du mien, bouche et yeux grands ouverts, ne sentant pas encore la douleur. J'ai tiré de nouveau, en pleine tête, terrifiée à l'idée que sa douleur ne me cloue au sol quand elle s'emparerait de lui. Il est mort en quelques secondes, mais ça m'a paru une éternité.

Quand j'ai pu bouger de nouveau, je l'ai repoussé, je me suis levée et j'ai repris la direction du portail arraché de ses gonds.

L'obscurité au-dehors me protégerait. Il n'y avait rien d'autre à faire que fuir l'enfer et se cacher.

J'ai remonté Meredith Street, m'éloignant de Durant Road, des incendies et des cris. J'avais perdu de vue Cory et les garçons. J'ai pensé qu'ils iraient vers les collines plutôt que vers le centre de la ville. Toute direction était dangereuse, mais le danger était plus grand là où les gens étaient plus nombreux. Dans la nuit, une femme et trois enfants étaient une proie rêvée pour les prédateurs.

Nord, vers les collines. Nord, par les rues noires. Et puis quoi ?

Je ne savais pas. J'étais incapable de réfléchir. Je n'étais jamais sortie de nuit hors des murs. Mon seul espoir de rester en vie était d'écouter, de percevoir le moindre mouvement, avant qu'il soit trop près de moi, voir ce que je pouvais à la lueur des étoiles, être aussi silencieuse que possible.

Je marchais au milieu de la rue en prenant garde à ne pas trébucher dans un nid-de-poule ou sur une pierre. Il n'y avait pas d'autres déchets. Tout ce qui pouvait brûler servait de carburant. Tout ce qui pouvait servir ou être revendu était ramassé. Cory disait que la misère avait nettoyé les rues.

Où était-elle ? Où avait-elle emmené mes frères ? Est-ce qu'ils avaient pu sortir indemnes du quartier ?

Je me suis arrêtée. Où était Curtis ? Je ne l'avais pas vu. Était-il resté dans cet enfer ? Les Talcott étaient les plus aptes à survivre. À la condition qu'ils n'aient pas été surpris et qu'ils aient eu le temps de faire bloc. Je n'avais malheureusement aucun moyen de le savoir.

Un bruit de pas précipités. Ils étaient deux à courir. Je me suis figée sur place. Est-ce qu'ils m'avaient vue ? L'obscurité était dense autour de moi. Le bruit arrivait de derrière. Il se rapprocha rapidement, passa. C'est à peine si j'ai pu distinguer les silhouettes de deux hommes qui couraient, indifférents au bruit qu'ils faisaient, indifférents à ce qui pouvait être tapi dans l'ombre.

Ils étaient déjà loin quand je me suis de nouveau permis de respirer. Je ne pouvais pas retourner dans notre quartier, proie des incendies et des tueries. Si Cory et les garçons étaient restés là-bas, alors ils devaient être morts ou, pire, prisonniers. Mais ils avaient de l'avance sur moi. Ils avaient certainement réussi à sortir. Une vive lueur éclairait la nuit au-dessus de ce qui avait été notre coin de terre.

Est-ce que Cory avait pensé à prendre son Smith & Wesson ? J'aurais bien aimé avoir le revolver avec ses deux boîtes de cartouches. Je n'avais que mon couteau dans mon sac et le vieux 45 automatique d'Edwin Dunn. Je ne savais pas combien de cartouches il restait dans le chargeur, qui pouvait en contenir sept. J'avais tiré deux balles. Combien de coups avait tirés Edwin avant de se faire abattre ? Je devrais attendre le jour pour le savoir. J'avais bien une lampe électrique, mais je ne pouvais m'en servir sans être sûre de ne pas me faire repérer.

De jour, la bosse faite par le revolver sous mon blouson ferait réfléchir ceux qui seraient tentés de m'agresser. Mais de nuit, mon arme, en acier noir, était évidemment invisible. Si le chargeur était vide, je pouvais toujours m'en servir comme d'une matraque. Et, en même temps que j'assommerais quelqu'un, je m'assommerais moi-même. Et si je perdais connaissance en me battant, c'était tout ce que je possédais, y compris la vie, que je risquais de perdre. Il fallait que je trouve un endroit où me cacher pour la nuit.

Demain, je ferai de mon mieux pour bluffer. Je ne pense pas que les gens courent le risque de m'agresser, uniquement pour vérifier si mon arme est chargée ou pas. Pour tous ces pauvres qui ne peuvent s'offrir des soins médicaux, même une blessure légère peut s'avérer fatale.

Me voilà devenue une pauvre de la rue. Pas aussi pauvre que certains, mais sans abri, seule, la tête pleine de connaissances livresques, mais vide de toute expérience. À moins de tomber sur quelqu'un de mon quartier, il n'y a personne à qui je puisse faire confiance, personne qui puisse m'aider.

J'ai continué de marcher, tous mes sens en alerte. Pas très loin, des chiens se battaient. J'étais en sueur. Je n'avais jamais eu aussi peur de ma vie. Pourtant personne ne m'avait attaquée. Personne ne m'avait vue.

Je ne suis pas allée dans les collines. J'ai trouvé une maison au toit effondré et aux murs écroulés en haut de Meredith Street. À l'approche des collines, les chiens étaient la menace la plus sérieuse et je devais me mettre à l'abri.

La maison était complètement en ruine et il était dangereux de s'y aventurer sans lumière. Elle était construite à un mètre du sol et cinq marches de béton menaient à une véranda. Je pouvais toujours me glisser sous le plancher. Mais il était possible que certains aient eu la même idée.

J'en ai fait le tour, l'oreille tendue, scrutant l'ombre. Puis, au lieu de me risquer dessous, je me suis installée dans ce qui restait d'un garage. Un des angles tenait encore debout et il y avait devant assez de gravats et de poutrelles noircies pour faire écran et me masquer. Et puis, si jamais je devais fuir, il me serait plus facile de le faire de là plutôt qu'en rampant de sous la maison. Enfin, j'étais épuisée et il fallait que je me repose.

Le jour s'est levé. Que vais-je faire ? J'ai dormi un peu, d'un sommeil entrecoupé de réveils en sursaut à chaque bruit : le vent, les rats, les insectes, les écureuils et les oiseaux. Je ne me sens pas vraiment reposée, mais un peu moins fatiguée. Que vais-je faire ?

Je ne comprends pas qu'on n'ait jamais prévu de lieu de ralliement quelque part à l'extérieur, un lieu où la famille puisse se retrouver en cas d'urgence. Je me souviens d'en avoir parlé à p'pa, mais rien de concret n'a

jamais été entrepris. Regrettable manque de prévoyance.

Et maintenant ?

Maintenant, je dois retourner là-bas. Dieu, l'idée me terrifie, mais il faut que je sache au sujet de Cory et de mes frères et de Curtis. Je ne sais pas ce que je pourrais faire s'ils étaient blessés ou prisonniers. Je ne sais pas ce qui peut m'attendre. Des visages peints ? Des policiers ? Je ne suis nulle part en sécurité.

S'il y a des flics, il faudra que je dissimule mon arme, ainsi que mon argent. Tout le monde porte une arme, mais la loi l'interdit. Et selon leur humeur ou si votre tête ne leur revient pas, les flics appliquent la loi, c'est-à-dire qu'ils vous dépouillent.

D'autre part, s'il y a encore des visages peints dans le quartier, il ne sera pas question que j'y aille. Combien durent les effets de cette saloperie de pyro ? Est-ce qu'ils traînent après la fête pour voler ce qui reste, et peut-être continuer de tuer encore un peu ?

Peu importe. Il faut que j'y aille.

Samedi 31 juillet 2027. Le soir.

J'ai besoin d'écrire. Je ne sais pas ce que je pourrais faire d'autre. Les autres dorment maintenant et il ne fait pas encore nuit. Je suis de garde parce que je n'aurais pas pu dormir de toute façon. Je suis sur les nerfs et je lutte contre l'envie de m'enfuir en courant. Mais m'enfuir pour aller où ? Il n'y a nulle part où aller.

Je dois écrire. C'est la dernière chose familière qui me reste. Dieu est Changement. Je hais Dieu. Je dois écrire.

Toutes les maisons avaient brûlé ; certaines étaient entièrement calcinées. Je ne sais pas si la police ou les pompiers étaient venus. Si c'était le cas, ils étaient déjà repartis quand je suis arrivée. Le quartier était grand ouvert et grouillait de pillards.

Depuis l'entrée, je voyais ces gueux fouiller les décombres fumants de nos maisons, arracher les fruits de nos arbres, dépouiller nos morts, se battre entre eux pour s'arracher quelque trouvaille. Qui étaient ces charognards ?

J'avais glissé l'automatique sous ma ceinture. Il restait quatre cartouches dans le chargeur. Je me suis avancée, la main sur la crosse. J'étais sale et froissée d'avoir dormi dehors et guère différente d'aspect des pillards.

Trois femmes furetaient dans les ruines d'une maison qui avait été celle des Yannis. Elles riaient et se jetaient des morceaux de plâtre et de bois.

Où étaient Shani Yannis et ses filles ? Où étaient ses sœurs ?

J'ai poursuivi mon chemin, cherchant du regard un visage familier parmi ceux et celles qui fourrageaient dans les décombres. Edwin Dunn gisait toujours face contre terre, là où je lui avais pris son arme, mais il n'avait plus ni chemise ni chaussures et ses poches avaient été retournées.

Le sol était jonché de corps recouverts de cendres, quelques-uns semblaient avoir brûlé vifs, d'autres avaient été abattus par balles. Un peu partout dans la rue, de larges taches de sang noirci témoignaient du carnage. Deux hommes s'efforçaient d'arracher la cloche qui nous servait à sonner l'alarme. Dans la vive lumière du matin, le spectacle tenait du cauchemar. Je me suis arrêtée devant notre maison et j'ai regardé les cinq adultes et l'enfant qui cherchaient parmi les ruines.

C'était qui, ces vautours ? C'était le feu qui les avait attirés ? C'était ça, leur moyen de survivre, aux pauvres des rues ? Accourir dès qu'une maison brûlait et voler ce qui en restait, détrousser les cadavres.

Un corps gisait sous notre porche. J'ai grimpé les trois marches. C'était une femme, le crâne rasé et le visage peint en vert, grande et mince. Elle était morte pour quoi ? Pour le plaisir de voir les flammes, de tuer des innocents ?

« Laisse-la. »

J'ai levé les yeux. Une femme venait vers moi, l'air menaçant. J'ai reconnu les chaussures qu'elle tenait à la main : c'étaient celles de Cory.

« Elle est morte pour nous. Laisse-la tranquille », elle a dit d'une voix grasse.

Jamais de ma vie je n'ai eu aussi fortement envie de tuer quelqu'un.

« Dégage de mon chemin, pourriture », j'ai dit sans élever la voix.

Mon envie de tuer devait se lire sur mon visage et sur ma main qui serrait à en blanchir mes phalanges la crosse du 45. La femme s'est empressée de s'écarter.

J'ai enjambé le corps de la morte et je suis entrée dans ce qui restait de notre maison. Les autres pillards m'ont regardée, mais ont gardé un silence prudent. Il y avait parmi eux un homme avec un petit garçon. L'homme habillait l'enfant avec un jean appartenant à mon frère Gregory. Le jean était bien trop grand pour lui, mais l'homme l'a attaché à la taille avec un bout de ficelle et a retroussé les jambes.

Où était Gregory, mon petit frère à l'intelligence vive et aux mille facéties ? Où ? Où étaient-ils tous ?

Le toit s'était effondré. La cuisine, le salon, la salle à manger, ma chambre, tout avait brûlé. Le plancher s'écroulait par endroits. J'ai vu l'un des charognards tomber à travers en poussant un cri de stupeur puis remonter, indemne, sur l'une des solives.

Il n'y avait plus rien à récupérer dans ma chambre. Il ne restait de mon lit que le cadre métallique distordu par la chaleur. Mes vêtements n'étaient plus qu'un tas de cendres. Mes livres avaient brûlé, mais je les avais rangés si serrés que le feu ne les avait consumés qu'à moitié.

Les deux chambres du fond avaient mieux survécu. Mais les pillards les avaient déjà visitées.

J'ai quand même trouvé, sous les restes brûlés de ce qu'avait contenu la commode de mon père, une paire de chaussettes et du linge de corps et un holster que je pouvais utiliser pour mon 45. J'ai fourré dans mon sac ce qui pouvait encore servir.

L'homme avec l'enfant est venu fouiner à côté de moi et, peut-être à cause de l'enfant, peut-être parce que ce type était un père, je l'ai laissé faire. Le petit garçon nous regardait. Il était couleur chocolat et ressemblait un peu à Gregory.

J'ai sorti un abricot sec de mon paquetage et le lui ai tendu. Il ne devait guère avoir plus de six ans, mais il n'a pris l'abricot qu'après avoir levé les yeux vers son père et attendu que celui-ci acquiesce de la tête. Bonne discipline.

La planque où nous cachions le Heckler, la mitraillette et une partie de l'argent avait brûlé. Les munitions qu'elle contenait avaient explosé : il ne restait qu'un trou noirci et des armes éclatées, car elles étaient toujours chargées et les cartouches dans les chargeurs avaient, elles aussi, explosé. Je ne nourrissais pas trop d'espoir à ce sujet, mais j'ai quand même accusé le coup.

Dans la petite salle de bains attenante, j'ai trouvé du fil dentaire, du savon et un pot de pommade. Tout le reste avait disparu.

J'ai réussi à rassembler quelques affaires pour Cory et mes frères. J'ai même trouvé de quoi les chausser. Une femme fouillait parmi les chaussures de Marcus. Elle s'est contentée de me jeter un regard mauvais, mais j'ai dû la regarder avec une telle haine qu'elle m'a aussitôt cédé la place et s'en est allée fouiller ailleurs. Mes frères avaient fui en pyjama. Cory avait jeté un pardessus sur ses épaules. J'avais été la dernière à quitter la maison parce que j'avais pris le risque de prendre mes affaires – un jean, un blouson de toile et une paire de tennis – en même temps que mon paquetage. J'aurais pu me faire tuer. Si j'avais dû réfléchir à ce que je devais emporter, si je n'avais pas été préparée, si je n'avais pas vécu avec l'idée qu'un jour nos pires cauchemars deviendraient brutalement une réalité, je serais morte à l'heure qu'il est. Ma prévoyance avait payé et, maintenant, si je pouvais apporter ces vêtements à Cory et à mes frères, je pourrais les aider. Surtout si je parvenais à récupérer l'argent enterré au pied du citronnier.

J'ai fourré les affaires dans une taie d'oreiller épargnée par le feu et les pillards. Les couvertures avaient toutes disparu. Il n'y avait plus rien à chercher à l'intérieur. Il ne restait plus que le citronnier.

Je suis allée dans le jardin. Seules deux pêches pas encore mûres avaient échappé aux pillards. Puis j'ai regardé autour de moi s'il y avait autre chose à cueillir et j'ai failli pleurer en voyant ce que cette bande de charognards avait fait du jardin que Cory avait si soigneusement tenu. Ce qu'ils n'avaient pas pu prendre, ils l'avaient piétiné. Poivrons, tomates, carottes, concombres, laitues, tournesols, maïs, haricots… tout ce qui n'était pas mûr et propre à consommer avait été foulé aux pieds.

J'ai réussi à sauver quelques carottes, des graines de tournesol et une poignée de haricots verts. Attentive à me comporter comme un pillard arrivé tard sur les lieux, je me suis dirigée lentement vers le citronnier. Il était chargé de jeunes fruits encore verts et j'en ai cueilli quelques-uns qui commençaient à jaunir. Cory avait planté des pensées au pied de l'arbre et les avait entourées de grosses pierres, qui faisaient comme une rocaille tout autour du tronc. Quelques-unes des pierres avaient été retournées, y compris celle sous laquelle était caché l'argent, mais les quelques centimètres de terre recouvrant le petit sac en plastique avaient trompé les pillards.

Il ne m'a pas fallu plus de temps pour balayer la terre et m'emparer du sac que pour arracher trois carottes un moment plus tôt. Puis, terrifiée à l'idée qu'on m'ait vue, je me suis forcée à cueillir quelques citrons de plus et à chercher ce que je pouvais encore trouver.

Les figues étaient dures et vertes et les kakis jaune-vert au lieu d'orange. Je me suis servie du dernier épi de maïs qui restait pour enfoncer l'argent plus profondément dans mon sac et puis je suis sortie du jardin.

Avec mon paquetage arrimé sur mon dos et la taie d'oreiller sous mon bras gauche, j'ai descendu la rue, ma main droite libre et prête à saisir le 45, que j'avais laissé sous ma ceinture, n'ayant pas pris le temps d'enfiler le holster.

Il y avait toute une foule de pillards à l'intérieur des murs, maintenant, et il continuait d'en arriver, tandis que je me dirigeais vers la sortie en compagnie de ceux qui partaient, chargés de leurs rapines. Ils ne se pressaient pas et je ne voulais pas marcher plus vite qu'eux, pour ne pas attirer l'attention. J'avais ainsi le temps de reconnaître les cadavres qui jonchaient la rue et de voir ce que je ne voulais pas voir.

Richard Moss, nu, gisant dans son sang. Sa maison, plus proche du portail que la nôtre, avait entièrement brûlé. Il ne restait que la cheminée, qui se dressait, noircie, au milieu des ruines. Où étaient Karen et Zahra, ses deux épouses survivantes ? Et ses nombreux enfants ?

La petite Robin Baker, nue, les cuisses ensanglantées, son petit corps osseux raidi dans la mort ; elle était à peine pubère. Elle aurait peut-être épousé Marcus, un jour. Elle aurait pu être ma sœur. C'était une enfant intelligente, sensible, déjà mûre pour son âge. Douze ans dans son corps, mais trente dans sa tête, disait d'elle Cory en souriant.

Russell Dory, le grand-père de Robin. On ne lui avait pris que ses chaussures. Une rafale d'arme automatique lui avait arraché une partie du torse. Un vieil homme et une enfant. Qu'est-ce que les visages peints avaient gagné en les tuant ?

« Elle est morte pour nous », avait dit cette charogne au sujet de la femme morte devant notre porte. Keith m'en avait parlé, de ce mouvement, Brûlez les Riches. Nous n'avions jamais été riches, mais, pour les miséreux, nous en avions l'apparence.

Nous survivions et nous avions un mur. Notre communauté était-elle morte pour que les défoncés à la pyro puissent proclamer avoir aidé les plus pauvres ?

Il y avait d'autres cadavres que je n'ai pas reconnus. Je ne me suis pas non plus donné la peine de les examiner de près. Ils gisaient devant leurs maisons, dans la rue, sur le refuge. Notre cloche avait disparu. Les hommes qui la voulaient avaient dû l'emporter pour la vendre.

J'ai vu le corps de Layla Yannis, la fille aînée de Shani. Comme Robin, elle avait été violée. J'ai vu Michael Talcott, le crâne fracassé. Je n'ai pas osé chercher Curtis. J'étais terrifiée à l'idée de découvrir son cadavre. J'avais le plus grand mal à me contrôler et je ne tenais pas à me faire remarquer. J'étais une pillarde comme les autres, emportant son butin.

Je suis passée devant d'autres corps : Jeremy Baker, l'un des frères de Robin, Philip Moss, George Hsu, sa femme et son fils aîné ; Juana Montoya, Rubin Quintanilla, Lidia Cruz… Lidia n'avait que huit ans. Elle aussi avait été violée.

Je suis parvenue au portail. Je ne m'étais pas effondrée. Apparemment, Cory et mes frères avaient échappé au carnage. Ça ne signifiait pas qu'ils n'étaient pas là. Je ne les avais pas vus. Curtis était peut-être en vie. Mais où ?

Les Talcott avaient de la famille à Robledo, mais je ne savais pas où. Quelque part de l'autre côté de River Street. Il était possible que Curtis se soit réfugié chez eux. Mais pourquoi étais-je la seule à être revenue pour voir ce que je pouvais sauver ?

Puis, ne sachant que faire, je me suis résolue à reprendre la direction de mon abri en haut de Meredith Street. Je ne pouvais pas appeler la police. Les cabines téléphoniques étaient vandalisées depuis longtemps, pas un seul étranger ne me laisserait utiliser son téléphone, et je ne connaissais personne à qui demander d'appeler pour moi et lui payer le prix de la communication.

Et puis, si la police avait ignoré ce qui s'était passé dans notre communauté, si un tel incendie et tant de morts les avaient laissés indifférents, quelle aide ou quelle protection pouvais-je attendre d'eux ? Je courais même le risque qu'ils me délestent de mon argent et de mon arme. Tout compte fait, il valait mieux les fuir.

Mais où était ma famille ?

Quelqu'un a appelé mon nom.

Je me suis retournée, la main sur la crosse du 45, et j'ai vu Zahra Moss et Harry Baker, la plus jeune des épouses Moss et le frère aîné de Robin Baker. Ils faisaient un couple disparate, mais, pas de doute, ils étaient bien ensemble. Ils étaient tous deux dans un piteux état, leurs vêtements en lambeaux et tachés de sang. Harry avait le visage tuméfié et je me suis souvenue que Joanne l'avait aimé, mais qu'il n'avait pas voulu la suivre à Olivar, parce qu'il pensait comme mon père que c'était un piège.

« Tu vas bien ? » il m'a demandé.

J'ai hoché la tête, me souvenant de Robin. Est-ce qu'il savait ? Russell Dory, Robin et Jeremy…

« Tu es blessé ? » je lui ai demandé.

Je me sentais gauche et stupide. Je ne voulais pas lui annoncer que son grand-père, son frère et sa sœur avaient été tués.

« J'ai dû me battre, cette nuit. J'ai eu de la chance qu'ils ne m'aient pas tué. »

Je l'ai vu qui titubait soudain et jetait un regard voilé autour de lui.

« Si on s'asseyait ? » il a ajouté d'une voix faible.

Zahra et moi on a regardé autour de nous pour voir si personne ne nous épiait. On s'est assis, Harry au milieu de nous. J'ai glissé sous mes fesses la taie bourrée de vêtements. Harry et Zahra n'avaient rien d'autre que les fringues qu'ils portaient. Et où était Bibi, la petite fille de Zahra ? Savait-elle que Richard Moss était mort ?

« Ils sont tous morts, elle a murmuré comme si elle lisait dans mes pensées. Tous. Ces bâtards de pyros les ont tous tués !

— Non ! a dit Harry. On s'en est sortis. Il doit y en avoir d'autres. »

Il était assis, la tête entre ses mains, et je me suis demandé s'il n'était pas blessé plus sérieusement que je ne le pensais. Je ne partageais pas de douleur particulière avec lui.

« Est-ce que l'un de vous a vu mes frères et Cory ?

— Ils sont morts, a dit Zahra. Comme ma Bibi. Morts. »

J'ai tressailli.

« Non, ce n'est pas possible ! Tu… tu les as vus ?

— J'ai vu quelques-uns des Montoya, a dit Harry, comme s'il parlait tout seul. Nous les avons rencontrés dans la nuit. Ils nous ont dit que Juana était morte et qu'ils allaient essayer de gagner Glendale où ils avaient de la famille.

— Mais…

— Et j'ai vu Laticia Hsu. Elle était lardée de coups de couteau.

— Mais mes frères ? Tu les as vus ?

— Ils sont tous morts, a répété Zahra. Ils sont sortis, mais les peints les ont rattrapés. Ils les ont ramenés et les ont tués. Je les ai vus. L'un d'eux me tenait et il me… J'ai tout vu, Lauren. »

Elle se faisait violer quand elle les a vus tuer ma famille ? C'est ça qu'elle voulait dire ?

« Je suis revenue ce matin, j'ai dit. Je n'ai pas vu leurs corps. Je n'ai pas…

— Moi, si. Ta mère. Tes trois frères. Ça s'est passé devant moi. »

On est restés longtemps assis sans parler. De temps à autre, quelqu'un passait et nous regardait. Des miséreux tramant des ballots. Un groupe est passé à vélo. Un autre à motos électriques, le bruit des moteurs produisant un étrange bourdonnement dans le silence de la rue.

Quand je me suis levée, les deux autres m'ont regardée. J'ai ramassé la taie de vêtements, des vêtements dont je ne savais plus que faire. Je pensais que je ferais mieux de regagner mon garage avant que quelqu'un s'y installe. J'étais incapable de réfléchir. Je n'avais qu'une envie : me réfugier dans mon trou et n'en plus bouger.

Harry a voulu se relever, mais il est retombé lourdement. Il s'est penché en avant et a vomi dans le caniveau. J'ai détourné la tête à temps pour ne pas en faire autant. Quand il a eu fini, il s'est tourné vers Zahra et moi.

« Putain, que j'me sens mal.

— Ils l'ont frappé à la tête cette nuit, a expliqué Zahra. Il m'a arrachée au type qui était sur moi… Il m'a sauvée, mais ils lui sont tombés dessus.

— Je connais un endroit, une ruine où j'ai dormi la nuit dernière, j'ai dit à Zahra. C'est loin d'ici, mais Harry pourra se reposer là-bas. Nous pourrons tous nous reposer. »

Zahra m'a pris le paquet de vêtements des mains pour le porter. Elle trouvera peut-être quelque chose à sa taille dedans. Nous nous sommes mis en marche, Harry au milieu, pour qu'il puisse s'appuyer sur nous. Ça nous a pris du temps et pas mal de sueur, mais on est arrivés à mon garage.

15

L'affection facilite le Changement.
Semence de la Terre : Le Livre des vivants

Dimanche 1er août 2027

Harry a dormi presque toute la journée. Zahra et moi, on s'est relayées à son chevet. Il souffre d'un traumatisme crânien et il lui faudra du temps pour se remettre. Nous n'avons pas parlé de ce que nous ferions si son état s'aggravait au lieu de s'améliorer. Zahra ne veut pas l'abandonner alors qu'il lui a sauvé la vie au péril de la sienne. Et je ne veux pas l'abandonner non plus parce que je le connais depuis que je suis toute petite. C'est un type bien. Je me demande s'il n'y aurait pas moyen d'avertir les Garfield. Ils le prendraient avec eux ou, au moins, veilleraient à ce qu'il reçoive des soins.

Mais il semble recouvrer lentement ses moyens. Il arrive à se lever pour aller pisser contre la palissade du jardin. Il mange et boit ce que je lui donne. Sans qu'il soit besoin de discuter, nous nous nourrissons frugalement sur mes provisions. C'est tout ce que nous avons.

Bientôt, il nous faudra nous risquer dehors pour en acheter. Mais aujourd'hui, dimanche, est un jour de repos pour nous trois.

Les douleurs de Harry et son visage tuméfié, de même que les pleurs de Zahra pour sa petite fille morte, me détournent de mon propre chagrin. Mais leur misère a beau me distraire de temps à autre de la mienne, je me demande avec stupeur comment il se peut que les miens soient tous morts.

Zahra a une voix douce et fluette, une voix de petite fille, que j'avais toujours crue artificielle. Je me trompais. C'est sa voix naturelle, une voix qui prend un timbre râpeux quand elle est en colère.

Elle a vu sa fille tuée, vu le visage peint en bleu qui tirait sur l'enfant qu'elle avait prise dans ses bras en se sauvant. Elle disait que le visage bleu prenait son pied à tirer sur tout ce qui bougeait. Elle disait que son expression lui rappelait celle d'un homme en train de forniquer.

« Je suis tombée. Je croyais que j'étais touchée, que j'allais mourir. J'étais couverte de sang. Et puis j'ai vu la tête de Bibi tomber sur sa poitrine. Un visage rouge me l'a arrachée des bras. Je ne l'avais pas vu arriver. Il me l'a arrachée des bras et il l'a jetée dans la maison des Hsu. La maison brûlait de partout. Il l'a jetée dans le feu.

« Alors, je suis devenue folle. Je ne sais pas ce que j'ai fait. Il y en a un qui a essayé de m'attraper, mais je me suis libérée et puis un autre s'est jeté sur moi et m'a plaquée au sol. J'étais sur le ventre et je ne pouvais pas bouger. Il m'a arraché ma jupe et… et c'est à ce moment-là que j'ai vu ta mère, tes frères…

« Et puis Harry est arrivé et il a arraché ce salaud de sur mon dos. Plus tard, il m'a dit que je hurlais. Je savais plus ce que je faisais. Il s'est battu avec le type qui était sur moi, mais un autre lui a sauté dessus. Celui-là, je lui ai fendu le crâne avec une pierre et

Harry a mis l'autre KO. Après ça, on a couru jusqu'à ce qu'on n'ait plus la force de faire un pas de plus. On s'est réfugiés dans une ruelle et on s'est reposés un peu jusqu'à ce qu'un type se pointe avec une hache et nous en chasse. On s'est mis à marcher et on t'a aperçue. Harry et moi, on ne se connaissait pas. Tu sais que Richard ne voulait pas qu'on fréquente les voisins, surtout les Blancs. »

J'ai hoché la tête ; oui, je me souvenais de Richard Moss.

« Il est mort, tu sais, je lui ai dit. Je l'ai vu. »

J'ai voulu retirer ce que j'avais dit dès que j'ai vu l'expression de son visage : il devait y avoir une façon moins brutale d'annoncer à une femme la mort de son mari.

Elle s'est figée, littéralement frappée de stupeur, ses grands yeux noirs fixés sur moi.

« Je suis désolée, je lui ai dit, pour m'excuser. Je suis vraiment désolée. »

Elle s'est mise à pleurer et je l'ai prise dans mes bras. Harry est sorti de sa torpeur, a bu un peu d'eau et a écouté Zahra parler de Richard Moss et comment il l'avait achetée à sa mère sans-abri alors qu'elle avait tout juste quinze ans – plus jeune que je ne l'avais pensé – et l'avait emmenée vivre dans la première maison quelle eût jamais connue. Il lui donnait de quoi manger, ne la battait jamais et, même si les deux autres épouses étaient vaches avec elle, c'était mille fois mieux que de vivre dehors avec sa mère et de connaître la faim. Elle se retrouvait de nouveau dans la rue. Six ans plus tard, elle revenait à la case départ.

« Vous avez un endroit où aller ? elle nous a demandé. Quelqu'un qui aurait encore une maison ? »

J'ai regardé Harry.

« Tu pourrais peut-être aller à Olivar si tu arrives à marcher jusque là-bas. Les Garfield t'accueilleront. »

Il a réfléchi pendant une minute.

« Non, ça ne me dit rien, je ne pense pas qu'il y ait plus d'avenir à Olivar qu'il n'y en avait dans notre quartier. Au moins, chez nous, nous avions des armes.

— Pour ce que ça nous a servi, a marmonné Zahra.

— Je sais. Mais c'étaient nos armes, pas celles de gardes. Personne ne pouvait les retourner contre nous. À Olivar, d'après ce que Joanne a dit, on n'a pas le droit d'en posséder une. Seuls les gardes sont armés. Et d'où ils viennent, ces gardes ?

— Ils sont employés par la compagnie, je lui ai dit. Des types venus de l'extérieur.

— Ouais, c'est aussi ce que j'ai entendu. Et je trouve ça dangereux, que les armes soient d'un seul côté. Ça déséquilibre les forces.

— Moi, je préfère ne pas avoir d'arme, mais manger à ma faim. Vous deux, vous ne savez pas ce que c'est que d'avoir faim.

— Je vais partir vers le nord, je leur ai annoncé. J'avais prévu de le faire, dès que ma famille aurait pu se débrouiller sans moi. Maintenant je n'ai plus de famille, alors je pars.

— Où ça, au Nord ? a demandé Zahra.

— Le Canada, peut-être. Je ne sais pas si je pourrai aller si loin, mais je trouverai bien un endroit où travailler et où l'eau ne coûte pas plus cher que le pain. Mais pas d'Olivar pour moi, je n'ai pas une vocation d'esclave.

— Le Nord, c'est là que je vais aussi, a dit Harry. Il n'y a rien ici. Ça fait plus d'un an que j'essaie de trouver un boulot, n'importe quoi qui me rapporte un peu d'argent. Ce que je voudrais, c'est aller au collège. Mais les études, ça coûte cher. C'est un cercle vicieux. Il faut avoir des diplômes si on veut gagner de l'argent, mais il faut de l'argent pour étudier. »

Je l'ai regardé, hésitant à lui poser la question qui me brûlait les lèvres.

« Harry, et tes parents ?

— Je ne sais pas. Je ne les ai pas vus. Zahra non plus. Je ne sais pas où ils sont. Ç'a été un sauve-qui-peut général. Je les ai perdus dans la fuite.

— Je n'ai pas vu ton père ni ta mère, j'ai dit, mais j'ai vu…

— Qui ? Dis-moi !

— Ton grand-père et puis Robin et Jeremy.

— Robin et Jeremy ? Mon petit frère et ma petite sœur ? Ils tuent les enfants ? »

Zahra lui a pris la main.

« Ils tuent les petits enfants. Partout dans le monde, aujourd'hui, on tue des petits enfants. »

Il n'a pas pleuré. Peut-être qu'il a pleuré pendant qu'on dormait. Au début, il s'est enfermé en lui-même, il n'a plus dit un mot, n'a plus répondu à nos questions, n'a plus rien fait jusqu'à ce que la nuit tombe. Pendant ce temps, Zahra était partie en reconnaissance, comme elle a dit, et elle est revenue avec une chemise de mon frère Bennett remplie de pêches mûres.

« Me demande pas comment je les ai eues, elle m'a dit.

— Tu les as volées, je lui ai répondu. J'espère seulement que tu ne les as pas prises à quelqu'un qui habite près d'ici. J'aimerais pas qu'on nous tombe dessus. »

Elle a haussé un sourcil.

« Épargne-moi tes conseils. J'ai vécu dans la rue. J'y suis née, même. Mange tes pêches. »

J'en ai mangé quatre. Elles étaient délicieuses. Trop mûres pour supporter le voyage, de toute façon.

« Regarde donc dans les vêtements que j'ai apportés s'il n'y a pas quelque chose à ta taille. »

La chemise et le jean de Marcus lui allaient parfaitement, ainsi que les chaussures. Les chaussures sont chères. Maintenant elle en avait deux paires.

« Laisse-moi faire, elle m'a dit. J'échangerai l'autre paire contre de la nourriture.

— D'accord. On fera ça demain. On partagera en deux ce que tu en tireras. Et puis je partirai.

— Au Nord ?

— Oui.

— Tu sais quelles routes il faut prendre et où il faut aller pour acheter des provisions et tout ça ? Tu as de l'argent ?

— J'ai des cartes. Elles sont vieilles, mais je pense qu'elles sont toujours bonnes. On n'a pas construit d'autres routes depuis.

— Ça, c'est sûr. Et l'argent ?

— J'en ai un peu. Pas assez, je suppose.

— Un peu, c'est mieux que rien. Et lui ? »

Elle a fait un geste en direction de Harry, pelotonné dans le coin du garage. Je ne savais pas s'il dormait ou pas.

« À lui de décider pour lui-même, j'ai dit. Peut-être qu'il veut rester dans le coin pour voir si ses parents sont encore en vie. »

Il s'est retourné lentement. Il avait l'air mal en point, mais tout à fait éveillé. Zahra a posé sa part de pêches à côté de lui.

« Pas question de rester ici un jour de plus, a dit Harry. J'aimerais qu'on puisse partir tout de suite. Je hais cet endroit.

— Tu pars avec elle ? » lui a demandé Zahra.

Il m'a regardée.

« On pourrait s'entraider, il a répondu. On se connaît depuis longtemps et… et j'ai pu prendre un peu d'argent – quelques centaines de dollars – en quittant la maison. »

Il me signifiait qu'on pouvait se faire confiance. C'était beaucoup.

« J'ai l'intention de voyager déguisée en homme », j'ai dit.

Il a réprimé un sourire.

« C'est plus sûr, tu as raison. Et puis tu es assez grande pour passer pour un homme. Mais il faudra que tu te coupes les cheveux. »

Zahra a sifflé entre ses dents d'un air réprobateur.

« Un couple mixte, homo ou hétéro, attire toujours la foudre sur lui. Harry fera chier les Noirs et toi, les Blancs. Bonne chance à vous. »

Je l'ai regardée pendant qu'elle disait ça et j'ai compris qu'elle disait autre chose.

« Tu veux venir avec nous ? » je lui ai demandé.

Elle a reniflé, bravache.

« J'ai pas envie de me couper les cheveux !

— Pas la peine. Toi et moi, on est un couple de Noirs, qui voyage avec leur ami blanc. Et puis Harry aura tellement bronzé dans une semaine, à marcher sous le soleil, qu'il pourra passer pour un cousin. »

Elle a hésité puis elle a murmuré :

« J'voudrais bien aller avec vous. »

Et elle a éclaté en sanglots. Harry, surpris, s'est tourné vers elle.

« Tu pensais qu'on allait te laisser tomber ? je lui ai demandé. Tout ce que tu avais à faire, c'était de nous dire ce que tu voulais.

— Mais j'ai pas un dollar sur moi. Rien.

— Comment tu as eu ces pêches ?

— Je les ai volées, pardi.

— Eh bien, c'est un talent qui vaut de l'argent et puis tu connais le mode d'emploi de la rue. Tu nous éviteras de tomber dans les pièges. Qu'est-ce que tu en penses, Harry ?

— Ça ne te gêne pas quelle vole ? il m'a demandé, se retenant de rire.

— Tout ce que je veux, c'est survivre.

— Oui, mais une fille de pasteur, tout de même… "Tu ne voleras point", tu as dû entendre ça des milliers de fois, non ? »

Je n'avais pas envie de rire.

« J'ai dit que je voulais survivre. Pas toi ? »

Il a hoché la tête.

« Moi aussi.

— Voler pour ne pas mourir de faim n'est pas un péché, j'ai dit. J'ai seulement eu de la chance de n'avoir jamais eu à voler quoi que ce soit.

— Jamais rien volé du tout ? » s'est exclamée Zahra.

J'ai haussé les épaules.

« C'est la vérité. J'ai grandi en essayant d'être un exemple pour mes frères et de répondre à ce que mon père attendait de moi.

— L'aînée, a dit Harry. Je connais ça. »

Lui aussi était l'aîné dans sa famille.

« L'aînée, a dit Zahra en riant. Ici, vous êtes des benjamins. »

Elle ne se moquait pas de nous. Elle disait vrai, probablement.

« Je n'ai pas d'expérience, j'ai dit. Mais je peux apprendre. Tu seras un de mes professeurs.

— L'un d'eux ? Et qui seront les autres, s'il te plaît ?

— Tout le monde.

— Tu plaisantes ?

— Non, tous ceux qui survivent ici ont quelque chose à m'apprendre. Je les observerai, je les écouterai. J'apprendrai d'eux tous. Sinon, je mourrai. Et comme j'ai dit, je veux survivre.

— Ils te vendront de la merde, elle m'a dit.

— Peut-être, mais ils ne m'auront qu'une fois ou deux. Après, je saurai la reconnaître à l'odeur. »

Elle m'a regardée longuement

« J'aurais bien aimé te connaître avant que tout ça arrive, elle m'a dit. Tu es un sacré phénomène, pour une fille de pasteur. Viens, je peux te couper les cheveux, si tu veux faire l'homme. »

Lundi 2 août 2027
(Notes allant jusqu'au dimanche 8 août.)

On est en route.

Ce matin, Zahra nous a emmenés chez Hanning Joss, le plus grand magasin de Robledo. On peut y trouver tout ce qu'on veut, de l'alimentation de luxe au petit matériel médical comme les kits d'accouchement à domicile, en passant par les armes de toutes catégories et de tous calibres, les équipements télévisuels les plus perfectionnés. J'aurais pu passer des jours à me promener entre les rayons et à contempler tout ce que je ne pouvais acheter. Je n'étais jamais allée chez Hanning et je n'avais même pas imaginé que de tels trésors puissent exister.

Il est interdit de pénétrer à plus d'une personne à la fois dans le magasin. J'ai dû laisser mes affaires et mon arme à Zahra et à Harry. Hanning, comme je l'avais entendu dire à la radio, était une véritable forteresse.

Si vous ne supportiez pas leurs détecteurs de toutes sortes, l'obligation de laisser vos bagages à l'entrée, leurs gardes armés jusqu'aux dents et la fouille au corps à laquelle ils soumettaient quiconque leur paraissait louche, vous n'aviez plus qu'à aller faire vos courses ailleurs. Mais les gens s'accommodaient de ces contraintes, pourvu qu'ils puissent acheter en paix ce dont ils avaient besoin.

Personne ne m'a fouillée, mais j'ai dû montrer mon argent.

« Montrez votre carte de client ou votre argent », m'a demandé un garde devant l'imposante porte d'entrée en acier.

J'ai eu peur qu'il me vole mon argent, mais j'ai sorti mes dollars et il a hoché la tête. Il ne les a pas touchés. L'entrée était certainement sous surveillance vidéo et la scène filmée. Le magasin ne tenait pas à ce que ses gardiens délestent leurs clients de leur argent.

« Faites vos courses en paix », m'a dit le type sans l'ombre d'un sourire.

J'ai acheté du sel, un petit tube de miel, des fruits secs, des lentilles, un peu de viande de bœuf séchée. De l'eau aussi et quelques articles comme des cachets pour purifier l'eau, une crème solaire, une pommade antiseptique et un baume que p'pa utilisait pour les contractures musculaires, car nous allions souffrir avant que nos muscles se fassent à la marche. J'ai acheté encore du papier toilette, des tampons, un bloc-notes, deux crayons, et, surtout, une boîte de cartouches de calibre 45, dont le poids avait un effet rassurant.

J'ai acheté trois sacs en plastique, de grands sacs qui peuvent servir de sacs de couchage. Ils sont très prisés par les sans-abri, qui évitent ainsi le contact direct avec le sol. Ils sont légers, très solides, parfaitement isolants.

C'est sur un paquet de sacs de ce genre que Curtis et moi faisions l'amour.

J'ai également acheté trois grands blousons faits dans la même matière synthétique que les sacs. Ils nous tiendront chaud la nuit, car le froid ira croissant à l'approche de l'automne et du Nord. En plus, ils sont laids et ils ne risquent pas d'intéresser les voleurs.

J'avais dépensé tout l'argent qui se trouvait dans mon paquetage. Il me restait celui ramassé sous le citronnier. J'avais divisé la somme en deux parts, chacune dans une chaussette que j'avais épinglée à l'intérieur de mon jean, dans les jambes, au-dessus des chevilles. J'avais placé les épingles le long de la couture. Ça tenait très solidement, je pouvais courir, sauter, secouer les jambes de toutes mes forces, les deux paquets ne bougeaient pas.

Ce n'était pas beaucoup d'argent, mais c'était plus que je n'en avais jamais eu. Personne, en tout cas, n'irait imaginer que j'en avais autant.

Je suis ressortie de chez Hanning et suis allée retrouver Zahra et Harry qui m'attendaient au marché aux puces, qui jouxtait le magasin. C'était un ancien parking, où les gens vendaient ou s'échangeaient tout ce qu'ils pouvaient ramasser dans les poubelles ou les décharges. L'endroit était surveillé par des vigiles en armes et les transactions pouvaient se faire en sécurité. En fait, seuls les clients de chez Hanning avaient le droit d'y faire commerce. Le ticket de caisse tenait lieu de permis.

Zahra et Harry s'étaient installés contre le mur du magasin, un peu à l'écart des étalages des autres vendeurs. J'ai donné à Zahra mon ticket de caisse et je me suis mise à répartir nos provisions dans chacun des sacs, tandis que Harry allait faire ses propres courses chez Hanning. Nous reprendrions la route dès que Harry serait revenu et que Zahra aurait vendu la paire de chaussures de Marcus et les vêtements qu'elle ne pouvait pas mettre.

Nous avons pris l'autoroute 118, en direction de l'ouest. Nous allions suivre la 118 jusqu'à son embranchement avec la 23, et la 23 jusqu'à la 101. La 101 nous ferait remonter la côte vers l'Oregon. Nous nous sommes mêlés au flot de tous ceux qui s'en allaient vers l'ouest, à contre-courant de ceux – peu nombreux – qui allaient vers l'est, les montagnes et le désert. Où allaient ceux qui se dirigeaient vers l'ouest ? Avaient-ils un but ou bien se contentaient-ils de fuir le Sud ?

On a vu passer quelques camions – la plupart roulent de nuit –, des bandes de cyclistes ou de motards et deux voitures.

Les véhicules à moteur foncent à toute allure sur les voies désertes et il vaut mieux ne pas marcher à droite, car la traversée des bretelles d'entrée et de sortie est dangereuse. Il a toujours été interdit de marcher sur l'autoroute en Californie, mais la loi n'est plus respectée depuis longtemps. Tous les migrants empruntent les autoroutes, qui fournissent les moyens d'accès les plus directs entre les zones urbaines. P'pa les prenait souvent, à pied ou à vélo. Toute une population s'est installée en bordure des routes sous des abris de tôle ou de bois : prostituées, marchands d'eau, de denrées diverses, mendiants, mais aussi assassins et voleurs.

C'était la première fois, aujourd'hui, que je foulais le macadam d'une autoroute. Une expérience à la fois fascinante et effrayante. Toute une foule de gens y circulait, portant, poussant ou tirant des charges de toutes sortes. Une foule hétérogène, où se mélangent Noirs, Blancs, Hispaniques et Asiatiques. Des familles entières sont en marche, les femmes portant leur bébé dans le dos, attaché dans une couverture, ou bien posé au-dessus de leurs maigres biens entassés dans des charrettes à bras, à l'intérieur desquelles il y a parfois une vieille personne ou un handicapé. D'autres avancent comme ils peuvent sur des béquilles ou appuyés à leurs compagnons d'infortune. Presque tous sont armés – de machettes, de couteaux, de fusils et, bien sûr, d'armes de poing dans leur holster d'épaule ou de hanche. De temps à autre, des flics passent en voiture, indifférents au spectacle.

J'ai observé que les gens ne buvaient ni ne mangeaient jamais en marchant, qu'ils s'arrêtaient pour ça, à l'écart du flot. J'ai aussi observé que ceux qui se restauraient tout en marchant le faisaient furtivement, en se cachant. J'en ai déduit qu'ici l'eau et la nourriture étaient des biens précieux, capables d'éveiller toutes les convoitises.

J'ai vu une femme s'évanouir à côté de nous. Je n'en ai pas éprouvé de douleur, juste le fléchissement subit de ses genoux. J'en ai trébuché, mais j'ai pu me rattraper. La femme est restée par terre pendant quelques secondes puis elle s'est relevée péniblement et a repris sa marche.

C'est une foule sale, dépenaillée. Il s'en dégage une écœurante odeur corporelle. Nous n'avons pas meilleur aspect, après notre troisième jour passé à dormir à même le sol et sans avoir eu la possibilité de nous laver une seule fois. Il n'y a que nos sacs de couchage flambant neufs qui nous distinguent et attirent peut-être une attention indésirable. Nous aurions dû les salir avant de partir. Je le ferai sans faute ce soir, à l'étape.

Tels des requins dans la foule grouillante du grand banc en migration, des jeunes types maraudent. Ils me rappellent Keith. Ils ne portent rien d'autre que leurs armes. Inquiétant. Ils plantent leur regard dans le vôtre et le mieux que vous ayez à faire, c'est de faire semblant de ne pas les voir. Zahra sait très bien faire ça. On dirait qu'elle ne voit rien quand elle marche. Elle a le regard vide, le visage sans expression d'un joueur de poker. Harry l'imite très bien. Quant à moi, mon hyperempathie m'a depuis longtemps enseigné l'art de ne rien laisser paraître.

Mon arme est maintenant chargée et je la porte dans le holster, bien visible sous ma chemise ouverte. Harry s'est acheté un coutelas de chasse, qu'il porte à la hanche. Il n'avait pas assez d'argent pour se payer un pistolet. J'aurais pu en acheter un deuxième, mais ça aurait trop entamé ce qui me reste, et nous avons une longue route devant nous.

Avec les quelques dollars qu'elle s'est faits en vendant les chaussures et les vêtements de mes petits frères, Zahra s'est acheté un couteau et quelques effets personnels. Je n'ai pas voulu qu'on partage cet argent. Elle en avait trop besoin.

Le jour où Harry et elle devront se servir de leurs couteaux pour se défendre, j'espère qu'ils tueront leurs adversaires. Sinon, je serai obligée de le faire à leur place, pour échapper à la douleur. Et qu'est-ce qu'ils penseront de moi, alors ?

Il faut qu'ils sachent que je souffre d'empathie. Pour leur sécurité, il le faut. Mais je n'en ai jamais parlé à personne. Le dire à quelqu'un, c'est me placer à sa merci, lui donner les moyens de me détruire sans effort.

Je vais attendre encore un peu avant de le leur dire. Nous sommes ensemble, tous les trois, nous avons confiance les uns dans les autres, mais ce n'est pas suffisant. Après tout, Harry et moi on ne connaît pas très bien Zahra. Et aucun d'entre nous ne sait ce qui se passera à la première épreuve qui se présentera. Nos différences de couleur peuvent créer des problèmes – pas entre nous, bien sûr, mais il y a pas mal de racistes des deux côtés qui haïssent la mixité. Je veux pouvoir leur faire confiance, avant de leur avouer ma tare. Je les aime et ils sont tout ce qui me reste. Mais il me faut du temps pour me décider. Ce n'est pas rien, que de s'en remettre entièrement à d'autres.

« Ça va ? » m'a demandé Zahra, quand j'ai trébuché en voyant la femme tomber.

Je lui ai répondu d'un signe de tête sans la regarder.

« Ça n'en a pas l'air. Et puis on dirait que tu portes un masque.

— Je réfléchis, c'est tout. Il y a de quoi, non ?

— Ouais, y a de quoi, mais que ça t'empêche pas d'ouvrir les yeux. Te perds pas trop dans tes pensées, si tu veux pas perdre la vie. Sur l'autoroute, c'est les piétons qui sont dangereux, aujourd'hui. »

16

Quand on aborde une terre inconnue
Savoir avant tout qu'on ne sait rien.
Semence de la Terre : Le Livre des vivants

Lundi 2 août 2027

Voici quelques-unes des choses que j'ai apprises aujourd'hui : la marche est douloureuse. Je n'avais jamais marché assez longtemps pour le savoir. Maintenant, je le sais. Et il n'y a pas que les ampoules aux pieds. Tout mon corps me fait mal. Seul le repos soulage. On est partis tard, ce matin, mais on a dû s'arrêter deux fois pour se reposer. Nous nous sommes écartés de l'autoroute pour nous asseoir, masqués par des buissons, et boire et manger un peu. Puis on est repartis. Les journées sont longues à cette époque de l'année.

Zahra nous a dit qu'on avait moins soif en suçant un noyau d'abricot ou de prune.

« Quand j'étais môme, nous a-t-elle dit, je suçais des fois un petit caillou. N'importe quoi pour ne pas être torturée par la soif. Mais ça change rien : sans eau, on meurt. »

Nous avons marché en suçant des graines et ça nous a fait du bien. On n'a bu que lors des haltes dans les collines. Il faut toujours veiller à ne pas prendre de risques.

Il faut éviter de faire du feu, mais, ce soir, on a creusé un trou et fait un petit feu. On a pu cuire une bouillie de farine de glands avec des fruits secs. On n'avait rien avalé de chaud depuis notre départ et ça nous a fait un bien immense. Nous serons bientôt à court de provisions et nous devrons vivre de légumes secs, qui restent la denrée la moins chère. La bouillie m'a rappelé la maison.

Il est interdit de faire du feu. Il y en a pourtant des centaines qui brillent la nuit dans les collines avoisinant l'autoroute. La végétation est tellement sèche ici que les risques d'incendie sont très grands. Mais les sans-abri peuvent difficilement se passer de feu. Il permet de cuire les aliments, de faire bouillir l'eau, et procure un sentiment de sécurité, fût-il illusoire.

Pendant que nous mangions et même quand on a eu fini, des gens ont essayé de se joindre à nous. La plupart étaient inoffensifs et on s'en est débarrassés facilement. Il y en a trois qui ont prétendu vouloir se réchauffer. Le soleil n'était pas encore couché et il ne faisait pas froid du tout.

Trois femmes voulaient savoir si deux étalons comme Harry et moi ne se sentaient pas frustrés avec une seule femme. Ça me fait bizarre de passer pour un homme.

« Est-ce que j'pourrais pas faire cuire ma pomme de terre ? » nous a demandé un vieil homme en nous montrant une patate ridée.

On lui a donné quelques brandons en l'invitant à aller faire sa cuisine plus loin. C'est fou de devoir vivre ainsi, dans la suspicion. Mais la paranoïa est ici le seul moyen de se préserver. Le danger est réel. Harry voulait qu'on permette au vieux de rester. Zahra et moi avons dû refuser catégoriquement. Comme moi, Harry a été bien élevé, il a toujours mangé à sa faim. Nous sommes en bonne santé et nous avons été des privilégiés, comparés à tous ces gens jetés sur les routes. Ici, nous sommes des naïfs. Mais je lutte contre ma tendance à faire confiance à autrui. Harry n'a pas encore appris cela. Nous en avons discuté après le départ du vieil homme.

« Faut se méfier de tout le monde, a dit Zahra. Même des plus miséreux. Des p'tits gosses, tout maigres avec de grands yeux, te piqueront tout ton fric, ton eau et ta bouffe ! Je le sais. Je l'ai vu faire. Je l'ai fait moi-même. C'était ça ou crever. »

Harry et moi, nous l'avons regardée. Nous ne savons rien de sa vie. Harry m'inquiète, car il ne mesure pas encore tous les dangers qui nous guettent.

« Tu es fort et sûr de toi, je lui ai dit. Tu crois que tu peux t'en sortir tout seul, et peut-être que tu le peux. Mais il suffirait d'une blessure au couteau ou d'une fracture pour que tu sois condamné à mort, faute de soins. »

Il m'a regardée comme si je disais n'importe quoi.

« Alors, d'après toi, on est coupable jusqu'à ce qu'on soit reconnu innocent ? Et comment ils vont prouver leur innocence ?

— Je m'en branle qu'ils soient innocents ou pas, est intervenue Zahra. Qu'ils s'occupent de leurs affaires.

— Harry, tu te crois encore chez toi. Là-bas, tu pouvais te casser une dent ou te fouler une cheville, car tout ce que tu risquais, c'était une réprimande de ton père, et puis on te soignait. Ici, la plus petite erreur peut être fatale. Tu as vu ce qui est arrivé à ce bonhomme, aujourd'hui ? Ça peut nous arriver, à nous aussi. »

Nous avions vu un homme se faire voler, un type d'une trentaine d'années, bien portant, qui marchait tout en mangeant des cacahuètes dans un sac en papier.

Pas très malin. Un gosse de dix, onze ans lui a arraché le sac des mains et a détalé. Tandis que le bonhomme, stupéfait, regardait le gamin s'enfuir, deux autres, plus grands, ont surgi par-derrière, l'ont jeté à terre, ont coupé les bretelles de son sac à dos et se sont enfuis avec. Le tout s'est passé en moins de dix secondes. Personne n'est intervenu. L'homme ne souffrait que de légères éraflures dues à sa chute, mais il avait perdu le peu de biens qu'il possédait. Pour survivre, désormais, il lui faudrait à son tour dépouiller les autres.

« On ne peut faire confiance à personne, ici », j'ai encore dit.

Harry a secoué la tête.

« Heureusement que je ne tenais pas ce discours quand j'ai sauvé Zahra des pyros !

— Harry, il ne s'agit pas de ça. On se connaît, on se fait confiance, on voyage ensemble.

— Je ne suis pas sûr qu'on se connaisse vraiment.

— Dis plutôt que tu ne veux pas l'admettre. Écoute, ici, on s'adapte ou on meurt, je lui ai dit encore. C'est évident, non ? »

Cette fois, il m'a regardée fixement comme si j'étais une étrangère. Je savais qu'il était intelligent et courageux, mais il résistait à la nécessité du changement.

« Qu'est-ce que tu veux faire ? lui a demandé Zahra. Rester avec nous ou tenter ta chance tout seul, comme un grand ? »

Il s'est tourné vers elle et son regard s'est adouci.

« Non, bien sûr que non. Mais c'est pas une raison pour qu'on se transforme en bêtes sauvages.

— C'est pourtant ce qu'on est, d'une certaine façon, j'ai dit. Trois loups en quête d'un territoire plus clément. Et si on se serre les coudes, on a une chance. On n'est pas les seuls à agir comme ça, tu n'as qu'à regarder autour de toi. »

Il s'est adossé à un rocher et a secoué la tête d'un air ébahi.

« Décidément, pour une femme, tu parles comme un macho, quand tu le veux. »

J'ai failli le frapper et je me suis demandé une seconde si Zahra et moi, on ne serait pas mieux sans lui. Mais non, on avait plus de chances à trois qu'à deux. Et l'amitié comptait. De plus, c'était Harry, l'homme, et ça pesait dans la balance.

« Ne répète jamais ça, je lui ai dit tout bas d'un ton vibrant de colère. Plus jamais, tu entends ? Il y a des gens tout autour de nous, tu ne sais pas s'ils ne nous écoutent pas. S'ils apprenaient que je suis une femme, c'est toi qui pourrais en souffrir. »

Ça, il l'a compris.

« Excuse-moi, il a dit. Je n'avais pas pensé à ça.

— Crois-moi, c'est moche dehors, a dit Zahra. Mais on survit si on est prudent. Il y a des gens plus faibles que nous qui y arrivent en faisant très attention.

— Bienvenu au paradis », il a marmonné.

Il nous a regardées et a souri à Zahra. J'ai réalisé alors qu'il était attiré par elle. Ça risque de poser un problème plus tard. C'est une très belle femme. Moi, je n'aurai jamais sa beauté. Les garçons m'ont toujours appréciée, mais Zahra a tout ce qu'il faut pour attirer les hommes. Si Harry et elle se mettent en couple, il y a des chances qu'elle ait une autre charge que son sac à porter d'ici quelques mois.

J'étais perdue dans mes pensées quand j'ai senti Zahra qui me poussait de son pied. J'ai levé les yeux.

Deux types se tenaient tout près de nous. Grands, costauds, sales, leurs regards rivés sur Zahra.

Je me suis levée. Harry et Zahra m'ont imitée. Ces types s'étaient rapprochés de nous pendant qu'on parlait. Leurs intentions étaient manifestes. En me levant, j'ai porté la main au 45.

« Qu'est-ce que vous voulez ? je leur ai demandé.

— Rien, juste causer un peu », a dit l'un d'eux en souriant à Zahra.

Ils avaient chacun un couteau de chasse dans une gaine de hanche.

« Ah ouais ? » j'ai fait en sortant mon arme.

Leurs sourires ont disparu.

« Hé, faites pas le con, on vous voulait pas de mal », a dit le plus bavard.

J'ai armé le chien. J'étais décidée à tuer celui qui parlait, le meneur. L'autre s'enfuirait. Il avait déjà envie de s'enfuir. Il regardait, bouche bée, la gueule noire du 45. Le temps que je m'évanouisse, il aurait détalé.

« D'accord, d'accord, on vous laisse, a dit le causeur en reculant, les mains levées. On se tire. »

Je les ai laissés s'en aller. J'aurais mieux fait de les descendre. Ces types étaient à la recherche d'une victime. Ils ne devaient pas en être à leur premier coup. Ils me faisaient peur, mais ce n'était pas une raison suffisante pour les tuer. J'avais tué un homme la nuit de l'incendie et je n'y avais plus pensé. Mais les circonstances étaient différentes. C'était tuer pour ne pas être tuée.

« On ferait bien de prendre chacun un tour de garde, cette nuit », j'ai dit.

J'ai regardé Harry et ça ne m'a pas déplu de lire sur son visage une inquiétude égale à la mienne.

« Je vous passerai le pistolet, j'ai ajouté. On se relaiera toutes les trois heures.

— Tu aurais tiré, hein ? il m'a demandé.

— Oui. Pas toi ?

— Moi aussi. Ces types-là n'étaient pas venus pour tailler une bavette », il a dit en jetant un coup d'œil à Zahra.

Il avait déjà volé au secours de Zahra et peut-être que le fait de la savoir de nouveau menacée l'éclairerait davantage quant aux dangers qui nous guettaient tous et la nécessité d'être rigoureusement prudents.

J'ai regardé Zahra et lui ai demandé à voix basse :

« Tu n'es jamais venue tirer avec nous, c'est pourquoi je te le demande : tu sais te servir de ça ?

— Ouais. Richard a jamais voulu que j'aille avec les garçons aux séances de tir, mais, avant qu'il m'achète, je tirais bien. »

Ce nouveau rappel de son passé m'a détournée de mes pensées. J'ai eu envie de lui demander combien coûtait une jeune fille aujourd'hui. Sa mère l'avait vendue à un homme qu'elle ne connaissait pas. Il aurait pu être un sadique, un monstre. Mon père s'inquiétait souvent d'un retour possible de l'esclavage. Savait-il que Zahra avait été achetée comme une vulgaire esclave ?

« Tu as déjà tiré avec un pistolet comme ça ? je lui ai demandé en lui tendant l'automatique.

— Ouais, elle a dit en soupesant l'arme dans sa main. J'aime bien ce calibre. C'est du gros. Si tu tires sur quelqu'un, tu es sûre de le stopper net. Ça pardonne pas. »

Elle a ôté le chargeur, a vérifié son chargement, l'a remis en place d'un geste sûr, a ôté puis remis la sûreté avant de me rendre l'arme.

« Je regrette de pas être venue avec vous, quand vous alliez tirer », elle a ajouté de sa petite voix.

Soudain, j'ai pensé à notre communauté et j'ai eu mal. C'était presque physique. J'avais été désespérée la nuit où j'avais dû fuir, mais j'avais gardé l'espoir de retrouver les miens et tous ceux que j'aimais. À présent que tout avait brûlé, que tous étaient morts ou disparus je ne sais où, je me demandais parfois si je parviendrais à survivre.

« Dormez, vous deux, j'ai dit. Je prendrai la première garde.

— On devrait ramasser un peu de bois pour le feu, a dit Harry. Il est en train de s'éteindre.

— Laissons-le comme ça, j'ai dit. Il nous éclaire et fait de nous une cible, plutôt qu'autre chose.

— Si tu préfères rester dans le noir, à ton aise, a dit Harry. Je prendrai le tour suivant. »

Il s'est fait un oreiller de son barda puis, réflexion faite, il a enlevé son bracelet-montre et me l'a tendu.

« C'est un cadeau de ma mère.

— J'en prendrai soin, je lui ai répondu en glissant le bracelet à mon poignet.

— Je sais. Sois prudente », il a dit encore avant de fermer les yeux.

J'ai rabattu ma manche sur la montre pour qu'on ne voie pas la lueur phosphorescente des chiffres. La nuit serait notre meilleure protection. Pour le moment, il restait encore un peu de lumière dans le ciel et, adossée contre le rocher, j'ai sorti mon calepin et commencé à prendre quelques notes.

Zahra, à côté de moi, m'a regardée en silence pendant un moment puis elle m'a chuchoté :

« Apprends-moi à faire ça. »

Je l'ai regardée sans comprendre.

« Oui, à lire et à écrire. »

Je n'aurais pas dû m'en étonner. Elle avait passé ses quinze premières années dans la rue et ne savait pas ce qu'était une école. Et puis Richard Moss l'avait emmenée chez lui, où ses autres épouses s'étaient bien gardées de remédier à l'ignorance de leur jeune et belle rivale.

« Tu aurais dû venir aux cours qu'on donnait, Cory et moi. On t'aurait fait un programme spécial.

— Richard voulait pas. Il disait que j'en savais assez comme ça. »

Le salaud. C'était bien de lui, ça. L'ignorance du peuple est toujours la garantie du pouvoir du tyran.

« Je t'apprendrai. On commencera demain, si tu veux.

— D'accord. »

Elle m'a souri d'une drôle de façon et a entrepris de ranger ses maigres possessions dans sa taie d'oreiller. Puis elle s'est glissée dans son sac de couchage et s'est tournée de mon côté.

« J'pensais pas que tu me plairais, elle m'a dit. Gosse de prêcheur, toujours à apprendre aux autres, à leur dire ce qu'ils devaient faire, fourrant son nez partout. Mais j'me trompais.

— Moi aussi, je me suis trompée à ton sujet », j'ai répliqué, plutôt étonnée par cette déclaration.

C'était son tour d'être surprise.

« Pourquoi, tu m'aimais pas ?

— Tu étais la plus belle femme de tout le quartier. Non, je n'étais pas folle de toi. Et tu te souviens de la fois où tu as fait de ton mieux pour me dégoûter, quand j'apprenais à dépecer les lapins et à tanner leurs peaux ?

— Ben ouais, pourquoi tu voulais faire ça ? Foutre les mains dans le sang, les tripes, les vers… J'me suis dit, tiens, la voilà qui veut encore s'occuper des affaires des autres. Eh bien, j'vais lui montrer ce que c'est !

— Je voulais savoir si j'étais capable de dépecer un animal, de travailler sa peau pour en faire du cuir. Je voulais apprendre et savoir que je pourrais le faire sans vomir.

— Pourquoi ?

— Parce que je pensais qu'un jour ça me serait utile. Et il se peut bien que ça nous serve, ici. C'est la même raison qui m'a poussée à préparer un paquetage de survie, au cas où on devrait fuir de toute urgence.

— J'me disais aussi, toutes ces affaires que tu as. Au début, j'ai pensé que tu les avais récupérées quand tu es revenue après le feu, mais non, tu savais que ça arriverait, hein ?

— Je savais seulement que ça risquait d'arriver un jour. Je ne savais pas que ce serait aussi terrible. Tout ce que je savais, c'était qu'on ne pourrait jamais tenir éternellement derrière nos murs, à manger à notre faim, pendant que dehors c'était la misère noire et la loi de la jungle. »

Elle s'est tournée sur le dos et a regardé les étoiles.

« J'aurais dû le prévoir, moi aussi. Mais non. J'pensais pas qu'il pourrait nous arriver malheur avec ces murs, toutes ces armes qu'on avait, ces gardes chaque nuit. J'croyais qu'on était forts. »

J'ai reposé mon calepin et j'ai placé mon propre sac dans mon dos. Rempli comme il était, le sac était plein de bosses et très inconfortable, mais c'était mieux ainsi. Je ne tenais pas à m'endormir pendant ma garde.

Le soleil avait disparu à l'horizon et seules quelques braises rougeoyaient encore dans le feu. J'ai sorti le pistolet de mon holster et je l'ai tenu sur mes genoux. Si j'en avais besoin, j'en aurais besoin le plus vite possible. On n'était pas assez forts pour se permettre la moindre erreur.

J'ai tenu trois heures. Longues, pénibles, terrifiantes. Il ne nous est rien arrivé, mais j'ai entendu et vu assez de choses pour ne pas risquer de m'assoupir. Pas mal de gens se déplaçaient dans les collines. Je voyais leurs silhouettes se découper sur les crêtes. En groupes ou seuls. Deux fois, j'ai aperçu une bande de chiens ; ils étaient loin, mais ils m'ont fait peur. Je n'ai pas oublié de quoi ils sont capables. Et il y a eu des fusillades, des rafales d'armes automatiques et des coups de fusil ou de carabine. J'avais de quoi avoir peur. Un pistolet ne fait pas le poids contre une mitraillette ou un fusil. Quant aux chiens, ce n'est pas sûr qu'ils aient appris à avoir peur d'une arme de poing. J'en avais des sueurs froides, rien que d'y penser.

Il était près de minuit quand j'ai réveillé Harry. Je lui ai donné le pistolet et la montre et lui ai fait le récit le plus dramatique possible de mon tour de garde. Il était parfaitement réveillé et inquiet quand je l'ai laissé pour me coucher.

Je me suis endormie aussitôt. J'étais épuisée. Le sol était dur, mais aussi accueillant que l'avait été mon lit à la maison.

Un cri m'a réveillée en sursaut. Ont suivi plusieurs détonations. Toutes proches et assourdissantes. Harry ?

Et quelque chose de grand et de très lourd s'est abattu en travers de mon sac juste au moment où je m'en extirpais frénétiquement. J'ai su dans la seconde que c'était un corps. Mort ou sans connaissance. Je l'ai palpé à tâtons et j'ai senti des cheveux longs et une barbe épaisse. Ce n'était pas Harry.

Puis j'ai entendu un bruit de lutte tout près de moi. Des grognements et des coups. Et j'ai vu dans l'obscurité : deux hommes luttant à terre. Celui d'en dessous était Harry.

L'autre essayait de s'emparer du pistolet et tournait lentement mais sûrement le canon vers la tête de Harry.

Il ne fallait pas que ça arrive. Nous ne pouvions pas perdre le pistolet ou Harry. J'ai ramassé une des lourdes pierres dont nous avions entouré notre feu et, serrant les dents, je l'ai abattue de toutes mes forces sur le crâne de l'homme. J'ai aussitôt perdu connaissance.

Ce n'était pas la douleur la plus vive que j'aie endurée auparavant, mais ça n'en était pas loin. Je suis restée longtemps dans un semi-coma.

Bien entendu, Zahra a eu beau me palper partout, elle n'a pas trouvé trace de blessure.

Quand je suis revenue à moi, je me suis assise et j'ai écarté Zahra. Harry aussi était là.

« Ils sont morts ? j'ai demandé.

— T'occupe pas d'eux, a répondu Harry. Comment tu te sens ? »

Je me suis levée. J'avais du mal à me tenir debout. La tête me tournait et j'avais terriblement mal au crâne. Quelques jours plus tôt, j'avais éprouvé la même douleur par empathie avec Harry, une douleur qui avait diminué à mesure qu'il se remettait de son traumatisme. Est-ce qu'il en serait de même, cette fois encore ?

L'homme gisait sans connaissance et, pour le moment, ne souffrait pas. Mon mal au crâne n'était que ma propre réaction au coup que je lui avais porté.

« L'autre est mort, a dit Harry. Mais celui-là ne vaut guère mieux. Tu lui as défoncé l'arrière du crâne. Je me demande comment il est encore en vie. »

Je me suis figée en entendant ça. Non, ce n'était pas possible. Je me suis penchée vers le type pour vérifier.

« Passe-moi le pistolet, j'ai demandé à Harry.

— Pourquoi ? »

Les cheveux sur la nuque étaient poissés de sang et j'ai tâté des doigts la blessure. La boîte crânienne était complètement enfoncée. Harry avait raison. L'homme aurait dû être mort.

« Passe-moi le pistolet, j'ai répété d'une voix blanche. À moins que tu préfères le faire toi-même.

— Mais tu ne vas pas le tuer. Tu ne peux pas...

— Si jamais c'était moi à sa place, j'espère que tu aurais le courage de m'achever. Tu préfères qu'on le laisse comme ça ? Combien de temps mettra-t-il à mourir ?

— Peut-être qu'il ne mourra pas. »

J'ai tiré mon sac de sous le corps du mort et j'ai pris mon couteau qui se trouvait dedans. C'était une bonne lame, solide et effilée comme un rasoir. Je l'ai ouvert et, me penchant au-dessus de l'homme sans connaissance, je lui ai tranché la gorge.

C'est seulement quand le sang s'est arrêté de couler de l'horrible blessure que je me suis de nouveau sentie en sécurité. Il était mort. Il ne sortirait jamais plus de son coma pour m'entraîner dans des douleurs qui me feraient perdre la raison.

En sécurité, c'était vite dit. Car il était possible que mes deux compagnons m'abandonnent, maintenant. Je venais de les choquer, de les horrifier et je ne pourrais leur en vouloir de fuir la folle sanguinaire que je devais être à leurs yeux.

« Il faut les fouiller, prendre ce qu'ils ont et cacher les corps dans les buissons, là où on a ramassé le bois. »

J'ai fouillé l'homme que j'avais tué. J'ai trouvé un peu d'argent dans sa poche et une somme plus importante dans une de ses chaussettes. Des allumettes, un sachet d'amandes, un paquet de viande séchée et une boîte de grosses pilules rouges. Pas de couteau, pas d'arme. Ce n'étaient donc pas les deux que nous avions chassés dans la soirée. Je n'y avais pas pensé. Ni l'un ni l'autre n'avaient les cheveux longs comme ces deux-là.

J'ai remis les pilules dans la poche où je les avais trouvées. L'argent nous serait utile et je verrais plus tard, à la lumière du jour, si la nourriture était comestible ou pas.

J'ai regardé ce que faisaient Zahra et Harry et j'ai été satisfaite de les voir dépouiller l'autre corps. Harry l'a retourné puis il a continué de surveiller les alentours, pendant que Zahra fouillait l'homme avec une habileté qui témoignait d'une ancienne pratique.

« Un peu de fric, de la bouffe et un couteau.

— L'autre n'avait pas de couteau, j'ai dit, m'agenouillant à côté d'eux.

— Il en avait un, a dit Harry. Il l'a sorti quand je leur ai crié de s'arrêter. Il a dû tomber quelque part. Faut les transporter sous les buissons, maintenant.

— Toi et moi, on s'en charge, j'ai dit. Donne le pistolet à Zahra. Elle fera le guet. »

J'ai été rassurée de le voir se défaire sans protester du 45. Il n'avait pas bougé quand je le lui avais demandé, mais la situation était différente.

On a traîné les deux corps jusque sous les buissons et on a jeté de la terre sur toutes les traces de sang qu'on a pu voir.

Mais ce n'était pas suffisant. D'un commun accord, on a levé le camp. Chargés légèrement comme on l'était, ce n'était pas bien difficile. On est allés à une centaine de mètres plus loin en suivant le flanc de la colline et on a trouvé un renfoncement dû à un éboulement qui nous dissimulait de chaque côté. Sitôt qu'on s'est assis et qu'on a retrouvé le calme, j'ai bien senti qu'il y avait comme un fossé entre eux et moi. Je devais parler et j'avais peur de ne pas savoir les convaincre de la nécessité pour moi de tuer cet homme. Je risquais de les voir s'en aller, me laisser seule. Par dégoût, par peur.

« Il faut que je vous parle de moi, j'ai dit. Je ne sais pas si ça vous aidera à me comprendre, mais je vous dois la vérité. »

Et je me suis mise en devoir de leur parler de ma mère et de mon hyperempathie.

Quand j'ai eu fini, il y a eu un long silence. Puis Zahra a parlé et j'étais tellement tendue que le son de sa voix, pourtant douce, m'a fait tressaillir.

« Alors, quand tu as frappé ce type, c'était comme si tu recevais le coup toi-même ?

— Oui, sauf que je n'ai pas été blessée, c'est seulement la douleur que j'ai ressentie.

— D'accord, mais c'est quand même comme si tu t'étais frappée toi-même ?

— Oui, si tu veux. Quand j'étais gosse, je saignais chaque fois que quelqu'un se coupait devant moi. Mais en grandissant, ça m'a passé.

— C'est pour ça que tu as tué le type, alors ? Parce que quand ils sont dans le coaltar ou morts, tu ne ressens pas de douleur ?

— C'est exactement pour ça que je l'ai tué. Il me menaçait directement parce que je n'aurais pas supporté sa douleur, mais il vous menaçait aussi. Harry n'aurait peut-être pas voulu qu'on l'abandonne aux mouches, aux fourmis et aux chiens. Mais combien de temps on aurait pu rester à son chevet ? Et pour quoi faire ? Aller dire à la police qu'on avait trouvé un blessé ? Les flics sont les derniers en qui on puisse avoir confiance. Ils nous dépouilleraient de tout ce qu'on a et ne se déplaceraient même pas pour aller chercher le type. »

Je me suis tournée vers Harry, qui n'avait pas dit un mot.

« Qu'est-ce que tu aurais fait ?

— J'en sais rien, il a répondu d'un ton contrarié. Tout ce que je sais, c'est que je n'aurais pas fait ce que tu as fait.

— Je ne t'aurais pas demandé de le faire et je ne te l'ai pas demandé. Mais il faut que tu saches que je le referai si j'y suis obligée. C'est pour ça que je vous ai parlé de mon empathie. J'aurais dû le faire plus tôt, mais c'est très dur d'en parler. Je n'en ai jamais soufflé mot à personne. Et maintenant, tout dépend de vous.

— Qu'est-ce que tu veux dire ? » a demandé Harry.

Je l'ai regardé. Sa question n'était pas une vraie question. Il savait très bien ce que j'avais voulu dire. J'ai préféré ne pas lui répondre. Je me suis retournée vers Zahra et lui ai demandé :

« Qu'est-ce que tu en penses ? »

Un silence est passé avant qu'elle se mette à parler et raconte des choses tellement terribles qu'on aurait dit que ce n'était pas à nous qu'elle s'adressait.

« Ma mère aussi prenait de la drogue. Merde, là où je suis née, toutes les mères se défonçaient et se prostituaient pour se payer leur came. Elles arrêtaient pas de tomber enceintes et, si le bébé crevait à la naissance, elles le jetaient aux ordures, comme si ça avait été de la merde. Et des gosses, y en avait des tas qui mouraient, juste après l'accouchement ou un peu plus tard, de faim le plus souvent, parce quelles leur donnaient pas le sein et se fichaient pas mal de les nourrir. Il y en avait qui, à la naissance, étaient de vrais monstres, tout couverts de pustules ou sans jambes ni bras. Toutes sortes de monstruosités. Les survivants se roulaient dans la poussière, à dix ans ils pissaient et chiaient encore dans leurs frocs. De vrais légumes. »

Elle m'a pris la main et l'a tenue dans la sienne.

« Toi, Lauren, tu n'es pas comme ça, y a rien qui cloche chez toi, t'as à t'inquiéter de rien. Ce Paracetco qu'a pris ta mère, c'est du p'tit lait, comparé aux saloperies dont j'te parle. »

Comme je regrettais de ne pas avoir connu cette femme plus tôt ! Je l'ai serrée contre moi. Elle a d'abord été surprise puis elle m'a rendu mon étreinte.

Nous nous sommes tournées vers Harry.

Il était assis près de nous, mais pas de mon côté, du côté de Zahra.

« Qu'est-ce que tu aurais fait si ce type avait eu juste une jambe cassée ? » il m'a demandé.

J'ai gémi à l'idée de la douleur. Je savais ce que c'était, la douleur d'une fracture.

« J'aurais eu aussi mal que lui, mais je l'aurais laissé partir. Il m'aurait fallu du temps pour marcher de nouveau moi-même sans boiter.

— Donc tu ne l'aurais pas tué pour échapper à la douleur ?

— Je n'ai jamais tué personne dans le quartier pour échapper à la douleur.

— Mais un étranger…

— Je t'ai déjà répondu à ce sujet.

— Et si je me cassais un bras ?

— Alors, je ne serais d'aucune aide, parce que je ne pourrais pas me servir du mien non plus. Mais, à nous deux, on en aurait une paire de valide. Écoute, Harry, on a grandi ensemble. Tu sais qui je suis. Tu sais que je ne te trahirai jamais.

— Je pensais te connaître. »

Je lui ai pris les mains, de grandes mains, solides. Harry était costaud, mais jamais je ne l'avais vu utiliser sa force contre quelqu'un de plus faible que lui. Harry était courageux, loyal, un type bien.

« Personne n'est ce qu'on croit qu'il est, je lui ai dit. Personne ne lit dans les pensées de personne. Mais nous nous sommes toujours fait confiance, toi et moi. Je viens de placer ma vie entre tes mains. Qu'est-ce que tu vas faire ? »

Allait-il m'abandonner maintenant à mon infirmité ou était-ce moi qui l'abandonnerais un jour si jamais il se cassait un bras ? Et j'ai pensé : Nous sommes tous deux des aînés. Nous avons appris très tôt le sens des responsabilités.

Il s'est dégagé et m'a regardée.

« Dis donc, tu t'y entends pour manipuler les gens, toi. »

Zahra a étouffé un rire. J'étais étonnée que Harry voie les choses sous cet angle, mais je savais qu'il ne m'abandonnerait pas. Il était seulement en colère contre moi, parce que j'avais failli rompre notre association. Après tout, il avait des raisons d'être choqué.

« Ce que je ne comprends pas, c'est comment tu as pu cacher ton empathie à tout le monde pendant tout ce temps, a-t-il ajouté.

— C'est mon père qui m'a appris à le faire. Et il a eu raison. Dans ce monde, il n'y a pas de place pour les trouillards et les faibles, et j'aurais dû me cloîtrer chez moi, si les autres avaient su que la seule vue d'une blessure pouvait avoir un tel effet sur moi. Tu imagines ce qu'auraient été tentés de faire les autres gosses en sachant ça ? Crois-tu que les enfants soient des anges ?

— Mais tes frères, eux, ils ont bien dû le savoir.

— Ils savaient ce que mon père leur réservait si jamais ils s'amusaient avec moi. Et s'il y avait quelqu'un qu'ils craignaient, c'était bien lui. Ils n'ont jamais rien dit à personne.

Même Keith a tenu sa langue, bien qu'il m'ait joué quelques sales tours en se badigeonnant de sauce tomate pour me faire croire qu'il saignait.

— Eh bien, on peut dire que tu as bien trompé ton monde ! Tu es une sacrée comédienne.

— J'ai dû apprendre à passer pour normale. Mon père n'a jamais cessé de me répéter que je l'étais, et je suis contente qu'il ait essayé de m'en convaincre.

— Mais peut-être que tu l'es, normale. Si la douleur n'est pas réelle, alors peut-être que…

— Peut-être que tout ça est dans ma tête, c'est ça que tu veux dire ? Mais bien sûr que ça se passe dans ma tête. Le seul problème, c'est que je n'ai jamais pu m'en débarrasser. Et pourtant j'aimerais bien, crois-moi. »

Nous nous sommes tus pendant un moment puis Harry m'a demandé :

« Qu'est-ce que tu écris tous les soirs dans ce carnet ? »

Notre conversation prenait un tour inattendu, mais intéressant.

« Les événements de la journée. Et puis ce que je pense ; ce que je ressens.

— Des choses que tu ne peux pas dire ? Des choses qui sont importantes pour toi ?

— Oui.

— Alors, laisse-moi lire quelque chose. Laisse-moi découvrir quelque chose que tu gardes pour toi. Ce n'est pas que j'aie perdu confiance en toi, mais, tu vois, j'ai l'impression de te connaître encore moins qu'avant, après ce que tu viens de me dire. Montre-moi quelque chose de toi, qui soit vrai. »

Quelle demande ! Je l'aurais volontiers payé pour qu'il lise et absorbe quelques pages de *Semence de la Terre*. Mais les lui montrer comme ça, abruptement, dans un climat de méfiance… Il risquait de ne pas comprendre et le fossé s'agrandirait encore entre nous.

« Tu me demandes beaucoup, Harry. Mais d'accord, je vais te montrer ce que je n'ai encore jamais montré à personne. Tout ce que je te demande, c'est que tu lises à voix haute, pour que Zahra puisse entendre. »

On a attendu qu'il fasse jour, car il n'était pas question de faire un feu.

Quand les premiers rayons du soleil ont éclairé le flanc de la colline, j'ai sorti mon carnet. Je l'ai ouvert à une certaine page et je l'ai tendu à Harry.

Tout ce que tu touches
Tu le Changes.
Tout ce que tu Changes
Te Change.
La vérité permanente
Est le Changement.
Dieu
Est Changement.

C'est l'an passé que j'ai choisi ces vers pour commencer *Semence de la Terre : Le Livre des vivants.* Ces quelques lignes disent tout. Tout !

Il me faudra choisir mes mots avec beaucoup d'attention quand il me demandera de quel changement je parle.

17

Embrasser la diversité.
S'unir…
Ou être divisés, dépouillés, tyrannisés, tués,
Par ceux qui voient en vous des proies.
Embrasser la diversité
Ou être détruits.
Semence de la Terre : Le Livre des vivants

Mardi 3 août 2027
(Notes allant jusqu'au 8 août.)

Il y a un grand feu dans les collines, à l'est. Nous avons d'abord vu une mince colonne de fumée noire s'élever dans le ciel clair. À présent, c'est tout un flanc de colline qui brûle. Combien de maisons prises dans les flammes ? Un incendie qui nous en rappelle un autre…

Nous avons continué de marcher, nous retournant sans cesse malgré nous. D'autres gens qui meurent, qui perdent tout, leur famille, leur foyer…

Les gueules peintes, encore ? Zahra pleurait en marchant et maudissait d'une voix sourde la mort et ceux qui la donnaient.

Dans la matinée, nous avons quitté la 118 pour prendre la 23 et nous diriger vers la côte. L'autoroute est bordée d'un côté par une zone urbaine et de l'autre, par de vastes étendues de végétation semi-désertiques, brûlées par le soleil. L'incendie est derrière nous, caché par les collines, mais nous pouvons en apercevoir la fumée. C'est peut-être pour nous éloigner le plus possible de lui que nous avons marché sans faire une seule halte, pour ne nous arrêter qu'à la nuit tombée, épuisés et affamés.

Nous avons campé à l'écart de l'autoroute parmi les broussailles, hors de vue, mais assez près du ruban pour percevoir les pas de la multitude en marche. C'est un bruit qui nous accompagnera tout au long de notre route, qu'elle nous mène en Californie du Nord ou jusqu'au Canada. Tant de gens vont vers ce Nord où il pleut encore chaque année et où tout homme peut espérer un travail.

Nous savions, pour les avoir vus avant de quitter l'autoroute, qu'ils étaient nombreux à faire demi-tour pour se diriger vers le lieu de l'incendie, désireux d'être les premiers pour le pillage.

« On y va aussi ? » a demandé Zahra, la bouche pleine de viande séchée.

Pas de feu pour nous, cette nuit. Mieux vaut se fondre dans l'obscurité et éviter les hôtes indésirables.

« Aller voler ces malheureux ? s'est indigné Harry.

— Pas voler, récupérer ce qui sert plus à personne. Quand on est mort, on a plus besoin de rien, a rétorqué Zahra.

— Non, j'ai dit, je crois qu'on ferait mieux de ne pas bouger d'ici et de nous reposer. C'est une longue marche jusque là-bas et on n'est pas sûrs de trouver quelque chose.

— Ouais, t'as raison, a dit Zahra.

— On est pas obligés de faire des trucs comme ça », a dit Harry.

Zahra a haussé les épaules.

« C'est les petits ruisseaux qui font les grandes rivières.

— Tout à l'heure, tu pleurais en pensant à ces gens, a dit Harry.

— Non, a dit Zahra, je pleurais en pensant à ma Bibi et au feu qui a détruit nos maisons à nous et à cette racaille qui allume les feux. Je leur souhaite de brûler vifs. Je voudrais pouvoir les jeter dans les flammes comme ils ont fait avec ma Bibi. »

Elle s'est remise à pleurer et Harry l'a serrée contre lui. Je l'ai entendu qui s'excusait tout bas et il m'a semblé qu'il pleurait, lui aussi.

Un chagrin de ce calibre, ça vous sonne. Penser qu'on a perdu tous ceux qu'on aimait, tous ceux qu'on connaissait, tout ce qui avait donné un sens à notre vie. De ce monde perdu, il ne restait que trois survivants : nous.

« On devrait pas rester ici », a dit Harry un peu plus tard.

Il était toujours assis à côté de Zahra, un bras passé autour d'elle, un contact qu'elle semblait apprécier.

« Pourquoi ? j'ai demandé.

— Je préférerais être au niveau de l'autoroute ou alors plus haut dans les collines. Si jamais le feu prend dans les quartiers qui sont de l'autre côté de la route, je veux le voir avant qu'il franchisse la route. Toutes ces broussailles doivent flamber comme une allumette. Et on est dans une cuvette. C'est un coup à se faire griller.

— Tu as raison, j'ai dit, mais il fait nuit, maintenant, et c'est dangereux de se déplacer. On risque de perdre cette place et de ne pas en trouver de meilleure.

— Bougez pas d'ici, a dit Harry », et il s'est éloigné dans la nuit.

J'avais gardé le pistolet et j'espérais qu'il saurait se défendre avec son couteau. Il était encore sous le choc de la nuit dernière. Il avait tué un homme, et ça le travaillait. J'en avais tué un moi-même et il m'avait reproché de l'avoir fait de sang-froid, mais je n'en ressentais pas de culpabilité. Harry ne pouvait pas comprendre; il ne souffrait pas d'empathie. Il mesurait mal mon effroi à l'idée de partager l'agonie d'un mourant. Pour moi, la mort de l'autre était le seul moyen de mettre fin à mes propres douleurs. Et aucun commandement de la Bible ne changerait jamais ma position. Et puis que pouvait-il comprendre à l'empathie, quand le phénomène était inconnu de la plupart des gens ?

Ce que je lui avais fait lire de *Semence de la Terre* l'avait tout de même étonné, et agréablement. Je ne savais pas au juste si c'était l'écriture ou la pensée qui lui avait plu, mais il aimait avoir quelque chose à lire et dont on pouvait discuter.

« De la poésie ? il a dit ce matin après avoir feuilleté les pages de mon carnet. Je ne savais pas que tu aimais la poésie.

— Ce n'est pas à proprement parler de la poésie, je lui ai dit. C'est ce que je crois et je l'ai écrit du mieux que j'ai pu. »

Je lui avais seulement montré quelques vers, pour qu'il puisse s'en souvenir plus facilement. J'avais voulu aussi que Zahra les entende. Je voulais que ces vers restent en eux, qu'ils les accompagnent tout au long de notre route.

Je savais aussi que Harry nourrissait une certaine méfiance à mon égard. Pour lui, je n'étais plus la Lauren Olamina qu'il avait connue. Je l'ai bien vu à son expression, aujourd'hui. Étrange. Joanne non plus n'avait pas aimé découvrir une Lauren qu'elle ne soupçonnait pas, ce jour où je lui avais parlé de mes projets. Mais Zahra n'a pas eu cette réaction. Bien sûr, nous ne nous connaissions pas du temps où nous étions voisines. Ce qu'elle apprend de moi, maintenant, elle peut, à la différence de

Harry, l'accepter sans se sentir trahie. Ce n'est qu'avec le temps que je pourrai regagner l'entière confiance de Harry.

Il est revenu. Il avait trouvé un meilleur emplacement, en bordure de l'autoroute et pourtant à l'abri du passage. L'un des grands panneaux publicitaires dressés en bordure de la route était tombé et, retenu dans sa chute par deux sycomores, formait une espèce d'auvent. Les traces d'un feu de camp témoignaient d'une occupation récente du lieu.

« C'est un bon abri, a dit Zahra en déroulant son sac de couchage pour s'asseoir dessus. Je prends la première garde, d'accord ? »

Je lui ai confié le pistolet et je me suis couchée. J'avais tellement envie de dormir. De nouveau, j'ai été stupéfaite de découvrir quel plaisir je prenais à me glisser dans mon sac, malgré la dureté du sol. Il n'y a pas de meilleur somnifère que l'épuisement.

Des gémissements et des halètements m'ont tirée du sommeil dans la nuit. Zahra et Harry faisaient l'amour. J'ai tourné la tête et je les ai vus. Tout à leur plaisir, ils n'ont rien remarqué.

Et, bien sûr, personne ne montait la garde.

J'ai commencé à ressentir leur plaisir. Impossible d'échapper à leurs sensations. Impossible aussi de monter une garde vigilante. Je me suis efforcée de rester tranquille et de tenir ma main éloignée de mon sexe, jusqu'à ce qu'ils aient fini et que Harry s'écarte enfin de Zahra, se relève pour remettre son pantalon et prenne sa garde.

Je n'ai pas bougé. Je ne pouvais pas me rendormir. J'étais trop en colère et inquiète. Comment pourrais-je leur parler de ça ? Ça ne me regardait pas, sauf que leur partie de plaisir nous avait fait courir des risques énormes. On aurait tous pu se faire tuer !

Et voilà que Harry, qui venait de prendre son tour de garde, s'endormait. Il ronflait, de surcroît !

Je me suis penchée par-dessus Zahra et j'ai secoué cet abruti.

Il s'est réveillé en sursaut, a regardé autour de lui puis s'est enfin tourné vers moi.

« Donne-moi le pistolet et rendors-toi », je lui ai dit, en m'efforçant de contenir ma rage.

Comme il ne faisait pas un geste, j'ai ajouté :

« Tu veux nous faire tuer ou quoi ? Donne-moi le pistolet. Je te relève, je te réveillerai dans deux heures. »

Il a regardé sa montre.

« Excuse-moi, je devais être plus fatigué que je le pensais. (Sa voix était moins endormie.) Ça va mieux, maintenant. Je suis parfaitement réveillé. Tu peux te rendormir. »

Sa fierté avait pris le relais.

« Souviens-toi de ce qui s'est passé hier. Si tu tiens à elle, si tu veux qu'elle vive, souviens-toi de la nuit dernière. »

Il n'a pas répondu. Je savais que je l'avais secoué. Il devait être à la fois en colère contre lui-même et rétrospectivement effrayé des conséquences qu'aurait pu avoir sa négligence. Toujours est-il que je ne l'ai plus entendu ronfler.

Mercredi 4 août 2027

Aujourd'hui, nous avons fait le plein d'eau dans une station d'eau commerciale. L'eau qu'on achète aux porteurs sur l'autoroute doit être bouillie, et encore n'est-ce pas suffisant. L'ébullition détruit les germes, mais pas les produits chimiques qu'elle risque de contenir – essence, pesticides, herbicides et tout ce qu'ont pu contenir les bidons des porteurs, dont la plupart sont incapables de lire les étiquettes. Ils s'empoisonnent parfois eux-mêmes.

Les stations commerciales vous laissent emporter toute l'eau que vous voulez, si vous avez de quoi payer. C'est la seule eau dont la pureté soit garantie par les vendeurs eux-mêmes : ils n'en boivent pas d'autres.

Il n'y a pas assez de stations. C'est pourquoi il y a des marchands ambulants. Mais les stations sont des endroits dangereux. Ceux qui y vont ont de l'argent sur eux et ceux qui en viennent ont de l'eau, qui vaut autant que l'argent. Voleurs, mendiants, prostituées et dealers y foisonnent. P'pa nous avait mis en garde contre les stations, au cas où, nous trouvant dehors et loin de la maison, nous serions tentés d'y acheter de l'eau. « Ne faites jamais ça, nous disait-il. Vaut mieux tirer la langue de soif que se faire couper la gorge. »

Je me suis félicitée une fois de plus que nous soyons trois. Deux pour surveiller, un pour remplir. Trois pour veiller au grain en allant et en repartant. Bien sûr, trois personnes ne risquaient pas d'intimider des types déterminés, mais elles pouvaient décourager les opportunistes, et la plupart des prédateurs sont des opportunistes. Ils guettent les personnes âgées, les femmes seules ou les femmes avec de jeunes enfants, les handicapés... Ils ne prennent pas de risques. Mon père les traitait de coyotes. Quand il était poli.

On s'en retournait avec notre eau quand on a vu deux de ces coyotes arracher un conteneur d'eau à une femme chargée d'un gros paquetage et d'un bébé. L'homme qui l'accompagnait s'est jeté sur le coyote qui avait pris l'eau, mais celui-ci a passé le conteneur à son complice, qui a filé droit sur nous.

Je lui ai crocheté le pied au passage. C'est le bébé qui avait attiré mon attention et suscité ma sympathie. Le conteneur n'a pas éclaté en tombant. Le type non plus, mais j'ai senti le choc dans tout mon corps. Une sensation que j'avais éprouvée toutes les fois qu'un gosse du quartier faisait une chute.

Le coyote s'est relevé et j'ai porté la main à mon arme. Harry est venu à mes côtés et j'étais contente de l'avoir avec moi. À deux, on faisait le poids.

Le compagnon de la femme avait repoussé son assaillant et les deux salopards, comprenant qu'ils avaient affaire à trop forte partie, ont détalé comme des lapins.

J'ai ramassé le conteneur et je l'ai tendu à l'homme.

« Merci, mec. Merci beaucoup », m'a-t-il dit en reprenant son bien.

J'ai acquiescé d'un signe de tête et nous avons continué notre chemin. J'ai trouvé bizarre de me faire appeler « mec » et je ne peux pas dire que ça m'a plu, mais je n'y ai pas attaché d'importance.

« Et maintenant, tu joues au bon Samaritain », a dit Harry.

Il n'y avait pas de réprobation dans sa voix, plutôt de l'amusement.

« C'est à cause du bébé, c'est ça ? » a demandé Zahra.

J'ai reconnu que c'était vrai, que cette petite famille m'avait touchée. Lui, noir, elle, hispanique, le bébé, un mélange des deux. Si notre communauté n'avait pas été anéantie, de nombreux enfants auraient ressemblé à ce bébé, car les mariages interraciaux étaient devenus naturels. Harry et Zahra risquaient fort de fonder une famille de ce type. Et comme Zahra l'avait fait remarquer, les couples mixtes attiraient la foudre.

Et pourtant, je voyais ces deux-là marcher côte à côte, se frôlant parfois, manifestement heureux d'être ensemble, sans perdre pour autant conscience du danger environnant. Nous étions sur la 101, maintenant, et il y avait encore plus de migrants. Et plus la foule était dense, plus les voleurs y évoluaient comme des poissons dans l'eau.

Ce matin, pendant la première leçon de lecture que je donnais à Zahra, j'avais profité de l'absence de Harry, parti faire ses besoins dans la nature, pour lui parler.

« Tu te souviens de ce que tu m'as dit il y a deux jours ? je lui ai demandé. Je rêvassais et tu m'as mise en garde. Qu'il fallait rester toujours vigilant, si on voulait pas se faire descendre. »

À mon étonnement, elle a deviné tout de suite où je voulais en venir.

« Merde alors, tu as le sommeil trop léger, toi. »

Elle souriait.

« Si vous voulez un peu d'intimité, dites-le-moi. J'irai monter la garde un peu plus loin et vous pourrez faire tout ce qu'il vous plaira. Mais je ne veux plus de ces conneries, pendant que toi ou Harry êtes de garde ! »

Elle m'a regardée d'un air surpris.

« J'savais pas que tu pouvais dire des gros mots.

— Et moi, j'ignorais que tu pouvais oublier d'avoir une tête.

— C'est pas la tête qui a parlé, c'est le ventre, elle a dit en pouffant. Je sais que j'ai fait une bêtise, mais c'était bien bon. C'est un vrai étalon, Harry. Dis-moi, tu serais pas jalouse, par hasard ?

— Zahra !

— T'inquiète pas. On refera pas la même bêtise.

— Très bien.

— Tu es jalouse ? » elle a répété.

J'ai souri.

« Je suis faite de chair comme toi. Mais je ne pense pas que j'aurais cédé à la tentation, vu la situation dans laquelle on se trouve. Rien que l'idée de tomber enceinte m'aurait refroidie.

— Ici, les gens font des bébés sur la route. Et comment tu faisais avec ton amoureux ?

— On était prudents. Il mettait un préservatif. »

Zahra a haussé les épaules.

« Harry en a pas. Alors, si ça doit arriver, ça arrivera. »

C'était arrivé au couple qui avait failli se faire voler son eau. Eux aussi allaient vers le nord. Avec une charge de plus.

Ils sont restés près de nous pendant toute la journée. Lui est grand, solide, peau noire soyeuse. Il porte un énorme sac sur le dos. Elle est petite, jolie, la peau mate. Elle aussi porte un paquetage volumineux en plus du bébé, qui est couleur marron glacé, avec de grands yeux noirs et des cheveux bouclés.

Ils s'arrêtaient en même temps que nous. Et, maintenant, ils campent à quelque distance de nous. Je les vois comme des alliés potentiels, mais je reste quand même prudente.

Jeudi 5 août 2027

Nous sommes arrivés en vue de l'océan en début d'après-midi. Aucun d'entre nous n'avait encore vu la mer et nous avons voulu nous en rapprocher, la regarder, l'entendre, la sentir, camper sur la plage. Nous avons marché pieds nus dans l'eau, nos pantalons retroussés jusqu'aux genoux. Des fois, on s'arrêtait et on le regardait : le Pacifique, le plus grand océan de la Terre. Que d'eau, que d'eau, mais pas une seule goutte à boire !

Harry a enlevé son pantalon et, en caleçon, il s'est avancé dans l'eau jusqu'à la taille. Naturellement, il ne sait pas nager. Personne dans le quartier n'avait jamais vu assez d'eau pour y nager. Zahra et moi, on avait peur qu'il tombe dans un trou et se noie. On n'osait pas le suivre. Je suis censée être un homme et Zahra attire déjà trop les regards quand elle est habillée. On a décidé, elle et moi, d'attendre que le jour décline pour s'y tremper tout habillées et nous laver de la poussière et de la sueur. Nous avions du savon et nous étions impatientes de nous en servir.

Nous étions loin d'être les seuls sur la plage. En fait, l'étroite bande de sable était remplie de gens, qui gardaient cependant une distance raisonnable entre eux. Ils avaient l'air moins méfiants et moins tendus que sur la route ou dans les collines.

Je n'ai pas entendu de coups de feu ni de cris. Pas de chiens non plus, pas de groupes louches, pas de viols. Peut-être était-ce l'influence de la mer. Quelques femmes s'aventuraient dans l'eau, avec juste un slip pour vêtement. Et la plage m'a semblé un havre de paix, comparée à ce que nous avions vu jusqu'ici.

Certains avaient des tentes et plusieurs avaient allumé des feux. Nous nous sommes installés au pied des ruines d'une petite construction. Nous cherchions toujours un mur contre lequel nous appuyer. On courait le risque de se faire coincer, mais le sentiment d'insécurité était plus grand en campant à découvert, car le danger pouvait venir de tous côtés.

J'ai trouvé un bout de planche parmi les ruines et je m'en suis servie pour creuser un trou dans le sable, à une vingtaine de pas de l'endroit où venaient mourir les vagues. J'ai creusé jusqu'à ce que le sable soit de plus en plus humide et puis j'ai attendu.

« Qu'est-ce que tu fais ? m'a demandé Zahra, qui m'avait regardée creuser sans rien dire.

— Je cherche de l'eau potable, je lui ai dit. J'ai lu que l'eau de mer perd la plus grande partie de son sel en s'infiltrant dans le sable. »

Elle a regardé dans le trou.

« Y a pas d'eau.

— Il faut attendre. Mais si ça marche, ça pourrait nous sauver la vie un jour.

— Ou nous empoisonner. »

Harry revenait de sa baignade et il ruisselait. Même ses cheveux étaient mouillés.

« Il est pas mal du tout à poil », elle a dit.

Bien sûr, il portait toujours son caleçon, mais je voyais parfaitement ce qu'elle voulait dire. Il avait un corps élancé et musclé, qu'il ne détestait pas montrer, je crois. L'eau l'avait débarrassé de sa crasse et il me tardait maintenant de m'y plonger à mon tour.

« Allez-y, a-t-il dit. Profitez de ce qu'il y a encore un peu de soleil. Je garde nos affaires. »

On a pris nos savonnettes, on lui a donné le 45 et on a couru à l'eau. Elle était froide et il était difficile de se tenir debout dans les vagues, avec le sable qui se retirait de sous nos pieds, mais c'était formidable. On s'est aspergées l'une l'autre et on s'est lavées – les cheveux, tout. On a aussi lavé nos vêtements. Les vagues nous renversaient et on riait comme des folles. Ç'a été le meilleur moment que j'aie eu depuis que je suis partie.

Quand je suis revenue, il y avait de l'eau dans le fond du trou que j'avais creusé. J'en ai recueilli dans ma main et je l'ai goûtée.

« Tu perds la tête ou quoi ? s'est écrié Harry en me voyant faire. Regarde tous ces gens sur la plage ! Où font-ils leurs besoins d'après toi ? Cette eau est polluée ! »

Merde, je n'avais pas pensé à ça. J'ai recraché avec dégoût l'eau que j'avais prise. Harry avait raison. Mais je n'avais pas creusé pour rien. L'eau avait un sale goût, mais elle était buvable. Et en tout autre endroit peu fréquenté de la côte, il nous serait possible d'avoir une eau dessalée. Bouillie ou purifiée par une tablette germicide, elle ferait une eau potable. C'était bon à savoir, au cas où nous n'aurions plus les moyens d'en acheter.

Le couple avec le bébé avait installé son campement non loin de nous. La femme était assise dans le sable avec son enfant, pendant que l'homme s'occupait de sortir des affaires de son sac.

« Vous ne pensez pas qu'ils doivent avoir envie de se baigner ? j'ai demandé à Zahra et à Harry.

— Qu'est-ce que tu proposes ? a dit Zahra. De garder leur bébé ?

— Non, je n'irais pas jusque-là. Ça ne vous fait rien si je les invite à se joindre à nous ?

— Quoi, tu n'as pas peur qu'ils nous volent ? a dit Harry. Toi, qui soupçonnes tout le monde de mauvaises intentions ?

— Ils sont mieux équipés que nous, j'ai répondu, ignorant sa remarque. Et ils n'ont pas d'autres alliés naturels que nous, ici. Les couples mixtes sont rares dans le coin. C'est sûrement pour ça qu'ils restent près de nous.

— Tu les as aidés, a dit Zahra. Et ça, c'est encore plus rare sur la route. Tu leur as rendu leur eau. Ça veut dire que tu en as assez pour toi et que t'as pas besoin de la leur.

— Alors, vous êtes d'accord ? »

Ils se sont regardés.

« Moi, ça m'est égal, a dit Zahra. Tant qu'on les tiendra à l'œil.

— Pourquoi veux-tu faire ça ? m'a demandé Harry.

— Ils ont davantage besoin de nous que nous d'eux, j'ai dit.

— C'est pas une raison.

— Ce sont des alliés potentiels.

— On a pas besoin d'alliés.

— Pas pour le moment. Mais on ne sait pas ce qui nous attend. On a une longue route devant nous. »

Il a haussé les épaules.

« Comme tu voudras. Comme dit Zahra, tant qu'on les tiendra à l'œil. »

Je suis allée les voir. Je les ai vus se raidir à mon arrivée et j'ai fait en sorte de paraître détendue et de ne pas m'approcher trop près.

« Si vous voulez vous baigner, vous pouvez vous joindre à nous. Ça serait plus sûr pour le bébé.

— Nous joindre à vous ? a répété l'homme. Vous nous demandez de nous joindre à vous ?

— Je vous y invite.

— Pourquoi ?

— Pourquoi pas ? Nous sommes des alliés naturels… un couple mixte et un groupe mixte.

— Des alliés ? » a dit l'homme en éclatant de rire.

Je l'ai regardé, me demandant pourquoi il riait.

« Qu'est-ce que vous voulez au juste ? il a demandé.

— Rien de plus que ce que je vous ai dit : vous pouvez vous joindre à nous si vous voulez. Vous êtes les bienvenus. Et puis, parce que cinq, c'est mieux que trois. »

Sur ce, j'ai fait demi-tour et je les ai laissés réfléchir et décider.

« Ils viennent ? m'a demandé Zahra quand je suis revenue.

— Je pense que oui, mais peut-être pas ce soir. »

Vendredi 6 août 2027

Nous avons fait du feu et avons mangé chaud la nuit dernière, mais la famille mixte ne s'est pas jointe à nous. Je ne leur en ai pas voulu. La méfiance est devenue un mode de vie. Mais ils ne se sont pas éloignés non plus. Et ce n'est sûrement pas un hasard s'ils ont choisi de rester. Ils ont bien fait, d'ailleurs. Il y a eu changement de décor, la nuit dernière. La plage a brutalement cessé d'être un havre de paix. Les chiens sont venus.

Ils sont arrivés pendant que j'étais de veille. J'ai aperçu du mouvement au loin sur la plage et j'ai entendu des cris. J'ai d'abord pensé à un vol ou à une bagarre, et puis j'ai vu les chiens remonter vers les dunes et des gens qui les poursuivaient en criant. L'un des chiens tenait quelque chose dans sa gueule, mais je n'ai pu voir ce que c'était. Je les ai suivis des yeux jusqu'à ce qu'ils disparaissent parmi les dunes. Les gens ont abandonné la poursuite, les bêtes étaient bien trop rapides.

Après ça, j'ai été sur les nerfs. Je me suis levée et suis allée me poster un peu plus haut dans la ruine, d'où je pouvais mieux voir la plage. Je scrutais la nuit, le pistolet sur mes genoux, quand, à une centaine de mètres, j'ai repéré des silhouettes sombres contre le sable pâle.

Des chiens. Trois. Ils avançaient lentement dans notre direction en flairant le sol. Beaucoup de gens dorment sans établir des tours de garde et il est facile aux chiens d'emporter un sac de nourriture.

Soudain je les ai vus qui s'arrêtaient au campement de nos voisins. J'ai pensé au bébé et je me suis levée d'un bond. Au même moment, le bébé s'est mis à crier. J'ai secoué Zahra et elle s'est réveillée d'un coup.

« Les chiens, je lui ai dit. Réveille Harry. »

Et j'ai couru vers le couple que les chiens attaquaient. La femme hurlait et frappait à mains nues sur l'une des bêtes qui tentait de se saisir du bébé. L'homme en faisait autant de son côté avec un autre chien. Le troisième ne s'était pas encore jeté dans la mêlée, mais il tournait autour, guettant une ouverture.

Je me suis arrêtée, j'ai visé le troisième et je l'ai abattu.

Il est tombé sans un bruit. J'ai fléchi sur mes jambes et suis tombée à genoux, le souffle coupé, comme si on m'avait frappée à la poitrine. J'ai été surprise par la violence du choc et la dureté du sable.

La détonation a mis aussitôt les deux autres chiens en fuite. De ma position à genoux, je les ai pris dans ma visée et j'aurais pu en abattre un, mais je les ai laissés filer. Je souffrais assez comme ça. J'avais le plus grand mal à retrouver mon souffle, mais il m'est venu à l'esprit que cette position à genoux était excellente pour tirer à condition de tenir le pistolet à deux mains. C'était toujours bon à savoir : littéralement mise sur les genoux par mon empathie, je pouvais encore faire bon usage de mon arme. J'ai aussi noté que le coup de feu avait effrayé les chiens. Était-ce le bruit ou le fait que l'un d'eux était mort? Je regrettais de ne pas en savoir plus sur eux. J'avais lu qu'ils étaient intelligents, fidèles, mais tout ça était du passé. Les chiens étaient maintenant des animaux sauvages, capables de dévorer un enfant s'ils en avaient l'occasion.

Je sentais que le chien que j'avais tiré était mort. Il ne bougeait plus. Ma douleur commençait à diminuer. Dès que j'ai pu respirer de nouveau normalement, je me suis relevée et je suis retournée à notre campement. Tout le monde dans un rayon de cent mètres était réveillé et il y avait plein de gens debout sur la plage.

Harry est venu à ma rencontre. Il m'a pris le pistolet des mains et, me soutenant par le bras, m'a emmenée jusqu'à mon sac de couchage.

« Alors, tu t'es de nouveau distinguée, il m'a dit, tandis que je me laissais choir sur mon sac.

— J'ai tué un chien. Mais ça va mieux.

— Tu as besoin qu'on te surveille.

— Les chiens étaient après le bébé!

— Décidément, tu les as adoptés, ces trois-là. »

J'ai souri malgré moi. J'aimais Harry et je les avais aussi adoptés, lui et Zahra.

« Et alors, il y a pas de mal à ça!

— Ouais, rentre dans ton sac et dors. Je prends la garde.

— Des gens ont emporté le chien que tu as tué, a dit Zahra. On aurait dû le prendre.

— Je ne suis pas disposé à manger du chien, lui a dit Harry. Rendors-toi. »

Ils s'appellent Travis Charles et Gloria Natividad Douglas, et ils ont baptisé leur bébé de six mois Dominic "Domingo"

Douglas. Ils ont enfin répondu à mon invitation cette nuit, juste après que nous avons installé notre campement. Nous avons quitté l'autoroute pour camper sur une autre plage et ils nous ont suivis. Ils sont venus avec quelques morceaux de ce qu'ils ont de plus précieux : du chocolat au lait fourré aux amandes. Du vrai chocolat, pas l'ersatz à base de sucre de caroube auquel nous sommes habitués. C'est ce que j'ai goûté de meilleur depuis que nous avons quitté Robledo.

« C'était vous, la nuit dernière ? » a demandé Natividad à Harry.

La première chose qu'elle nous a dite, c'est de l'appeler Natividad.

« Non, c'était Lauren », a dit Harry en me désignant.

Elle m'a regardée.

« Merci.

— Votre bébé n'a pas souffert ? je lui ai demandé.

— Il avait quelques égratignures et du sable dans les yeux, elle a répondu en caressant la tête de l'enfant qui dormait dans ses bras. Je lui ai mis une pommade antiseptique et je lui ai lavé les yeux. Il va bien. Il est tellement courageux. Il a juste pleuré un peu.

— Il pleure presque jamais », a dit Travis avec une tranquille fierté.

Travis est d'un noir très foncé et sa peau est si fine, si lisse qu'il n'a jamais dû avoir un seul bouton sur la figure. On a envie de la toucher, d'en sentir le grain, tellement elle est parfaite. Il est jeune, beau, solidement charpenté et musclé, un peu moins grand, mais plus lourd que Harry. Natividad aussi est solide, bien faite, avec un beau visage et de longs cheveux de jais qu'elle coiffe en chignon sur son crâne. Elle est petite, mais a beaucoup de force et elle est capable de porter son lourd paquetage plus le bébé pendant toute une journée sans ralentir le pas. Elle me plaît beaucoup et je me sens encline à lui faire confiance. Évidemment, je dois me méfier de mes élans, mais je la sens droite et incapable de nous voler. Alors que Travis garde ses distances avec nous, elle nous considère comme ses amis, ceux qui ont sauvé son bébé.

« Nous allons à Seattle, nous a-t-elle dit. Travis a une tante là-haut. Elle a dit qu'on pourrait habiter chez elle, le temps qu'on trouve un emploi. Nous voudrions trouver un travail qui paie.

— Tout le monde veut ça », a dit Zahra.

Elle était assise à côté de Harry, qui avait passé son bras autour de sa taille. Encore une nuit pénible en perspective pour moi.

Travis et Natividad avaient disposé leurs trois sacs de façon que le bébé ait la place de crapahuter à quatre pattes quand il se réveillerait. Natividad lui avait passé autour de la taille une corde à linge qu'elle avait nouée à son poignet.

Je me sentais seule entre ces deux couples. Je les laissais parler de leurs espoirs et des rumeurs courant sur le paradis nordique. J'ai sorti mon carnet et j'ai entrepris de relater les événements de la journée, savourant encore le goût du chocolat dans ma bouche.

Le bébé s'est réveillé en pleurant; il avait faim. Natividad a dégrafé sa chemise, lui a donné le sein et s'est rapprochée de moi pour voir ce que je faisais.

« Tu sais lire et écrire? elle s'est exclamée avec stupeur. Je pensais que tu dessinais. Qu'est-ce que tu écris?

— Elle écrit toujours, a dit Harry. Demande-lui de te lire ses poèmes. Il y en a qui sont pas mal. »

J'ai grimacé. Mon prénom, Lauren, peut passer pour masculin, selon la façon dont on le prononce. Mais les pronoms personnels sont plus spécifiques, et Harry a décidément un problème de mémoire, à moins que ce ne soit plus grave.

« Harry, merde ! J'ai oublié de te coller un sparadrap sur la bouche. »

Il a secoué la tête en me souriant d'un air embarrassé.

« Je te connais depuis toujours et, des fois, j'ai du mal à me rappeler que… que tu as changé de sexe.

— Tu vois ! a dit Natividad à son mari, avant de piquer un fard. Je… je lui avais dit que tu ne ressemblais pas à un homme, elle m'a dit. Tu es grande et forte, mais… tu n'as pas un visage d'homme. »

J'avais presque la poitrine et les hanches d'un homme, aussi j'aurais dû être contente de m'entendre dire que j'avais un visage féminin.

« J'ai pensé que deux hommes et une femme, ce serait moins dangereux que deux femmes et un homme, j'ai dit. Sur la route, il faut passer pour plus fort qu'on n'est, si on veut éviter les ennuis.

— C'est pas nous qui allons vous aider à paraître plus forts », a dit Travis.

Il avait l'air amer. Est-ce qu'il s'en voulait d'avoir un bébé à charge ?

« Vous êtes nos alliés naturels, j'ai dit. Tu as ricané la dernière fois que j'ai dit ça, mais c'est la vérité. Je ne pense pas que le bébé soit un handicap, et il aura de plus grandes chances de survivre avec cinq adultes autour de lui.

— Je peux m'occuper tout seul de ma femme et de mon fils, a dit Travis avec plus d'orgueil que de bon sens.

— Nous serons plus forts avec vous deux, je lui ai dit. Ça fait deux paires de bras en plus, non ? Vous avez des couteaux ?

— Oui, mais c'est des armes à feu, comme vous, qu'il nous faudrait. »

Moi aussi, j'aimerais qu'on ait *des* armes à feu, mais je n'ai pas jugé bon de lui dire qu'on n'en possédait qu'une.

« Natividad et toi, vous avez l'air fort et sain, j'ai encore dit. Les prédateurs préfèrent s'attaquer aux faibles et aux malades. Quand ils nous verront, ils iront chercher une proie plus facile. »

Pour toute réponse, Travis a émis un grognement. Je l'avais aidé deux fois, et il venait de découvrir que j'étais une femme. Il lui faudrait quelque temps pour me le pardonner, quelle que soit sa reconnaissance envers moi.

« J'aimerais bien que tu nous lises un poème, a dit Natividad. L'homme chez qui on était employés avait une femme qui écrivait de la poésie. Elle m'en lisait, les fois où elle se sentait seule. J'aimais beaucoup. Lis-nous, avant qu'il fasse trop sombre. »

Bizarre de penser qu'une femme riche lisait de la poésie à sa servante, ce qu'avait été Natividad. Peut-être que je me faisais une fausse idée des femmes riches. J'ai reposé mon journal et pris mon cahier de *Semence de la Terre.* J'ai choisi des vers simples, faciles pour des esprits et des corps rompus par la tension et la marche.

18

Une ou deux fois
Par semaine
Tenir un rassemblement
De Semence de la Terre…
Pour libérer l'émotion,
Apaiser l'esprit.
Mobiliser l'attention,
Renforcer le dessein et
Unifier les gens.
Semence de la Terre : Le Livre des vivants

Dimanche 8 août 2027

« Tu crois à ce machin, semence de la terre, hein ? » m'a demandé Travis.

C'était notre jour de repos. On avait quitté l'autoroute pour trouver une plage où nous pourrions camper toute une journée et être tranquilles. Il y avait un parc en partie brûlé avec des tables et des bancs en haut de la plage de Santa Barbara où nous avions choisi de nous arrêter.

La mer n'était qu'à une centaine de mètres des arbres. Les deux couples sont allés se baigner chacun leur tour, pendant que je gardais leurs affaires et le bébé. Les Douglas me font maintenant assez confiance pour me confier ce qu'ils ont de plus précieux. Les deux nuits précédentes, ils ont pris leur tour de garde, malgré la circonspection que nous nourrissions encore à leur égard. Nous n'avions pas de mur auquel nous adosser hier au soir et on a jugé bon de placer deux veilleurs au lieu d'un. Natividad a veillé avec moi et Travis a veillé avec Harry. Zahra a veillé seule, elle, mais elle sait ouvrir l'œil.

C'est moi qui ai organisé les tours, faisant en sorte que les couples puissent passer une partie de la nuit ensemble, sans qu'ils aient à craindre de l'un ou l'autre un manque de vigilance.

À présent, dans la vive lumière du soleil, sous les pins, les palmiers et les figuiers, toutes les méfiances se sont dissipées. Si on tourne le dos à la partie incendiée du parc, c'est un bel endroit et il est assez éloigné de l'autoroute pour ne pas être envahi par le flot des marcheurs en route vers le Nord. J'ai trouvé ce sanctuaire grâce à une vieille carte du comté de Santa Barbara. Les cartes de mes grands-parents nous ont beaucoup aidés ces dernières nuits pour trouver des coins retirés comme cette plage.

Elle est surtout fréquentée par des gens des environs, des gens qui ont quitté leur maison pour passer une journée d'août à la plage. C'est du moins ce que j'ai appris en surprenant quelques bribes de leurs conversations.

J'ai voulu leur parler et, à ma grande surprise, ils se sont montrés accueillants. Le parc était magnifique avant que les pyros y mettent le feu, m'ont-ils dit. Le bruit courait qu'ils détruisaient les biens des riches pour aider les pauvres. Mais un jardin public n'appartenait à personne. Il était ouvert à tous. Alors, pourquoi le brûler ? Personne ne connaissait la réponse.

Personne ne savait non plus d'où venait cette folie de se peindre le visage et de foutre le feu partout. La plupart pensaient que c'était parti de Los Angeles, là où naissaient tous les vices et toutes les folies, selon eux. Je me suis bien gardée de leur dire que j'étais de L.A. Je leur ai demandé si on pouvait trouver du travail dans le coin. Certains m'ont dit qu'ils savaient où je pourrais trouver de quoi manger et dormir en sécurité en échange d'un travail. C'est tout ce que je pouvais espérer. Il n'y avait plus de travail salarié, ou alors il fallait être hautement qualifié.

Nous allons rencontrer ce problème tout le long de notre route. Pourtant, à nous cinq, nous savons en faire, des choses. Il doit y avoir un moyen d'unir nos capacités et de les vendre pour autre chose qu'un repas chaud et une paillasse dans un dortoir.

L'eau est très chère ici, plus encore que dans les comtés de Los Angeles ou de Ventura. Nous sommes allés dans une station d'eau ce matin. Pas question d'acheter de l'eau aux marchands ambulants.

Sur la route, hier, nous avons trouvé trois morts – des hommes jeunes, sans traces de blessure, mais la poitrine couverte du sang qu'ils avaient vomi. Ils devaient être morts depuis deux jours au moins, car ils commençaient à gonfler et à puer. Il ne leur restait rien, hormis leurs vêtements qui avaient été fouillés et leurs bidons d'eau, des bidons dont personne n'avait voulu. Et pour cause.

Nous avons fait des courses hier dans un Hanning Joss. Nous avons été surpris et soulagés d'en voir un, sachant que nous pourrions y acheter en toute sécurité tout ce dont nous avions besoin. Zahra en a profité pour faire une lessive à la laverie automatique du magasin. Payer pour laver les vêtements est un luxe, mais aucun d'entre nous ne supporte d'être sale. Nous n'y sommes pas habitués. J'ai acheté un deuxième chargeur pour le 45, plus de la graisse et un écouvillon pour le nettoyer. Ça me tracassait de ne pas avoir pu le faire. Une arme à feu doit être parfaitement entretenue ; notre sécurité, nos vies en dépendent. Un chargeur supplémentaire est aussi un avantage. Il me permettra de recharger plus vite en cas de besoin.

Nous avons donc passé une partie de la journée à l'ombre des pins et des figuiers, à nous reposer et à parler. J'en ai profité pour écrire et rassembler mes notes de la semaine. Je venais juste de terminer quand Travis est venu s'asseoir à côté de moi et m'a posé la question :

« Tu crois à ce machin, semence de la terre, hein ?

— Absolument.

— Mais c'est toi… qui l'as inventé. »

J'ai ramassé une petite pierre et je l'ai posée sur la table entre nous.

« Si je pouvais analyser ce caillou et te dire de quels minéraux il est composé, est-ce que ça voudrait dire que c'est moi qui l'ai fabriqué ? »

Il a à peine jeté un regard au caillou. Il a continué de me regarder.

« Alors, qu'est-ce que tu as analysé pour arriver à cette semence de la terre ?

— Les autres, moi-même, tout ce que je pouvais lire, entendre, voir, tout ce que je pouvais apprendre. Mon père est – était – prêcheur et professeur. Ma belle-mère dirigeait l'école du quartier. J'ai eu la chance de pouvoir étudier.

— Qu'est-ce que ton père pensait de ton idée de Dieu ?

— Je ne lui en ai jamais parlé.

— Tu n'en as pas eu le courage.

— Je l'aimais trop pour le choquer ou heurter ses sentiments.

— Il est mort ?

— Oui.

— Ouais, mes parents aussi. Les gens meurent jeunes, aujourd'hui. »

Un silence est passé avant qu'il me questionne de nouveau.

« Et où est-ce que t'as été chercher ces idées sur Dieu ?

— Je cherchais Dieu. La mythologie, le mysticisme, la magie, tout ça ne m'intéressait pas. Je ne savais pas si Dieu existait ou pas, mais je voulais savoir. L'idée que je m'en faisais était celle d'un pouvoir qui défiait toute description.

— Comme le changement.

— Oui, le changement.

— Mais c'est pas un dieu. C'est ni une personne, ni une intelligence, ni même une chose. C'est rien qu'une… une idée.

— C'est une vérité. Le changement est, par définition, un phénomène en cours. Tout change de quelque façon – taille, position, composition, fréquence, vitesse, pensée, tout. Chaque organisme vivant, chaque bout de matière, toute l'énergie dans l'univers change de quelque façon. »

Harry, qui revenait de s'être baigné, a entendu cette dernière phrase.

« C'est comme de dire que Dieu est la seconde loi de la thermodynamique. »

Il a dit ça avec un grand sourire. Nous avions déjà eu cette conversation, lui et moi.

« C'est un aspect de Dieu, j'ai dit à Travis. Connais-tu cette seconde loi ? »

Il a hoché la tête.

« L'entropie. Un flux de chaleur va toujours du chaud au froid, jamais l'inverse. La dégradation d'une énergie est donc liée à sa transformation. »

Je n'ai pas caché ma stupeur.

« Ma mère écrivait pour des journaux et des magazines. Elle s'est chargée de mon éducation. Puis mon père est mort et elle n'a plus eu assez d'argent pour nous faire vivre et garder notre maison. Elle n'a pas pu trouver un autre travail et elle a dû prendre un emploi de cuisinière à domicile, mais elle a continué de s'occuper de moi.

— Elle t'a appris la thermodynamique ? a demandé Harry.

— Elle m'a appris à lire et à écrire, puis elle m'a appris à apprendre tout seul. L'homme pour lequel elle travaillait avait une bibliothèque, toute une pièce remplie de livres.

— Il te laissait les lire ? je lui ai demandé.

— Non, je pouvais même pas en approcher, m'a répondu Travis avec un sourire triste. Mais je les ai lus quand même. Ma mère en prenait en cachette. »

Bien sûr. C'est ce que faisaient les esclaves il y a deux siècles. Ils s'efforçaient d'apprendre du mieux qu'ils le pouvaient, endurant parfois le fouet ou la mutilation pour cela.

« Il ne vous a jamais surpris ?

— Non. On faisait très attention. Il le fallait. Ma mère n'a jamais emprunté plus d'un livre à la fois. La femme le savait, mais elle avait du cœur. Elle n'a jamais rien dit. C'est elle qui a convaincu son mari de me laisser épouser Natividad. »

Le fils de la cuisinière épousant l'une des servantes. J'avais l'impression d'entendre une histoire du temps de l'esclavage.

« Et puis ma mère est morte et Natividad et moi on pouvait plus compter que sur nous. Le bébé est né. Je travaillais comme jardinier, mais le vieux salaud a commencé à tourner autour de Natividad. Il l'épiait pendant qu'elle donnait le sein au petit. Il ne la laissait jamais tranquille. C'est à cause de ça qu'on est partis. Sa femme nous a aidés. Elle nous a donné de l'argent. Elle savait que Natividad n'y était pour rien. Et moi, j'ai préféré m'en aller plutôt que de tuer ce salopard. »

Ce genre de situation était banal du temps de l'esclavage, et les hommes ne pouvaient rien y faire. S'ils se rebellaient, c'était la mort ou la vente à un autre maître.

J'ai regardé Natividad qui jouait avec son enfant tout en bavardant avec Zahra. Elle avait eu de la chance. Il y en avait très peu qui avaient pu échapper à la lubricité du maître ou gagner la compassion de la maîtresse.

« J'vois toujours pas comment on pourrait remplacer Dieu par le changement ou l'entropie, a dit Travis, ramenant la conversation à *Semence de la Terre.*

— Alors, indique-moi un pouvoir plus étendu que le changement. Il ne s'agit pas seulement d'entropie. Dieu est plus complexe que ça. Le comportement humain seul devrait te l'apprendre. Il y a toutes sortes de changements dans l'univers.

— Peut-être, mais personne n'a idée de les adorer.

— Je l'espère. *Semence de la Terre* traite de la réalité, pas de personnages mythiques ou surnaturels. La vénération n'est rien sans l'action. La croyance doit soutenir l'action, renforcer le but qu'on s'est donné, apaiser l'esprit. »

Il a eu un sourire sans joie.

« Les gens peuvent être sans but ni projet, ça les empêche pas de prier. J'ai toujours pensé que Dieu ne servait à rien d'autre qu'à aider les gens comme ma mère à endurer ce qu'ils avaient à endurer.

— Dieu n'est pas destiné à ça, mais la prière l'est parfois. Dieu est Changement et, à la fin, Il triomphe. Il y a un espoir quand le dieu auquel on croit n'est pas un dieu punitif ou jaloux, mais un dieu infiniment malléable. Il y a un apaisement quand on réalise que chacun et toute chose se plient à la volonté de Dieu. Il y a une force quand on pense que Dieu peut être façonné par chacun. Mais il n'y a ni espoir, ni paix de l'esprit, ni force quand on a des muscles et un cerveau et qu'on se contente d'attendre de Dieu qu'il règle vos affaires pour vous ou vous venge de l'injustice qui vous est faite. Tu le sais bien. Tu l'as su quand tu as pris ta femme et ton enfant et que tu as quitté la maison de ton patron. Dieu nous façonne, chaque jour de notre vie. Il vaut mieux le comprendre et renvoyer l'ascenseur : façonner Dieu.

— Amen ! » a dit Harry.

Je l'ai regardé, plus amusée qu'agacée.

« Mets une chemise, Harry, si tu veux pas attraper un coup de soleil.

— Tu veux continuer de prêcher ou bien tu veux manger ? » il m'a demandé en enfilant sa chemise bleue.

Ragoût de haricots avec de la viande séchée, tomates, poivrons et oignons. Un vrai repas de dimanche ! Il y avait des trous pour le feu dans le parc, et on avait le temps de faire la cuisine. On a même fait du pain et le bébé a eu droit à un plat spécial avec son lait, au lieu de quelques morceaux mâchés de ce que mangeait sa mère lors de nos brèves étapes.

J'ai bien aimé cette journée. De temps à autre, Travis me posait une question concernant *Semence de la Terre*, et je m'efforçais de lui répondre sans lui faire un sermon, ce qui n'était pas facile. Zahra et Natividad m'ont demandé si mon dieu était un homme ou une femme et elles ont été quelque peu perplexes quand je leur ai répondu que le Changement n'avait pas de sexe et que ce n'était pas une personne. Seul Harry a refusé de prendre cette discussion au sérieux. Il aime toutefois l'idée de tenir un journal. Hier, il s'est acheté un calepin et il a commencé de prendre des notes, et il complète les leçons que je continue de donner à Zahra.

J'aimerais le convertir à *Semence de la Terre*. J'aimerais les convertir tous. Ils pourraient être les fondations d'une communauté. J'aimerais apprendre à Dominic quand il grandira. Il m'apprendra aussi. Les petits enfants vous rendent fous avec toutes leurs questions, mais ils vous font aussi réfléchir. Pour l'instant, c'est aux questions de son père que je dois faire face.

J'ai couru le risque. J'ai parlé à Travis de la Destinée.

Il n'arrêtait pas de me demander où menait *Semence de la Terre.* Pourquoi personnifier le Changement en l'appelant Dieu ? Puisque le Changement n'est qu'une idée, pourquoi ne pas l'appeler ainsi ? Pourquoi ne pas dire simplement que le Changement a une importance particulière ?

« Si ce n'était qu'une idée acceptée comme telle, elle perdrait de sa force au bout de quelque temps. Les gens oublient les idées. Ils se souviennent mieux de Dieu, surtout quand ils sont désespérés ou effrayés.

— Et qu'est-ce qu'ils doivent faire alors ? Lire un poème ? il m'a demandé.

— Ils peuvent se souvenir d'une vérité. Les gens font ça tout le temps. Ils ouvrent la Bible, le Talmud, le Coran ou tout livre religieux et y trouvent la force d'affronter les terribles changements qui sont le lot de toute vie.

— Le changement effraie toujours les gens.

— Je sais. Dieu est effrayant. Mieux vaut apprendre à l'apprivoiser.

— Ta “Semence” n'est pas très rassurante.

— Elle l'est avec le temps. Je continue de la cultiver en moi. Dieu n'est ni bon ni mauvais, il ne nous aime ni ne nous hait, et pourtant il vaut mieux l'avoir pour ami que comme ennemi.

— Ton Dieu n'en a rien à faire, de toi.

— Raison de plus pour que je veille sur moi-même et les autres. Raison de plus pour créer des communautés de Semence de la Terre et façonner ensemble Dieu.

— C'est ça que tu veux ? Créer des communautés ?

— Oui.

— Et après ? »

C'était l'ouverture que j'avais cherchée. De l'endroit où j'étais, je pouvais voir la partie brûlée du parc. C'était triste, désolant ; il était difficile d'admettre que des gens avaient commis cela.

« Et après ? insistait Travis. Un dieu comme le tien n'a pas de paradis à offrir. Alors, que peut-on attendre ?

— La destinée de *Semence de la Terre* est de prendre racine parmi les étoiles. C'est le but ultime, le dernier changement humain avant la mort. C'est une destinée que nous ferions mieux de poursuivre si nous voulons être autre chose que des singes nus, aujourd'hui vivants, demain disparus, nos os mélangés avec les os et les cendres de nos cités, et après ?

— L'espace ? Mars ?

— Plus loin que Mars. Il y a d'autres systèmes stellaires. Des mondes vivants.

— Décidément, tu es cinglée. »

Il a dit cela d'un ton qui exprimait plus la stupeur que la moquerie. Je lui ai souri.

« Je sais que ça ne sera pas possible avant longtemps, mais pour le moment il s'agit de jeter les fondations des communautés *Semence de la Terre*. Après tout, mon paradis existe et on n'est pas obligé de mourir pour l'atteindre. La destinée de *Semence de la Terre* est de prendre racine parmi les étoiles ou parmi les cendres. »

J'ai fait un signe de tête en direction des arbres calcinés.

Travis m'a écoutée. Il ne m'a pas dit qu'une jeune fille partie de L.A. et en route vers le nord avec un sac à dos avait dû prendre un sacré coup de soleil sur la tête pour se risquer à désigner le chemin vers Alpha du Centaure. Il m'a écoutée. Il a ri un peu, comme s'il avait peur d'avoir l'air de prendre au sérieux mes idées. Mais il ne m'a pas fuie. Il s'est penché vers moi et a poursuivi la conversation, m'a posé d'autres questions. Natividad lui a dit qu'il m'importunait, mais il a continué. Il ne m'importunait pas. Je comprends la persistance. Je l'admire.

Dimanche 15 août 2027

Travis Charles Douglas est mon premier converti. Zahra Moss est ma deuxième. Zahra nous a écoutés, Travis et moi, tout au long de ces derniers jours. Parfois, elle posait une question ou nous livrait une remarque qu'elle se faisait. Et puis, un soir, elle m'a dit :

« Je me fiche pas mal des autres mondes. Je te les laisse. Mais si tu veux créer une communauté où les gens seront solidaires et libres, alors je suis avec toi. J'en ai parlé avec Natividad, j'ai pas envie d'une vie comme elle a eu. J'ai pas envie non plus de vivre comme l'a fait ma mère. »

Je me suis demandé quelle différence il pouvait y avoir entre l'ancien patron de Natividad qui voulait la posséder comme si elle lui appartenait et Richard Moss qui achetait des jeunes filles pour les enfermer dans son harem. Mais c'était une question personnelle. Natividad avait détesté son patron. Zahra avait accepté et peut-être aimé Richard Moss.

Semence de la Terre est née sur l'autoroute 101, cette portion de la 101 qui s'appelait dans le temps El Camino Real – la route royale de l'ancienne Californie espagnole. À présent, c'est le chemin des pauvres. Un fleuve de déshérités qui coule lentement vers le nord.

Je pense que je devrais peut-être pêcher dans ce fleuve, dont nous suivons le courant. Je pourrais repérer non seulement les gens qui pourraient être une menace pour nous, mais aussi ceux qui, comme Travis et Natividad, pourraient se joindre à nous et nous renforcer.

Et ensuite ? Trouver un lieu où s'installer ? Se comporter comme une bande ? Non. Pas vraiment une bande. Nous ne sommes pas une bande. Les bandes cherchent le pouvoir ; elles veulent dominer et elles pillent et terrorisent. Toutefois, il se peut que nous ayons à imposer notre domination. Il se peut même que nous volions pour survivre et que nous tuions nos ennemis. Nous devrons faire très attention à la façon que nous aurons de nous façonner. Mais nous devons avoir une terre cultivable, de l'eau, et jouir d'une sécurité suffisante pour nous établir et prospérer.

Il est possible qu'on trouve un lieu isolé le long de la côte et qu'on passe un marché avec les résidents. Si nous étions plus nombreux et mieux armés, nous pourrions offrir notre force en échange d'un espace où vivre. Nous pourrions aussi enseigner la lecture et l'écriture aux illettrés. Il est possible qu'on trouve un marché de ce genre. Il y a tant d'illettrés aujourd'hui. Oui, on pourrait y arriver. Pourvoir à nos propres besoins alimentaires et convertir nos voisins à notre projet, à Semence de la Terre.

19

Le sol tremble sous nos pieds,
Il Change.
Les galaxies dérivent à travers l'espace.
Les étoiles s'embrasent,
Vieillissent,
Se refroidissent,
Disparaissent.
Dieu est Changement.
Dieu triomphe toujours à la fin.
Semence de la Terre : Le Livre des vivants

Vendredi 27 août 2027
(Notes allant jusqu'au 29 août.)

Tremblement de terre, aujourd'hui.

La secousse s'est produite ce matin, peu de temps après que nous avons repris la route. Une forte secousse. La terre a grondé comme un coup de tonnerre souterrain, le sol a frissonné et je suis sûre qu'il s'est affaissé, mais je ne sais pas dans quelle proportion. Quand le tremblement s'est arrêté, rien ne semblait avoir changé, à part des nuages de poussière s'élevant çà et là dans les collines environnantes.

Les gens ont crié quand la terre a tremblé. Certains, chargés trop lourdement, ont perdu l'équilibre et sont tombés. Travis, avec Dominic dans ses bras et son lourd paquetage sur le dos, a bien failli mordre la poussière. Je l'ai vu tanguer sur ses jambes et rester debout au prix d'un grand effort. Secoué, le bébé s'est mis à pleurer, joignant ses cris à ceux des autres enfants qui marchaient près de nous et aux gémissements d'un vieillard qui avait du mal à se relever de sa chute.

Oubliant ma méfiance, je me suis portée vers lui, j'ai ramassé sa canne et je l'ai aidé à se relever. Il était très maigre et léger comme un enfant. Il m'a regardée lui tendre la main avec des yeux pleins d'effroi.

Je lui ai donné une tape sur l'épaule et, comme il s'éloignait, j'ai vérifié qu'il ne m'avait rien volé. Les pickpockets sont nombreux sur la route et n'ont pas d'âge.

Il ne me manquait rien.

Un homme avait observé la scène avec un sourire. Un Noir, la cinquantaine passée. Il poussait un petit chariot métallique ne contenant rien d'autre que deux sacoches de selle bourrées à craquer. Pratique et moins fatigant. Il n'a rien dit, mais son expression m'a plu. Je lui ai rendu son sourire. Puis je me suis souvenue qu'un homme ne souriait pas à un autre homme et me suis demandé s'il avait deviné mon déguisement. Ça n'avait pas d'importance, après tout.

J'ai retrouvé les autres. Zahra et Natividad réconfortaient de leur mieux Dominic. J'ai vu soudain Harry qui descendait dans le fossé au bord de la route, pour y ramasser quelque chose. Un chiffon sale noué en boule autour de quelque chose. Harry a déchiré le tissu usé et un rouleau de dollars lui est resté dans la main. Des billets de cent. Il devait y en avoir une trentaine.

« Cache ça ! » je lui ai murmuré.

Il a fait disparaître l'argent dans la poche de son jean.

« Des chaussures neuves, il a chuchoté. Des solides et puis d'autres choses. Tu veux quoi ? »

Je lui avais promis de lui acheter des chaussures dès que nous trouverions un magasin. Les siennes n'avaient presque plus de semelles. Mais il me venait maintenant une autre idée.

« Si tu as assez, je lui ai dit, achète-toi un pistolet. Tu auras tes chaussures, de toute façon. Le plus important, c'est le pistolet. »

Je l'ai laissé à son étonnement et j'ai demandé aux autres si tout allait bien.

Dominic était de nouveau content, à chevaucher le dos de sa mère et à jouer avec ses cheveux. Travis était parti en tête pour jeter un coup d'œil au petit groupe de maisons à deux ou trois cents mètres de l'autoroute. C'était un pays fermier. Pendant des jours, nous n'avions rien vu hormis de petites agglomérations agonisantes et quelques fermes, certaines habitées, d'autres abandonnées aux mauvaises herbes.

Nous avons rejoint Travis.

« Il y a le feu », nous a-t-il dit.

De la fumée sortait des fenêtres d'une des maisons et déjà des gens quittaient l'autoroute pour se diriger vers le lieu du sinistre. Après le feu, le sang. Les fermiers arriveraient peut-être à maîtriser l'incendie, mais devraient affronter les pillards.

« Fichons le camp, j'ai dit. Les fermiers sont armés et ils ne tarderont pas à tirer sur tous ces rapaces.

— On pourrait peut-être aller voir si… » a commencé Zahra sans conviction.

Je l'ai interrompue avec colère :

« Non, il n'y a rien là-bas qui vaille qu'on se fasse descendre. »

Et je suis partie d'un bon pas, les autres derrière moi. On n'avait pas fait deux cents mètres que la fusillade éclatait.

Il y avait encore des gens sur la route avec nous, mais le plus grand nombre s'était porté vers la maison en flammes. Il était à prévoir que cette dernière ne serait pas la seule convoitée par les pillards et le combat était inévitable.

Aux détonations des pistolets et des fusils se mêlaient maintenant des rafales d'armes automatiques. Nous avons pressé le pas, avec l'espoir d'échapper aux balles perdues.

« Merde ! a grogné Zahra, qui marchait à côté de moi. J'aurais dû me douter de ce qui allait se passer. Faut être courageux pour vivre isolés comme ça. Ces gens vont pas se laisser faire.

— Je ne sais pas si leur courage les tirera d'affaire aujourd'hui », je lui ai dit en me retournant vers le petit groupe de maisons.

Le feu avait pris en plusieurs endroits. Des cris nous parvenaient, mêlés aux détonations que les collines répercutaient. Établir une communauté à deux cents mètres de l'autoroute ! Quelle stupidité ! Ils auraient dû s'installer dans les collines, hors de vue des hordes empruntant la route. Ça nous servirait de leçon le jour où nous choisirions de nous implanter quelque part. Demain, les survivants parmi ces fermiers seraient sur la route avec le peu de biens qu'ils auraient pu sauver.

C'est bizarre, mais je pense que personne n'aurait songé à attaquer la communauté en masse si le tremblement de terre – ou autre chose – n'avait déclenché un incendie. Il avait suffi d'un feu pour réveiller le pillard qui sommeillait chez la plupart d'entre eux. Car il ne faisait plus de doute qu'ils n'abandonneraient qu'après avoir tout pillé. Les tirs des fermiers pouvaient en effrayer plus d'un, en blesser ou en tuer certains, mais ils provoqueraient la colère de tous les autres. Les gens qui avaient choisi de vivre dans un lieu aussi exposé auraient dû disposer de défenses à la hauteur du danger – des mines disséminées autour de l'enceinte, par exemple. Seule une force aussi destructrice aurait repoussé les assaillants et provoqué en eux une terreur plus grande que leur voracité. À défaut de défense sérieuse, les fermiers auraient pu fuir dans les collines qu'ils connaissaient mieux que les pillards, à condition qu'ils y aient préparé des refuges. Apparemment, ce n'était même pas le cas. Toutes les maisons étaient maintenant la proie des flammes et elles attiraient sans cesse de nouveaux pillards.

« Le monde entier est devenu fou », a dit soudain une voix près de moi.

J'ai su qui c'était avant même de me tourner vers lui. C'était l'homme au chariot. On avait ralenti un peu pour regarder l'incendie et il nous avait rattrapés. Lui aussi avait eu le bon sens de rester sur la route. Il ne semblait pas du genre à piller des malheureux. Ses vêtements étaient poussiéreux et ordinaires, mais en bon état. Son jean était encore bleu et sa chemise rouge à manches courtes avait tous ses boutons. Il avait aux pieds d'excellentes chaussures de sport qui semblaient neuves et, chose rare, sa coupe de cheveux était l'œuvre d'un professionnel. Que faisait-il, ici sur la route, à pousser un chariot ? Cet homme avait dû être riche ou, du moins, vivre dans l'aisance. Il avait une barbe poivre et sel, court taillée. Il me plut davantage encore que la première fois que j'avais posé les yeux sur lui. C'était décidément un bel homme.

Est-ce que le monde était devenu fou ?

« D'après ce que j'ai lu, je lui ai dit, le monde devient fou tous les trente ou quarante ans. Le tout est de survivre jusqu'à ce qu'il se calme de nouveau. »

J'étalais quelque peu mes connaissances, je l'admets, mais l'homme ne parut pas impressionné.

« Les années 90 étaient folles, mais elles étaient riches. Ce qui se passe aujourd'hui est insensé. C'est le retour à la barbarie. Ces gens, là-bas, ces bêtes…

— J'comprends pas comment on peut se comporter comme ça, a dit Natividad. Dommage qu'on puisse pas appeler la police. Ces fermiers auraient déjà dû le faire.

— Ça ne servirait à rien d'appeler les flics, j'ai dit. D'abord ils ne se déplaceraient même pas et, s'ils le faisaient, le remède serait pire que le mal. »

On a poursuivi notre route et l'étranger semblait heureux de marcher en notre compagnie. Il aurait pu rester en arrière ou bien partir en avant, car il n'avait rien à porter et pouvait aller vite, tant qu'il restait sur la route. Mais il est demeuré avec nous. Je lui ai parlé, me suis présentée et j'ai appris qu'il s'appelait Bankole, Taylor Franklin Bankole. Nos noms de famille ont créé aussitôt un lien entre nous. Nous descendons tous deux d'hommes qui se sont choisi des patronymes africains dans les années 60. Son père et le mien ont changé légalement leurs noms américains et ont opté pour des noms yoruba.

« La plupart ont pris des noms swahilis dans les années 60, m'a dit Bankole. (Il voulait qu'on l'appelle Bankole et non Taylor.) Mon père, lui, était un original.

— Je ne connais pas les raisons de mon grand-père. Son nom était Broome avant qu'il le change. Mais pourquoi avoir choisi Olamina ? Même mon père ne le savait pas. Il n'était pas encore né quand son père a changé d'identité. »

Bankole avait un an de moins que mon père. Il était né en 1970 et, d'après lui, bien trop vieux pour se retrouver sur la route avec tout ce qui lui restait entassé dans deux sacoches de selle. Cinquante-sept ans, donc. Je me suis surprise à regretter qu'il ne soit pas plus jeune et n'ait pas encore de nombreuses années devant lui.

Vieux ou pas, c'est lui qui a entendu le premier les appels à l'aide des deux filles.

Un chemin de terre courait en bordure de l'autoroute puis tournait en direction des collines et d'une maison qui venait de s'effondrer sous l'effet du tremblement de terre, à en juger par le nuage de poussière qui stagnait encore au-dessus d'elle. Maintenant que Bankole nous avait alertés, nous pouvions entendre de faibles cris provenant des ruines.

« On dirait des femmes, a dit Harry.

— Allons voir, j'ai dit. Elles doivent être coincées sous les décombres. »

Harry m'a retenue par le bras.

« Tu crois que c'est prudent ? »

Je lui ai donné le pistolet, au cas où la vision d'un blessé m'ôterait mes moyens.

« Tiens, surveille nos arrières. »

Nous nous sommes avancés, sur le qui-vive, sachant qu'un appel à l'aide pouvait être un piège. Il s'est trouvé des gens pour nous suivre et Harry, qui fermait la marche le pistolet à la main, s'efforçait de les garder à distance. Bankole était à mes côtés, poussant son chariot.

Il y avait effectivement deux femmes sous les décombres. L'une suppliait, l'autre jurait. On ne pouvait les voir et c'est au son de leurs voix que nous les avons localisées. Alors Zahra, Travis et moi, nous avons entrepris de dégager les poutres brisées, les briques et les plaques de plâtre. Bankole, l'air redoutable, veillait avec Harry. Est-ce qu'il avait une arme ? Nous attirions un public de pillards. Certains de ceux qui nous avaient suivis avaient jeté un coup d'œil à la ruine et étaient repartis, jugeant qu'il n'y avait rien à en tirer. Mais quelques-uns étaient restés et nous observaient, l'œil fiévreux. Je m'étonnais que personne ne soit déjà passé par là, pour voler ce que ces femmes pouvaient posséder et pour mettre le feu aux décombres, sans même prendre la peine d'en sortir les deux prisonnières. J'espérais que nous pourrions les délivrer et regagner la route avant que quelqu'un ne déclenche le pillage.

J'ai vu Natividad parler à Bankole, puis placer Dominic dans le chariot et tâter la poche de son pantalon pour s'assurer que son couteau était là. Je n'ai pas trop aimé ça. Il valait mieux qu'elle garde le bébé avec elle, au cas où il faudrait décamper en courant.

Nous avons fini par dégager une jambe pâle coincée sous une poutre. Un pan de mur et une partie du plafond s'étaient effondrés sur ces femmes. Nous avons poursuivi le déblaiement et nous avons pu les sortir de là en prenant garde à ne pas les blesser. Évidemment, j'ai souffert autant qu'elles de l'opération.

Ni l'une ni l'autre n'avaient de fractures. Elles présentaient quelques entailles ici et là et l'une d'elles saignait du nez et de la bouche. Elle a craché du sang et une dent ou deux, puis a essayé de se lever en jurant. J'ai préféré laisser Zahra s'occuper d'elle.

L'autre, le visage baigné de larmes, restait assise et nous regardait avec stupeur. Travis a voulu la relever, mais elle s'est mise à crier. Elle était manifestement en état de choc.

« Où sont vos affaires ? a demandé Zahra à la première. On a pas intérêt à trop traîner ici. »

J'éprouvais la désagréable sensation d'avoir perdu deux dents et, involontairement, je me suis palpé les gencives. Je me sentais mal, meurtrie de partout, et je n'avais qu'une hâte : ficher le camp de ces décombres et trouver un coin tranquille où récupérer. J'ai respiré un grand coup et je me suis approchée de la femme qui pleurait.

« Tu peux m'entendre ? » je lui ai demandé.

Elle a levé les yeux vers moi puis elle a regardé autour d'elle et, découvrant son amie, elle a voulu se lever et aller près d'elle. Elle a trébuché et elle serait tombée si je ne l'avais pas soutenue.

« Tu n'as rien de cassé, mais faut y aller doucement, je lui ai dit. Il faut partir d'ici et tu dois marcher.

— Qui tu es ? elle m'a demandé.

— On ne se connaît pas. Essaie de marcher.

— Il y a eu un tremblement de terre.

— Je sais. Marche ! »

Elle a fait un pas incertain, puis un autre en direction de sa compagne.

« Allie ? »

La dénommée Allie a sursauté et, voyant son amie, est allée à sa rencontre d'un même pas hésitant, pour la serrer dans ses bras.

« Jill ! Dieu merci, tu n'as rien !

— J'ai retrouvé leurs affaires, a dit Travis. Faut filer, maintenant. »

Nous les avons forcées à marcher encore tout en essayant de leur faire comprendre le danger qu'il y avait à rester. On ne pouvait pas les entraîner de force, mais on ne pouvait tout de même pas les laisser à la merci des pillards, après les avoir dégagées de leur périlleuse situation. Il fallait qu'elles fassent un bout de route avec nous, jusqu'à ce qu'elles reprennent des forces et soient capables de se débrouiller toutes seules.

« D'accord », a dit celle qui saignait de la bouche.

C'était la plus petite, mais la plus dure des deux. À peu près du même âge – une vingtaine d'années –, blanches, peut-être des sœurs.

« D'accord, elle a répété. Donnez-moi mon sac. »

Travis lui a montré les deux sacs qu'il avait posés par terre. Elle en a attaché un sur son dos et a regardé sa compagne.

« Je peux le porter, a dit celle-ci. J'me sens mieux. »

Elle était encore très faible, mais elle devrait porter son propre sac. Personne ne pouvait porter une double charge pendant longtemps. Personne ne pouvait se battre en étant trop lourdement chargé.

Ils étaient maintenant une douzaine à nous avoir regardés sortir les deux femmes des décombres. Harry ouvrait la marche, le pistolet à la main. Son expression disait clairement qu'il tuerait le premier qui se mettrait en travers de son chemin. Je ne l'avais jamais vu comme ça. C'était impressionnant, effrayant. Harry avait de bonnes raisons pour se comporter ainsi, car le danger était réel, mais ça lui ressemblait si peu de jouer les méchants.

Et puis j'ai pensé qu'il n'était plus le gosse que j'avais connu, mais un homme et qu'autour de nous, c'était pire que la jungle.

Bankole marchait derrière lui, l'air encore plus farouche que Harry, en dépit de ses cheveux et de sa barbe grise. Il avait un pistolet à la main. Un automatique, probablement un 9 mm. J'espérais qu'il était bon tireur.

Natividad poussait le chariot de Bankole, avec Dominic à l'intérieur. Travis marchait à côté d'elle, prêt à défendre sa femme et son enfant.

Je suivais avec les deux femmes, craignant que l'une d'elles ne tombe et que quelqu'un ne se jette sur elle. Celle qui s'appelait Allie saignait toujours de la bouche et l'autre, Jill, avançait comme un zombie entre sa compagne et moi.

Je savais que nous serions attaqués. Le fait d'aider les deux femmes avait fait de nous une cible. Nous l'aurions déjà été si l'incendie, un peu plus bas sur la route, n'avait attiré les plus désespérés et les plus violents. Malheur aux faibles, aujourd'hui. Le tremblement de terre avait réveillé les instincts prédateurs. Et une attaque en engendrait d'autres.

Il n'y avait rien d'autre à faire qu'à se tenir prêts.

Soudain, un homme s'est jeté sur Zahra. Elle est petite et elle avait dû lui sembler aussi faible que désirable.

La seconde d'après, c'était à mon tour d'être saisie par-derrière. Je me suis retournée et, dans mon mouvement, j'ai trébuché et je suis tombée, entraînant dans ma chute l'homme qui me tenait. Par pur réflexe, j'ai sorti mon couteau que j'avais glissé sous ma ceinture dans mon dos, après avoir donné le pistolet à Harry. L'homme était sur moi et je lui ai enfoncé la lame jusqu'à la garde dans la poitrine, pour l'en retirer aussitôt, mue par mon empathie.

Je ne peux décrire la douleur.

Les autres m'ont dit plus tard qu'ils n'avaient jamais entendu pareil cri d'agonie. Je n'en suis pas étonnée. Jamais je n'avais éprouvé de douleur plus aiguë.

Elle m'a d'abord clouée au sol et puis elle s'est dissipée, rapidement, tandis que l'homme, touché au cœur, mourait. C'est seulement alors que j'ai entendu des cris : ceux de Dominic. Et puis des coups de feu. Où étaient les autres ? Étaient-ils blessés ? Morts ? Prisonniers ?

L'homme gisait toujours sur moi. Lourd. Nauséabond. J'étais baignée de son sang et de son urine, car le salaud s'était vidé en mourant.

J'ai ouvert les yeux juste au moment où le mort basculait sur le côté et j'ai vu les visages inquiets de Bankole et de Harry au-dessus de moi.

J'ai toussé et j'ai essayé de me relever, mais Bankole m'en a empêchée.

« Tu n'es pas blessée ? il m'a demandé.

— Non, je n'ai rien. T'inquiète pas, c'est pas mon sang », j'ai ajouté à l'intention de Harry qui regardait fixement ma chemise poisseuse.

Ils m'ont aidée à me relever. Sang et urine se mêlaient. J'étais folle d'écœurement. Je voulais me changer sur-le-champ, mais il n'était pas question, bien sûr, de le faire en plein jour devant tout le monde. J'avais déjà eu assez d'ennuis comme ça.

J'ai regardé autour de moi et j'ai vu Travis qui s'efforçait de calmer Dominic. Zahra était avec les deux femmes, qui s'étaient assises par terre en attendant qu'on reparte.

« Elles vont bien ? j'ai demandé.

— Elles ont eu peur et elles sont un peu secouées, m'a répondu Harry. À part ça, elles vont bien. On peut pas en dire autant de lui et de ses copains. »

Il a désigné l'homme que j'avais tué et trois autres corps gisant non loin.

« On a laissé partir ceux qu'on avait blessés », il a ajouté.

J'ai acquiescé d'un signe de tête, reconnaissante de ne pas avoir à endurer une souffrance supplémentaire.

« On ferait bien de fouiller ces quatre-là et de quitter les lieux. On nous voit depuis la route et on risque de s'attirer de nouveaux curieux. »

On a dépouillé les morts et Zahra m'a convaincue d'aller me changer derrière la maison en ruine. Elle a pris le pistolet des mains de Harry et m'a accompagnée.

« Tu es couverte de sang, elle m'a dit. Si les gens croient que tu es blessée, ils te sauteront dessus. C'est pas un bon jour pour avoir l'air faible. »

Elle avait raison. Et puis j'étais contente que quelqu'un m'encourage à faire ce que j'avais désespérément envie de faire.

J'ai entassé mes affaires sales dans un sac en plastique, que j'ai fourré dans mon paquetage. Si l'un des morts avait eu des vêtements en bon état et à ma taille, j'aurais jeté les miens, mais ce n'était pas le cas. Ils avaient toutefois un peu d'argent sur eux – deux mille cinq cents dollars en tout –, deux couteaux que nous pourrions vendre ou donner aux deux filles et un pistolet. L'arme – un Beretta 9 mm – était vide, et son propriétaire n'avait pas de balles sur lui non plus. Bankole, si c'était bien un 9 mm qu'il avait, pourrait nous céder quelques munitions. On en achèterait de toute façon à la première occasion. J'avais trouvé quelques bijoux dans la poche de l'homme qui m'avait attaquée : deux bagues en or, un collier de pierres bleues – des lapis-lazulis – et une grosse boucle d'oreille, qui s'avéra être une radio miniature. Nous la garderions. Nous pourrions capter des informations sur ce qui se passait en dehors de l'autoroute.

Les quatre hommes avaient chacun une petite boîte de pilules sur eux. Ils ne transportaient rien à manger ni à boire, n'avaient qu'une arme à feu pour quatre, et encore, pas chargée, mais ils avaient de la drogue. Probable que tout ce qu'ils parvenaient à grappiller de-ci de-là, en volant ou en pillant, ils le destinaient à l'achat de ces pilules. De la pyro ? Pour la première fois depuis longtemps, j'ai pensé à mon frère Keith. Vendait-il ces pilules rouges que nous découvrions souvent sur ceux qui nous attaquaient ? Était-ce la drogue qui était à l'origine de sa mort ?

Plus tard, alors que nous marchions sur l'autoroute, nous avons vu des voitures de police se diriger vers le petit groupe de fermes qui ne devaient plus être qu'un tas de cendres fumantes. Peut-être les flics arrêteraient-ils quelques pillards attardés, peut-être pilleraient-ils eux-mêmes un peu. Ou peut-être se contenteraient-ils de jeter un coup d'œil et de repartir. Qu'avaient-ils fait quand notre communauté avait été attaquée ? Rien.

Les deux femmes qu'on a sorties des décombres veulent rester avec nous. Elles s'appellent Allison et Jillian Gilchrist. Deux sœurs, vingt-quatre et vingt-cinq ans. Elles ont fui leur famille ; leur père les prostituait depuis des années. Elles avaient cherché refuge la veille dans la maison qui s'est écroulée et qui leur avait paru abandonnée.

« Les maisons abandonnées sont des pièges, a dit Zahra. Surtout quand elles sont isolées.

— On a été tranquilles, jusqu'à ce qu'il y ait ce tremblement de terre, a dit Jill. Ça faisait longtemps qu'on appelait, quand vous êtes arrivés.

— Vous avez de la chance, lui a dit Bankole, qui marchait à mes côtés. C'est devenu rare que les gens s'entraident.

— On sait, a reconnu Jill. On vous doit beaucoup. Mais vous êtes qui ? »

Harry a eu un sourire en coin.

« *Semence de la Terre* », il a dit en me jetant un coup d'œil.

J'aurais dû m'y attendre, à celle-là. Harry n'en rate jamais une.

« C'est quoi, ça ? m'a demandé Jill, qui avait surpris le regard de Harry.

— On partage certaines idées, je lui ai répondu. On a l'intention de s'installer dans le Nord. De fonder une communauté.

— Où ça, dans le Nord ? » a demandé Allie.

Même si elle ne saignait plus, elle avait encore mal à la bouche et je ressentais sa douleur quand je faisais attention à elle.

« Là où l'eau ne sera plus un problème.

— Partout, l'eau est un problème, elle a répliqué. Mais vous êtes quoi, une secte ?

— On croit dans les mêmes choses. »

Il y avait de l'hostilité dans le regard qu'elle m'a lancé.

« La religion, c'est de la merde, elle a déclaré. Rien que de la merde. »

J'ai haussé les épaules.

« Vous êtes libres de faire ce que vous voulez, je lui ai dit. Vous pouvez rester avec nous comme vous pouvez partir.

— Mais vous croyez à quoi ?

— À nous, j'ai dit. En qui d'autre pourrions-nous croire ? »

Elle a secoué la tête d'un air de dépit.

« Il faut qu'on se convertisse si on veut voyager avec vous ?

— Non.

— Alors, on reste ! »

Sur ce, elle s'est détournée de moi et a pressé le pas, comme si elle venait de remporter une victoire.

« On a risqué notre vie pour vous, aujourd'hui. »

J'avais parlé sans élever le ton, mais sèchement et je l'ai vue tressaillir.

« Vous ne nous devez rien pour ça, j'ai continué. Nous l'avons fait sans en attendre de remerciements ni rien. Mais si vous voyagez avec nous et s'il y a du grabuge, vous devrez vous battre avec nous. On peut compter sur vous ou pas ? »

Allie s'est retournée avec colère et s'est arrêtée devant moi. J'ai continué d'avancer. J'avais besoin de savoir jusqu'où sa colère pouvait l'entraîner et si sa présence parmi nous et celle de sa sœur seraient davantage une charge pour nous qu'un bénéfice.

Quand elle a compris que je ne m'arrêterais pas, que je passerais mon chemin, elle est venue à mes côtés et a marché avec moi, comme si ç'avait été sa première intention.

« On sait se démerder et on sait aussi donner un coup de main aux amis et combattre nos ennemis, elle m'a dit d'une voix âpre. On a fait que ça depuis qu'on est toutes petites. Mais vous nous avez sauvé la vie, alors on reste avec vous. »

Je l'ai regardée. Elles nous avaient dit peu de choses de leur vie, si ce n'est que leur père les avait prostituées. Une bien sale histoire – si elle était vraie. Mais je finirais par en apprendre plus. J'étais curieuse de savoir comment elles avaient pu échapper à leur père.

« Bienvenue », je lui ai dit.

Elle m'a regardée, a hoché la tête et puis elle est de nouveau partie devant, en quelques longues enjambées. Sa sœur, qui avait ralenti pendant que je parlais avec Allie, s'est empressée de la rejoindre.

Bankole est venu marcher à mes côtés et j'ai réalisé qu'il s'était tenu à l'écart, dès qu'il avait vu l'échange entre Allie et moi.

« À chaque jour suffit sa peine », il m'a dit quand j'ai tourné la tête vers lui.

Je lui ai souri.

« Merci de m'avoir laissée seule avec Allie. »

Il a haussé les épaules.

« J'avoue que votre intervention m'a étonné. Ce n'est pas tous les jours qu'on voit des gens porter secours à d'autres.

— Vous y avez participé.

— Oui, et un de ces jours ma bonté me perdra, a-t-il dit en souriant. Écoutez, si ça ne vous dérange pas, j'aimerais voyager avec votre groupe.

— Vous en faites déjà partie. Mais bienvenue quand même.

— Merci. »

Il avait un beau sourire, des yeux francs avec des iris d'un brun foncé. Des yeux attirants. Il me plaît, cet homme. Trop, dirais-je. Je dois rester prudente.

Dans l'après-midi, nous avons atteint Salinas, une petite ville qui semblait peu touchée par le tremblement de terre, bien que le sol n'ait cessé de bouger pendant toute la journée. Salinas semblait aussi avoir échappé à ces hordes de pillards que nous avons vues à l'œuvre depuis l'incendie de la première communauté de fermiers, ce matin. C'était une surprise, car la plupart des hameaux que nous avons dépassés ont brûlé et ont été pillés, comme si le séisme avait transformé la foule harassée des migrants en bêtes sauvages fondant sur quiconque possédait encore une maison.

Le gros des pillards était derrière nous, s'entre-tuant dans les décombres des bâtisses fumantes. Aujourd'hui plus que jamais, je me suis efforcée de ne pas voir ce qui se passait autour de moi. La fumée et le bruit m'ont été un voile salutaire. J'avais déjà assez mal comme ça avec le visage tuméfié d'Allie et l'atmosphère misérable de la route.

Nous étions fatigués en arrivant à Salinas, mais nous avions décidé de poursuivre notre route après nous être réapprovisionnés et avoir lavé notre linge. Nous ne voulions pas nous trouver en ville quand les plus déchaînés des pillards y surgiraient. Ils seraient ivres de pouvoir et plus avides que jamais. Comme a dit Bankole : « Rien n'arrête une foule qui a pris goût au saccage. »

Mais Salinas semblait avoir reniflé le danger. Des dizaines de voitures de police étaient garées à l'entrée de la ville et les flics, armés jusqu'aux dents, nous ont regardés passer en caressant la détente de leurs fusils automatiques.

Nous avions besoin de provisions, mais nous ne savions pas si on nous permettrait d'en faire. Salinas puait l'hostilité, le genre de patelin où l'on prévient l'étranger qu'il a intérêt à ficher le camp avant la tombée du soleil. Ces jours derniers, nous avions traversé plusieurs agglomérations de ce genre.

Mais personne ne nous a arrêtés quand nous avons quitté la route pour nous diriger vers un centre commercial. Nous étions peu nombreux à circuler à ce moment-là et les flics pouvaient mieux exercer leur surveillance. Ils nous ont observés avec attention, mais ils nous ont laissés tranquilles. Nous formions un groupe d'apparence paisible : des femmes, un bébé, des hommes, et trois d'entre nous étaient blancs.

Les vigiles à l'entrée des magasins étaient aussi bien armés que les flics : shotguns et fusils d'assaut et même des fusils-mitrailleurs sur trépieds placés sur les toits. Impressionnant. Bankole se souvenait du temps où les vigiles n'avaient rien d'autre qu'un pistolet ou, simplement, une matraque. Mon père parlait comme ça.

Mais quelques-uns d'entre eux étaient de vrais tordus, à qui la possession d'armes puissantes tournait la tête.

On allait entrer dans l'une des boutiques, quand deux d'entre eux ont pointé leurs fusils sur nous. Nous nous sommes figés sur place, ne sachant que faire.

Et puis ces crétins ont éclaté de rire.

« Entrez dépenser votre fric ou foutez le camp ! » a dit l'un d'eux.

On a préféré foutre le camp et essayer un autre magasin. On en a trouvé un, dont les gardes nous ont laissés entrer sans rien nous dire. Je me suis dit que les bavures ne devaient pas manquer, avec des branques pareils, bavures qu'ils devaient faire passer pour légitime défense face à une tentative de vol à main armée.

Les vigiles de la station d'eau étaient calmes et professionnels. Ils gardaient baissé le canon de leur fusil et se contentaient de presser les gens qui faisaient la queue. La place nous a paru assez sûre pour que nous puissions non seulement y laver notre linge, mais aussi louer deux cabines et faire une toilette avec un seau d'eau chacun. J'ai pu ainsi préserver mon identité masculine, du moins aux yeux de ceux qui, dans le groupe, ignoraient encore la supercherie.

Un peu moins sales, pourvus de provisions de route, d'eau, de munitions pour les trois pistolets – et, pour ma part (et pour l'avenir, qui sait…), de préservatifs –, nous nous sommes dirigés vers la sortie de la ville. En chemin, nous sommes passés devant quelques étalages de produits et d'objets d'occasion disposés sur des tables ou à même le sol sur une pièce de tissu. C'est Bankole qui a repéré le fusil sur l'une des tables.

Une antiquité : une carabine Winchester à levier d'armement, à cinq coups. Une arme relativement lente à charger, a fait remarquer Bankole, mais qui lui plaisait bien. Il l'a longuement examinée et a marchandé avec l'homme et la femme qui la vendaient. Ils étaient tous deux très bien armés, à en juger par les crosses qui dépassaient des deux holsters croisés sur leurs poitrines, et leur étalage était propre et bien rangé. Il y avait une petite machine à écrire portable, un tas de bouquins, quelques outils, deux coutelas dans des gaines de cuir, deux ou trois casseroles et la Winchester, avec sa bandoulière et sa lunette de précision.

Pendant que Bankole discutait avec l'homme, j'ai acheté à la femme deux casseroles. Je demanderais à Bankole de les prendre dans son chariot. Elles étaient assez grandes pour y faire cuire une bouillie ou autre pour nous tous. Nous étions neuf à présent, et de plus grands ustensiles devenaient nécessaires. Harry, lui, s'intéressait aux livres.

Il n'y avait là que de la fiction. J'ai acheté une anthologie de poésie et Harry a choisi un roman western. Les autres, soit par manque d'argent, soit par manque d'intérêt, ont ignoré les livres. J'en aurais acheté plus si j'avais pu les emporter. Mais mon paquetage était déjà assez lourd comme ça.

Nos achats terminés, nous nous sommes écartés de l'étalage et nous avons attendu Bankole, qui marchandait toujours. Finalement, il a obtenu un prix avantageux et nous a appelés :

« Est-ce que l'un de vous saurait se servir de cette antiquité ? »

Harry et moi, on lui a répondu qu'on savait. Finalement, tout le monde a examiné l'arme, certains avec perplexité, les autres avec assurance. Dans le quartier, Harry et moi, on avait pratiqué le tir avec les armes des autres familles, fusils, shotguns et revolvers. Mon père tenait à ce qu'on sache manier toutes les armes à feu disponibles. Harry et moi, nous savions très bien tirer au fusil et cette Winchester me plaisait bien. Elle était belle et agréable à tenir. Harry aussi l'aimait.

« Approchez, a dit Bankole en nous entraînant à l'écart du couple de marchands. Vous devriez acheter cette carabine. Vous avez de quoi payer le prix que j'ai obtenu avec ce que vous avez récupéré ce matin sur les corps des quatre junkies. Il vous faut au moins une arme précise et de longue portée, et celle-ci est excellente.

— On pourrait acheter pas mal de nourriture avec cet argent, a dit Travis.

— Oui, mais seuls les vivants ont besoin de manger, a répliqué Bankole. Si vous l'achetez, vous serez largement remboursés si elle vous sauve un jour la vie. J'apprendrai à s'en servir à ceux qui ne savent pas. Mon père et moi on chassait le chevreuil avec une Winchester.

— C'est une antiquité, a dit Harry. Elle tire au coup par coup…

— Vous n'avez pas les moyens de vous offrir une arme automatique, a dit Bankole.

— Il faut du temps pour réarmer, a dit Zahra. Et, même à ce prix-là, c'est pas vraiment une affaire.

— J'suis nouvelle parmi vous, a dit Allie, mais j'pense que Bankole a raison. Vous, les gars, vous êtes bons au pistolet, mais tôt ou tard, on tombera sur des types qui nous tireront de loin comme des lapins.

— Et c'est cette carabine qui va nous sauver ? a demandé Zahra.

— Nous sauver, peut-être pas, j'ai dit. Mais au moins nous pourrons riposter. Et des chevreuils, vous en avez tué beaucoup ?

— Un ou deux », a répondu Bankole en souriant.

Je ne lui ai pas rendu son sourire.

« Pourquoi vous ne l'achetez pas vous-même ?

— Je n'en ai pas les moyens. J'ai assez d'argent pour tenir le coup pendant quelque temps, et c'est tout. Tout ce que j'avais a été volé ou brûlé. »

Je ne l'ai pas cru. Mais à la vérité, personne ne savait non plus combien j'avais d'argent. D'une certaine façon, il sondait notre propre solvabilité. Avions-nous assez d'argent pour l'achat imprévu d'une carabine ? Et que comptait-il faire si nous cédions à ses arguments ? J'espérais, et ce n'était pas la première fois, qu'il n'était pas un aventurier séduisant mais sans scrupules, prêt à nous voler quand l'occasion s'en présenterait. Cependant, j'aimais cette arme et nous en avions réellement besoin.

« Harry et moi, nous nous sommes longtemps exercés au tir, j'ai dit aux autres. Je pense que cette carabine peut nous être utile et nous n'avons pas les moyens d'acheter mieux. Est-ce que quelqu'un a remarqué un défaut quelconque sur cette arme ? »

Ils se sont consultés du regard et ont secoué la tête.

« Elle a besoin d'un nettoyage et de cartouches 30-06, a dit Bankole. Elle n'a pas servi depuis longtemps, mais elle semble avoir été bien entretenue. Si vous l'achetez, moi, j'achèterai un kit de nettoyage et des cartouches.

— D'accord, si nous l'achetons, j'ai dit. Qui d'autre sait manier cette carabine ?

— Moi », a dit Natividad.

On s'est tournés vers elle avec étonnement et elle a précisé :

« Comme je n'avais pas de frères, c'est à moi que mon père a appris.

— On a jamais tiré de notre vie, a dit Allie, mais on peut apprendre. »

Jill a hoché la tête avec vigueur :

« J'ai toujours eu envie de tirer.

— Moi aussi, faudra que j'apprenne, a dit Travis. Quand j'étais gosse, les armes étaient enfermées à clé et seuls les gardes en avaient.

— Alors, c'est d'accord, on l'achète, j'ai déclaré. Et puis on filera d'ici. Le soleil baisse. »

Bankole a tenu parole. Il a acheté plein de cartouches et un nécessaire à nettoyer et a insisté pour qu'on les achète avant de quitter la ville.

« On ne remet pas au lendemain ce qu'on peut faire le jour même », il a dit avec ce sourire que j'aimais un peu trop.

Quand nous avons enfin quitté la ville, Harry portait la carabine et Zahra le Beretta, tous vides, car il fallait les nettoyer avant de les charger. Bankole et moi, nous étions les seuls à avoir une arme chargée. J'ai pris la tête du groupe et lui a fermé la marche. Derrière nous, au loin, on pouvait entendre une fusillade nourrie ponctuée d'explosions – des grenades, probablement.

20

Dieu n'est ni bon
Ni mauvais.
Dieu n'est ni amour
Ni haine.
Dieu est Pouvoir.
Dieu est Changement.
Nous devons trouver ce dont nous avons besoin
En nous-mêmes,
Dans autrui,
Dans notre Destinée.
Semence de la Terre : Le Livre des vivants

Samedi 28 août 2027
(Notes allant jusqu'au 31 août.)

Nous avons décidé de ne pas nous reposer aujourd'hui ni demain, comme nous l'avions prévu. La nuit dernière a crépité de coups de feu et d'explosions et les lueurs des incendies étaient nombreuses. Il nous a donc paru prudent de poursuivre notre route malgré notre fatigue.

Ce matin, j'ai nettoyé la petite radio avec de l'alcool puis je l'ai accrochée à mon oreille et j'ai relayé les informations aux autres.

Ce que nous avons appris nous a non seulement convaincus de ne pas faire de halte, mais a aussi changé nos plans.

Nous avions l'intention de suivre la 101 jusqu'à San Francisco et de traverser le Golden Gate. Or, c'est le chaos dans toute la zone de la baie, à San José, à San Francisco, à Oakland et à Berkeley. Le tremblement de terre a durement touché la région et les pillards, les flics et les milices privées se sont livrés à des carnages. Sans parler, bien sûr, des pyros, nombreux dans cette partie de la côte.

À en croire les reporters, ils mettent le feu à toutes les maisons que le séisme a épargnées. Des hordes de miséreux les précèdent ou les suivent, pillant les magasins et les enclaves murées des riches et de ce qui reste de la classe moyenne.

Seuls les plus riches peuvent fuir en hélicoptère. La plupart des ponts sont intacts, mais ils sont gardés par la police ou des gangs, les uns comme les autres rançonnant lourdement tous ceux qui veulent traverser. Armes, argent, nourriture, eau, ils prennent tout. Et ceux qui n'ont rien sont battus ou tués, les femmes sont violées. La Garde nationale a été appelée pour rétablir l'ordre. La répression sera sanglante, mais elle ne résoudra rien. Et puis il se peut que nombre de gardes nationaux désertent avec leurs armes pour aider leurs propres familles. D'autres risquent de se retrouver face à des gens qu'ils connaissent.

Sale situation, donc. La zone de la baie est désormais à éviter, et ce pendant longtemps.

Nous avons étalé mes cartes sur le sol et les avons étudiées pendant le petit déjeuner. Nous quitterons la 101 ce matin, pour prendre une route intérieure et sans doute moins fréquentée jusqu'à la petite ville de San Juan Bautista. Ensuite nous suivrons dans l'ordre la route 156, la 152 et enfin l'autoroute 5, qui nous permettra de contourner la zone de la baie. Nous marcherons donc dans l'arrière-pays, au lieu de suivre la côte comme nous l'avons fait jusqu'ici et éviterons les villes. Les villes sont dangereuses. Même les petites peuvent être mortelles. Mais il faudra bien se ravitailler quelque part. Nous le ferons avec prudence et nous établirons un strict rationnement pendant tout le temps où nous traverserons des zones particulièrement dangereuses. Mais ces cartes sont tellement anciennes que les abords de l'A-5 sont peut-être moins dépeuplés qu'ils ne l'étaient il y a trente ans.

Pour atteindre l'A-5, nous passerons devant un grand lac, le réservoir de San Luis. Il se peut qu'il soit à sec, à présent. De nombreux points d'eau se sont asséchés ces dernières années. Mais il y aura des arbres, de l'ombre, un endroit où se reposer. Peut-être y aura-t-il une station d'eau. Après avoir marché dans les collines sous le soleil, nous aurons besoin de reprendre des forces.

Pour le moment, les événements de San Francisco vont provoquer un reflux des réfugiés dans notre direction. Raison de plus de prendre la tangente par une petite route.

Nous sommes partis tôt, après le meilleur petit déjeuner que nous ayons avalé depuis longtemps. Bankole avait acheté des provisions supplémentaires, lors de notre passage à Salinas, et nous avons pu faire des sandwichs au bœuf séché, avec des tranches de fromage et des rondelles de tomates, et le pain était fait avec de la farine de blé ! Il y avait aussi du raisin. Dommage que nous ayons dû nous dépêcher de manger.

Il y avait peu de monde sur la route. Nous formions le groupe le plus important et les gens gardaient une distance respectueuse entre eux et nous. Il y avait pas mal de solitaires et de couples avec des enfants. Tous se pressaient, comme s'ils savaient eux aussi ce qui pouvait surgir derrière eux. Savaient-ils aussi ce qui les attendait devant ? Avant que nous quittions la 101, j'ai essayé d'avertir quelques femmes qui voyageaient seules avec des enfants. « Évitez la zone de la baie, ça chauffe là-haut, il y a des pillages et des incendies partout. » Mais elles ont pris leurs gosses par la main et se sont écartées de moi.

Nous avons quitté la 101 et pris notre raccourci en direction de San Juan Bautista. Une petite route goudronnée en mauvais état, serpentant dans les collines. Personne ne nous avait suivis à notre départ de la 101 et nous étions seuls. Nous sommes passés devant des fermes et de petites communautés, et les gens qui y vivaient sont sortis avec leurs armes, mais ils se sont contentés de nous regarder passer. C'était bien un raccourci, car nous avons atteint San Juan Bautista avant la nuit. Nous avons campé à l'est de la ville. Nous étions épuisés, courbatus et avions les pieds couverts d'ampoules. J'ai tellement envie de repos.

J'ai disposé mon sac de couchage à côté de Bankole et je me suis allongée à moitié endormie. Nous avions tiré à la courte paille pour établir les tours de garde et j'avais le dernier quart. J'ai mangé quelques fruits secs, un peu de pain et de fromage et j'ai dormi comme une souche.

Dimanche 29 août 2027

Bien avant que le jour se lève et que je prenne mon quart, j'ai été réveillée par une fusillade toute proche. De longues rafales d'armes automatiques. Et il y avait la lueur d'un incendie quelque part.

« Bougez pas, a dit une voix. Restez allongés et pas un mot. »

C'était Zahra, de garde avant moi.

« Mais qu'est-ce qui s'passe ? a demandé l'une des Gilchrist. Faut pas rester ici !

— Couche-toi ! je lui ai murmuré. Faut surtout pas se faire repérer. »

Je les voyais, maintenant : deux groupes qui venaient de quitter en courant la route 156, le premier poursuivant l'autre, se tirant dessus comme des forcenés. Il n'y avait qu'une chose à faire : s'aplatir contre le sol avec l'espoir de ne pas prendre une balle perdue.

L'incendie était un peu plus loin dans la direction de la route. Nous n'avions pas remarqué d'habitation et pourtant quelque chose brûlait. Ce devait être un camion. Peut-être était-ce là la raison de la fusillade. L'un des groupes avait dû tenter de s'en emparer et l'affaire avait mal tourné. Maintenant, ce que transportait le camion, probablement des denrées, brûlait et les uns comme les autres avaient perdu.

Nous, nous gagnerions si nous pouvions seulement rester en dehors de leur règlement de comptes.

J'ai tendu la main vers Bankole pour m'assurer qu'il allait bien.

Il n'était plus là.

Son sac et ses affaires étaient là, mais lui avait disparu.

Me déplaçant légèrement, j'ai regardé en direction des fourrés que nous avions convertis en latrines. Il n'y avait que là qu'il pouvait être. Mauvais moment pour être pris d'un besoin pressant. J'ai scruté l'ombre, mais il restait invisible, ce qui était rassurant en un sens, car si je ne pouvais le voir, les autres non plus.

La fusillade a encore duré et deux balles sont passées au-dessus de nous dans les branchages de l'arbre sous lequel on avait établi notre camp.

Puis le camion a explosé et l'explosion semble avoir mis fin à l'échange de coups de feu. À la lueur de l'incendie, j'ai vu des silhouettes regagner la route et ce qui restait du camion. L'instant d'après, j'ai vu l'autre groupe qui, lui, se dirigeait vers la ville. Les deux groupes s'éloignaient de nous, ce qui était une bonne chose.

Où était Bankole?

« Est-ce que quelqu'un a vu Bankole? » j'ai chuchoté aux autres.

Pas de réponse.

« Zahra, tu l'as vu partir?

— Oui, deux minutes avant que ça se mette à tirer. »

S'il ne revenait pas d'ici quelques minutes, il faudrait partir à sa recherche. Je me suis efforcée de ne pas me demander ce qui avait pu lui arriver.

« Tout le monde va bien? j'ai murmuré. Zahra?

— Ça va.

— Harry?

— Ouais, ça va.

— Travis? Natividad?

— On n'a rien, a répondu Travis.

— Et Dominic?

— Il s'est même pas réveillé. »

Une bonne chose, car ses pleurs auraient pu nous faire repérer.

« Allie? Jill?

— On va bien », a répondu Allie.

Je me suis assise le plus lentement et le plus silencieusement possible. Je ne pouvais rien voir ni entendre, hormis le feu sur la route et le bourdonnement des insectes. Les autres aussi se sont assis. Le bruit et la lueur de l'incendie n'avaient pas réveillé Dominic, mais le mouvement de sa mère l'a fait. Il s'est mis à geindre et Natividad l'a pris contre elle et a réussi à le calmer.

Toujours pas de Bankole. J'avais une terrible envie de me lever et de partir à sa recherche. J'avais deux images de lui : soit il gisait quelque part, blessé ou mort, soit il était planqué derrière un arbre, son Beretta à la main et, dans ce dernier cas, je risquais de lui faire peur et de me faire tirer dessus. Il pouvait aussi y avoir d'autres gens dans le coin avec des armes et des nerfs à vif.

« Quelle heure est-il ? j'ai demandé à Zahra, qui avait la montre de Harry.

— 3 h 30.

— Donne-moi le pistolet, je lui ai dit. De toute façon, ton tour de garde est presque terminé.

— Bankole ? elle a dit en me passant la montre et l'arme.

— S'il n'est pas de retour dans cinq minutes, je vais le chercher.

— Attends, a dit Harry. Pas question que tu y ailles seule. Je vais avec toi. »

J'ai failli lui dire non. Et puis j'ai pensé que si Bankole était blessé et conscient, je ne lui serais d'aucune utilité. Je pourrais m'estimer heureuse si je pouvais seulement regagner le campement en rampant.

« Merci, Harry. »

Cinq minutes plus tard, lui et moi nous avons commencé par les fourrés-WC, mais Bankole n'y était pas. Il pouvait y avoir d'autres gens qui campaient par là, sans parler de ceux du camion qui étaient sur la route et pouvaient m'entendre, mais j'ai quand même pris le risque : j'ai appelé. Une fois. J'ai senti Harry tressaillir à côté de moi. Nous avons écouté tous deux dans un silence absolu.

Il y a eu un bruissement dans l'ombre épaisse d'un taillis. Un bruissement et un gémissement, celui d'un enfant. Et enfin la voix de Bankole :

« Olamina !

— Ici », j'ai répondu avec un soulagement qui a manqué me couper les jambes.

Il est sorti du noir, grande silhouette massive. Il portait quelque chose dans ses bras.

« J'ai un petit orphelin, il a dit. La mère a été tuée par une balle perdue. Elle vient juste de mourir.

— Et l'enfant ? Il est blessé ?

— Non. Juste effrayé. Je vais le porter jusqu'au campement. Vous voulez prendre leurs affaires ? »

On l'a suivi jusqu'à l'endroit où gisait la mère. Harry a pris les affaires du petit et moi, j'ai fouillé la mère. Le temps que nous en ayons fini, le petit, qui devait avoir trois ans, s'est mis à pleurer. J'ai eu peur. Harry a pris le paquetage de la morte et de l'enfant et nous avons regagné le campement. Le petit ne cessait de pleurer et Dominic l'a rejoint en criant encore plus fort. Zahra et Jill faisaient tout leur possible pour calmer l'orphelin, mais il se retrouvait entouré d'étrangers en pleine nuit et il voulait sa mère !

J'ai vu du mouvement sur la route, près de la carcasse encore en flammes du camion. Les types avaient tout perdu, véhicule et cargaison. Qu'est-ce qu'ils en avaient à faire d'un gosse en pleurs ? Étaient-ils furieux au point de se venger sur un enfant sans défense ?

J'ai vu l'un d'eux se détacher du groupe et faire quelques pas dans notre direction. Au même moment, Natividad a pris le petit garçon et, malgré son âge, lui a donné un sein, et donné l'autre à Dominic.

Les deux enfants se sont tus aussitôt, pour se mettre à téter.

La silhouette s'est immobilisée, probablement décontenancée par le silence soudain. Au bout d'un moment, le type est retourné vers le camion et a disparu de notre vue. Il n'avait pas pu nous repérer. Dissimulés dans l'ombre épaisse du bosquet, nous étions invisibles. Seul le bruit pouvait nous trahir.

« Il faut qu'on bouge de là, a dit Allie. Même s'ils nous voient pas, ils savent qu'on est là.

— Viens, on va veiller ensemble, je lui ai chuchoté.

— Quoi ?

— Montons la garde ensemble. Laissons les autres se reposer. C'est trop dangereux de se déplacer de nuit. Il faut attendre le jour.

— D'accord, mais je n'ai pas d'arme.

— Tu as un couteau ?

— Ouais.

— Ça ira. Demain, nous nettoierons les autres armes. »

Nous n'avions pas eu le temps de le faire, après que les événements de San Francisco nous avaient contraints à accélérer l'allure.

« Ouvre bien les yeux. Le seul moyen de se défendre contre les armes automatiques est de rester caché et silencieux.

— La nuit, un couteau vaut mieux qu'un pistolet, a dit Zahra. Ça fait pas de bruit quand tu t'en sers.

— Que tout le monde prenne du repos, j'ai dit. On vous réveillera à l'aube. »

La plupart se sont allongés pour dormir ou se reposer. Natividad a pris les deux enfants avec elle. Demain, toutefois, l'un de nous devra prendre en charge le petit orphelin. Une charge dont on se serait passés volontiers, car un enfant de trois ans n'est pas facile à mener. Mais que faire d'autre, sinon le prendre avec nous ?

« Olamina », m'a soufflé Bankole à l'oreille.

Je me suis tournée et ma joue a effleuré sa barbe. Elle est douce comme de la soie. Ce matin, j'ai vu qu'il la peignait avec plus de soin que ses cheveux. Il est le seul ici à posséder un petit miroir. Vieil homme vaniteux…

Je l'ai embrassé. En vérité, c'est d'abord sa barbe que j'ai embrassée dans le noir avant de trouver sa bouche. Il a passé ses bras autour de moi et on est restés collés un long moment.

J'ai eu du mal à m'écarter de son étreinte. J'avais envie de demeurer dans ses bras et lui n'avait pas envie de me lâcher.

« Je voulais te remercier d'être partie à ma recherche, il m'a dit. Cette femme est restée consciente jusqu'à son dernier soupir. La seule chose que je pouvais faire, c'était de l'accompagner.

— J'ai eu peur que tu aies pris une balle.

— Je suis resté aplati par terre jusqu'à ce que j'entende cette femme gémir. »

Je me suis enfin écartée de lui et lui ai dit de se reposer.

Il s'est allongé à côté de moi et m'a caressé le bras.

« Il faudra qu'on parle, tous les deux, il a dit.

— Oui, on parlera. »

Il a souri – j'ai vu l'éclair blanc de ses dents – puis s'est tourné sur le côté et a essayé de dormir.

La mère du petit garçon s'appelait Sandra Rohr; lui est prénommé Justin. Il est né à Riverside, en Californie, il y a tout juste trois ans. Sa mère avait sur elle le certificat de naissance de Justin, quelques photos de lui bébé, et celle d'un solide rouquin qui, d'après l'annotation au dos de la photo, s'appelait Richard Walter Rohr, né le 9 janvier 2002 et mort le 20 mai 2026. À vingt-quatre ans! Je me demande de quoi il est mort. Sandra Rohr était également en possession de son certificat de mariage et d'autres documents, le tout rangé dans un sachet en plastique. Elle avait aussi plusieurs milliers de dollars sur elle et une alliance en or.

Mais rien quant à d'autres parents ou sa destination. Il semble qu'elle aussi était en route vers le nord, en quête d'une vie meilleure.

Le petit nous a assez bien acceptés, bien qu'il pleure de temps à autre et réclame sa mère. Il a choisi Allie comme substitut maternel. Elle lui a d'abord résisté, l'ignorant ou le repoussant quand il s'accrochait à elle. Mais quand il n'était pas dans le chariot, c'est avec elle qu'il voulait marcher, par elle qu'il voulait être porté. Elle a fini par céder. En voilà deux qui se sont trouvés.

« Elle a eu un petit garçon », m'a dit sa sœur Jill.

Nous marchions alors sur la 156, avec quelques autres qui avaient choisi cette route. Nous n'étions qu'une poignée et, de temps à autre, au sortir d'un tournant, nous découvrions une portion de route complètement déserte. On était très peu nombreux à aller vers l'est et le nord et on croisait davantage de gens descendant vers l'ouest et la côte.

« Elle l'avait prénommé Adam, a continué Jill. Il avait quelques mois seulement quand il est mort. »

Je l'ai regardée. Elle avait encore le front tuméfié et l'hématome avait viré au violet. À en juger par ce que je ressentais moi-même, c'était une douleur très supportable.

« Quand il est mort ? j'ai répété. Qui l'a tué ? »

Elle a détourné la tête et a porté la main à son front.

« Notre père. C'est après ça qu'on est parties. Il a tué le bébé. Le petit pleurait. Alors il l'a frappé à coups de poing jusqu'à ce qu'il ne crie plus. »

J'ai frissonné malgré moi. Je savais que des pères pouvaient se comporter comme des monstres. Des horreurs de ce genre, j'en avais entendu des tas, mais je n'avais jamais rencontré quelqu'un à qui c'était arrivé.

« On a brûlé la maison, a murmuré Jill. Il était couché par terre, ivre mort. Le bébé était mort. On a pris nos affaires, notre argent – on l'avait bien mérité – et on a mis le feu au canapé et à des cartons. La maison était en bois, mais on n'est pas restées pour voir. J'sais même pas ce qui s'est passé. On s'est sauvées. Peut-être que le feu a pas pris. Peut-être qu'il est pas mort. Peut-être qu'il est encore en vie. »

Elle avait l'air terrifiée. Pour elle, le démon vivait peut-être encore.

« Vous habitiez où ?

— Glendale.

— Tout en bas du comté de L.A. ?

— Ouais.

— Alors, il est à des centaines de kilomètres derrière vous.

— Ouais, mais…

— Il buvait beaucoup ?

— Tout le temps.

— Alors, il risque pas de vous avoir suivies, même s'il a échappé au feu. Crois-tu qu'un ivrogne puisse aller loin sur la route ? Il n'arriverait même pas à L.A. »

Elle a hoché la tête.

« Tu parles comme Allie. Et vous avez raison, toutes les deux. Mais moi… Des fois je rêve qu'il arrive, qu'il nous a retrouvées. Je sais que c'est idiot, mais je me réveille en sueur.

— Ouais, je sais », j'ai dit, me rappelant mes cauchemars, après la disparition de mon père.

Jill et moi on a continué de marcher sans parler. On allait lentement parce que Justin demandait à marcher de temps à autre. Il avait trop d'énergie pour rester assis trop longtemps dans le chariot. Et, bien sûr, quand on lui permettait de marcher, il courait çà et là. Je me suis arrêtée pour prendre un bout de corde dans mon paquetage et je l'ai donné à Jill.

« Dis à ta sœur d'attacher une extrémité à son poignet et l'autre autour de la taille du petit, je lui ai dit. C'est la seule façon de ne pas le perdre. »

Elle a pris la corde.

« J'me suis occupée d'enfants de cet âge, elle m'a dit, et, crois-moi, Allie elle a pas fini d'en voir avec ce p'tit.

— On lui donnera un coup de main. »

J'ai regardé Allie et Justin marcher devant moi, elle, grande et maigre, lui, petit et rond, sa petite main accrochée à la jambe du jean d'Allie.

« Ils se sont adoptés, j'ai dit. Et s'occuper de quelqu'un d'autre, c'est la meilleure façon de se guérir des cauchemars comme les tiens et peut-être comme les siens.

— On dirait que t'es passée par là. »

J'ai hoché la tête.

« Je vis dans le même monde que toi, Jill. »

On a traversé Hollister. On s'est réapprovisionnés, ne sachant pas quand on trouverait un autre magasin. Nous avions découvert que de nombreuses localités mentionnées sur mes cartes avaient disparu. Le tremblement de terre avait causé de gros dégâts dans le coin, mais les gens ne s'étaient pas pour autant transformés en bêtes sauvages. Au contraire, ils s'entraidaient et pourvoyaient aux besoins des plus démunis. Impensable !

21

Il faut se créer
Ses propres raisons d'exister.
Façonner Dieu,
C'est se façonner soi-même.
Semence de la Terre : Le Livre des vivants

Lundi 30 août 2027

Il y a encore un peu d'eau au réservoir de San Luis. C'est plus d'eau fraîche que je n'en ai jamais vu en un seul endroit, mais d'après la dimension du lac, je vois bien que c'est infiniment peu comparé à ce qu'il devrait y avoir, à ce qu'il devait y avoir il y a quelques années encore.

La route longe la rive pendant plusieurs kilomètres, ce qui nous a permis de continuer à marcher jusqu'à ce qu'on repère un bon endroit pour camper.

Il y a beaucoup de monde, ici. Des gens qui se sont établis de façon permanente dans des huttes faites de branches mortes et de plastique. Où font-ils leurs besoins ? Est-ce que l'eau qui reste est potable ? Les villes qui y pompent de l'eau disposent sûrement d'une station d'épuration, mais nous, il va falloir qu'on utilise nos tablettes germicides.

Autour des tentes et des huttes, il y a de petits jardins potagers. J'ai vu quelques belles citrouilles, des carottes, des poivrons et un peu de maïs. Pas assez de protéines, mais peut-être les gens chassent-ils. Il doit y avoir du gibier par ici et les gens ont surtout des fusils. Tout le monde est armé et le montre.

On a fait l'objet d'une grande curiosité quand on est arrivés.

Les gens arrêtaient de jardiner ou de cuisiner pour nous regarder passer. Nous avions pressé le pas pendant toute la matinée, impatients d'atteindre le lac avant la foule des réfugiés venant de la zone de la baie. Nous étions donc les premiers et formions une troupe assez nombreuse pour provoquer la nervosité des squatters. Toutefois, ils ne nous ont pas inquiétés. Dominic et Justin nous ont facilité la tâche. Justin, tenu « en laisse » par Allie, trottinait en direction des gens comme un jeune chien puis revenait s'abriter dans les jambes de sa mère adoptive. C'est un gosse très mignon et son manège provoquait des sourires sur les visages durs et tendus des habitants du lac.

Personne n'a eu de geste hostile quand nous avons quitté la route pour nous diriger vers la rive boisée et chercher un coin où nous installer. Nous avons évité les endroits souillés par des campements précédents ainsi que les dépôts d'ordures. Nous ne voulions pas être près de la route ou des huttes occupées. Nous voulions être tranquilles et pouvoir aller prendre de l'eau sans nous faire trop remarquer. Nous avons cherché pendant une heure avant de trouver un campement abandonné depuis longtemps et situé en haut d'une pente. Ça nous convenait parfaitement. Puis, comme il était encore tôt, nous nous sommes reposés, sachant que nous avions le reste de la journée et le lendemain pour reprendre des forces et nous organiser. Natividad a nourri Dominic et tous deux se sont endormis. Allie en a fait de même avec Justin. Les deux femmes avaient des raisons d'être plus fatiguées que les autres, aussi nous ne les avons pas comptées dans les tours de garde. Il faut rester prudent. Nous avons également décidé que personne ne devrait aller chercher de l'eau sans être accompagné par quelqu'un d'armé. Je me suis dit que les couples ne tarderaient pas à s'isoler et qu'il était temps pour moi d'avoir cette conversation avec Bankole.

Je me suis assise à côté de lui et j'ai nettoyé notre nouvelle arme de poing pendant qu'il se chargeait de la carabine. Harry était de garde avec mon pistolet. Quand je lui ai remis l'arme, il m'a fait savoir qu'il comprenait parfaitement ce qu'il y avait entre Bankole et moi.

« Fais gaffe, m'a-t-il dit, à ce que le pauvre vieux n'ait pas une crise cardiaque.

— Je lui dirai que tu t'inquiètes de sa santé. »

Harry a souri.

« N'empêche, sois prudente, Lauren. Bankole est probablement un type bien. Mais, bon… appelle si jamais il se transforme en loup-garou.

— Merci, Harry, je sais que je peux compter sur toi. »

Bankole et moi, on est restés silencieux pendant un

moment, à nettoyer nos armes en se jetant des regards à la dérobée. Puis, à mon propre étonnement, je me suis mise à lui parler de *Semence de la Terre.* Pas de prêche, juste un bavardage pour voir quelle serait sa réaction. *Semence de la Terre* est ce qu'il y a de plus important dans ma vie. J'avais besoin de savoir si Bankole n'allait pas en rire. Je n'attendais pas de lui qu'il approuve ni même qu'il se déclare intéressé. C'était un homme fait, qui devait avoir ses propres croyances. J'ai réalisé en lui parlant que j'ignorais quelle était sa religion. Je lui ai posé la question.

« Je ne suis pas croyant, il m'a dit. Du vivant de ma femme, nous fréquentions l'Église méthodiste. Je l'accompagnais parce qu'elle attachait beaucoup d'importance à la religion. J'ai bien essayé de croire pour lui faire plaisir, mais je suis resté un mécréant.

— À la maison, on était baptistes, je lui ai dit. Moi non plus, je ne croyais pas à ce Dieu chrétien, mais je ne pouvais pas le dire. Mon père était prêcheur. J'ai fait semblant de croire pour ne pas lui faire de peine, mais j'ai commencé à comprendre *Semence de la Terre.*

— À inventer *Semence de la Terre.*

— À la découvrir et à la comprendre. Découvrir la vérité, ce n'est pas pareil qu'inventer.

— On dirait un mélange de bouddhisme, d'existentialisme, de soufisme et que sais-je encore, il a dit. Le bouddhisme ne fait pas un dieu du concept de changement, mais il fait de l'éphémère un principe de base.

— Je sais, et il y a dans les autres religions et certaines philosophies quelques idées qui pourraient entrer dans *Semence de la Terre*, mais aucune d'entre elles n'est *Semence de la Terre.* Elles vont dans leurs propres directions.

— D'accord. Mais dis-moi, qu'est-ce qu'on est censé faire pour être membre d'une communauté *Semence de la Terre ?* »

Ça, c'était une bonne question.

« L'essentiel, j'ai répondu, est d'apprendre à façonner Dieu avec attention, d'éduquer sa communauté, sa famille et soi-même et de contribuer à l'accomplissement de la Destinée.

— La Destinée ?

— Oui, l'espoir d'un paradis terrestre pour soi et ses enfants. Pas un paradis mythique, céleste. Non, un qu'on façonne soi-même tout au long de sa vie.

— Un paradis ou un… enfer. Les hommes excellent à créer des enfers, même quand la vie leur sourit. (Il a paru pensif pendant un moment et il a ajouté :) Tout cela me paraît un peu simpliste.

— Simpliste ?

— Oui, et ceux qui adhéreront à ta “Semence” la rendront plus complexe, plus ouverte à l’interprétation, plus mystique, et plus rassurante.

— Pas tant que je serai là !

— Ils le feront, avec ou sans toi. Toutes les religions changent. Regarde les grandes religions. Qu’est-ce que serait Jésus aujourd’hui ? Baptiste ? Méthodiste ? Catholique ? Et Bouddha ? Crois-tu qu’il serait toujours bouddhiste ? Quelle espèce de bouddhisme pratiquerait-il ? »

Il m’a souri et, après un silence, a ajouté :

« Après tout, si Dieu est Changement, alors *Semence de la Terre* changera avec le temps. »

J’ai tourné la tête parce qu’il continuait à sourire, et je ne voulais pas être détournée de mes pensées par ce sourire.

« Je sais, ai-je dit. Personne ne peut arrêter le Changement, mais nous pouvons influer sur lui, nous pouvons le façonner. Je veux guider et façonner *Semence de la Terre* de manière qu’elle soit ce qu’elle doit être.

— Peut-être… Mais dis-moi, tu prends tout ça très au sérieux, n’est-ce pas ? »

La question était grave. Elle me plongeait en moi-même. Je lui ai répondu sans vraiment savoir ce que j’allais dire.

« Quand mon père a… disparu, c’est *Semence de la Terre* qui m’a donné la force de poursuivre. Quand ma communauté et le reste de ma famille ont été anéantis et que je me suis retrouvée seule, c’est encore *Semence de la Terre* qui m’a sauvée. Ce que je suis maintenant, c’est à *Semence de la Terre* que je le dois.

— Ce que tu es maintenant, il a dit après un long silence, c’est une jeune femme pas ordinaire. »

Nous avons gardé le silence pendant un moment, après ça. Je me demandais ce qu'il pensait. Il n'avait pas ri de ce que je lui avais confié. Il avait bien voulu accompagner la ferveur religieuse de sa femme. Peut-être en ferait-il autant avec moi.

Qui était sa femme ? C'était la première fois qu'il en parlait. De quoi était-elle morte ?

Je lui ai demandé :

« Tu es parti de chez toi à la mort de ton épouse ? »

Il a posé le long écouvillon et s'est adossé au tronc de l'arbre derrière lui.

« Elle est morte il y a cinq ans. Trois types – des drogués – sont entrés dans la maison pendant mon absence. Ils l'ont battue. Ils voulaient qu'elle leur dise où elle planquait ses médicaments.

— Ses médicaments ?

— Oui, ils pensaient qu'elle avait de la morphine ou je ne sais quoi qu'ils auraient pu consommer eux-mêmes ou revendre. Les calmants qu'ils avaient trouvés dans notre pharmacie n'étaient pas assez forts pour eux, alors ils ont continué de la battre. Elle avait des ennuis cardiaques. »

Il s'est tu un instant, remué par tous ces souvenirs douloureux.

« Elle vivait encore quand je suis rentré. Elle a pu me raconter ce qui s'était passé. J'ai essayé de la soigner, mais ces salauds avaient emporté ses médicaments pour le cœur. J'ai appelé une ambulance. Elle est arrivée une heure après qu'elle était morte. J'ai tout tenté pour la ranimer, tout… »

Je ne voyais qu'une tache d'eau scintillante à travers l'écran des frondaisons. Le monde est plein d'histoires douloureuses et il semble parfois qu'il n'y en ait pas d'autres. Pourtant, comme cet éclat d'eau entre les feuillages était beau.

« J'aurais dû partir pour le Nord dès la mort de Sharon, disait Bankole. J'y ai pensé.

— Mais tu es resté. Pourquoi ? » ai-je demandé en me tournant vers lui.

Il a secoué la tête.

« J'étais comme perdu, je ne savais pas quoi faire. Des amis ont pris soin de moi. Ils me donnaient à manger, nettoyaient la maison. Leur dévouement me stupéfiait. C'étaient des gens de la paroisse, des voisins, des amis de ma femme pour la plupart. »

Ça m'a rappelé Wardell Parrish, bouleversé par la mort de sa sœur et des enfants. Bankole avait-il été le Wardell Parrish d'une autre communauté ?

« Vous habitiez un quartier muré ? je lui ai demandé.

— Oui. Nous n'étions pas riches. Les gens se débrouillaient pour nourrir leurs familles, rien de plus. Nous n'avions ni domestiques ni gardes armés.

— Comme dans mon quartier.

— Il y avait beaucoup de communautés comme la tienne ou la mienne. Elles ont pratiquement toutes disparu et le peu qui reste connaîtra le même sort. Je suis resté un temps pour aider ceux qui m'avaient aidé. Je ne pouvais pas les quitter comme ça.

— Mais tu l'as fait, finalement. Tu es parti. Pourquoi ?

— Le feu, les pillards.

— Toi aussi ? Ils sont tous morts ?

— Presque tous. Quelques-uns ont pu s'échapper et rejoindre des parents ou des amis installés ailleurs. Les pillards et les squatters ont occupé les ruines. Il ne me restait plus qu'à fuir. »

Je connaissais cette histoire.

« Où vivais-tu ? Dans quelle ville ?

— San Diego. J'aurais dû partir il y a des années. J'aurais pu placer mon argent et réaliser de meilleurs investissements. »

Investissements ? Il n'était peut-être pas riche selon ses critères, mais il l'était selon les nôtres.

« Où comptes-tu aller, maintenant ?

— Dans le Nord.

— Tu as une destination précise ?

— J'irai là où je serai payé pour mon travail et où je pourrai vivre parmi des gens qui ne vont pas me tuer pour me voler du pain ou de l'eau. »

Ou des médicaments, j'ai pensé. Je l'ai regardé en rassemblant certains détails que j'avais relevés durant ces jours derniers.

« Tu es médecin, n'est-ce pas ? »

Il a eu l'air étonné.

« Oui, enfin je l'étais. Généraliste. Ça me paraît loin, tout ça.

— On a toujours besoin de médecins. Tu t'en sortiras.

— C'est ce que ma mère disait. Et, pourtant, me voilà sur les routes, avec les plus déshérités. »

Je lui ai souri malgré moi, car je venais de relever au moins un mensonge dans son histoire. Il partageait certainement la détresse de tous ceux qui se trouvaient jetés sur les routes, mais il n'allait certainement pas à l'aventure dans le Nord. Il ne cherchait pas un endroit où il puisse exercer son métier et vivre paisiblement. Non, il savait où il allait. Il avait un point de chute quelque part – des parents ou une autre maison lui appartenant, des amis, bref, un havre.

Ou peut-être avait-il assez d'argent pour se payer un toit à lui dans l'État de Washington ou au Canada. Il avait eu le choix : voyager par avion, ce qui était rapide et sûr, mais excessivement cher, ou bien disposer de cash pour s'installer dès son arrivée à destination. C'était cette dernière solution qu'il avait retenue. Si c'était le cas, j'étais d'accord avec lui. Il prenait le risque qui lui permettrait de démarrer une nouvelle vie sans attendre. À la condition qu'il survive au voyage.

D'un autre côté, si je ne me trompais pas sur sa situation, il se pouvait qu'il nous lâche un beau jour. Il prendrait une autre route et me souhaiterait bonne chance. Et ça, je n'en avais pas envie. Surtout si nous étions devenus amants entre-temps.

J'avais envie qu'il reste avec moi. Je détestais l'idée qu'il puisse me mentir. Mais pourquoi me devrait-il la vérité? Il ne me connaissait pas intimement et, comme moi, il entendait survivre. Peut-être réussirais-je à le convaincre que nous pourrions survivre ensemble. En attendant, le mieux était de prendre plaisir à sa compagnie tout en réservant ma confiance.

Nous avons fini de nettoyer les armes et de les charger puis nous sommes allés nous laver dans le lac. De l'eau gratuite. On pouvait y aller, remplir tous les ustensiles qu'on pouvait rassembler et personne ne vous disait rien. Personne ne prêtait attention à nous.

« Un endroit comme ça, c'est trop beau, ça ne peut pas durer, j'ai dit à Bankole. Quel dommage! La vie pourrait être bonne ici.

— C'est un parc national et on n'a pas le droit d'y camper plus d'une nuit. Évidemment, la situation étant ce qu'elle est, je doute que les gardes tentent d'y mettre bon ordre.

— Tu as faim? je lui ai demandé.

— Oh oui. »

Il m'a regardée pendant un moment puis m'a prise par les bras et m'a attirée contre lui, m'a embrassée et m'a soufflé à l'oreille:

« Et toi, tu n'as pas faim? »

Je n'ai pas répondu. Je l'ai pris par la main et nous sommes allés chercher une de ses couvertures. Puis nous avons gagné un coin isolé que nous avions déjà repéré.

Ça a été une chose naturelle que de m'allonger avec lui et d'explorer son corps. Il est en excellente condition physique. Il a parcouru à pied des centaines de kilomètres en poussant son chariot et ça lui a fait un corps d'athlète. Il me désirait très fort et trouvait un plaisir extrême à me caresser. Et je pouvais partager à la fois son plaisir et le mien, ce qui me mettait plus en danger que lui d'avoir une crise cardiaque. Comment avais-je pu me priver pendant si longtemps de cette jouissance ?

Nous avons ri, car nous avons sorti chacun en même temps un préservatif de notre poche. On est alors passés à des choses plus sérieuses. C'est fou ce que cette barbe bien peignée peut me chatouiller.

« Je savais que j'aurais dû poursuivre seul mon chemin. (Nous avions fait l'amour deux fois et nous n'avions toujours pas envie de retrouver les autres.) Tu vas me tuer. Je suis trop vieux pour ce truc-là. »

J'ai ri et je me suis fait un coussin de son épaule.

Au bout d'un moment, il a dit :

« Il faut que je te parle sérieusement, femme.

— D'accord. »

Il a respiré un grand coup, soupiré, hésité.

« Je ne veux pas te quitter », il a dit enfin.

J'ai souri.

« Mais tu es une gosse. Quel âge as-tu, à propos ? »

Je le lui ai dit.

Il a sursauté.

« Dix-huit ? il s'est exclamé en s'écartant de moi comme si j'étais du feu. Mon Dieu, mais tu es un bébé ! Et moi, un violeur d'enfant ! »

Malgré l'envie que j'en avais, je n'ai pas ri. Je me suis contentée de le regarder.

Au bout d'un moment, il a secoué la tête comme s'il ne parvenait pas à résoudre une énigme puis il s'est rapproché de moi et m'a caressé le visage, les épaules, les seins.

« Tu n'as pas dix-huit ans », il a dit.

J'ai haussé les épaules.

« Quand es-tu née ? Quelle année ?

— 2009.

— Non, nooon. »

Je l'ai embrassé et j'ai dit sur le même ton :

« Ouiiii. Et, maintenant, arrête de déconner. Tu as envie d'être avec moi et j'ai envie d'être avec toi. On ne va pas se séparer à cause de mon âge, non ?

— Tu devrais être avec un jeune et beau gars comme Travis. J'aurais dû avoir le bon sens et la force de t'envoyer en chercher un de ton âge. »

Ça m'a fait penser à Curtis et c'est un souvenir qui fait mal. Je m'efforce de penser le moins souvent possible à lui.

Il est peut-être mort, mais personne n'a vu son cadavre. J'ai vu son frère Michael. J'avais tellement peur de découvrir le corps de Curtis. Peut-être qu'il a survécu. Je l'ai perdu, mais il est peut-être en vie quelque part. Il devrait être ici avec moi sur la route. J'espère qu'il est vivant et bien portant.

« Ça te rappelle quelqu'un ? m'a demandé Bankole d'une voix douce.

— Un garçon que je connaissais. On devait se marier cette année. Je ne sais même pas s'il est en vie.

— Tu l'aimais ?

— Oui ! On avait le projet de se marier et de partir vers le Nord. On avait décidé de le faire à l'automne.

— C'est fou ! Tu voulais partir alors que rien ne t'y forçait ?

— Oui, et si nous l'avions fait, il serait avec moi. »

Il m'a attirée contre lui.

« Nous avons tous perdu quelqu'un, il a dit. Toi et moi, on a perdu tous ceux qu'on aimait. Ça crée un lien, je suppose.

— Oui, un lien terrible. Notre seul lien. »

Il a de nouveau secoué la tête.
« Tu as réellement dix-huit ans ?
— Oui, depuis le mois dernier.
— Tu te conduis comme si tu en avais dix de plus.
— C'est comme ça que je suis.
— Tu étais l'aînée dans ta famille ? »
J'ai hoché la tête.
« J'avais quatre frères. Ils sont tous morts.
— Oui, oui, » il a murmuré d'une voix triste.

Mardi 31 août 2027

J'ai passé toute la journée à parler, écrire, lire, et faire l'amour avec Bankole. Quel bonheur de ne pas avoir à se lever, à boucler son sac et à se remettre en marche. Nous étions tous couchés au soleil, à reposer nos muscles douloureux, à manger, à ne rien faire. Ils sont nombreux à être arrivés dans la matinée et à avoir dressé le camp un peu partout, mais aucun d'eux ne nous a posé de problème.

J'ai donné sa leçon à Zahra et Jill et Allie m'ont écoutée avec intérêt. Je les ai donc incluses dans ma classe, comme j'en avais eu l'intention dès le début. Il s'est avéré qu'elles savaient lire un peu mais pas écrire. Vers la fin de la leçon, j'ai lu quelques vers de *Semence de la Terre*, en dépit des grognements de Harry. Mais, quand Allie a déclaré qu'elle ne prierait jamais un dieu quelconque, c'est Harry qui le lui a reproché. Zahra et Travis se sont amusés de l'incident et Bankole nous a observés avec une grande curiosité.

Après ça, Allie a commencé à poser des questions, au lieu de faire des remarques désobligeantes. Ce sont les autres qui lui ont répondu le plus souvent, Travis et Natividad, Harry et

Zahra. Même Bankole lui a répondu, répétant quelque chose que je lui avais dit hier. Puis il s'est repris et a paru légèrement embarrassé.

« Je pense toujours que c'est trop simple, il m'a dit. Il y a du bon sens dans tout ça, mais ça ne marchera jamais sans une étincelle de mysticisme et de mystère.

— Je laisserai le mysticisme et le mystère à mes descendants, je lui ai dit. »

Il n'a pas répondu, mais a passé à la ronde un sachet d'amandes.

Juste avant que la nuit tombe, une fusillade a éclaté du côté de la route. Nous ne pouvions rien voir de notre place, mais nous avons cessé nos bavardages et nous nous sommes aplatis sur le sol, car les balles sifflaient.

La fusillade s'est arrêtée, mais elle a repris quelque temps plus tard, au moment où j'étais de garde. Le bruit des armes là-bas sur la route contrastait avec la paix du sous-bois. Rien ne bougeait si ce n'est le feuillage qu'une légère brise faisait bruire. Et nous étions là, couchés dans les herbes, pendant que plus loin des gens s'entretuaient.

22

Comme le vent,
Comme l'eau,
Comme le feu,
Comme la vie,
Dieu
Crée et détruit à la fois,
Il exige et soumet,
Sculpte et façonne.
Dieu est un potentiel infini :
Dieu est Changement.
Semence de la Terre : Le Livre des vivants

Jeudi 9 septembre 2027

Nous avons eu une semaine effrayante et très éprouvante. Nous avons atteint et traversé Sacramento sans véritable difficulté. Nous avons pu acheter assez d'eau et de vivres et avons trouvé des endroits dans les collines où camper la nuit.

Cependant, nous avons tous eu le sentiment d'être en danger le long de la A-5, que nous avons dû emprunter.

La A-5 était moins fréquentée que la 101, en dépit du chaos engendré par le tremblement de terre. Par moments, nous avions même l'impression d'être les seuls sur la route. Par contre, il y avait plus de camions. Nous devions être prudents parce qu'ils circulent aussi bien de jour que de nuit. Il y avait aussi davantage d'ossements humains sur les bas-côtés. Beaucoup de crânes, de mâchoires, de côtes et de bassins, mais très peu de bras et de jambes, à se demander où ces derniers étaient passés.

« Tous ces gens ont dû se faire écraser, nous a dit Bankole. Évidemment, les camions ne s'arrêtent pas quand ils ont heurté quelqu'un. »

Mais nous avons vu d'autres choses plus horribles. Mardi, nous avons campé dans les collines qui bordent la route et un grand chien noir et blanc est passé près de notre campement, le bras sanglant d'un enfant dans la gueule.

Quand le chien nous a aperçus, il s'est figé un instant avant de détaler dans les taillis. Mais nous avons eu tout le temps de voir ce qu'il tenait dans sa gueule. Cette nuit-là, nous avons pris la garde deux par deux, en armes. Pas de conversation, pas de sexe.

Le lendemain, nous avons décidé de ne pas prendre de journée de repos jusqu'à ce que nous ayons dépassé Sacramento. On n'était pas sûrs que ça aille mieux de l'autre côté de la ville, mais on avait hâte de quitter ces lieux sinistres.

Cette nuit-là, alors que nous cherchions un coin pour dormir, on est tombés sur quatre gosses en haillons serrés autour d'un feu de camp. Je garderai en mémoire toute ma vie cette image. Des gosses de l'âge de mes frères – douze, treize ans, peut-être quatorze. Trois garçons et une fille. La fille était enceinte et si grosse qu'elle ne tarderait pas à accoucher. Nous suivions le lit asséché d'un ruisseau quand, à un tournant, nous les avons vus : ils faisaient rôtir une jambe humaine, la tournant par le pied au-dessus de leur feu de branchages. J'étais en tête, Zahra et Harry juste derrière moi. Nous nous sommes arrêtés avant que les autres arrivent, mais, tandis que nous reculions sans bruit, nous avons eu le temps de voir la fille prélever un lambeau de chair et le porter à sa bouche.

Eux ne nous ont pas vus, et les crépitements du feu couvraient le bruit de nos pas. Nous avons entraîné le groupe loin de l'horrible scène et attendu d'être loin pour leur raconter ce dont nous avions été témoins.

Nous n'avons pas été inquiétés par tous ceux que nous avons croisés. La contrée était même belle à certains endroits. Des arbres verts et de douces collines, de petites communautés, des fermes, certaines abandonnées. Un pays riche comparé à la Californie du Sud. Davantage d'eau, de nourriture, d'espace…

Alors, pourquoi les gens en étaient-ils réduits à manger de la chair humaine ?

Bien sûr, nombre de maisons avaient été incendiées et pillées, mais c'était sans comparaison avec la côte. Il n'empêche, il nous tardait de fuir ces collines.

On a pu se réapprovisionner sans problème à Sacramento. L'eau et l'alimentation étaient moins chères que sur la route, comme c'est toujours le cas dans les villes. Mais les villes sont dangereuses : elles regorgent de gangs, de flics, de paranoïaques, de doigts prêts à presser une détente. Il faut se déplacer sur la pointe des pieds, sans traîner et en ouvrant l'œil. Bankole dit que l'insécurité dans les villes ne date pas d'aujourd'hui.

À propos de Bankole, il n'a guère profité de sa journée de repos, car j'ai tellement de plaisir à rattraper. Mais il ne s'en est pas plaint jusque-là. Il voudrait que je me sépare du groupe pour partir avec lui. Il a, comme je le soupçonnais, un havre, un point de chute qu'il prétend sûr, même s'il n'est pas entouré par un grillage à haute tension et gardé par des vigiles puissamment armés. C'est dans les collines, près du cap Mendocino, à quinze jours de marche d'ici.

« Ma sœur et sa famille vivent là-bas, mais la propriété m'appartient. Il y a de la place pour toi. »

J'imagine l'accueil que me réservera sa sœur, quand elle me verra. Son frère avec une gamine de dix-huit ans ! Elle se demandera si ce pauvre Bankole n'est pas devenu fou en vieillissant.

« Tu entends ce que je te dis ? » il m'a demandé d'un ton où perçait la colère.

Je l'ai regardé. Pourquoi cette impatience ?

« Quoi ? Je t'ennuie, c'est ça ? »

Je lui ai pris la main et l'ai embrassée.

« Quand tu m'auras présentée à ta sœur, elle sautera sur sa machine à coudre pour te fabriquer une camisole de force. »

Il a ri.

« Je me fiche de ce qu'elle peut penser. Tout ce que je veux, c'est que tu viennes avec moi.

— J'aimerais bien, mais je ne peux pas. »

Il m'a souri.

« Tu viendras. »

J'ai essayé de déchiffrer son sourire, mais ce n'est pas facile, avec cette barbe qui lui mange la moitié du visage. En revanche, je n'y ai vu ni la condescendance ni cette espèce de mépris que certains hommes éprouvent envers les femmes. Il ne pensait pas, en tout cas, que mon « non » était un « oui » déguisé.

« Je possède cent cinquante hectares, m'a-t-il dit. J'ai acheté cette propriété il y a quelques années, à titre d'investissement. Il devait y avoir un grand projet d'urbanisation et je comptais bien décupler ma mise quand je vendrais le terrain aux promoteurs. Mais le projet a été annulé et je me suis retrouvé avec toute cette terre que je pouvais revendre à perte ou garder. Je l'ai gardée. C'est une bonne terre de cultures et il y a pas mal d'arbres. Ma sœur et son mari y ont construit une maison et quelques dépendances.

— Une propriété comme ça risque d'attirer les squatters par centaines.

— Je ne pense pas. Elle est difficile d'accès et à l'écart des routes. Elle est parfaitement isolée.

— Il y a de l'eau ?

— Il y a des sources, captées par des puits. Ma sœur dit que la zone se réchauffe et se dessèche, ce qui n'est pas surprenant, le phénomène est planétaire. On n'y peut rien. Mais les sources sont encore loin d'être taries. »

Je voyais bien où il voulait en venir, mais c'était sa terre, son choix, pas le mien, et il devait suivre son destin.

« Il ne doit pas y avoir beaucoup de Noirs, là-haut ? je lui ai demandé.

— Pas beaucoup, mais ma sœur n'a pas eu d'ennuis jusqu'ici.

— Qu'est-ce qu'elle fait pour vivre ? Elle cultive la terre ?

— Oui, et son mari fait des boulots saisonniers de-ci, de-là, ce qui est dangereux, parce qu'il doit la laisser seule avec les enfants pendant de longues périodes. Si nous pouvons subvenir à nos propres besoins sans être un poids pour elle, nous pourrions en retour lui apporter la sécurité.

— Combien d'enfants a-t-elle ?

— Trois. Ils ont… onze, treize et quinze ans. Elle n'a elle-même que quarante ans. »

Il a fait un peu la grimace en disant cela et j'ai pensé que même sa petite sœur pourrait être ma mère.

« Elle s'appelle Alex. Alexandra. Mariée à Don Casey. Ils détestent les villes. Pour eux, cette propriété était un don du ciel. Ils pourraient y élever leurs enfants avec une chance de les voir grandir avec un avenir devant eux.

— Tu as pu garder le contact avec eux ? Ils ont le téléphone ?

— Non, mais nous étions convenus que chaque fois que Don descendrait en ville pour travailler, il m'appellerait pour me donner des nouvelles de sa famille. Et c'est ce qu'il a fait jusqu'à ce que je parte. Sauf qu'il ne sait pas que j'ai dû partir en catastrophe, sans avoir le moyen de le prévenir. Si jamais il a essayé de me joindre dernièrement, Alex et lui doivent être morts d'inquiétude.

— Je suis contente que tu n'aies pas pris l'avion, mais c'est ce que tu aurais dû faire.

— Oui, mais voilà, je suis ici, et je voudrais tellement que tu viennes avec moi. Je n'ai jamais rien désiré aussi fort depuis longtemps. Trop longtemps. »

Je me suis adossée à un arbre. Notre campement n'était pas aussi isolé que celui de San Luis, mais il y avait des arbres, ce qui permettait une certaine intimité aux couples. Chaque couple avait maintenant une arme à feu, et les sœurs Gilchrist s'occupaient de Dominic autant que de Justin. Nous les avions placées au milieu du triangle formé par les trois couples et je leur avais confié mon pistolet. Sur l'A-5, Travis et elles avaient pu s'entraîner au tir. Nous étions tous maintenant de taille à veiller les uns sur les autres et à nous assurer qu'aucun intrus ne pénétrerait dans notre campement.

De l'endroit où j'étais, je pouvais voir Justin courant çà et là après les pigeons sous la surveillance de Jill.

Bankole m'a prise par les épaules et m'a tournée vers lui.

« Je ne t'ennuie pas, n'est-ce pas ? » il m'a demandé pour la deuxième fois.

Je l'ai regardé, mais il n'avait pas encore dit ce que j'attendais qu'il me dise. Ne savait-il donc pas ce que j'attendais ?

« Je voudrais partir avec toi, mais *Semence de la Terre* a pour moi une importance capitale. »

Pourquoi éprouvais-je une impression bizarre en disant cela ? Comme si l'argument s'était soudain trouvé dénué de poids face au sentiment qui me liait à Bankole.

« Je connais mon rival. »

C'était peut-être ça, la cause de cette étrangeté. Je lui disais qu'il y avait quelqu'un d'autre. Il aurait peut-être mieux valu qu'il s'agisse d'un autre homme.

« Tu pourrais m'aider, je lui ai dit.

— T'aider à faire quoi ?

— À fonder la première communauté de *Semence de la Terre.* »

Il a soupiré.

« Tu pourrais m'aider. Le monde s'écroule tout autour de nous. Tu pourrais m'aider à mener un projet positif, constructif.

— Tu veux réparer le monde, c'est ça ? » il m'a dit avec un certain amusement.

Sa remarque m'a mise en colère et j'ai attendu de retrouver mon calme pour lui dire :

« Tu as le droit de ne pas croire, mais ne te moque pas. Sais-tu ce que ça signifie, de croire en quelque chose ?

— Je ne le sais pas, mais je peux l'imaginer.

— *Semence de la Terre* n'a pas pour but de réparer le monde.

— Les étoiles. Je sais.

— Le monde serait certainement plus vivable si les gens vivaient selon *Semence de la Terre*, j'ai dit. Mais le monde se porterait mieux si les gens vivaient selon les préceptes de n'importe quelle religion.

— C'est vrai. Mais pourquoi penses-tu qu'ils seront enclins à vivre selon ton enseignement ?

— Quelques-uns le feront. Dès que j'aurai trouvé un lieu où m'installer, je créerai la première communauté. En réalité, je l'ai déjà créée.

— Et tu as besoin de moi pour ça ? »

Je me suis assise pour mieux voir son visage.

« J'ai besoin que tu me comprennes. J'ai besoin que tu me prennes telle que je suis, ou bien tu regagnes seul ta propriété.

— Tu as besoin de moi pour emmener ces gens que tu as ramassés sur la route, et pour fonder ton Église.

— Oui, et au moins tu sais maintenant à quoi t'en tenir. »

J'ai caressé sa barbe et senti qu'il avait envie d'écarter son visage.

« Tu es sûr que c'est Dieu que tu veux pour rival ? je lui ai demandé.

— Je n'en vois pas d'autres, il m'a répondu en couvrant ma main de la sienne. Mais dis-moi, il ne t'arrive jamais de te mettre en colère et de crier ?

— Ça m'arrive.

— Et moi, j'ai du mal à le croire. »

Ça m'a rappelé quelque chose que je ne lui avais pas dit et que je ferais mieux de lui dire avant qu'il ne se sente trompé ou pense que je ne lui faisais pas confiance.

Mais je ne voulais pas le perdre par stupidité ou par lâcheté. Je ne voulais pas le perdre du tout.

« Tu veux toujours que je reste avec toi ? je lui ai demandé.

— Oh oui, et je veux t'épouser une fois que nous serons installés. »

Je l'ai regardé, bouche bée. Il avait réussi à m'étonner.

« Je dois dire que ça me surprend moi-même, a-t-il ajouté. Mais mon intention est sincère. Voudrais-tu m'épouser ?

— Écoute-moi d'abord.

— Non. Amène ta congrégation et ton Église. Je doute qu'ils se soucient plus que moi de tes étoiles, mais amène-les.

Ils me plaisent bien, tous autant qu'ils sont. Et il y a de la place pour eux. »

S'ils venaient. Je devrais les en convaincre. Mais la question ne se posait pas pour le moment.

« Ce n'est pas tout, j'ai autre chose à te dire. Ensuite, si ta proposition tient toujours, nous nous marierons quand tu voudras. Moi aussi, je veux t'épouser. »

Il a attendu que je poursuive.

« Ma mère se droguait pendant qu'elle était enceinte de moi. Elle prenait du Paracetco. Résultat, je suis née avec un syndrome d'hyperempathie. »

Il n'a pas bronché. Il m'a simplement regardée avec une grande curiosité, comme s'il s'attendait à voir se manifester sur mon visage un signe de ce que je venais de lui annoncer.

Finalement, il m'a demandé :

« Tu ressens les douleurs des autres ?

— Je partage leurs douleurs et leurs plaisirs. Et, si les douleurs n'ont pas manqué tous ces temps derniers, le seul plaisir que j'ai pu partager, c'est avec toi.

— Saignes-tu quand les autres saignent ?

— Non, plus maintenant, mais ça m'est arrivé quand j'étais petite.

— Mais… je t'ai vue tuer un homme.

— Oui. Il le fallait. C'était lui ou moi.

— Je sais, mais je m'étonne que tu aies pu le faire.

— Je te l'ai dit, il le fallait.

— Je connais ce syndrome, mais je n'ai jamais eu l'occasion d'observer un cas. Je me souviens de m'être dit que ce ne serait pas une mauvaise chose si les bourreaux pouvaient souffrir autant que leurs victimes.

— Je ne pense pas que les bourreaux souffrent d'hyperempathie.

— Dommage.

— Tuer pour ne pas être tué ne devrait pas se payer si cher. Pourtant, chaque fois que je dois le faire, je meurs avec l'autre. La seule différence, c'est que je peux me relever. La souffrance de l'autre me crucifie. Quand je tire au pistolet, c'est pour tuer, parce que je ne pourrais pas supporter la douleur d'une blessure. Mais le pire dans tout ça, c'est que je ne pourrais pas t'aider, si tu étais blessé. Je souffrirais autant et serais aussi impuissante que toi. »

Il a souri :

« Je suis sûr que tu trouverais un moyen de me secourir.

— Tu as tort de penser ça. Je ne cherche pas de compliments ; je n'ai pas besoin d'être rassurée. Je voudrais que tu comprennes que si tu te cassais une jambe, si tu étais blessé par balle ou autre, je serais dans le même état que toi : je ne pourrais pas marcher et la douleur me clouerait à terre.

— D'accord, mais je te connais un peu. Non, ne me dis pas que tu ne cherches pas de compliments. Je sais. Retournons au campement. J'ai quelques analgésiques dans mon sac. Je te dirai lesquels prendre et lesquels administrer à ceux qui pourraient en avoir besoin. Ta douleur calmée, tu pourras soulager celle des autres.

— D'accord. Alors… tu veux toujours m'épouser ? »

Je ne voulais pas le lui demander. Je savais que sa réponse serait oui. Mais j'avais besoin de l'entendre.

Il a ri. Un grand rire, plein de chaleur et de joie.

« Je me souviendrai de ta question. Crois-tu une minute que je te laisserais filer ? »

23

Tes maîtres
Sont tout autour de toi.
Tout ce que tu perçois,
Tout ce que tu éprouves,
Tout ce qui t'est donné,
Et tout ce qui t'est dérobé,
Tout ce que tu aimes ou détestes,
Tout ce dont tu as besoin ou peur,
Tout cela t'apprendra…
Si tu veux apprendre.
Dieu est ton premier
Et ton dernier maître :
Subtil,
Exigeant.
Apprendre ou mourir.
Semence de la Terre : Le Livre des vivants

Vendredi 10 septembre 2027

Une fusillade a éclaté ce matin à l'aube. Elle a commencé au sud et elle a avancé vers nous, pour s'éloigner de nouveau.

Nous pouvions entendre des gens crier, jurer, courir. … Toujours la même histoire, cruelle, stupide. Les tirs ont continué pendant une heure. Il y a eu une espèce d'apothéose à la fin : la fusillade a redoublé d'intensité puis le silence est retombé.

J'ai quand même réussi à dormir. Je n'en éprouve ni peur ni colère. Plus maintenant. L'accoutumance. Je me suis dit que si ces salauds voulaient me tuer, ils le feraient, que je sois éveillée ou endormie. J'ai préféré dormir.

D'ailleurs, pendant la fusillade, deux personnes se sont réfugiées dans notre campement et se sont couchées parmi nous, sans que notre sentinelle s'en aperçoive.

Comme d'habitude, nous nous sommes réveillés tôt, pour nous mettre en marche avant qu'il fasse chaud. Je venais de sortir de mon sac de couchage quand j'ai repéré les deux intrus : deux formes grises, l'une plus grande que l'autre, couchées l'une contre l'autre, des membres grêles sortant de haillons.

J'ai jeté un coup d'œil aux autres. Eux aussi avaient vu les étrangers. Seule Jill somnolait, adossée à un tronc d'arbre. Ça n'aurait pas prêté à conséquence si elle n'avait pas été de garde. C'était sa première en solitaire ; jusqu'à présent, elle avait toujours veillé en compagnie de quelqu'un d'autre. Elle et moi aurions une petite conversation.

Harry et Travis se sont glissés en silence hors de leur sac et tous les trois nous nous sommes approchés des intrus. Le plus grand des deux s'est réveillé en sursaut et, se relevant, a fait deux pas vers Harry puis s'est arrêté. C'était une femme. De couleur. Avec des cheveux longs et raides, poisseux de crasse. Elle était maigre, le visage creusé, et semblait sans âge, bien qu'elle fût certainement encore jeune. J'en avais vu des milliers comme elle sur la route.

L'autre était une fillette, qui devait avoir six, sept ans. Elle présentait une grande ressemblance avec l'autre et devait être sa fille ou sa petite sœur. Elle a poussé un cri perçant en nous voyant.

La femme a essayé de rassurer l'enfant, mais celle-ci s'est couchée par terre en se recroquevillant sur elle-même. La femme a essayé de la relever puis elle a trébuché et s'est elle-même roulée en boule. À ce moment-là, tout le monde était debout et contemplait la scène étrange.

« Harry, tu veux bien prendre la garde avec Zahra ? j'ai demandé. Je ne voudrais pas qu'on se fasse surprendre pendant qu'on s'occupe de ces deux-là. »

Il a acquiescé d'un signe de tête et Zahra et lui sont allés se poster de chaque côté de notre campement, Harry surveillant tout ce qui pouvait venir de la route, et Zahra ce qui pouvait débouler par-derrière. Nous nous étions dissimulés du mieux que nous l'avions pu dans une zone déserte qui, selon Bankole, avait été un parc, mais nous nous doutions que nous n'étions pas les seuls dans le coin. Nous avions suivi la A-5 jusqu'à une petite ville pas très éloignée de Sacramento, loin du gros de la foule des réfugiés, et je me suis demandé d'où pouvaient venir ces deux-là.

« Levez-vous, on ne vous fera pas de mal, je leur ai dit, alors qu'elles faisaient la boule comme des hérissons. Vous êtes entrées en cachette dans notre campement, alors parlez-nous, au moins. »

On ne les a pas touchées. Bankole voulait les relever lui-même mais je l'en ai empêché. Elles étaient manifestement terrifiées et je n'avais pas envie de les entendre hurler.

La femme a fini par se redresser sur le côté. Il faisait maintenant plus clair et j'ai réalisé qu'elle était asiatique, malgré sa couleur de peau. Elle a murmuré quelque chose à l'enfant et, au bout d'un moment, elles ont fini par se relever.

« On savait pas que c'était votre campement, elle a murmuré d'une voix craintive. Laissez-nous partir. »

J'ai regardé le visage terrifié de la petite fille.

« Vous pouvez partir, je leur ai dit, mais, si vous voulez, vous pouvez manger avec nous. »

Elles n'avaient qu'une envie : fuir. Elles étaient comme des biches figées de terreur, prêtes à détaler. Mais j'avais prononcé le mot magique. Deux semaines plus tôt, je n'aurais rien dit, mais je le disais aujourd'hui à ces deux affamées : manger.

« Manger ? a répété la femme.

— Oui, nous pouvons partager avec vous. »

Elle a regardé la petite fille. Une mère et sa fille, j'en avais la certitude, maintenant.

« On peut pas vous payer, elle a dit. On a rien. »

Ça, je le voyais bien.

« Contentez-vous de ce qu'on vous donnera et ça suffira.

— On vole pas. On est pas des voleuses. »

Bien sûr qu'elles volaient. Comment auraient-elles pu survivre sans voler ? Piller, se prostituer peut-être… Mais elles ne devaient pas exceller à ça, sinon elles auraient été en meilleur état. Pour l'enfant, toutefois, j'avais envie de les aider.

« Attends ici, j'ai dit à la femme. On va préparer de quoi manger. »

Elles se sont assises et nous ont regardés nous affairer, et il y avait dans leurs yeux une faim telle que toutes nos provisions ne suffiraient pas à la calmer. J'ai pensé que j'avais peut-être commis une erreur. Cette mère et sa fille étaient tellement désespérées qu'elles étaient dangereuses. Elles avaient survécu et, pour cela, elles ne devaient pas être inoffensives.

C'est Justin qui a soulagé la tension de ces deux regards. Tout nu, il a trottiné vers la femme et la fillette et les a étudiées en tendant comiquement le cou. La petite fille lui a rendu son regard et la femme a esquissé un sourire. Elle a dit quelque chose à Justin et il a souri. Puis il est allé rejoindre Allie, qui l'a habillé. Mais il avait accompli sa tâche. La femme nous regardait différemment. Elle a observé Natividad qui donnait le sein à Dominic puis Bankole qui se peignait la barbe. Mère et fille ont trouvé ça comique, car elles se sont mises à glousser.

« Tu as beaucoup de succès, j'ai dit à Bankole.

— Je ne vois pas ce qu'il peut y avoir de drôle à ce qu'un homme se peigne la barbe », il a marmonné en rangeant son peigne.

J'ai sorti de mon sac deux poires et je les ai données à la femme et à la fillette. Je les avais achetées deux jours plus tôt et il ne m'en restait que trois. En me voyant, les autres en ont fait autant, donnant ce qu'ils pouvaient : des noix, une pomme, une grenade, une orange, des figues sèches... des petites choses.

« Garde-les, a dit Natividad à la femme en lui donnant des amandes enveloppées dans un bout de tissu rouge. Mets ce que tu gardes dans ce tissu et noue les deux bouts. »

Nous avons tous partagé du pain de maïs avec un peu de miel et des œufs que nous avions achetés la veille. Nous avions fait cuire le pain sur les braises de notre feu de camp, de façon à pouvoir partir le plus tôt possible, ce matin. La femme et la fillette ont mangé comme si elles n'arrivaient pas à croire que cette nourriture leur était offerte. Elles mangeaient avec des gestes furtifs, dissimulant leur bout de pain dans la main, elles avaient l'air de craindre qu'on le leur arrache.

« Nous devons partir, je lui ai dit. Le soleil commence à chauffer. »

La femme m'a regardée et j'ai lu dans ses yeux une autre faim.

« Laissez-nous aller avec vous, elle m'a dit d'une voix tremblante. On travaillera. On ira chercher du bois, on fera le feu, on nettoiera les casseroles, n'importe quoi. Prenez-nous avec vous. »

Bankole m'a regardée.

« Tu t'y attendais, non ? »

J'ai hoché la tête. La femme nous regardait intensément.

« On fera tout ce que vous voudrez », elle a murmuré.

Elle avait les yeux secs, mais la petite fille pleurait en silence.

« Donne-nous un moment, qu'on décide. »

La femme n'a pas compris que je lui demandais de s'éloigner un peu pour nous laisser discuter entre nous. Elle n'a pas bougé.

« Va attendre là-bas, je lui ai alors dit en désignant les arbres près de la route. On t'appellera quand on aura pris notre décision. »

Elle a hésité avant de se lever puis, tirant par la main l'enfant encore plus réticente, elle s'est dirigée vers les arbres.

« Bon Dieu, a dit Zahra, on va les prendre avec nous, hein ?

— Il faut qu'on en discute, je lui ai répondu.

— Quoi, on lui donne à manger et ensuite on va lui dire d'aller crever la dalle ailleurs ? »

Zahra a grogné de dégoût.

« Si elle n'est pas voleuse, a dit Bankole, et si elle n'a pas d'autres vices, on pourrait les emmener. Cette fillette…

— Est-ce qu'il y a de la place pour elles chez toi ? j'ai demandé abruptement à Bankole.

— Chez lui ? » les autres ont demandé.

Je n'avais pas eu ni le temps ni l'occasion de leur en parler. À la vérité, je n'avais pas osé.

« Il possède une grande propriété pas loin de la côte, plus haut vers le nord. La maison est occupée par sa sœur et sa famille, mais ce n'est pas le terrain qui manque, et il y a des arbres et de l'eau. Il a dit… que nous pourrions créer notre première communauté *Semence de la Terre* là-bas et… construire tout ce que nous voudrions.

— On peut trouver du travail ? a demandé Harry.

— Mon beau-frère fait des travaux saisonniers et du jardinage. Jusqu'ici, ça lui a permis d'élever ses trois enfants.

— Et il est payé – je veux dire, en argent ?

— Oui, il ne touche pas beaucoup, mais c'est quand même de l'argent, pas des avantages en nature. Mais nous discuterons de ça plus tard. Cette femme attend notre décision.

— Elle dit qu'elle ne volera pas, mais vous pouvez être sûrs qu'elle ne pourra pas s'en empêcher, a dit Natividad.

— Elle a été battue, a dit Jill. Vous avez vu comment la gosse et elle se mettent en boule par terre ? Y a que les gens battus qui font ça.

— Ouais, a dit Allie, le regard étrangement brillant. On essaie de se protéger la tête, le visage, les yeux… Elle croyait qu'on allait la battre. Elle et sa fille. »

J'ai pensé que Jill et Allie en savaient un bout sur la question grâce à leur monstre de père. Qu'était-il arrivé à leur mère ? Elles ne m'en avaient jamais parlé. C'était incroyable qu'elles aient pu non seulement s'échapper, mais encore qu'elles ne soient pas devenues folles.

« Vous pensez qu'on peut la prendre avec nous ? » je leur ai demandé.

Elles ont hoché la tête de concert.

« Elle va nous emmerder pendant un moment, a dit Allie. Comme dit Natividad, elle volera. Ça sera plus fort qu'elle. Il faudra qu'on la surveille. Et la petite sera pas la dernière à chaparder. »

Zahra a souri.

« J'étais comme ça à son âge. C'est sûr qu'elles vont nous en faire voir au début, mais je vote pour elles. Si elles apprennent à bien se tenir, on les gardera. Si elles sont trop bêtes pour apprendre, on les chassera. »

J'ai regardé Travis et Harry.

« Et vous, les gars, qu'est-ce que vous en pensez ?

— Moi, je dis que tu t'attendris, a dit Harry. Il y a quelques semaines, tu nous aurais traités de cinglés si on avait seulement pensé à se charger d'une mendiante et de sa fille.

— C'est vrai, tu as raison. Et peut-être, c'est ce que nous devrions faire. Mais ces deux-là… je pense qu'elles valent la peine qu'on coure le risque. Et puis je ne crois pas qu'elles soient dangereuses. Si je me trompe, elles iront leur chemin et nous le nôtre.

— Ce sera peut-être pas aussi facile que ça, de s'en débarrasser, une fois qu'on les aura adoptées, a dit Travis. Et puis on est pas sûrs qu'elles ont pas des amis dans le coin, des amis qui les auront envoyées en reconnaissance. Si c'est le cas, il faudra les tuer. »

Ces paroles ont soulevé de vives protestations de la part de Natividad et de Harry. Tuer une femme et sa fille ? Et puis quoi encore ? Travis avait-il perdu la tête ?

Je les ai laissés discuter pendant un moment et puis je suis intervenue :

« Ce que dit Travis n'est pas impossible, on a vu pire, mais cette femme n'est pas comme ça. Elle veut vivre. Elle veut que son enfant vive. Elle a dû beaucoup souffrir pour garder la gosse en vie et je ne vois pas pourquoi elle la mettrait en danger en jouant les éclaireuses pour un gang. De toute façon, les gangs agissent plus brutalement. Ils n'envoient jamais personne en reconnaissance. »

Silence.

« Alors, on les prend ou on les prend pas ? j'ai demandé.

— Je n'ai rien contre elles, a dit Travis. Qu'elles restent avec nous, pour la gosse, surtout. Mais doublons les gardes pendant quelques nuits, le temps de voir ce qu'elles ont dans le ventre. À ce propos, je me demande comment elles ont pu pénétrer dans le campement. Y avait donc personne de garde ? »

J'ai vu Jill qui rentrait la tête dans les épaules.

« Elles ont pu se faufiler dans mon dos sans que je les entende, elle a dit pour sa défense. D'ailleurs, elles étaient peut-être déjà là avant que je prenne mon tour.

— Ce qu'on ne voit pas peut nous tuer, j'ai dit à Jill. Tu ne les as pas vues, n'est-ce pas ?

— Mais j'viens de dire quelles étaient peut-être déjà…

— Ce qui est sûr, c'est que tu ne les as pas vues, même si elles étaient couchées quand tu as pris ton tour. Elles auraient pu te trancher la gorge.

— Elles l'ont pas fait.

— La prochaine fois, tu risques d'avoir moins de chance, je lui ai dit en me penchant vers elle. Le monde grouille de tueurs, Jill. Nous les voyons à l'œuvre tous les jours. Si on n'est pas vigilants, ils nous voleront, nous tueront, nous mangeront. Le monde est devenu fou et on ne peut compter que sur nous-mêmes. »

Lourd silence.

J'ai tendu la main vers elle.

« Jill.

— C'est pas ma faute ! Tu peux rien prouver…

— Jill ! »

Elle s'est tue et m'a regardée.

« Écoute, personne ne va te battre, merde, mais tu as commis une faute, une faute grave, dangereuse pour toute la communauté. Tu le sais…

— Qu'est-ce que tu veux qu'elle fasse ? m'a interrompue Allie. Qu'elle se mette à genoux et qu'elle demande pardon ?

— Je veux qu'elle aime assez sa propre vie et la tienne pour ouvrir l'œil quand on compte sur elle pour le faire. C'est tout ce que je veux et c'est ce que tu devrais vouloir aussi. Jill ? »

Jill a fermé les yeux.

« Et merde ! elle a crié. D'accord, d'accord, elle a ajouté après un silence. Je les ai pas vues arriver. Je ferai attention la prochaine fois. J'ouvrirai l'œil, tu peux en être sûre. »

Je lui ai pris la main et l'ai serrée longuement dans la mienne.

« Bon, on a assez traîné comme ça, on emmène la femme et l'enfant et on reprend la route. »

Cette femme et sa fille étaient un fameux exemple de mixité raciale. Voici leur histoire, telle que j'ai pu la reconstituer à partir des fragments que j'ai recueillis pendant la journée et ce soir. La femme avait un père japonais, une mère noire et un mari mexicain. Tous sont morts. Elle s'appelle Emery Tanaka Solis. L'enfant est prénommée Tori. Tori a neuf ans et non six ou sept, comme je l'avais supposé. Elle n'a pas toujours mangé à sa faim, c'est évident. C'est une petite fille calme, aux grands yeux avides. Elle est vive comme un écureuil. Elle cachait des restes de nourriture dans ses haillons ; maintenant, elle les cache dans sa nouvelle robe taillée dans une chemise de Bankole. Emery n'a que vingt-trois ans ; elle avait treize ans quand elle a épousé un homme beaucoup plus âgé qu'elle qui lui a promis de veiller sur elle, après que le vieux Tanaka eut été tué d'une balle perdue, comme cela se produit souvent. Sa mère était à ce moment-là en train de mourir de la tuberculose et c'est elle qui a poussé Emery à se marier afin de lui éviter la rue et la faim.

Emery a eu trois enfants durant les trois années qui ont suivi son mariage. Une fille et deux garçons. Elle et son mari travaillaient dans une ferme. En échange, ils étaient nourris, blanchis et logés. Puis la ferme fut vendue à une grande entreprise agricole et les gens qui y travaillaient changèrent de maîtres. On leur versa un salaire, mais pas en argent : en bons n'ayant de valeur que dans l'enceinte de l'entreprise. Ils devaient désormais louer leur cabane et payer pour la nourriture et les vêtements, et ne pouvaient s'approvisionner ailleurs qu'au magasin de l'entreprise. Leurs bons ne suffisaient jamais à régler toutes leurs factures. Les nouvelles lois en matière d'emploi interdisaient à un travailleur débiteur de quitter son patron. Il devait travailler pour payer sa dette ; s'il refusait, il pouvait être emprisonné et, sa peine terminée, reconduit chez son employeur.

Bien entendu, les patrons forçaient quiconque leur devait de l'argent à travailler deux fois plus et usaient du fouet contre ceux qui rechignaient à la tâche. Ou bien ils les vendaient à d'autres compagnies, avec ou sans leurs familles. Pire, les enfants pouvaient être forcés de travailler pour rembourser la dette, au cas où les parents venaient à mourir ou n'étaient plus capables de trimer comme des bêtes.

Le mari d'Emery est tombé malade et, faute de soins, il est mort. Il n'y avait ni médecin ni médicaments pour ces nouveaux esclaves. Jorge Francisco Solis est mort sur le sol en terre battue de sa cabane sans recevoir la visite d'un docteur. Bankole a dit que d'après les symptômes décrits par Emery, l'homme avait dû mourir d'une péritonite, à la suite d'une appendicite non traitée.

Emery et son enfant étaient donc devenues responsables des dettes de Solis. Emery avait travaillé dur jusqu'à ce qu'un jour, sans avertissement, ses deux fils lui soient enlevés. Ils étaient plus jeunes d'un et de deux ans que sa fille, et trop jeunes pour être privés de leur mère. On les a quand même emmenés. Emery n'a pas été autorisée à partir avec eux, pas plus qu'elle n'a eu droit à une explication. Elle avait soupçonné le pire quand elle s'était réveillée après qu'on lui eut administré de force un puissant calmant. Elle avait crié et exigé qu'on lui rende ses garçons jusqu'à ce qu'on la menace de lui prendre sa fille si elle ne se taisait pas.

C'est alors qu'elle a décidé de s'enfuir avec Tori et de braver les routes avec leurs assassins, leurs pillards et leurs cannibales.

Elles ne possédaient rien et ne pouvaient susciter la convoitise des voleurs ; le viol, elles le risquaient tout autant en travaillant à la ferme. Quant aux cannibales, elle pensait que c'étaient des histoires destinées à dissuader les esclaves de déserter.

« Il y en a, des cannibales, je lui ai dit ce soir-là. Mais je ne pense pas qu'ils tuent pour manger. Ce sont plutôt des pillards qui profitent des tueries sur la route. Ceux que nous avons vus étaient des jeunes qui avaient dû découper la jambe d'un cadavre.

— Les pillards tuent, a dit Emery. Ils tuent les blessés et les malades. »

Elle a repris son histoire. Une nuit, elle et Tori ont franchi la clôture électrifiée et ont réussi à éviter les gardes, les détecteurs de sons et les chiens. Toutes deux avaient appris à se déplacer sans le moindre bruit, à progresser de couvert en couvert et à rester immobiles pendant des heures. Toutes deux étaient rapides. Les esclaves apprenaient ces choses, mais Emery et Tori avaient eu de la chance, aussi.

Emery avait d'abord eu l'intention de partir à la recherche de ses fils, mais elle ne savait pas où ils avaient été emmenés. Elle les avait vus partir en camion, c'est tout. Elle avait fini par se dire que tout ce qu'elle pouvait faire, maintenant, c'était de sauver sa fille.

Se nourrissant de baies et de plantes et de tout ce quelles pouvaient « trouver » ou mendier, elles ont pris la route vers le nord. C'est ainsi qu'Emery l'exprimait : elles trouvaient des choses. Si j'avais été à sa place, moi aussi j'en aurais trouvé, des choses.

Une fusillade entre bandes rivales les avait rabattues vers nous. Les gangs étaient particulièrement dangereux dans les villes. Si l'on reste sur la route, quand on est sur le territoire d'un gang, on peut échapper à son attention. Nous l'avions fait jusqu'ici. Mais l'ancien parc dans lequel nous avions campé la nuit précédente faisait, selon Emery, l'objet d'une lutte entre deux bandes.

« L'un des groupes se rapprochait de nous, a dit Emery. Ils nous auraient tiré dessus s'ils nous avaient vues. On s'est enfuies. Nous avons trouvé votre clairière, mais on ne vous a pas vus. Vous savez vous cacher. »

C'était, je suppose, un compliment. Nous nous efforçons toujours de nous fondre dans le paysage, à condition qu'il s'y prête. Cette nuit, nous n'avons pas de chance. C'est un vrai désert. Nous prendrons la garde deux par deux.

Dimanche 12 septembre 2027

Tori Solis nous a trouvé deux nouveaux compagnons aujourd'hui : Grayson Mora et sa fille Doe. Doe n'a qu'un an de moins que Tori et les deux fillettes sont rapidement devenues amies. Aujourd'hui, nous avons pris à l'ouest par la route 20, qui nous ramènera à l'autoroute 101. Nous avons passé beaucoup de temps à parler de notre installation chez Bankole, des cultures que nous pourrions y faire et des bâtiments qu'il nous faudra construire.

En attendant, l'amitié des deux fillettes semble avoir entraîné celle de leurs parents. Ces deux-là se ressemblent assez pour attirer mon attention. Ils ont sensiblement le même âge, ce qui veut dire que l'homme est devenu père aussi jeune que la femme est devenue mère. Il n'y a rien d'extraordinaire à ça, si ce n'est qu'il a pris en charge son enfant.

Grand, mince, latino à la peau foncée, il est paisible, très protecteur à l'égard de son enfant, et cependant timide et hésitant. Emery semble lui avoir plu tout de suite. Pourtant, il avait quelque part envie de la fuir, de nous fuir. Quand nous avons quitté la route pour chercher un campement pour la nuit, il aurait continué son chemin si sa fille ne l'avait supplié de rester avec nous. Il n'était pas sans vivres et je lui ai dit qu'il pouvait s'installer près de nous s'il voulait. Deux choses m'ont frappée quand je lui ai parlé.

D'abord, il ne nous aimait pas. C'était écrit sur son visage. Il ne nous aimait pas du tout. J'ai pensé qu'il pouvait nous en vouloir parce que nous étions nombreux et armés. On a toujours tendance à ne pas aimer ceux dont on a peur. Je lui ai dit que nous montions la garde et que s'il pouvait le supporter, il était le bienvenu. Il a haussé les épaules et a dit d'une voix lisse et froide :

« Pas de problème. »

Il restera. Son enfant le veut et lui-même le veut aussi, mais il y a un obstacle, et qui n'a rien à voir avec la paranoïa naturelle et saine de tout migrant.

Je crois aussi que Grayson et Doe Mora étaient des esclaves, même si Grayson semble moins démuni que ne l'était Emery. Mais cette timidité en lui est pareille à celle d'Emery. Et Doe et Tori, bien qu'elles ne se ressemblent pas du tout, se comprennent comme des sœurs. C'est souvent le cas chez les jeunes enfants, mais je n'en ai jamais vu, venant de se rencontrer, qui aient le même réflexe de se rouler en boule à la moindre menace.

C'est ce que Doe a fait quand elle a trébuché sur un caillou, qu'elle est tombée et que Zahra s'est penchée vers elle pour voir si elle ne s'était pas blessée. Doe s'est faite boule tremblante. Est-ce ainsi que réagissent les gens qui s'attendent à être battus… prendre une position de protection et de soumission à la fois ?

« Je trouve ce type bizarre, m'a dit Bankole avec un regard en direction de Grayson, tandis que nous nous couchions. »

Nous avions mangé et écouté l'histoire d'Emery et bavardé un peu, mais nous étions fatigués. J'avais mes notes à prendre et Travis et Jill étaient de garde. Bankole, qui prenait son quart tard dans la nuit avec Zahra, avait juste envie de parler un peu. Il était assis à côté de moi et sa voix était si basse que j'avais du mal à l'entendre si je m'écartais de lui.

« Il tressaille au moindre bruit et se tend comme un ressort dès qu'on s'approche de trop près.

— Je crois que lui aussi a été esclave, je lui ai répondu. Ce n'est peut-être pas son seul problème, mais c'est le plus apparent.

— Toi aussi, tu penses ça. Je suis d'accord avec toi. Doe et lui ont connu le même sort qu'Emery et sa fille.

— Et il ne nous aime pas.

— Il ne nous fait pas confiance et on ne peut pas le lui reprocher. Il faudra les garder à l'œil pendant quelque temps, ces quatre-là. Ils pourraient être assez bêtes pour nous voler ce qu'ils peuvent et disparaître une de ces nuits. Les enfants auront du mal à ne pas chaparder. En tout cas, si Grayson et Emery restent avec nous, ce sera uniquement pour sauver leurs filles, mais ils ne nous trahiront pas s'ils voient qu'on s'occupe bien des enfants.

— J'aurais jamais pensé que l'esclavage puisse exister de nouveau, j'ai dit, songeant à mon père qui, bien qu'il ait prévu la chose, était loin d'imaginer que ce serait aussi horrible qu'au début du siècle dernier.

— Oh, ce n'est pas nouveau, a dit Bankole en se couchant contre moi. Dans les années 1990, quand je faisais mes études, on parlait déjà de compagnies fruitières qui avaient instauré un système de ce genre sur leurs plantations, endettant les travailleurs pour les forcer à rester et allant jusqu'à tuer ceux qui tentaient de fuir. Pourtant, à l'époque, la loi interdisait de telles pratiques et, de temps à autre, on envoyait un responsable en prison.

— Emery dit que la loi a changé et qu'il est désormais légal de forcer les gens ou leurs enfants à travailler pour payer ce qu'ils doivent à leurs employeurs.

— C'est possible. Je n'ai pas suivi la campagne du président Donner, mais il n'y a plus rien à attendre des gouvernants. C'est la loi de la jungle qui prévaut désormais partout. Quand on pense qu'Emery et Tori ont été vendues comme des bêtes de somme ou de… plaisir.

— Oui, c'est fou, j'ai dit. En tout cas, si nous pouvons convaincre d'anciens esclaves qu'avec nous ils seront libres, ils se battront comme des lions. Il nous faudrait d'autres armes, et des plus puissantes que celles que nous avons. On va devoir redoubler de prudence aussi. C'est de plus en plus dangereux par ici et ces deux petites filles vont susciter bien des envies.

— Oui, elles valent de l'argent sur le marché des nouveaux esclaves, a dit Bankole, mais elles ont appris à survivre. Elles sont rapides et silencieuses comme des fouines. Sinon, elles ne seraient plus en vie. »

24

Respectez Dieu.
Priez pour travailler.
Priez pour apprendre.
Pour organiser.
Pour faire.
Priez pour créer.
Pour enseigner.
Pour atteindre les autres.
Priez pour concentrer vos pensées.
Pour calmer vos craintes.
Pour renforcer vos desseins.
Respectez Dieu.
Façonnez Dieu.
Priez pour travailler.
Semence de la Terre : Le Livre des vivants

Vendredi 17 septembre 2027

Nous avons lu quelques vers et parlé de *Semence de la Terre* pendant un moment ce matin. Nous avions besoin d'être rassurés, apaisés, et c'était un peu comme aller à l'église. Même les nouveaux arrivants dans notre groupe ont participé ; ils posaient des questions et comparaient les vers à leurs propres expériences.

Dieu est Changement et, à la fin, Dieu triomphe. Mais il y a de quoi s'interroger : quand et pourquoi Dieu triomphera-t-Il ?

Pour le moment, ce seraient plutôt la nuit et l'horreur.

Nous avons eu une semaine très éprouvante.

Nous nous reposons depuis hier et nous allons sans doute prolonger d'une journée de plus. J'en ai besoin. Nous sommes tous épuisés. Dans nos corps comme dans nos esprits. Épuisés mais triomphants. Triomphants parce que nous avons survécu à cette nouvelle épreuve. Nous sommes une poignée de survivants. Mais c'est ce que nous avons toujours été.

Mardi, à midi, quand nous nous sommes arrêtés pour nous restaurer, Emery a accompagné Tori et Doe qui avaient envie d'uriner. Emery s'occupe autant de Doe que de sa propre fille. La veille, Grayson et elle se sont éloignés du groupe pendant près d'une heure. J'étais de garde avec Harry et je les ai vus partir. Ils sont en couple à présent ; apparemment très amoureux et continuant de garder leurs distances avec le reste du groupe. Étranges gens.

Emery a donc emmené les petites faire pipi. Elle n'est pas allée loin, juste à une vingtaine de mètres derrière les buissons et les hautes herbes. Nous avons continué de manger, tentant de nous abriter du soleil à l'ombre d'un bosquet de chênes dont la moitié étaient morts, leurs branches basses arrachées pour les besoins des feux de camp. Je contemplais les blessures sur les troncs quand les cris ont éclaté.

Il y a d'abord eu les cris aigus des fillettes puis les appels à l'aide d'Emery et, enfin, les jurons et les grognements poussés par un homme.

On a tous bondi sans réfléchir et couru en direction des buissons. J'ai eu juste le temps de rattraper Zahra et Harry et de leur signaler d'un geste de rester au campement pour protéger Natividad et Allie qui gardaient Dominic et Justin. Harry avait le fusil et Zahra l'un des Beretta et, sur le moment, ils m'en ont voulu. Sans importance. On ne pouvait pas abandonner le campement et puis ils pourraient nous couvrir en cas de besoin et empêcher qu'on soit submergés.

Emery luttait avec un grand type au crâne rasé qui s'était saisi de Tori. Doe s'enfuyait à toutes jambes quand nous sommes arrivés sur les lieux et elle s'est précipitée dans les bras de son père. Il l'a serrée contre lui et puis il a à son tour détalé. D'abord en direction de la route puis vers le bosquet de chênes et le campement. Un changement qui n'était pas dû à la réflexion, mais à la vue d'un groupe de crânes rasés arrivant au pas de course de la route, attirés par les cris. Travis les a repérés avant moi. Les couteaux ou les armes à feu qu'ils tenaient à la main scintillaient au soleil.

J'ai pris la position du tireur à genoux et, le 45 bien calé entre mes mains, j'ai visé l'agresseur d'Emery. L'homme était beaucoup plus grand qu'elle et je pouvais facilement lui loger une balle dans la tête, mais il tenait Tori sous son bras comme un pantin. Emery lui opposait une résistance farouche. Petite mais agile, elle lui griffait le visage, visant les yeux. S'il avait eu les mains libres, il l'aurait facilement repoussée, mais il ne voulait pas lâcher Tori.

Il a enfin réussi à repousser Emery et, dans ce bref instant, j'ai pressé la détente.

J'ai su immédiatement que je l'avais touché. Il n'est pas tombé tout de suite, mais j'ai senti la douleur et je n'ai plus été bonne à rien. Enfin il s'est écroulé et je me suis effondrée avec lui. Mais je pouvais encore voir et entendre et je n'avais pas lâché mon arme.

Le gang était presque sur nous… six, sept, huit types aux crânes luisant au soleil. La douleur me clouait au sol, mais je les distinguais nettement. Ce n'est qu'avec le dernier soupir de l'homme que je venais d'abattre que j'ai pu me relever.

Travis emportait Emery dans ses bras et j'ai descendu le tondu qui allait se jeter sur lui. Je suis tombée de nouveau, mais n'ai pas perdu connaissance. J'ai vu Bankole empoigner Tori et la donner à Jill, qui l'a prise dans ses bras et a couru vers le campement.

Bankole est ensuite accouru auprès de moi et j'ai pu me relever et l'aider à couvrir notre retraite.

Nous avons réussi à regagner le bosquet de chênes, dont les troncs épais nous protégeaient des balles qui sifflaient. J'ai entendu les détonations sèches de la carabine derrière moi. Harry entrait en scène. Moi aussi, je me suis mise à tirer, visant à peine, me contrôlant difficilement. Je crois que Bankole aussi a tiré. Je n'en suis pas sûre parce que déjà je mourais de nouveau avec quelqu'un d'autre. Et puis un autre encore. Les tirs se sont arrêtés.

J'ai senti une main qui se posait sur moi et j'ai failli presser la détente.

Bankole.

« Espèce de crétin ! j'ai gémi. J'ai failli te tuer !

— Tu saignes. »

J'étais étonnée. J'ai essayé de me souvenir si j'avais senti la balle. Peut-être m'étais-je blessée en tombant sur une branche morte. Je ne sentais pas mon corps. J'avais mal, mais je ne pouvais dire si cette douleur était la mienne ou celle d'un autre. J'avais l'impression d'être désincarnée.

« Les autres, ça va ? j'ai demandé.

— Ne bouge pas.

— C'est fini, Bankole ?

— Oui. Ils se sont enfuis sans demander leur reste.

— Prends le 45, alors, et donne-le à Natividad, au cas où ils reviendraient. »

J'ai vaguement senti qu'il me prenait le pistolet des mains. J'ai perçu un brouhaha de voix que je n'ai pas reconnues. Puis j'ai compris que je perdais insensiblement conscience. Très bien. Au moins avais-je tenu assez longtemps pour être utile à quelque chose.

Jill Gilchrist est morte.

Atteinte par une balle, alors qu'elle regagnait le campement avec Tori. Bankole ne m'a rien dit, jugeant inutile d'ajouter à la douleur d'être blessée celle de perdre l'une d'entre nous. J'avais eu de la chance : ma blessure était légère. Elle me faisait mal, certes, mais c'était supportable. Jill n'avait pas eu cette chance. Ce sont les pleurs d'Allie qui m'ont appris sa mort.

Jill avait ramené Tori parmi les arbres et, à peine avait-elle déposé la petite derrière un tronc, qu'elle s'était effondrée sans un cri. Sur le moment, personne n'avait rien remarqué ou avait pensé qu'elle s'était jetée à terre pour se protéger elle-même des balles. C'est Travis qui avait remarqué le premier le sang se répandant autour de la jeune femme. Il avait appelé Bankole et avait retourné Jill sur le dos, pour découvrir le vilain trou dans sa poitrine.

Bankole a dit qu'elle était morte avant qu'il arrive. Sans un mot, sans pouvoir dire adieu à sa sœur, sans même savoir qu'elle avait sauvé Tori. La petite souffrait de quelques égratignures, mais était saine et sauve. Tout le monde s'en était sorti, sauf Jill.

À vrai dire, ma propre blessure n'était qu'une belle entaille. La balle avait tracé un sillon dans la peau sur le côté gauche, au niveau de la taille, provoquant peu de dégâts, si ce n'est beaucoup de sang, deux trous dans ma chemise et une douleur lancinante comme une brûlure.

« Une blessure de cow-boy », a dit Harry quand il est venu me voir avec Zahra.

Ils avaient l'air sale et misérable, mais Harry s'efforçait de me réconforter. Ils venaient juste d'enterrer Jill, pendant que j'étais inconsciente. Avec les mains, des branches et notre hache, ils avaient creusé un trou entre les racines des arbres et avaient recouvert la tombe de grosses pierres. Ni les chiens ni les cannibales ne toucheraient à son corps.

Le groupe avait décidé de passer la nuit là où nous étions, bien que le bosquet de chênes fût trop près de la route pour être un campement sûr.

« Tu es trop lourde pour qu'on te porte, a dit Zahra. Alors, repose-toi et laisse Bankole prendre soin de toi.

— Rien qu'une blessure de cow-boy, a répété Harry. Dans ce bouquin que j'ai acheté, les types prennent toujours une balle dans l'épaule ou dans le bras, et ils sont tout fiérots. Mais Bankole dit qu'en réalité la plupart de ces crétins devaient mourir du tétanos ou de la gangrène.

— Je te remercie de me dire ça. »

Zahra lui a fait les gros yeux.

« Te bile pas, elle m'a dit. Bankole laissera pas passer un seul germe. Il est fou de rage contre toi. Il dit que tu aurais dû avoir le bon sens de rester avec les enfants.

— Quoi ?

— Normal, il s'inquiète, a dit Harry. Quand on a l'âge d'être ton père...

— Comment va Allie ? j'ai demandé, pour détourner la conversation.

— Elle pleure, a dit Harry en secouant la tête avec tristesse. Personne ne peut l'approcher, à part Justin. Le pauvre môme essaie de la consoler comme il peut. Il ne supporte pas de la voir pleurer.

— Emery et Tori sont épuisées, a dit Zahra. C'est aussi à cause d'elles qu'on a décidé de pas bouger d'ici. »

Elle a laissé passer un silence et a ajouté :

« Dis, Lauren, t'as rien remarqué de bizarre chez ces deux-là, Emery et Tori, je veux dire ? Et aussi ce type, Mora. »

J'ai soudain compris ce qu'elle voulait dire et j'ai poussé un grand soupir.

« Eux aussi souffrent d'empathie, c'est ça ?

— Ouais, tous. Les gosses comme les grands. Tu le savais ?

— Non, je viens juste de le réaliser. J'avais bien remarqué quelque chose – cette hésitation et cette peur du contact physique. Et ils ont tous été esclaves. Mon frère Marcus disait que les empathiques devaient faire de formidables esclaves.

— Mora voudrait partir d'ici, a dit Harry.

— Eh bien, qu'il s'en aille, j'ai répondu. Il a essayé de s'enfuir avant même que la fusillade commence.

— Mais il est revenu. Il nous a même aidés à creuser la tombe de Jill. Je voulais dire qu'il voudrait qu'on parte tous d'ici. Il dit que le gang que nous avons chassé reviendra cette nuit.

— Il en est sûr ?

— Ouais. Il est fou d'inquiétude pour sa fille.

— Mais Emery et Tori sont trop fatiguées pour…

— Je porterai Tori. »

La voix de Grayson Mora. Il s'était approché de nous sans bruit.

« Emery pourra marcher », il a ajouté.

Je me suis relevée lentement. J'avais mal. Bankole avait nettoyé et pansé la plaie pendant que j'étais dans le coaltar. À présent, je me sentais à moitié consciente, à moitié détachée de mon corps. Je ressentais toute chose à travers un voile. Seule la douleur me rattachait à la réalité et je lui en étais presque reconnaissante.

« Je peux marcher, j'ai dit en faisant quelques pas. Mais j'ai l'impression de marcher avec des béquilles. Je ne sais pas si je pourrai maintenir l'allure. »

Grayson Mora s'est approché de moi en jetant un regard à Harry comme s'il souhaitait le voir s'éloigner. Harry s'est contenté de lui rendre son regard.

« Combien de fois tu es morte ? m'a demandé Mora.

— Au moins trois fois, j'ai répondu, comme si cette conversation était parfaitement sensée. Peut-être quatre. Ça ne m'était encore jamais arrivé. C'est fou. Mais toi, tu ne m'as pas l'air trop touché. »

Son expression s'est durcie comme si je l'avais giflé. Bien sûr, je venais de l'insulter. Je venais de lui dire : où étais-tu, mon frère en empathie, pendant que ta compagne et ton groupe étaient en danger ? Bizarre. J'étais là, à parler un langage qui m'était familier et étranger à la fois.

« J'ai protégé Doe. Et puis, j'ai pas de pistolet pour me défendre.

— Tu sais tirer ? »

Il a hésité.

« Non, j'ai jamais fait ça, il a reconnu d'une voix si basse qu'elle n'était qu'un murmure. »

De nouveau je l'avais humilié, et cette fois sans le vouloir.

« Si on t'apprend à tirer, est-ce que tu protégeras le groupe ?

— Ouais ! »

Il a répondu avec force, mais je suis sûre qu'à cet instant il m'aurait volontiers tuée.

« On risque de se faire blesser et ça fait mal », je lui ai dit.

Il a haussé les épaules.

« Y a beaucoup de choses qui font mal. »

J'ai regardé ce mince visage en colère. Était-ce cela qu'on leur apprenait, aux esclaves : que beaucoup de choses faisaient mal ?

« Tu es de la région ? je lui ai demandé.

— J'suis né à Sacramento.

— Alors tu peux nous être aussi utile que si tu avais une arme. On a besoin de toutes les informations que tu pourras nous donner.

— Mon information, c'est qu'on a intérêt à se tirer d'ici avant que les rasés se peignent le visage et commencent à tuer et à mettre le feu partout.

— Merde, c'étaient des pyros, les types qu'on a chassés ?

— Bien sûr, qu'est-ce que tu crois ?

— Je n'ai pas pensé à ça. De toute façon, ça n'a pas d'importance. Mais tu as raison, on ne peut plus rester ici. Harry, vous avez dépouillé les morts ?

— Ouais, il m'a répondu avec un sourire. On a un pistolet de plus, un 38, et j'ai mis dans ton sac ce que j'ai trouvé sur ceux que tu as tués.

— Merci. Mais je ne sais pas si je pourrai porter mon sac. Est-ce que Bankole…

— Ton sac est déjà dans le chariot. Allons-y.

— C'est comme ça que vous faites ? a demandé Mora en marchant à côté de moi. Celui qui tue prend ?

— Oui, mais on ne tue que si on est contraint de le faire, j'ai dit. On ne part pas à la chasse aux gens, on ne se nourrit pas non plus de chair humaine. On lutte tous ensemble contre nos ennemis. Si l'un de nous est en danger, tous les autres lui portent secours. Et on ne se vole pas entre nous, jamais.

— C'est ce qu'Emery m'a dit. Au début, je l'ai pas crue.

— Est-ce que tu acceptes de vivre comme nous ?

— Euh… ouais.

— Qu'est-ce qu'il y a d'autre ? Je vois bien que tu ne nous fais pas confiance. »

Il s'est rapproché de moi, mais en prenant soin de ne pas me toucher.

« D'où il vient, ce Blanc ? il m'a demandé tout bas en désignant Harry, qui marchait devant nous.

— Je le connais depuis que je suis petite. On habitait le même quartier et on a toujours été amis. Quant aux autres, ça fait un moment qu'on s'entraide.

— Mais… lui et les autres… ils ne sentent rien. Tu es la seule qui sente.

— On appelle ça de l'empathie. Oui, je suis la seule.

— Mais ils… Tu…

— Nous nous entraidons. Un groupe est fort. Une personne isolée ou un couple, c'est plus facile à voler ou à tuer.

— Ouais. »

Il a regardé les autres. Il n'y avait nulle sympathie dans son regard, mais il semblait plus détendu et presque satisfait. On aurait dit qu'il venait de résoudre une énigme.

Pour l'éprouver, j'ai feint de trébucher, ce qui m'était d'autant plus facile que je ne sentais pas mes jambes.

Mora s'est écarté de moi et n'a pas esquissé un geste pour me retenir. Sympa, le mec.

J'ai laissé Mora pour aller marcher en compagnie d'Allie pendant un moment. « En compagnie », c'est beaucoup dire, parce que son chagrin se dressait comme un mur entre elle et moi. J'étais en vie, alors que sa sœur était morte ; sa sœur qui était la seule parente qui lui restait. Alors, pourquoi j'allais pas me faire voir ailleurs, me disait son silence.

Elle ne prononçait pas un mot, faisait comme si je n'étais pas là. Elle poussait Justin dans le chariot de Bankole et essuyait les larmes ruisselant sur son visage d'un geste mécanique, brutal à s'arracher la peau. Elle se faisait mal. Moi aussi, j'avais mal, et j'avais déjà mon content de douleur. Je suis quand même restée avec elle, jusqu'à ce que ses défenses s'effondrent sous une nouvelle vague de chagrin. Elle a cessé de se frotter le visage et a laissé les larmes couler sur sa poitrine. Elle semblait s'affaisser sous un poids soudain.

J'ai tendu le bras pour l'attirer contre moi et je l'ai forcée à s'arrêter. Elle s'est tournée vers moi, hostile et douloureuse, mais je l'ai serrée dans mes bras. Elle a encore eu un mouvement de recul et puis s'est laissée aller contre ma poitrine et s'est mise à gémir et à sangloter. Jamais je n'avais entendu plainte plus déchirante. Les autres se sont arrêtés pour nous attendre. Personne ne disait mot. Justin a commencé de pleurer. Natividad l'a pris avec elle et a fait de son mieux pour le réconforter. Le message non dit valait pour Allie comme pour l'enfant : En dépit de ton chagrin et de ta douleur, tu n'es pas seule. Tu as autour de toi des gens qui comptent sur toi et pour qui tu comptes. Tu as encore une famille.

Au bout d'un moment, Allie et moi nous nous sommes écartées l'une de l'autre. Elle n'est pas bavarde d'ordinaire et je n'attendais pas qu'elle le fût dans les circonstances présentes. Elle a récupéré Justin auprès de Natividad, a lissé les cheveux du garçon et l'a pris dans ses bras. Quand nous nous sommes remis en marche, elle l'a porté pendant un moment dans ses bras et j'ai poussé le chariot. On a marché ensemble et on n'avait nul besoin de parler.

Il y avait pas mal de monde sur la route, et dans les deux directions. J'étais quand même inquiète, car si le nombre faisait notre force, il faisait aussi de nous une cible facilement repérable. Et puis les agressions étaient imprévisibles.

Quelque temps plus tard, après qu'Allie m'eut repris le chariot dans lequel elle avait remis Justin, je suis allée marcher avec Bankole et Emery. Emery a l'expérience de la route et, pour survivre, elle a développé un sens remarquable de l'observation. C'est elle qui, la première, a repéré le feu. Elle savait sans doute que tôt ou tard monterait quelque part la fumée annonciatrice de tous les désastres. On n'en était pas vraiment sûrs, mais il semblait que le feu avait pris tout là-bas derrière nous, dans ce bosquet de chênes que nous avions quitté.

« Ils vont tout brûler, a murmuré Emery. Ils s'arrêteront pas. Tant qu'ils auront de la pyro, ils continueront à brûler. Les choses et les gens. »

La pyro. Toujours cette saloperie.

« Ils vont nous poursuivre ? » je lui ai demandé.

Elle a haussé les épaules.

« On est nombreux et armés. On en a tué plusieurs. Ils prendront leur revanche sur d'autres, plus faibles. »

Elle a encore haussé les épaules et a ajouté :

« Pour eux, on est tous pareils. Un voyageur est un voyageur.

— Alors, à moins qu'on ne soit pris dans un de leurs feux…

— Ça ira, ouais. Ils détestent tous ceux qui sont pas comme eux. Ils auraient vendu ma Tori pour se procurer plus de pyro. »

Je l'ai regardée, regardé son visage marqué, enflé par les coups de son agresseur. Bankole lui avait donné quelque chose contre la douleur. Je lui en étais reconnaissante, mais je lui en voulais un peu de ne m'avoir rien donné, à moi. Il ne comprenait pas mon engourdissement, après la fusillade. Heureusement, c'était passé, maintenant. Qu'il meure trois ou quatre fois, et il comprendrait peut-être que ça représentait un sacré coup sur la tête. Non, ce n'est pas une chose à lui souhaiter. Ni à lui ni à personne. Cette agonie sévère et infinie, qui se répète… un cauchemar, dont j'ai l'impression de ne pas être encore sortie tout à fait. Stupeur par moments de me savoir en vie.

« Emery ? »

Elle a tourné la tête vers moi.

« Tu sais que moi aussi je partage la douleur. »

Elle a hoché la tête en jetant un regard oblique à Bankole.

« Il sait, je l'ai rassurée. Mais, vois-tu, c'est la première fois que je rencontre des gens souffrant d'empathie qui ont des enfants. J'espère moi-même avoir des enfants un jour et j'ai besoin de savoir s'ils hériteront de mon empathie.

— L'un de mes fils l'avait pas, elle m'a répondu. Certains, qui partagent, peuvent pas avoir d'enfants. Je sais pas pourquoi. J'en ai connu qui avaient des enfants qui, eux, avaient pas ce que tu dis. Les patrons, ils aimaient bien qu'on l'ait.

— Ça, je veux bien le croire.

— Des fois, ils achètent plus cher les gens qui partagent. Surtout les enfants. »

Ses enfants. Cependant, ils lui avaient pris un garçon qui en était exempt et lui avaient laissé une fille qui était empathique. Il y a fort à parier qu'ils auraient fini par lui prendre sa fille, si Emery n'avait décidé de fuir. Peut-être avaient-ils eu une offre alléchante pour ses deux fils.

« Bon Dieu, a grogné Bankole, ce pays est retombé deux cents ans en arrière.

— La vie était meilleure quand j'étais toute petite, a dit Emery. Ma mère disait toujours que le bon vieux temps reviendrait un jour. Elle disait que ça se passait toujours comme ça. Mon père, lui, quand il entendait ça, il secouait la tête et ne disait rien. »

Elle a cherché des yeux sa fille et l'a vue perchée sur les épaules de Grayson Mora. Puis elle a vu autre chose qui lui a arraché un hoquet de stupeur.

Nous avons suivi son regard et nous l'avons vu. Le feu. Il chevauchait la crête de la colline derrière nous, à moins d'une demi-heure de marche. C'était un autre feu que celui que nous avions déjà repéré. Il avançait rapidement sous la brise de l'après-midi. Soit les types qui nous avaient attaqués nous avaient suivis, soit une autre bande les imitait, incendiant ce qui pouvait brûler, et ces buissons et ces hautes herbes sèches brûlaient comme de l'amadou.

Nous avons pressé le pas tout en cherchant à voir quelle direction il convenait de prendre. Le feu était sur notre droite, côté nord. Le côté sud semblait pour le moment épargné. D'après ma carte, il y avait un lac devant nous. Le lac Clear, il s'appelait. Il paraissait grand et la route suivait sa rive nord pendant quelques dizaines de kilomètres. J'ai calculé que nous pourrions l'atteindre demain dans la soirée.

Demain dans la soirée, nous pouvions aussi ne plus être de ce monde.

Nous avions le vent derrière et nous pouvions sentir la fumée, maintenant.

Tout le monde sur la route se hâtait, marchant en bordure du côté sud et se dirigeant vers l'ouest. Plus personne n'allait vers l'est. Il commençait à se faire tard, mais il n'y avait pas encore de camions. Ils ne tarderaient pas. Et il nous faudrait dresser le campement dans peu de temps. C'était risqué.

Nous avons poursuivi notre chemin, jetant de temps à autre des regards derrière nous. Mais notre fatigue commençait à peser lourd et j'ai fini par ordonner une halte. Nous avons quitté la route par le côté sud et trouvé un endroit où nous arrêter.

« On peut pas rester ici, a dit Mora. Le feu peut sauter la route à tout moment.

— On va se reposer ici un instant, j'ai dit. On peut surveiller le feu d'ici et on verra bien si on doit déguerpir ou pas.

— Non, faut partir, maintenant! a insisté Mora. Le feu peut nous rattraper, même si on court! Mieux vaut prendre de l'avance!

— Mieux vaut reprendre des forces pour ça. »

Sur ce, j'ai sorti une bouteille d'eau de mon sac. Nous étions proches de la route et nous avions toujours eu pour règle de nous dissimuler pour boire ou manger, mais aujourd'hui la situation était différente. S'enfoncer plus loin dans les collines nous ferait courir le risque d'être coupés de la route par le feu, au cas où celui-ci se propagerait du côté sud. Il était impossible de prévoir quand des brindilles enflammées seraient poussées par le vent de l'autre côté de la route.

Les autres suivirent mon exemple et burent et mangèrent des fruits secs, de la viande séchée et du pain. Bankole et moi nous avons partagé avec Emery. Je voyais bien que Mora était prêt à repartir sans nous, mais Doe somnolait contre Zahra et il s'est accroupi à côté d'elle pour la faire boire et manger.

« On devra peut-être marcher toute la nuit, a dit Allie. C'est peut-être la seule occasion qu'on a de prendre un peu de repos. Tu ferais bien de mettre Dominic dans le chariot avec Justin, quand il aura fini de manger », elle a ajouté à l'intention de Travis.

Travis a acquiescé d'un signe de tête. Jusqu'ici, il avait porté son fils.

« Je pousserai le chariot », il a dit.

Bankole a examiné ma blessure, a changé mon pansement et, cette fois, m'a donné quelque chose pour la douleur. Creusant un trou dans le sol, il y a enterré le pansement sale.

Emery, qui s'était approchée pour voir ce qu'il me faisait, a fait un bond et a détourné les yeux tout en portant la main à sa hanche.

« Je savais pas que tu étais blessée comme ça », elle m'a dit.

J'ai hoché la tête, contente de constater que j'avais réussi à dissimuler ma douleur.

« C'est moche mais ça n'est pas trop douloureux. »

Elle m'a semblé se détendre. Je savais que si je me mettais à gémir, tous les quatre me rejoindraient et il se pourrait que les enfants saignent avec moi. Il me faudrait être prudente et feindre de ne pas souffrir tant que le feu nous menacerait et tant que j'en aurais la force.

En vérité, ces bandages trempés de sang me fichaient la trouille et la douleur était parfois crucifiante. Mais je devais poursuivre ou brûler vive. Au bout de quelques minutes, la drogue que m'avait donnée Bankole a commencé à faire son effet et le monde m'a soudain paru beaucoup plus supportable.

Nous nous sommes reposés pendant près d'une heure avant que le feu nous rende trop nerveux pour prolonger la halte une minute de plus. On avait repris notre marche depuis quelque temps, quand le feu a enfin traversé la route et a commencé de s'étendre au côté sud. À présent, la végétation de buissons, de chênes et de hautes herbes brûlait des deux côtés de la route et, jusqu'à ce que la nuit tombe, on ne voyait rien d'autre derrière nous qu'une gigantesque muraille de fumée.

Tel un raz de marée, le feu avançait. Des chiens fuyaient par la route avec nous, sans nous prêter la moindre attention. Des chats et des chevreuils nous dépassaient. Un chevreuil, c'était de la bonne viande, mais personne ne songeait à tuer, fût-ce pour se nourrir. Fuir, ne pas mourir, c'était tout ce qui comptait.

Nous avons fini par mettre Tori dans le chariot avec Dominic et Justin. Les deux petits enfants dormaient et Tori somnolait d'épuisement. J'avais peur que le chariot ne se casse sous la charge, mais il devait être fait d'un bon acier, car il tenait bon et Travis, Harry et Allie se relayaient pour le pousser.

Et puis ç'a été au tour de Doe de monter dans le chariot. On l'a juchée sur le tas de sacs, mais elle ne s'est pas plainte. Elle était plus éveillée que Tori et elle avait marché toute seule depuis le départ précipité de notre première et dramatique halte du matin. C'était une gosse solide, la fille de son père.

C'était Grayson Mora qui n'arrêtait plus de pousser le lourd chariot depuis que Doe y était. L'homme n'était pas aimable, mais son attachement pour sa fille était admirable.

À un moment, dans la nuit sans fin, davantage de fumée et de cendres ont commencé à tournoyer autour de nous et j'ai bien cru que nous n'y arriverions pas.

Sans nous arrêter, nous avons mouillé des chiffons pour nous en faire des masques.

Je me demandais avec angoisse comment nous pourrions jamais échapper à cette mer de feu, de vent chaud et de fumée. Je voyais des gens tomber sur la route et il n'était pas question de s'arrêter pour tenter de les relever. Le feu crépitait derrière nous, et les malheureux ne tarderaient pas à être brûlés vifs. Les enfants étaient réveillés et hurlaient. Natividad les avait couverts de chiffons mouillés et c'était une chance pour moi de ne pas voir leurs visages grimaçants de terreur et de douleur.

Et puis l'eau vint à manquer.

Il n'y avait plus rien à faire, hormis continuer de marcher ou brûler. Le grondement du feu derrière nous croissait, décroissait, s'éloignait, revenait. Il nous chassait comme des lapins. Il aurait pu déjà nous dévorer, mais il semblait jouer avec nous, nous terrorisant avant de fondre enfin sur nous.

Finalement, il s'est éloigné pour de bon vers le nord-ouest dans un grondement terrifiant. Une tempête de feu, a dit plus tard Bankole. Nous avons pu ralentir l'allure. Quand le brouillard de cendres s'est dissipé, nous nous sommes arrêtés au bord de la route ; nos visages étaient noirs de suie, nos yeux rougis, mais nous avions survécu.

On s'est remis en marche comme des zombies et plus tard, quand nous avons quitté la route pour une nouvelle halte, Bankole a sorti de son sac sa dernière bouteille d'eau, celle de secours. Il aurait pu la garder pour lui, mais il s'est contenté d'une gorgée et l'a fait circuler parmi nous.

Chacun a pu se rafraîchir et nous avons décidé de passer la nuit où nous étions.

« Je ne sais pas à quelle distance exacte se trouve le lac Clear, je leur ai dit, mais je doute qu'il soit très loin. Nous devrions y être demain dans la journée, peut-être même dans la matinée. »

Nous avons dressé le campement et la proximité de la route nous a contraints à doubler les gardes. Je me suis portée volontaire pour la première, parce que je souffrais trop pour avoir sommeil. J'ai vérifié que mon 45 était chargé et j'ai cherché un partenaire.

« Je veille avec toi », m'a dit Grayson Mora.

Ça m'a surprise. J'aurais préféré quelqu'un qui sache se servir d'une arme.

« C'est simple, j'peux pas dormir tant que toi-même tu le peux pas, il m'a dit. Alors, on a plus qu'à faire bon usage de nos douleurs, toi et moi. »

J'ai regardé Emery et les deux fillettes pour voir si elles avaient entendu, mais elles avaient l'air de dormir déjà.

« D'accord, je lui ai dit. Si jamais tu aperçois un feu ou entends du bruit, appelle-moi.

— Donne-moi une arme. Si jamais quelqu'un approche, j'pourrais au moins m'en servir pour lui faire peur. »

Dans le noir, certainement.

« Pas de pistolet, j'ai répondu. Tu ne sais pas encore t'en servir. »

Il m'a regardée pendant quelques secondes puis il est allé trouver Bankole.

« Écoute, j'ai besoin d'un pistolet pour monter la garde ici. Elle sait pas comment ça se joue. Elle croit le savoir mais elle sait pas. »

Bankole a haussé les épaules.

« Si tu n'y arrives pas, mec, va dormir. L'un de nous montera la garde avec elle.

— Merde, a dit sèchement Mora. La première fois que j'l'ai vue, j'ai su que c'était une femme. Mais j'savais pas qu'elle était le seul homme, ici. »

Silence absolu.

C'est Doe Mora qui a sauvé la situation. Elle est arrivée sans bruit derrière son père et lui a tapé dans le dos. Surpris, il s'est retourné avec une telle rapidité et une telle fureur que la petite fille a poussé un cri de frayeur.

« Qu'est-ce que tu fais ici ? il lui a crié. Qu'est-ce que tu veux ? »

La petite fille l'a regardé avec de grands yeux effrayés puis elle a tendu la main, lui offrant une orange.

« Zahra a dit que c'était pour nous. Tu veux bien la couper en deux ? »

Bien joué, Zahra. Je ne me suis pas retournée vers elle, mais je savais qu'elle nous regardait. Elle n'était pas la seule ; tous les regards étaient braqués sur nous.

« Tout le monde est fatigué, tout le monde a mal, j'ai dit à Mora. Tout le monde, pas seulement toi. Mais on a réussi à rester en vie jusqu'à maintenant en évitant de faire et de dire des conneries.

— Et si notre groupe ne te convient pas, Mora, a ajouté Bankole d'une voix sourde, tu n'auras qu'à t'en trouver un autre demain matin, un qui soit trop macho pour perdre son temps à sauver deux fois la vie de ta gosse, comme on l'a fait aujourd'hui. »

Mora n'a rien dit. Il a sorti son couteau et a découpé l'orange en quartiers pour sa fille puis en a gardé la moitié, parce qu'elle insistait pour la lui donner. Alors, ils se sont assis tous les deux côte à côte et ont mangé le fruit juteux. Puis il a ramené Doe auprès des femmes et il est allé se percher sur un rocher, où il a commencé sa veille. Sans arme.

Il n'a plus parlé de pistolet et il ne s'est jamais excusé. Bien sûr, il ne nous a pas quittés. Où irait-il ? C'est un esclave en fuite. Nous sommes ce qu'il a trouvé de mieux jusqu'ici et il le sait bien.

Nous n'avons pas atteint le lac Clear le lendemain matin. Nous étions trop fatigués et courbatus quand nous nous sommes levés à l'aube. Seul le besoin d'eau nous a fait reprendre la route à 11 heures du matin.

Nous avons découvert le cadavre d'une femme jeune, quand nous sommes remontés sur la route. Je ne sais de quoi elle a pu mourir, car elle n'avait pas une marque sur elle.

« J'vais prendre ses vêtements », a murmuré Emery. Je ne l'aurais pas entendue si elle n'avait pas été à côté de moi. La morte avait à peu près sa taille et elle était vêtue d'une chemise et d'un pantalon de coton qui étaient presque neufs. Ils étaient sales, mais bien moins que les haillons d'Emery.

« Eh bien, prends-les, je lui ai dit. J'aimerais bien t'aider, mais j'ai du mal à me baisser.

— Je vais le faire », a dit Allie.

Justin dormait avec Dominic dans le chariot et elle était libre d'aider aux taches ordinaires et indicibles dont dépendait notre survie.

La femme ne s'était même pas souillée en mourant, ce qui rendait le travail moins écœurant. La rigidité cadavérique avait cependant fait son œuvre et il fallait être deux.

Il n'y avait personne d'autre que nous sur la route à ce moment-là et Emery et Allie ont eu tout le temps nécessaire pour dépouiller la morte de tout ce qu'elle portait, y compris les sous-vêtements. La femme avait des bottes. Elles étaient trop grandes pour Emery, mais celle-ci pourrait toujours les vendre.

De fait, ces bottes contenaient les premiers dollars qu'Emery eût jamais possédés. À la ferme où elle avait été esclave, elle n'avait jamais touché que des bons qui n'avaient aucune valeur en dehors de l'exploitation.

Mille dollars en tout, cachés sous les semelles intérieures. Nous lui avons dit que c'était peu et que, si elle faisait attention, elle pourrait s'acheter de quoi manger pour elle et Tori pendant une semaine environ. Mais pour Emery, c'était la richesse.

Plus tard, dans la journée, quand nous avons enfin atteint le lac Clear – beaucoup plus petit que nous ne le pensions –, nous sommes passés devant le vieux camion d'un marchand ambulant, qui vendait des fruits et des légumes, ainsi que du poisson fumé. Nous avions tous quelque chose à acheter, mais Emery a dépensé trop d'argent en poires et en noisettes pour tout le monde. Elle était ravie de passer parmi nous et de nous offrir quelque chose. C'est une brave femme. Elle apprendra bien assez vite la valeur de l'argent. En attendant, elle est définitivement l'une des nôtres.

Dimanche 26 septembre 2027

Nous sommes arrivés sur les terres de Bankole, dans les collines côtières du comté de Humbolt. L'autoroute 101 passe à l'est de la propriété et le cap Mendocino et la mer sont à l'ouest. Plus loin, au sud, il y a de grands parcs d'État envahis de squatters. La terre tout autour de nous, ici, dans les collines, est la plus déserte et la plus sauvage que j'aie jamais vue. Nous sommes loin de toute ville et à bonne distance des villages qui bordent la route la plus proche. Il y a des fermes dans le coin et des cabanes presque invisibles dans les bois. D'après Bankole, il est préférable de s'occuper de ses affaires et de ne pas prêter attention à ce que les gens du pays font pour gagner leur vie. S'ils attaquent des camions sur la 101, font pousser de la marijuana, distillent du whisky ou raffinent des substances plus élaborées… Vivre et laisser vivre, tel est le mot d'ordre.

Bankole nous a guidés le long d'une étroite route goudronnée qui est devenue bientôt un chemin de terre. Nous avons dépassé quelques champs cultivés perdus au milieu de l'épaisse végétation couvrant la région. Le chemin de terre a finalement disparu pour céder la place à un sentier à peine visible qui s'enfonce à travers bois. Excellent pour l'isolement, mais peu commode pour aller et venir. Je comprends maintenant pourquoi le beau-frère de Bankole s'absentait de longues périodes hors de chez lui. Impossible de partir le matin et de rentrer le soir. Mais peut-être était-ce mieux ainsi, dès lors qu'on arrivait à faire vivre sa famille loin des désespérés, des fous et des assassins.

Du moins était-ce ce que je pensais avant qu'on débouche sur le plateau sur lequel la belle-famille de Bankole avait bâti sa maison.

Il n'y avait plus de maison. Il n'y avait plus rien. Plus qu'une grande tache noire, d'où émergeaient quelques poutres noircies. Seule la cheminée de briques était restée debout, telle une pierre tombale dressée parmi les cendres et les ossements.

25

Ne crée pas d'images de Dieu.
Accepte celles
Que Dieu a créées.
Elles sont partout,
Elles sont dans tout.
Dieu est Changement,
De la graine à l'arbre,
De l'arbre à la forêt,
De la pluie à la rivière,
De la rivière à la mer,
De la larve à l'abeille,
De l'abeille à l'essaim,
De l'unique au multiple,
Du multiple à l'unique.
Toujours s'unissant, croissant,
Disparaissant,
Changeant à jamais.
L'univers
Est l'autoportrait de Dieu.
Semence de la Terre : Le Livre des vivants

Vendredi 1er octobre 2027

Nous avons discuté pendant toute la semaine pour décider si nous allions rester ici avec les cendres et les ossements.

Nous avons découvert cinq crânes – trois dans les décombres de la maison et deux autres plus loin. Il y avait d'autres ossements éparpillés, mais pas un seul squelette entier. Les chiens et, peut-être, les cannibales sont passés par là. Le feu était ancien, car de l'herbe avait eu le temps de repousser çà et là parmi les cendres. Deux, trois mois ? Les voisins les plus proches devaient savoir ce qui s'était passé. Les voisins les plus proches avaient peut-être mis le feu.

On ne pouvait en avoir la certitude, mais il était probable que les ossements étaient ceux de la famille de Bankole. Lui-même le pensait, mais ne pouvait se résoudre à enterrer les restes et à planter une croix sur la tombe de sa sœur. Le lendemain de notre arrivée, Harry et lui sont retournés à Glory, l'agglomération la plus proche, pour voir les flics. Je me demande ce qu'il faut faire pour devenir flic. Ceux-là se prétendaient les adjoints du shérif. Je me demande aussi ce que peut être une étoile de shérif, si ce n'est un permis de voler. Qu'est-ce qui peut bien pousser les gens de l'âge de Bankole à faire encore confiance à la police ? Je sais ce que les livres racontent à leur sujet et ce qu'ils ont peut-être été dans le temps, mais ça m'étonne toujours.

Les flics ont écouté l'histoire de Bankole et ils l'ont regardé comme s'il était le dernier des menteurs et qu'ils ne croyaient pas une seconde que ce type était ce qu'il disait être ni même qu'il ait pu avoir une sœur. Il y a tellement de faux papiers en circulation. Ils l'ont fouillé et lui ont pris son argent. Provision pour l'enquête, ils ont dit. Bien entendu, Bankole savait ce qui l'attendait et il avait emporté juste assez de cash pour les calmer, sans éveiller leurs soupçons ou les rendre plus voraces qu'ils n'étaient. Le reste, un joli paquet, il me l'avait confié, un geste qui m'est allé droit au cœur. Il avait également confié son pistolet à Harry, parti faire des courses pendant que Bankole était chez les flics.

La prison pour Bankole aurait signifié une longue période de travail forcé. Aurait-il été plus jeune, les adjoints du shérif l'auraient peut-être vendu comme esclave à quelque grosse entreprise de la région. Je l'avais supplié de ne pas y aller, de ne pas faire confiance à la police, de ne faire confiance à aucune institution. Pour moi, ces gens ne valent pas mieux que les gangs qui tuent et détroussent les cadavres.

Bankole était d'accord avec moi sur ce point, mais cela n'avait pas changé sa décision. Il irait.

« C'était ma petite sœur, m'a-t-il dit. Il faut que je sache ce qui lui est arrivé. Que je sache qui a fait ça. Surtout, je veux savoir s'il y a des survivants. Il se peut que certains des crânes soient ceux des incendiaires. C'est un risque à prendre, mais je dois aller voir le shérif. Toi, tu restes ici. Je ne veux pas qu'il leur vienne des idées à ton sujet. Qu'ils découvrent, par exemple, que tu souffres d'empathie. Je ne veux pas que la mort de ma sœur te coûte ta propre vie ou ta liberté. »

Nous avons discuté âprement. J'avais peur pour lui et il avait peur pour moi. Nous étions furieux l'un contre l'autre. J'étais terrifiée à l'idée qu'il puisse être tué ou arrêté, et que nous ne sachions jamais ce qu'il lui était arrivé. Personne ne voyage seul dans ce monde.

« Écoute, il m'a dit à la fin, tu peux faire quelque chose de bien avec le groupe. Vous disposerez de quatre armes à feu, dont la Winchester. Tu sais comment survivre. Ils ont besoin de toi. Si les flics décident de me garder, il n'y aura rien que tu puisses faire. Pire, si tu venais et que tu les intéresses, il n'y aurait rien que je puisse faire, hormis me venger et me faire tuer. »

L'argument était de poids: la pensée que je pourrais causer sa perte en l'accompagnant a refroidi mes ardeurs. À ce moment-là, Harry est intervenu en disant qu'il irait avec Bankole. Il voulait descendre en ville, de toute façon. Il y avait des courses à faire et il voulait voir s'il ne pourrait pas trouver un travail. Il avait tellement envie de gagner un peu d'argent.

« Je ferai ce que je peux, il m'a dit en partant. Le vieux est un type chouette, et je te le ramènerai en vie. »

Ils sont revenus. Bankole avait perdu quelques milliers de dollars et Harry, ses espoirs de trouver un emploi, mais ils rapportaient des provisions et quelques outils. De la mort de sa sœur et de sa famille, Bankole n'en savait pas plus qu'en partant, mais les flics lui avaient dit qu'ils viendraient examiner les ossements et les ruines.

Ça nous a inquiétés, qu'ils débarquent un de ces jours. Nous continuons de surveiller le sentier, au cas où ils tiendraient parole. Nous avons enterré tout ce que nous avons de précieux. Nous voulions en faire autant des ossements, mais nous n'avons pas osé. J'ai bien suggéré qu'on dise une prière pour les morts et qu'on enterre les restes, mais Bankole craint que les flics ne prennent ça pour une provocation et n'en profitent pour nous rançonner ou pire encore. Saloperies de flics.

Il y a un puits avec une vieille pompe à bras sous les décombres d'une dépendance. La pompe fonctionne encore. Celle située près de la maison et qui est actionnée par l'énergie solaire est cassée. Sans eau, nous ne pourrions rester, mais, avec le puits, il est difficile de quitter ce sanctuaire potentiel, en dépit des incendiaires et des flics.

Quoi qu'il en soit, Bankole possède cette terre. Il y a un verger et un jardin potager en grande partie dévastés, mais les arbres ne sont pas tous morts et nous avons pu ramasser des carottes et quelques pommes de terre. Par contre, les noisetiers sont nombreux et il y a des pins. Ces derniers sont encore jeunes, car il y a eu d'importantes coupes de bois dans les années 1980 et 1990, mais nous pouvons toujours en planter d'autres. Il y a en tout cas assez de bois de charpente pour construire un abri vaste et solide et nous pouvons cultiver le jardin potager et y semer les graines que j'ai apportées.

« Je ne pense pas qu'on puisse s'en sortir, ici », a dit Harry ce soir, après dîner.

On aurait dû être heureux d'être rassemblés autour d'un bon feu, le ventre plein, loin de la route et de ses dangers. On avait même mangé de la viande fraîche. Bankole est parti chasser dans l'après-midi et il est revenu avec trois lapins, que Zahra et moi nous avons dépecés, vidés et fait rôtir sur un bon tapis de braises. Il y a même eu pour accompagner la viande des pommes de terre du jardin. Oui, on aurait dû être heureux. Pourtant nous en étions encore à poursuivre la même discussion qui nous avait opposés tous ces derniers jours. Rester ou partir ? Peut-être étaient-ce les ossements et les cendres, là-bas, dans les décombres de la maison, qui nous interdisaient l'entente et la sérénité. Nous avions établi notre campement hors de vue des ruines en espérant trouver la paix de l'esprit. En vain. La chasse de Bankole était là pour nous prouver qu'il y avait du gibier en abondance et nous pourrions peut-être capturer des lapins vivants et entreprendre un élevage. C'était possible. À condition de rester. Personnellement, je ne voyais pas d'autre solution.

« Nous ne trouverons rien au Nord qui soit mieux et plus sûr que ce que nous avons ici, j'ai déclaré. Ce sera dur, mais si nous travaillons ensemble, si nous sommes prudents, nous y arriverons. Nous pouvons bâtir ici notre communauté.

— Merde, elle recommence avec sa *Semence de la Terre* », a dit Allie.

Je l'ai regardée et elle a souri. Et c'était bon de la voir sourire. C'était même son premier sourire depuis longtemps.

« Oui, nous pouvons bâtir ici notre communauté, j'ai répété. Bien sûr, il y a du danger, mais il y en a partout, et plus on est près des villes, plus il y en a. Ici, nous sommes isolés, à des kilomètres de la moindre route. L'isolement est peut-être un inconvénient, mais c'est une sécurité.

— La famille de Bankole l'a cru et ils sont morts, a dit Mora. Tout ce qu'on pourra construire ici deviendra une cible.

— Tout ce qu'on construira, ici ou ailleurs, sera une cible, a répliqué Zahra. Et puis la famille de Bankole… je suis désolée, Bankole, mais il faut le dire… ils montaient pas la garde. Ils le pouvaient pas, ils étaient pas assez nombreux pour ça, un homme, une femme et trois enfants. Ils devaient travailler toute la journée et, la nuit, ils dormaient, les malheureux, ils pouvaient pas, lui et elle, prendre des tours de garde en plus de leurs journées de travail.

— C'est vrai, a dit Bankole, ils ne montaient pas la garde ; on en avait parlé, mon beau-frère et moi. Ils ne pouvaient veiller la nuit et travailler le jour. Mais nous sommes en nombre et nous le pouvons. Nous pouvons aussi avoir un chien ou deux. Il suffirait de les capturer jeunes et de les dresser…

— Quoi, donner à manger à des chiens ? s'est écrié Mora.

— On leur donnera à manger quand nous aurons nous-mêmes à manger, a dit Bankole. Et les chiens veilleront sur nos biens.

— Un chien mérite rien d'autre qu'un caillou ou une balle, a dit Mora. Une fois, j'en ai vu dévorer une femme.

— Il y a pas de boulot à Glory, a dit Harry. Rien. Pas même contre le gîte et le couvert. J'ai demandé partout. Les gens m'ont dit qu'il n'y avait rien.

— Toutes ces petites villes sont trop près des grandes routes, j'ai dit. Ils doivent voir passer des tas de gens en quête de rapine et l'étranger n'est certainement pas le bienvenu dans le coin. Ils ne feront confiance à personne qu'ils ne connaissent pas.

— Elle a raison, a dit Bankole. Mon beau-frère a eu du mal à se faire accepter ici et encore il est arrivé avant que la situation ne se gâte. Il connaissait la plomberie, la menuiserie, l'électricité et la mécanique. Bien sûr, ça ne l'aidait pas d'être noir. Toi tu es blanc, ça devrait te faire admettre plus facilement que lui. Mais je pense que la seule façon de gagner de l'argent, c'est de cultiver la terre. Les vivres valent de l'or, aujourd'hui. Et ici, il y a tout l'espace qu'on veut pour produire. Nous avons des armes pour nous protéger et nous en achèterons de plus puissantes par la suite, quand nous pourrons vendre nos récoltes dans les villes voisines.

— Ouais, si on vit assez longtemps pour voir pousser la première carotte, a dit Mora. Et s'il y a assez d'eau pour arroser et si les vers ont pas bouffé les jeunes pousses et si personne vient foutre le feu à la baraque comme c'est déjà arrivé, si, si, si… »

Allie a eu un soupir exaspéré.

« Merde, c'est si, si, si, partout où on va. Et ici, c'est sûrement pas plus mal qu'ailleurs. »

Elle était assise sur son sac de couchage, Justin endormi sur ses genoux. Elle parlait tout en lui caressant les cheveux. Et j'ai pensé que, sous ses airs de dure à cuire, Allie était une tendre et que Justin était la clé pour elle. Les enfants sont les clés pour la plupart des adultes.

« Il n'y a de garanties nulle part, j'ai dit. Mais si on est prêts à retrousser nos manches, il y a des chances qu'on s'en sorte. J'ai des graines dans mon sac et nous pouvons en acheter plus. Nous commencerons par faire du maraîchage plutôt que de l'élevage. Fruits et légumes. Nous devrons tout faire à la main et nous tuerons les vers un par un s'il le faut. Quant à l'eau, le puits est à un bon niveau et nous sommes à la fin de la saison sèche, aussi il n'y a pas d'inquiétude à avoir de ce côté-là. En tout cas, pas avant l'année prochaine.

— Et si des gens viennent nous menacer, nous les tuerons. C'est tout. Nous les tuerons ou ils nous tueront. Si nous restons unis, nous pourrons nous défendre et protéger les enfants. La première responsabilité d'une communauté est de protéger ses enfants, ceux que nous avons déjà et ceux que nous aurons. »

Un long silence a suivi mes paroles, chacun interrogeant son propre désir de rester ou de poursuivre vers le nord.

« Il faut se décider, j'ai repris. Nous avons à bâtir et à planter sans plus tarder. Pour cela, il nous faut acheter d'autres outils, des vivres et des graines. »

Il était temps de passer au vote.

« Allie ? j'ai demandé. Tu restes ? »

Elle m'a regardée longuement, intensément, comme si elle espérait lire la réponse sur mon visage.

« Qu'est-ce que tu as comme graines ? » elle m'a demandé.

J'ai respiré un grand coup. J'étais soulagée.

« Des semences pour légumes d'été, principalement. Maïs, poivrons, tomates, tournesols, melons, haricots verts. Mais j'en ai aussi d'hiver : pois, carottes, choux, brocolis, courges, oignons. Et j'ai de quoi planter des poiriers, des amandiers, des pêchers, des citronniers. Bien sûr, il faudra attendre quatre ou cinq ans avant qu'ils commencent à donner des fruits, mais ils représentent un bel investissement.

— Un enfant aussi est un bel investissement, a dit Allie. J'pensais pas que j'serais assez bête pour le dire, mais ouais, je reste. J'veux construire quelque chose. J'ai jamais eu la chance de construire quelque chose et j'veux pas rater celle-là. »

Allie et Justin, donc.

« Harry ? Zahra ?

— Bien sûr qu'on reste », a dit Zahra.

Harry a froncé les sourcils.

« Hé, attends un peu, on est pas obligés.

— Je sais qu'on est pas obligés, a dit Zahra, mais on peut fonder une communauté comme Lauren dit et pas se retrouver sur les routes à se méfier de tout le monde, alors je dis que ça vaut la peine de rester. Si tu avais grandi là où j'ai grandi, tu saurais que c'est la chance de notre vie, ici.

— Harry, je te connais depuis que je suis petite. Tu es comme un frère pour moi. Tu ne penses pas vraiment à partir, dis-moi ? »

J'aurais pu trouver un meilleur argument, car je me souvenais qu'il avait été le cousin et l'amant de Joanne et qu'il l'avait laissée partir alors qu'il aurait pu aller avec elle.

« Je veux quelque chose qui soit à moi, a dit Harry. De la terre, une maison, peut-être un magasin ou une petite ferme. Quelque chose qui soit à moi. Cette terre appartient à Bankole.

— Oui, a dit Bankole, mais tu peux en avoir l'usage sans payer de loyer et toute l'eau que tu veux. Combien tu devras payer dans le Nord pour avoir un toit et de l'eau ? Et encore, si tu y arrives, dans le Nord. Si seulement tu peux franchir la frontière de Californie.

— Mais il y a pas de travail ici !

— Il n'y a que ça, au contraire, garçon. Du travail et une vaste terre gratuite à défricher et à cultiver. Crois-tu que la terre sera gratuite là où toi et des millions d'autres espérez arriver ? »

Harry a contemplé un instant les flammes.

« Oui, bien sûr, mais j'ai peur de dépenser tout mon argent ici et puis de découvrir qu'on y arrivera pas.

— Moi aussi, ça m'inquiète. J'ai dit. Mais ça peut nous arriver n'importe où. Tu peux très bien t'installer en Oregon ou plus haut encore et puis ne pas trouver de travail et être à court d'argent. Ou encore être forcé de travailler dans des conditions terribles, comme Grayson et Emery. Avec ces foules en marche vers le nord, les patrons font ce qu'ils veulent. »

Emery a passé son bras autour de Tori qui somnolait à côté d'elle.

« Tu pourrais être employé comme conducteur, elle a dit. Ils prennent toujours des Blancs pour ça. Si en plus, tu sais lire et écrire, tu pourrais être conducteur, c'est sûr.

— Je ne sais pas conduire, mais je peux toujours apprendre, a dit Harry. Tu parles de conduire ces gros camions blindés, c'est ça ? »

Emery a eu l'air confuse.

« Camions ? Oh non, je parle de conduire les travaux dans les grandes fermes. Faire travailler les gens, tu comprends. Les surveiller, les forcer à aller plus vite, quoi. Les forcer à faire ce que le patron veut. »

J'ai vu Harry blêmir sous le hâle.

« Bon Dieu, tu crois vraiment que je serais capable de faire une chose pareille ? » il s'est exclamé.

Emery a haussé les épaules d'un air fataliste.

« Il y a des gens qui pensent que c'est un bon travail. Le dernier conducteur qu'on a eu, il travaillait avant sur des ordinateurs. Sa compagnie a fermé et il a trouvé ce travail. Je crois qu'il aimait ça, forcer les gens.

— Emery, a dit Harry d'une voix basse pour mieux capter son attention, crois-tu vraiment que ça me plairait, à moi, de forcer des pauvres malheureux à suer sang et eau et de leur prendre leurs enfants ? »

Elle l'a regardé longuement en clignant les yeux.

« J'espère que non. Mais, tu sais, dans le Nord, y a que deux solutions, ou tu travailles ou tu surveilles celui qui travaille. C'est la pioche ou le fouet, comme on dit. J'ai entendu dire que sur la frontière canadienne, il y a beaucoup d'usines qui fonctionnent comme ça.

— Des usines avec des esclaves ? j'ai demandé.

— Ouais. C'est des compagnies canadiennes ou asiatiques. Les travailleurs sont très peu payés, ils ont des dettes. Ils tombent malades ou ont des accidents. L'eau qu'ils boivent, elle est pas propre et le travail est dangereux, plein de poisons et de machines qui te broient ou t'arrachent un bras ou une jambe. Mais les gens peuvent se faire un peu de cash et partir. J'ai travaillé avec des hommes qui sont allés là-haut et qui sont vite repartis quand ils ont vu ça.

— J'en ai entendu parler, a dit Bankole. Ces usines sont censées fournir des emplois à tous les réfugiés. Elles ont l'appui du président Donner. Les conditions de travail sont épouvantables. Il n'y a aucune règle de sécurité : fumées toxiques, eau contaminée, machines dépourvues de système de protection. Les patrons s'en foutent pas mal. Ils disposent de toute la main-d'œuvre qu'ils veulent. Les malades, les blessés et les morts sont aussitôt remplacés.

— Ouais, mais on est payé en argent, pas en bons, comme là d'où j'viens, a dit Mora.

— Alors, c'est là-haut que tu veux aller, toi aussi ? je lui ai demandé. Ou bien préfères-tu rester ici ? »

Il a regardé Doe qui grignotait un morceau de pomme de terre.

« Je veux rester ici, il a répondu, à mon étonnement. J'pense pas que tu aies une seule chance de bâtir quelque chose ici, mais t'es assez folle pour réussir quand même. »

Et si j'échouais, j'ai pensé, Mora reprendrait sa route vers le nord, comptant sur la ruse et la méfiance pour survivre. Mais peut-être pas. J'avais pas mal réfléchi à son sujet. Mora se donnait du mal pour tenir les gens à distance, pour les empêcher de deviner ce qu'il ressentait, d'en savoir trop sur lui, de découvrir surtout qu'il partageait maladivement la souffrance de quiconque, désespéré qu'il devait être d'une telle vulnérabilité. Partager devait être plus dur pour un homme. Comment auraient été mes frères s'ils avaient été frappés d'empathie, eux aussi ? Bizarre que je n'aie jamais pensé à ça plus tôt.

« Je suis contente que tu restes, je lui ai dit. Nous avons besoin de toi. »

J'ai regardé Travis et Natividad.

« Nous avons besoin de vous aussi. Vous restez, n'est-ce pas ?

— Tu sais bien qu'on reste, a dit Travis. Même si, malgré moi, je serais plutôt d'accord avec Mora. C'est pas sûr du tout qu'on ait une chance de s'en sortir, ici.

— Nous ferons tout ce que nous pourrons et nous verrons bien. »

Je me suis tournée vers Harry, qui s'entretenait à voix basse avec Zahra. Il m'a regardée.

« Mora a raison, il m'a dit. Tu es dingue. Mais l'époque est dingue, et peut-être que tu es ce dont l'époque a besoin ou ce dont nous avons besoin. Je reste. Il y a des chances que je le regrette, mais je reste. »

Maintenant que notre décision est prise, nous allons enfin cesser de nous quereller. Demain, nous commencerons à préparer un potager d'hiver. La semaine prochaine, nous descendrons en groupe à la ville pour acheter des outils, des graines et des produits de première nécessité. Il est temps aussi de construire un abri. Il y a assez d'arbres pour ça dans le coin. Mora dit qu'il a construit des cabanes pour esclaves et qu'il lui tarde de construire quelque chose de mieux, fait pour des êtres humains, pas des bêtes. Et puis, situés au nord et près de la côte comme nous le sommes, je doute que nous manquions de pluie.

Dimanche 10 octobre 2027

Aujourd'hui, nous avons enterré les restes de la famille de Bankole. Les flics ne sont jamais venus et Bankole a enfin compris qu'ils ne se dérangeraient pas et qu'il était temps que sa sœur et sa famille aient une sépulture décente. Nous avons rassemblé tous les os que nous avons pu trouver et, hier, Natividad les a enveloppés dans un châle qu'elle avait tricoté il y a des années. C'était la plus belle chose quelle eût jamais possédée.

« Un châle aussi beau doit servir aux vivants, a dit Bankole, quand elle le lui a offert.

— Tu es vivant et je t'aime, lui a dit Natividad. Je regrette de pas avoir pu faire la connaissance de ta sœur. »

Il l'a regardée un bref instant avant de prendre le châle et de la serrer dans ses bras. Puis, comme il commençait à pleurer, il est parti cacher son émotion dans le bois voisin. J'ai attendu une heure avant d'aller le chercher.

Je l'ai trouvé assis sur une souche, le visage enfoui dans ses mains. Je me suis assise à côté de lui sans rien dire. Il a fini par se lever, a attendu que j'en fasse autant, et nous avons repris le chemin du campement.

« Bankole ? »

Il s'est arrêté et m'a regardée avec une expression que je n'ai pas pu déchiffrer.

« Ta sœur aurait ouvert de grands yeux en me voyant, je lui ai dit, et je ne sais pas ce qu'elle aurait pensé de moi, mais je regrette de ne pas l'avoir rencontrée. »

Il a réussi à sourire un peu.

« Elle t'aurait regardée, puis m'aurait regardé et je crois bien qu'elle aurait dit : "Y a pas de plus grand fou qu'un vieux fou." Après ça, je suis sûr qu'elle t'aurait aimée.

— Crois-tu qu'elle pourrait supporter d'avoir de la compagnie ?

— Quoi ? »

J'ai respiré un grand coup, ne sachant pas trop moi-même ce que j'avais voulu dire par là. Mais j'avais mon idée et je ne voulais pas que Bankole se méprenne.

« Demain, nous enterrerons tes morts et je pense que tu as raison de le faire. Mais je pense aussi que nous devrions tous enterrer nos morts. La plupart d'entre nous ont dû fuir en laissant leurs morts derrière eux. Demain devrait être une journée du souvenir de nos morts. Nous prierons pour la paix de leurs âmes.

— Ta famille ? »

J'ai hoché la tête.

« La mienne, celle de Zahra, celle de Harry, d'Allie – son bébé et sa sœur –, peut-être les garçons d'Emery, peut-être d'autres que je ne connais pas. Mora ne parle pas beaucoup de lui, mais il a dû perdre les siens. La mère de Doe au moins.

— Comment comptes-tu t'y prendre ?

— Chacun de nous enterrera ses propres morts. Nous les connaissions. Nous pouvons trouver les mots.

— Des mots de la Bible ?

— Peu importe, pourvu que les paroles viennent du cœur. Nous n'avons jamais retrouvé le corps de mon père, mais il a eu sa messe. Mes trois jeunes frères et ma belle-mère, eux, n'ont rien eu. S'ils n'avaient pas été tués devant les yeux de Zahra, je me demanderais encore ce qu'ils sont devenus. »

Soudain il m'est venu une idée.

« J'ai des glands de chêne dans mon sac que j'ai gardés pour les planter. Il y en a assez pour que chaque mort ait son arbre un jour. Nous ferons une cérémonie toute simple. Chacun pourra dire quelque chose. Même les deux petites filles.

— Je ne vois pas d'objection. C'est une très belle idée, Lauren. »

Nous nous sommes remis en route en silence et il a dit comme pour lui-même :

« Tous ces morts, et le pire est à venir.

— Pas pour nous, j'espère. »

Il est resté silencieux un moment. Puis il s'est arrêté et m'a retenue par l'épaule. Il est resté un moment à me regarder comme s'il étudiait mon visage.

« Tu es si jeune, il a dit. Ça me paraît presque criminel que tu sois si jeune dans une époque aussi terrible. J'aimerais que tu aies vu ce pays avant que la barbarie s'en empare.

— Il survivra, j'ai dit. Il changera, mais il sera toujours lui-même.

— Non. Les êtres humains survivront, c'est certain. D'autres pays survivront. Peut-être qu'ils prendront sous leur aile ce qui restera d'Américains. Ou peut-être nous diviserons-nous en une myriade de petits États qui se disputeront les miettes qui resteront. C'est déjà en train de se produire. La plupart des États ferment leurs frontières et se comportent comme autant de pays étrangers. Tu es brillante, mais tu ne peux pas comprendre ce que nous avons perdu. Et peut-être est-ce mieux ainsi.

— Dieu est Changement, j'ai dit.

— Olamina, ça ne veut rien dire.

— Ça veut tout dire. Tout ! »

Il a soupiré.

« Tu sais, nous n'avons pas encore touché le fond de l'horreur. La famine, les épidémies, les drogues ravageuses et la loi du plus fort ne font que commencer. L'administration fédérale existe encore – du moins, sur le papier – et la monnaie a encore un cours. Ça me stupéfie, d'ailleurs. Malgré l'inflation, le dollar vaut encore quelque chose. C'est peut-être un bon signe, à moins que ce ne soit une preuve de plus de ce que je disais : nous n'avons pas encore touché le fond.

— En tout cas, nous, nous ne risquons pas de descendre plus bas. On ne peut que remonter, maintenant.

— J'aimerais le croire, il a dit. Mais je doute que nous ayons une seule chance de réussir. »

J'ai mis son pessimisme sur le compte de son chagrin et, passant mon bras autour de sa taille, je lui ai dit :

« Viens, le travail nous attend. »

Ainsi aujourd'hui nous nous sommes souvenus des proches que nous avons perdus. Nous avons dit les souvenirs que nous en gardions et cité des passages de la Bible, des vers de *Semence de la Terre*, ainsi que des bouts de poèmes ou de chansons qu'avaient aimé réciter ou fredonner nos disparus.

Nous avons enterré les ossements de la famille de Bankole, comme si c'étaient nos propres morts et nous avons planté nos glands.

Puis nous nous sommes assis en cercle autour d'un feu et nous avons parlé et nous avons mangé et décidé d'appeler cet endroit Espoir.

Le semeur sortit pour semer sa semence. Et comme il semait, une partie du grain tomba au bord du chemin ; elle fut foulée aux pieds et les oiseaux la mangèrent. Une autre tomba sur le roc et, après avoir poussé, elle se dessécha faute d'humidité. Une autre tomba au milieu des épines et y poussant avec elle, les épines l'étouffèrent. Une autre tomba dans la bonne terre, poussa et produisit du fruit au centuple.

La Parabole du semeur.
Évangile selon Saint Luc, 8, 5-8.

Au diable vauvert
Collection Les Poches du Diable

TRISTANE BANON

Le Bal des hypocrites, roman

PIERRE BORDAGE

Le Jour où la guerre s'arrêta, roman

POPPY Z. BRITE

Alcool, roman

La Belle rouge, roman (2021)

OCTAVIA BUTLER

La Parabole des talents, roman (2021)

DOUGLAS COUPLAND

La pire. Personne. Au monde., roman

GRÉGOIRE HERVIER

Dark Was the Night, novella

ANTOINE JAQUIER

Simili-love, roman

VINCENT RAVALEC

Sainte-Croix-les-Vaches, roman

Le Retour d'Horace, roman (2021)

JEHAN-RICTUS

Les Soliloques du pauvre, roman

RÉGIS DE SÀ MOREIRA

Mari et femme, roman

MINNA SIF

Méchamment Berbère, roman

Au diable vauvert
Textes courts et petits prix

SÉBASTIEN AYREAULT
Ce n'est pas de la pluie, poèmes
PAOLO BACIGALUPI
L'Alchimiste de Khaim, novella
COLLECTIF
Vote FN : pourquoi ?, essai
COLLECTIF
Prix Hemingway 10 ans !, recueil
OLIVIER DECK
Adieu, torero, récit
CHRISTOPHE DE VOS
De l'envie de toréer, essai
PATRICK ESPAGNET
Les Noirs, poème
THOMAS GUNZIG
Et avec sa queue, il frappe ! théâtre
Borgia, comédie contemporaine, théâtre
La Stratégie du hors-jeu, théâtre
Encore une histoire d'amour, théâtre
10 000 litres d'horreur pure, roman
AÏSSA LACHEB
Plaidoyer pour les justes, roman
Choisissez !, essai

Tao Lin

Vol à l'étalage chez American Apparel, roman

Antoine Martin

Le Chauffe-eau, épopée

Juin de culasse, odyssée

Conquistadores, sitcom

Mario Pimiento

Le Consac de Gagne-Petit, récit

Anne Plantagenet

Manolete, le calife foudroyé, biographie

Mariel Primois Bizot

Signé Branco !, essai

Vincent Ravalec, Mallendi, Agnès Paicheler

Bois Sacré, initiation à l'iboga, essai

Nicolas Rey

La Femme de Rio, scénario

Jacques Teissier

La Corrida, effraction salutaire, essai

Francis Wolff

L'Appel de Séville, allocution

Composition :
L'atelier des glyphes

Nous imprimons nos ouvrages sur du papier issu
de forêts gérées durablement, de sources contrôlées
et avec des encres végétales.

Imprimé en France. - JOUVE-PRINT, 733, rue Saint-Léonard, 53100 MAYENNE
N° 2956649T - Dépôt légal : septembre 2020